# A Cilada

Daniel Polansky

Cidade das Sombras

# A Cilada

*Tradução*
Mariana Mesquita

GERAÇÃO

Título original:
**Tomorrow the killing**



1ª edição – Junho de 2014

Grafia atualizada segundo o Acordo Ortográfico da Língua Portuguesa
de 1990, que entrou em vigor no Brasil em 2009.

Editor e Publisher
**Luiz Fernando Emediato**

Diretora Editorial
**Fernanda Emediato**

Produtora Editorial e Gráfica
**Priscila Hernandez**

Assistente Editorial
**Carla Anaya Del Matto**

Capa, Projeto Gráfico e Diagramação
**Alan Maia**

Revisão
**Juliana Amato**
**Rinaldo Milesi**

**DADOS INTERNACIONAIS DE CATALOGAÇÃO NA PUBLICAÇÃO (CIP)**
**(Câmara Brasileira do Livro, SP, Brasil)**

Polansky, Daniel
A cilada / Daniel Polansky ; tradução Mariana Mesquita.
-- São Paulo : Geração Editorial, 2013. -- (Cidade das sombras ; 2)

ISBN 978-85-8130-213-3

1. Ficção - norte-americana I. Título. II. Série.

13-12017 CDD-813

**Índices para catálogo sistemático**

1. Ficção : Literatura norte-americana 813

**GERAÇÃO EDITORIAL**

Rua Gomes Freire, 225 – Lapa
CEP: 05075-010 – São Paulo – SP
Telefax: (+ 55 11) 3256-4444
*E-mail:* geracaoeditorial@geracaoeditorial.com.br
www.geracaoeditorial.com.br

Impresso no Brasil
*Printed in Brazil*

*Para meus irmãos, em ordem de aparição:*
*David, Michael, Marisa e Alissa.*

# 1

O homem é uma criatura pueril, facilmente enganada pelo superficial. Algum tolo da vizinhança, do tipo em que você não confiaria nem para limpar seu penico, se aproxima de você na rua trajando um terno limpo e de repente você se vê abaixando a cabeça e chamando-o de senhor. "O contrário também funciona — o mesmo idiota veste um uniforme e começa a achar que é durão, ou se enrola numa vestimenta sacerdotal e começa a achar que é decente. "Isso é muito perigoso". Um homem deve saber quem é, mesmo que não sinta orgulho disso.

Afrouxei o colarinho do meu casaco e enxuguei o suor em minha testa. Fazia um dia quente. Havia sido uma semana quente num mês quente, e o tempo não dava sinais de que iria refrescar. A sala de estar não tinha sido construída para aquela onda de calor que estava cozinhando a cidade no último mês, secando poços e deixando vira-latas espumando de sede nos becos. Embora eu achasse que, para os habitantes da mansão, a estiagem fosse mais um problema de trajes arruinados e festas ao ar livre canceladas — o que era vida e morte na Cidade Baixa era apenas uma inconveniência no morro de Kor. Até o clima afeta os ricos de maneira diferente.

"Portanto" não era apenas o calor ou meus trajes que me faziam suar. Eu não gostava de estar ali, de chegar tão longe até o norte da cidade, não antes do anoitecer e de maneira alguma se eu puder evitar. Mesmo o mais estúpido dos guardas da cidade poderia adivinhar que eu não era dali. Então, quando o mensageiro chegou batendo à porta do Conde de Sinuosa no dia anterior — não um viciado à procura de mais um punhado de mercadoria e nem um conhecido implorando por um favor, mas um mordomo em seu traje completo, de libré carmesim e parecendo tão deslocado quanto uma abadessa num puteiro — eu quase o mandei voltar para casa. Porém, a curiosidade, uma quase virtude que leva os homens à ruína e arranca a sétima vida de um gato, me fez abrir a mensagem trazida por ele. A carta requisitava meu comparecimento a uma reunião na manhã seguinte e estava assinada por "general Edwin Montgomery", e quando cheguei ao final dela estava desejando que um marginal tivesse acabado com aquele emissário antes que eu tivesse encontrado outra maneira de me foder. Dado o que havia entre nós, eu não poderia recusar sua solicitação — embora, ao olhar para trás e ver como as coisas se desenrolaram, tivesse sido melhor para todo mundo que eu tivesse ignorado.

Provavelmente não é necessário dizer que não nutro um grande respeito pela autoridade, nem por aquele tipo particular de idiota que me enviou, com centenas de milhares de outras almas, para morrer durante a Grande Guerra — mas Montgomery era dos bons. Mais do que bom, ele era uma verdadeira lenda, talvez o único homem a ocupar uma alta patente que realmente a merecesse. A maioria dos seus colegas nunca chegou a ver o *front*, felizes em estabelecer seus quartéis-generais em castelos tomados, abrindo caminho em direção às adegas dos inimigos e computando as baixas em cifras repugnantes. Depois que tudo acabou, quando o brilho da vitória começou a desbotar e a reação contra o alto escalão começou a acontecer, Montgomery foi um dos poucos cujo nome jamais ficou sujo. Em determinado momento, houve uma conversa a respeito de nomeá-lo ministro da Guerra, talvez até alto chanceler. Mas todos nós já desejamos ser outra coisa em algum momento.

Eu não o via há mais de dez anos. Jamais pude prever que nos encontraríamos novamente e estava longe de me sentir feliz por estar errado.

Sufoquei o desejo de acender um cigarro e tentei não me remexer na cadeira. O criado de Montgomery, um valão robusto, me observava de seu posto, diante da porta de seu mestre. Ele era um homem do exército, o que era fácil de perceber devido à sua proximidade com o general e a seu vigor físico. Seus olhos implacáveis eram cravados abaixo da protuberância da testa de granito. Seu rosto parecia bem construído para aguentar uma surra; e seus braços e ombros igualmente perfeitos para dar uma. Resumindo, não acredito que ele tivesse problema em espantar vagabundos dali — mas, como acontece com todos nós, os anos estavam se acumulando. Seus cabelos, mantidos rentes ao cocuruto, tinham mais fios brancos do que negros, e, embora apenas um pouco de carne recobrisse seu físico, eu ainda suspeitava que tinha uns três quilos a mais do que costumava ostentar.

Seu nome era Botha. Estava impressionado comigo mesmo por lembrar, dado que o havia visto ao todo duas vezes. De fato, estava tendo dificuldade em combinar nossa parca familiaridade com o olhar gélido que ele lançava em minha direção, um olhar do tipo que uma pessoa reserva àquele que estuprou sua irmã ou matou seu cão.

— Há quanto tempo — comecei.

Botha grunhiu. Pressenti que, por ele, o silêncio poderia ter durado mais um pouco.

— Será que você poderia me trazer uns canapés? Daqueles pequenininhos, com pepino e um pouco de carne de carneiro?

Por ter aperfeiçoado sua indiferença diante de flechas de verdade, o equivalente retórico surtiu pouco efeito. Ele afastou um pouco de poeira imaginária do ombro.

— Não considera apropriado oferecer aperitivos para entreter os hóspedes?

— Você não é um hóspede — resmungou ele, sem desfazer o semblante rígido.

— Bem, estou aqui, não estou? Isso me torna um convidado ou um membro da família, e de qualquer maneira eu quero um canapé.

Uma sineta soou na sala, portanto nunca cheguei a descobrir se havia feito o bastante para aborrecê-lo. Mas eu não apostaria contra mim mesmo — posso ser um filho da puta irritante quando quero. Botha abriu a porta e escorregou para dentro. Voltou após um momento e fez sinal para mim.

— Eu lhe daria uma gorjeta, mas estou sem ocres e não quero insultar os seus serviços com pratas.

— Talvez isso possa ser remediado em outra ocasião — respondeu Botha, voltando para o seu posto enquanto eu passava por ele.

Parei por um momento, ambos espremidos desconfortavelmente no umbral.

— Sou diligente ao pagar meus débitos.

Ele me deixou passar, depois baixou os ombros e assentiu, imitando os trejeitos de um criado. O mestre da casa me esperava, e entrei para encontrá-lo.

O escritório era bem construído. Prateleiras de ébano subiam pelas paredes laterais, repletas de uma coleção de grossos livros com capas de couro. Uma lareira de pedra tomava a maior parte da parede dos fundos, e mesmo sua lembrança era quente demais para aquele dia. Uma mesa sólida e organizada ocupava o centro, e atrás dela estava sentado o general. Era um belo conjunto — pelo preço daqueles móveis era possível comprar meio quarteirão da Cidade Baixa. Mas, para um homem cuja riqueza poderia pagar o mais opulento dos luxos, era bastante discreto.

Eu havia conhecido o general em Nestria uns quinze anos antes, embora não achasse que ele lembrasse. Ele havia passado pelas linhas em uma noite em que eu estava de guarda. Isso foi durante o primeiro inverno da guerra, quando não era possível construir uma fogueira grande o suficiente para afastar o frio e a primeira coisa que se fazia ao acordar era checar os dedos dos pés para ver se estavam congelados. Ele estava caminhando na escuridão, apenas mais um da companhia, vestido da mesma maneira que nós, soldados, com merda nas botas e o sobretudo sujo de lama. Aquilo havia significado algo para mim. Havia significado algo para muitos de nós.

O general passava da meia-idade quando comandava a guerra, e os anos não o haviam deixado mais jovem. Mas também não haviam tirado dele o autocontrole que eu havia percebido durante os primeiros segundos em que o vi, caminhando debaixo da chuva gelada — como se as intempéries, para não dizer o inimigo, fossem fatores que merecessem seu desprezo. Se os anos haviam provocado qualquer mudança, haviam acentuado aquela sua característica, o envelhecimento gradual de seu corpo tornando ainda mais claro o controle absoluto que o general mantinha sobre ele.

Em relação ao seu corpo havia pouco a ser comentado. A juventude confere aos seres humanos a maior variedade de atributos da qual se pode mencionar, mas o passar dos anos resume essa grande variedade em poucos arquétipos básicos. Com isso, quero dizer que Montgomery tinha a aparência de um homem velho — tufos de cabelos brancos presos a uma cabeça careca, os ossos dos braços despontando por baixo de sua camisa, uma boca que você podia suspeitar que às vezes se molhava de baba. Ele vestia um terno escuro, menos pomposo e mais bem ajustado que o meu, embora, assim como eu, ele suasse através do traje. Apesar de tudo isso, seus olhos eram frios e astutos, e eu não tinha esquecido que estava diante de um homem cuja palavra havia determinado o destino de várias nações.

Botha fechou a porta atrás de mim. Montgomery fez menção de se levantar, mas fiz sinal para que ele permanecesse sentado e rapidamente ocupei meu lugar na cadeira diante dele.

— Já faz bastante tempo — disse ele. Não consegui perceber pela sua voz como ele se sentia em relação a isso.

— Bastante tempo.

— Você parece bem — disse ele.

— Obrigado — respondi. — Você também.

Duas mentiras, e ainda nem havíamos terminado com as lisonjas.

— Posso lhe oferecer alguma coisa? — continuou ele. — Um café, talvez? Não acredito que Botha tenha lhe oferecido alguma coisa.

— Acho que ele não teve essa cortesia.

— Ele era um soldado melhor do que é como um criado. Não dá muita atenção a etiquetas, mas é um terror com a espada.

— Posso imaginar — respondi. E de fato podia.

Houve uma pausa enquanto ele procurava por um assunto para jogar conversa fora. Não invejava essa sua tarefa — durante esse tempo que ficamos sem nos ver, eu havia feito poucas coisas que fossem dignas de serem mencionadas num bate-papo casual.

Ele se apegou ao básico:

— Há alguma esposa sobre a qual eu possa perguntar?

— Não.

— Filhos?

— Nenhum que eu assuma.

Era a minha vez de bancar o interrogador, mas permaneci calado. Eu tinha uma boa ideia de como o general havia estado nessa última década e tinha uma boa ideia sobre quem era responsável por sua infelicidade. Ou pelo menos eu achava que sabia.

Depois de um tempo, ele percebeu que eu não iria encenar o meu papel e prosseguiu com as banalidades.

— Que tempo terrível, não?

— As moscas parecem estar gostando.

— Você tem alguma afinidade com os insetos?

Dei de ombros.

— As pessoas se parecem bastante com as moscas.

— Como assim?

— Ambos morrem facilmente.

O general engoliu minha feiura com uma gargalhada bem ensaiada. Uma das qualidades das classes abastadas era a capacidade de rir para despistar o desconforto. Eu estava me comportando mal, mas não conseguia parar. Para me preparar para essa discussão, havia cheirado meia ampola de Sopro de Fada, a droga que eu traficava quando não estava consumindo, mas o efeito havia passado fazia muito tempo.

— Talvez você possa me dizer o que posso fazer por você, general.

— Direto ao ponto. Posso entender isso. Aposto que você tem coisas mais importantes a fazer do que se sentar num escritório quente com um velho.

Na verdade, meus planos para o restante do dia envolviam fazer o menos possível, um exercício laborioso que eu pretendia tentar executar com a ajuda de uma seleção adequada de narcóticos. Mas ele estava certo em deduzir que eu queria dar o fora dali o mais rápido possível — daquele bairro, daquela casa, da presença dele.

Houve um silêncio desagradável enquanto ele me inspecionava com uma intensidade estranha e desconfortável, como se não tivesse certeza se poderia confiar em mim. Queria dizer a ele que seguisse seus instintos, mas, antes que eu pudesse dizer qualquer coisa, ele abriu uma gaveta em sua mesa e puxou algo de dentro dela.

— Esta é minha filha — disse ele, fazendo o objeto escorregar através da mesa em minha direção. — Seu nome é Rhaine, em homenagem à mãe, que morreu ao trazê-la a este mundo.

Era um medalhão em formato de coração, uma concha de ouro que envolvia uma pequena fotografia. Abri o medalhão. Miniaturas são uma maneira particularmente inexata de representar um fragmento da realidade. Uma pintura a óleo de sete centímetros quadrados, os detalhes se tornando ambíguos devido ao tamanho e à exigência a uma abstrata noção de beleza. Achava pouco provável que a pintura que eu tinha nas mãos tivesse qualquer semelhança com a filha de Montgomery.

Não havia grande semelhança entre o general e sua filha, mas a garota naquela pintura devia ser umas cinco décadas mais jovem do que o homem sentado diante de mim. Além disso, o traço mais bonito dela eram seus cabelos, vermelhos como os últimos momentos do pôr do sol, e o tempo havia muito esbranquiçara as madeixas do general. Exceto por isso, ela se parecia como todas as pessoas se parecem num retrato: pele perfeita, um nariz delgado imitando o arco de seu pescoço. O único traço que entregava o parentesco eram os penetrantes olhos azuis, evidentemente um traço da família Montgomery.

— Ela é adorável — falei, embora não tivesse certeza de que, vindo de mim, ele considerasse aquilo um elogio.

— É mesmo — disse ele. — Também é vaidosa, voluntariosa, mimada... e desaparecida.

Achei aquele último traço mais pertinente.

— Há quanto tempo?

— Dois dias.

— Percebi que você não disse sequestrada.

— Não, eu não disse. Tenho razões para acreditar que ela partiu por vontade própria.

— E os motivos são?

— Tivemos um... desentendimento, suponho. Tivemos uma porção deles nos últimos tempos, mas temo que o último tenha sido a gota d'água.

— Sinto muito, general — disse —, mas os jovens se enfurecem com a mesma rapidez com que se reconciliam. Tenho certeza de que ela irá aparecer em breve. — É claro que eu não tinha a mínima certeza daquilo.

— Acho que não. Ela é teimosa, como o pai. — Afetado, ele continuou sem meu auxílio. — Ela terminou os estudos há seis meses... um curso, asseguro-lhe, tão caro quanto irrelevante. O ínterim desde sua formatura tem sido... difícil... para nós dois. Ela não quer se casar, e, embora não a culpe, não estou exatamente convencido de que dormir até o meio-dia e passar o resto do tempo gritando com os empregados seja um substituto melhor. Verdade seja dita, não acho que nenhum de nós sabe o que fazer com o outro.

Isso era mais do que eu achava necessário saber a respeito da família Montgomery.

— Seja como for, general, não consigo ver qual é o meu papel em seus assuntos domésticos.

Ele se empertigou na cadeira, uma tarefa não muito fácil considerando sua idade.

— Tenho motivos para acreditar que ela esteja se escondendo em algum lugar na Cidade Baixa. Quero que você a encontre e que diga a ela... quero que peça a ela que volte.

Cocei o que começava a se transformar numa barba.

— O que o faz pensar que ela está na Cidade Baixa?

— Se ela tivesse permanecido dentro dos limites do morro de Kor, em seu antigo círculo, eu já saberia. E a natureza de nossa discussão me leva a acreditar que ela tenha ido procurar algo em sua comunidade.

Isso foi vago o bastante para ser indecifrável, mas, pensando a respeito, achei que não queria maiores explicações.

— Não trabalho mais para a Coroa, general — falei.

— Assim fui informado.

Não era lá um grande segredo — embora eu duvidasse que o general tivesse uma ideia acurada de minhas atribuições atuais, do contrário teria buscado ajuda de uma fonte mais apropriada.

— E, além disso, encontrar pessoas desaparecidas não é minha atividade atual. — Nunca foi, na verdade; mesmo quando eu usava o uniforme cinza, estava mais envolvido em fazer com que as pessoas desaparecessem. — Tenho certeza de que, se você entrar em contato com a Casa Negra, eles ficarão felizes em ajudá-lo com seu problema.

— Eles ficariam, certamente. Ficariam felizes da vida em ajudar, em encontrar a filha desajustada de Ed, o Lutador e lembrar-se disso tanto quanto for necessário. — Ele balançou a cabeça. — Já lidei o bastante com o Velho, o suficiente para uma vida inteira.

— Se você está preocupado com discrição, existe uma boa quantidade de firmas que podem oferecê-la. Posso lhe indicar alguns homens bem-conceituados.

— Não quero discrição — disse ele, não exatamente irritado, mas menos amigável do que até aquele momento. — Quero silêncio. Não quero que vaze nada a respeito desse assunto. Quero que isso jamais tenha acontecido, e nenhuma das grandes firmas pode me garantir isso — Ele se acalmou um pouco, limpando o montículo de saliva que havia se acumulado nos cantos de sua boca. — Além disso, fui informado de que você é o homem com quem se deve falar sobre o que acontece na Cidade Baixa.

— E quem lhe informou isso? — perguntei. Achava difícil acreditar que o general gastasse seu tempo em locais onde o meu nome era falado abertamente.

— Iomhair Gilchrist — disse ele, sorrindo diante da minha reação. — Você não liga mais para o velho Estômago de Ferro?

— Oh, eu não diria isso. Se o Criador não nos tivesse dado os besouros rola-bostas, perderíamos um bom tempo limpando nossos sapatos.

— Não é um convidado assíduo dos jantares de domingo, mas sua cobiça faz com que seu comportamento seja bastante previsível. Eu sou rico, ele sabe e isso o mantém sob meu controle.

— Todo o dinheiro do mundo não seria capaz de comprar coragem para ele... é um covarde e não tem qualquer utilidade quando se está em apuros. Mesmo se fosse possível acreditar que ele não iria te ferrar, ainda assim não seria possível acreditar que ele não o fizesse.

Ele assentiu, não como se concordasse comigo, mas como se aquilo não importasse.

— Seja como for, o Estômago de Ferro conhece o próprio ramo. O ramo dele é conhecer as pessoas, e ele diz que você conhece o seu ramo.

Foi um belo jogo de palavras, mas achei melhor não alertá-lo para isso.

— Embora eu me sinta lisonjeado por saber que o Estômago de Ferro me tem em tão alto conceito, a realidade é que encontrar crianças perdidas não é minha linha de trabalho.

Tive a impressão de que Montgomery havia esperado que essa conversa se desenrolasse mais facilmente. Ele respirou fundo e se recostou pesadamente na cadeira, reunindo suas forças antes de voltar à batalha.

— Você nunca conheceu Rhaine, não?

Eu transpirava através da camisa. Percebi que, se permanecesse ali por muito mais tempo, acabaria transpirando através do casaco também.

— Não que eu lembre.

— Da última vez que nos encontramos, ela era apenas uma criança. De muitas maneiras, acredito que ainda hoje ela seja uma criança. Roland era maluco por ela. Eu também. Algumas vezes parecia que essa era a única coisa que tínhamos em comum. E é claro que ela também o amava. Após a morte de Roland, temo que a afeição tenha se transformado em adoração. À medida que os anos passam, mais ele se parece com um santo.

Concentrei-me na janela atrás do general, opaca pela poeira e pelo brilho do sol.

— Ele sempre falou muito bem de você. Mesmo quando tinha poucas coisas boas a dizer sobre a Coroa ou sobre a Casa Negra em particular, sempre falava muito bem de você.

— É bom ouvir isso — falei. Foi o menos vago que consegui ser.

— Ontem pedi a Iomhair o nome de três homens confiáveis o suficiente para encontrar minha menina e em quem eu poderia confiar para não espalhar meu problema pelas ruas. Quando o seu nome apareceu no topo da lista, devo admitir que... — ele ficou em silêncio, tentando achar as palavras. Estava claro que o general não era o tipo de pessoa acostumada a demonstrar os sentimentos. Percebi que teria preferido que ele tivesse se atido à sua reserva costumeira. — Não sou um homem religioso, você entende. Mas, de alguma maneira, quando vi seu nome, não pude deixar de sentir que os Daevas tinham suas mãos naquilo, trazendo você de volta para a minha vida depois de tão longa ausência.

Era mais fácil ver as mãos do inferno do que do divino em nosso reencontro.

— Roland era um amigo — falei. O fato de essa ser uma das poucas verdades que eu dissera em toda a nossa conversa não se perdera dentro de mim. — E se eu achasse que poderia ajudá-lo, não hesitaria em fazê-lo. Mas não sou do tipo que promete uma coisa que não pode cumprir, e não posso cumprir o que você me pede. Não conheço Rhaine, seus hábitos, pessoas associadas a ela, não sei nada a seu respeito. A Cidade Baixa é um lugar grande, e nem mesmo eu tenho ouvidos espalhados pela cidade inteira. E mesmo que eu a encontrasse, e daí? Não tenho qualquer influência para forçá-la a voltar, e, por mais cruel que possa parecer, a lei não me permitiria colocá-la dentro de um saco e trazê-la até aqui à força. — Colocando daquela maneira, pareciam boas desculpas; não, desculpas não, bons argumentos. Torci para que ele os aceitasse. — Sinto muito, general... mas não há nada que eu possa fazer pelo senhor. Ele deixou seu velho corpo se recostar novamente na cadeira, seu rosto apenas uma sombra do que fora havia alguns poucos instantes. Nada como partir o coração de um velho antes do almoço.

— Claro — disse ele, sua voz indistinta. — Entendo. Perdoe-me por fazê-lo perder o seu tempo.

— Sem problemas — respondi, e, então, querendo dizer algo para acalmá-lo: — foi bom revê-lo, general. Eu tenho... boas memórias do senhor e de seu filho — Estávamos de volta às mentiras. Eu tinha algumas boas memórias de Roland, mas estavam bem misturadas com outras bastante terríveis.

Ele não parecia me ouvir, mas tanto fazia. O assento de couro grudou no meu traseiro quando me levantei da cadeira.

— Vou deixá-lo sozinho, então.

Ele assentiu se despedindo, perdido em pensamentos certamente nada alegres.

A palma da minha mão pousava sobre a maçaneta de ferro quando a imagem de um homem inundou minha memória.

Um homem que se parecia um pouco com o general, mas com a mesma cabeleira vermelha da mulher da foto dentro do medalhão que deixei sobre a mesa. Seus olhos eram brilhantes como o fogo, o tipo de olhos que você seguiria para qualquer lugar — olhos ferozes, perigosos, olhos que prometiam coisas nas quais você não deveria acreditar.

— Eu poderia ficar de ouvidos atentos — disse o idiota que vestia o terno mal cortado. — Não estou prometendo nada, mas...

Montgomery deu um salto de trás da mesa, quase se arremessando contra mim, esquecendo-se de sua idade em meio àquela excitação.

— Muito bondoso de sua parte, muito bondoso! — ele pressionou o medalhão contra a minha mão, e o aperto foi firme. — Pagarei pelo que você precisar, não se preocupe com isso. Simplesmente me mande a conta, e eu a cobrirei, duplicarei o valor, qualquer coisa que você precisar.

Naquele momento, eu precisava dar o fora daquela casa e estava prestes a fazê-lo quando algo me ocorreu.

— Só mais uma coisa, general — arrisquei. — Sobre o que foi a briga?

A alegria se esvaiu de seu rosto.

— Foi sobre o irmão dela — respondeu o general. — E as circunstâncias de seu assassinato.

Saí sem dizer mais nada, passei pela sala de estar e pela carranca de Botha, seguindo pelo longo corredor que levava até a entrada, passando pela porta vistosa em direção à rua. O sol brilhava sobre um homem que desejava poder voltar atrás dos últimos cinco minutos; que queria poder voltar mais do que isso, mas já ficaria satisfeito com os últimos cinco minutos.

# 2

Estava mais quente no meu bairro do que no do general, quente o bastante para secar o pouco que existia de comércio legal e dar um belo golpe no comércio ilegal também. Eu havia conseguido regressar do morro de Kor com nada mais do que um assobio fraco de uma prostituta decrépita. Dei uma prata para ela e disse que saísse do sol.

Senti um breve momento de alívio ao adentrar os confins do Conde de Sinuosa. Não havia muito que dizer sobre o estabelecimento do qual eu era sócio. Era um bar de bairro sem nada de especial, numa parte sem nada de especial da Cidade Baixa — feio, surrado e com uma freguesia composta de durões e criminosos. Mas era fresco, e isso já era alguma coisa. Na verdade, com o tempo quente o bastante para se assar um pão, era bastante.

Teria sido o suficiente se Adolphus, meu sócio e o cabeça do nosso negócio, estivesse por ali para me servir um copo de cerveja. Mas não estava. E nem Adeline, sua esposa e a pessoa que era realmente responsável pela solvência do bar. O salão estava vazio, fileiras de mesas gastas conduzindo a um balcão extenso e à área privativa nos fundos. Depois de alguns instantes, ouvi vozes vindas dos fundos e, curioso, segui-as até sua fonte.

Quando o encontrei pela primeira vez, durante os cinco anos que passamos matando pessoas a serviço de nosso país, Adolphus tinha o físico mais impressionante que eu já vira. Ele tinha muito mais de um metro e oitenta de altura, e nem valia a pena medi-lo, com um par de braços do tamanho das pernas grossas de um homem e costas largas o suficiente para derrubar uma carroça. Admito que seu rosto trazia muitas cicatrizes de acne e era simples, mas a cabeça à qual ele estava ligado ficava tão alta que isso era quase imperceptível. Ele havia saído do exército quase com a mesma aparência, exceto que agora lhe faltava um olho, cortesia de uma flecha dren. Treze anos de uma vida sedentária e frequentes goles em seu bar o haviam deixado um pouco mais parecido com um membro da espécie humana. Mas ele ainda parecia poder arremessar uma vaca contra a parede se, por algum motivo, se sentisse inclinado a fazê-lo.

Ele estava rindo quando entrei, dominando os três homens que o cercavam tanto por seu brio quanto por seu tamanho. Demorei alguns instantes para reconhecê-los. Depois disso, levou bem menos tempo para que uma carranca tomasse conta do meu rosto.

— Olá, tenente — começou Hroudland, rápido com as gentilezas. — Já faz bastante tempo — disse ele, estendendo a mão. Depois de alguns instantes parecendo tolo, baixou-a.

— Faz mesmo? Nem tinha percebido. Acho que não me pego pensando muito a seu respeito.

Hroudland assentiu, triste, como se esperasse mais de mim, mas houvesse aprendido a não contar com isso.

— É realmente uma pena. Porque nós, da Associação dos Veteranos, estamos sempre pensando em você, em você e em todos os demais irmãos, cujos serviços ao Trono e ao país estão sendo esquecidos pela administração atual.

Hroudland era o verdadeiro protótipo de um oficial de meio escalão, mais um ideal abstrato do que um ser humano concreto. Dê a ele um problema para solucionar e ele o fará, sem jamais perder um momento pensando nos motivos que fizeram que aquilo precisasse ser resolvido. Ele tinha uma mente astuta, mas a mantinha guardada até segunda ordem. Eu não dava a mínima para ele, mas, comparado aos seus colegas, eu teria ficado feliz em cortar minha mão e fazer um juramento de sangue, beijá-lo no rosto e chamá-lo de irmão.

Eu conhecia Roussel havia dez malditos anos, e ainda assim a incongruência entre seu rosto de menino e sua longa história de violência me deixava de queixo caído. Com poucos da mesma raça entre os habitantes do Império, a chegada da guerra havia sido uma bênção e tanto para o jovem rouender. Foi uma bênção também para os vira-latas de sua vizinhança, que antes do seu alistamento eram capturados e dissecados, os intestinos estendidos ao longo das calçadas e as glândulas espetadas com finos instrumentos metálicos. O desenrolar dos acontecimentos no *front* significou que Roussel se tornou um assassino antes de seu décimo sexto aniversário, mas ele não teria se mantido virgem por muito tempo, mesmo permanecendo um civil. E embora mal chegasse à altura dos meus ombros e tivesse os olhos azuis e as bochechas rosadas de uma boneca de porcelana, ainda assim era aquele que eu observava com atenção. O fato de Hroudland ter uma patente mais alta que a sua não significaria nada se ele metesse na cabeça que queria machucar alguém.

Coelho era, em contraste, basicamente o que alguém esperaria de um ex-soldado e assassino da atualidade. Uma série de blocos maciços empilhados uns em cima dos outros, o do topo sendo uma massa de tecido cheio de cicatrizes e cartilagem esfarrapada. Brilhando nessa última ficava um sorriso, que se mantinha firme durante sol e chuva, ao cortar a garganta de alguém ou desovar um corpo. Seu apelido era o produto do tipo de humor cáustico comum nas trincheiras, pois, se havia algum homem que lembrasse menos o dócil coelhinho, eu tinha dificuldade em imaginá-lo.

— Por que esse terno de macaco, tenente? — perguntou ele.

— Aos domingos, eu e sua esposa jantamos juntos, e quero estar bonito.

Coelho sorriu, a pança balançando sobre sua estrutura maciça.

— Eu nunca me casei.

— É uma pena. Todo mundo deveria ter uma esposa. Mas suponho que muitos anos passados vivendo em barracas de acampamento, lado a lado com a nata da masculinidade de Rigun, devem ter criado em você uma aversão ao sexo mais belo.

Roussel ficou sobressaltado diante do meu comentário, seus olhos furiosos buscavam problemas, mas Coelho interrompeu sua raiva rindo novamente, rindo e balançando a cabeça de maneira amigável.

— Eu havia esquecido como você é engraçado, tenente.

— Só quando vocês estão por perto. Assim que vocês forem embora, voltarei a beber sozinho e em silêncio. Enquanto estamos neste assunto, talvez você pudesse me dizer quando exatamente esperar pela sua saída. O bar ainda não está aberto, e, de qualquer forma, temos uma política de entrada bastante exclusiva aqui.

— Ora, vamos — disse Hroudland. — Somos todos soldados.

— Por acaso o alto chanceler iniciou outra guerra enquanto eu estava distraído? — falei, com um sorriso irônico. — De qualquer maneira, acredito que já servi meu tempo, o que significa que seja você o que for, Hroudland, *nós* não somos nada.

Isso foi demais para Roussel, que apertou os dedos em volta do cabo da espada curta que, até o momento, mantivera embainhada.

— Nada disso — falou Hroudland, que, ao passar tempo o suficiente com o lunático com carinha de bebê, sabia sem precisar olhar que ele estava tendendo para a violência. — O tenente estava apenas brincando. Ele gosta mesmo de uma boa piada, e nós gostamos do tenente, por isso não nos incomodamos. O tenente é um homem inteligente, muito inteligente. Ele sabe que estamos apenas olhando por ele e seus interesses, sabe que, sem a ajuda da Associação para se certificar de que a Coroa está agindo direitinho, eles arrancariam tudo o que temos e nos lançariam na rua.

— Não tenho certeza se sou tão esperto quanto você pensa.

— Então foi bom termos aparecido para esclarecer as coisas um pouco. — Pela primeira vez pude perceber uma certa dureza em sua voz.

— Isso me faz lembrar uma coisa, Hroudland. Estou com minha contribuição em atraso. — Enfiei a mão no bolso traseiro e tirei alguns cobres, que lancei para ele. — Isso deve cobrir pela eternidade. Não pense que haverá necessidade de vir até aqui novamente.

Hroudland olhou o dinheiro por alguns instantes, decidindo se ia engrossar ou não, mas qualquer que tenha sido o intuito deles ao vir até aqui, não havia sido para iniciar uma briga. E de qualquer maneira, entre Adolphus e eu, ele provavelmente percebera que não teria chances de vencer. Por isso, fechou as mãos ao redor da moeda e a guardou com um sorriso.

— Não viemos até aqui para vê-lo, tenente; isso foi apenas uma feliz coincidência. Viemos até aqui para ver o chefe. — Ele assentiu amigavelmente para Adolphus. — E o herói de Aunis sabe que é bem-vindo às reuniões qualquer hora em que escolher aparecer.

Ele gesticulou para seus rapazes, e estes o seguiram. Coelho tinha no rosto o mesmo sorriso que mantivera durante todo o tempo, que ele teria continuado a manter caso as coisas tivessem se desenrolado de maneira menos amigável. Roussel parecia uma criança que tinha perdido a chupeta, triste por perder o que provavelmente seria a melhor chance de fazer algo sangrar naquele dia.

Enrolei um cigarro que eu não pudera fumar na casa do general e adicionei um pouco de vinonífera. Adolphus permaneceu mudo, seu rosto vermelho e ansioso. Para alguém que eu vira quebrar a coluna de um homem com as próprias mãos, ele tinha verdadeiro pavor de conflitos interpessoais.

— Que diabos eles estavam fazendo aqui? — perguntei finalmente.

— Apenas checando para ver se estava tudo bem. Queriam saber o que eu achava do novo imposto que o Trono nos está enfiando goela abaixo.

— Foi isso o que eles disseram a você?

— Você não acredita?

— Se Hroudland me dissesse que amanhã vai fazer sol, eu tiraria meu casaco de inverno do armário.

— Eles não são de todo ruins. Coelho é um cara amigável o suficiente.

— Ele ganhou aquelas cicatrizes sendo amigável?

— São soldados — disse Adolphus, imbuindo a última palavra de uma reverência que fez meu estômago revirar. — Assim como nós.

— Poupe-me dessa baboseira de irmãos de armas. Eles recrutaram um quinto da população; não acha que talvez algumas maçãs podres tenham ido no meio?

Ele deu de ombros, sem querer discutir o assunto, mas eu não estava querendo deixar para lá.

— Lembra-se do que aconteceu da última vez que a Associação teve qualquer poder?

Isso foi o suficiente para calcificar sua vaga discordância.

— Roland Montgomery foi um homem bom.

— Com algumas ideias ruins — foi uma infeliz coincidência o nome dele ter me vindo à mente duas vezes num intervalo de apenas algumas horas. Ou pelo menos foi o que pensei comigo mesmo naquele momento.

— Ele estava certo ao falar que devemos nos defender, não devemos deixar que tirem vantagem da gente — disse Adolphus. — O Trono não tem o direito de querer cobrar impostos em cima da nossa pensão.

A guerra havia acabado, e uns 200 mil homens foram abandonados sem qualquer cerimônia nas ruas de Rigus. Homens com feridas no corpo e na mente, sem quaisquer habilidades a não ser cavar trincheiras e matar. Alguns se voltaram para o crime, a maioria passou a pedir esmolas nas esquinas. A coisa começara a ficar feia, a capital estava se sufocando nos corpos dos heróis feridos de guerra. Talvez algum ministro esperto tenha começado a se preocupar com o que iria acontecer se aqueles que uma vez formaram o exército decidissem retomar as atividades — uma preocupação que foi atiçada quando Roland Montgomery fundou a Associação dos Veteranos, em grande parte para convencer seus antigos camaradas a fazer exatamente isso. As indenizações começaram a ser pagas, pela primeira vez os tesouros da Coroa começaram a ser distribuídos. Parecia prudente dar uma pequena porcentagem do dinheiro dren aos homens que o haviam ganhado.

E assim nasceu a Prata do Soldado, metade por culpa, metade por medo. Meio ocre por mês para cada homem que havia servido, até que ele não estivesse mais vivo para reivindicar o dinheiro. Não era o bastante para abrir um negócio, comprar uma casa ou alimentar uma família. Apenas o suficiente para morrer lentamente, dividindo a cama com mais uma pessoa numa habitação coletiva em algum cortiço, longe dos olhos dos transeuntes. Eu achava aquilo uma bela merda em troca de tudo o que demos à Coroa e geralmente não ia até o escritório financeiro para reivindicar a minha parte. Mas, para a maioria dos meus camaradas, era algo quase sagrado, completamente fora de proporção com relação ao seu verdadeiro valor.

De acordo com sua grande tradição de visão de curto prazo, a Coroa não havia se importado em considerar o que aconteceria quando o valor destinado às indenizações pela guerra acabasse, o que aconteceu alguns anos atrás. Com nossos cofres quase vazios, o alto chanceler havia começado a falar em taxar a Prata do Soldado como uma renda comum, uma bela manobra através da qual o Trono tiraria com uma mão o que havia dado com a outra.

— O governo fode as pessoas. É isso o que todos os governos fazem. Eu não deveria precisar explicar isso a você.

Adolphus deu de ombros com uma petulância inapropriada para sua idade e tamanho.

— Não é certo que eles tenham se esquecido da gente tão depressa.

— Primeiro impostos, agora tempo? Qual é a sua? Vai seguir a morte até sua toca, lutar contra ela até subjugá-la?

Adolphus abaixou a cabeça, cauteloso.

— Você não deveria blasfemar dessa maneira. Aquela que Espera por Trás de Todas as Coisas pode estar escutando.

— Ela está sempre escutando, Adolphus. E tem seu próprio ritmo.

Joguei meu cigarro no chão. Aquilo significava trabalho extra para Adeline, mas reforçava o que eu estava querendo dizer.

— É claro, fique perdendo seu tempo com a Associação e pode ser que consiga que ela marche mais rápido em sua direção.

Era uma boa frase para se terminar a conversa, e, além do mais, eu ainda tinha um dia cheio pela frente. Deixei Adolphus pensando em seus erros, em por que ele havia se metido numa sociedade com um falastrão imbecil, e segui pela escadaria estreita que levava até o meu quarto imundo e repugnante. Chegando lá, coloquei minhas roupas comuns e reservei um momento para encher minha cabeça de Sopro de Fada antes de descer em direção à rua.

# 3

Eu não sentia falta de nada da época em que era soldado, mas, se você colocasse uma espada contra minha garganta, eu provavelmente escolheria o período que passamos sem matar ninguém como o menos terrível. Foi curto, tempo suficiente para transportar 40 mil homens de Rigus até Nestria e colocar armas em nossas mãos. Ainda assim era uma maneira terrível de passar o tempo — dias perdidos debaixo do sol quente praticando movimentos com lanças e espadas, horas passadas ouvindo o bater de dentes dos outros idiotas, estúpidos o bastante para terem se alistado. Mas, ainda assim, esse período foi mil vezes melhor do que o que veio depois.

Não sabíamos disso na manhã da Batalha de Beneharnum, é claro. Todos operávamos sob a vaga suspeita de que, como não havíamos aprendido nada além de ficar enfileirados e apontar nossas lanças na mesma direção, isso era tudo o que seria necessário. Nossos superiores imediatos, longe de serem estrategistas brilhantes, encorajavam esse tipo de pensamento, parecendo mesmo trabalhar sob essa crença. Uma estranha letargia havia se espalhado pelo batalhão, dos oficiais, que bebiam, jogavam e de maneira geral se faziam de idiotas, ao tamborileiro do regimento, que não conseguiria manter uma batida simples nem mesmo se nossas vidas dependessem disso, o que na verdade acabou acontecendo.

Eu era um soldado raso, o degrau mais baixo de uma maldita escadaria. Não era uma posição que me caía bem. Todos somos marionetes, mas prefiro que minhas cordas sejam menos visíveis. É impossível manter mesmo a mínima pretensão de livre-arbítrio quando cada gota de sua energia é gasta de acordo com o critério de homens que você nunca vê, que parecem tão distantes de você quanto o Primogênito e seus irmãos, porém com muito menos sabedoria.

Estivéramos em formação desde aquela manhã, espremidos uns contra os outros enquanto a artilharia gastava uma pequena montanha de ferro num esforço inútil de aniquilar as forças inimigas. A Grande Guerra veria uma dramática expansão do papel do canhão num combate, avanços industriais recentes haviam permitido sua produção em massa. É claro, você poderia produzir toda a colubrina que quisesse, mas isso não significaria muito sem ter alguém que soubesse mirá-la adequadamente. Uma coisa era mostrar a um camponês analfabeto como enfiar um pedaço de metal em um dren, e outra completamente diferente era provê-lo do treinamento necessário para mirar corretamente a artilharia. À medida que o conflito ia se desenvolvendo e os atiradores tinham tempo para aperfeiçoar sua atividade, os canhões se tornaram letais como a praga, e o assobio que se seguia ao tiro era o suficiente para lançar uma brigada de homens valentes ao chão em busca de refúgio. Mas isso ainda estava longe. Os soldados da nossa bateria pareciam parcialmente cegos ou completamente retardados, e provavelmente não havia um espaço mais seguro em Nestria do que no exército a cerca de 800 metros de distância. Pela primeira vez, o exército dren foi igualmente incompetente, e uma hora inteira se passou enquanto balas e pedaços de metal se enterravam na lama alguns metros à nossa frente.

Se você está esperando um tratado da história militar está com azar. Eu não sabia naquela época e ainda hoje não sei o que havia de tão importante em Beneharnum que precisasse da morte de dezenas de milhares de homens, por que motivo esse pedaço de terra em particular precisava ser regado de sangue. Suponho que fosse um bom lugar para se morrer como qualquer outro, jamais ouvi algum dos homens que ficaram a sete palmos do chão reclamar a respeito dali.

Certamente, o oficial que nos deu as ordens não fez um bom trabalho ao nos explicar a situação. Pelo menos ele fazia uma bela encenação, sentado sobre seu cavalo de guerra e gesticulando dramaticamente com sua espada de cavalaria, embora, com o duelo de artilharia que estava acontecendo, ninguém pudesse ouvir uma só palavra do que ele estava dizendo. Presumo que ele estivesse nos exortando a morrer pela rainha e pelo país e, embora eu jamais tenha conhecido a velha vadia e não tivesse caído de amores pelo que havia visto de seu reino, meia hora mais tarde me vi no pelotão da frente de seu exército, apoiado na lança de seis metros de altura que havia enfiado no chão e querendo marchar em direção à morte.

Ao meu lado, Adolphus fazia o mesmo, embora a lança parecesse frágil demais para suportar seu corpanzil. À luz dos eventos futuros, é tentador imbuir ao nosso relacionamento mais do que uma importância eventual, mas a verdade é que, naquela época, ele era apenas mais um rosto no regimento, embora fosse um rosto permanentemente acima dos demais. Eu não sabia muito a respeito dele e não queria saber — não fazia sentido se aproximar demais de alguém, dada a grande probabilidade de sua morte a qualquer momento. Era possível ouvir os morros em seu sotaque, um menino do campo que crescera cavando a lama, fodendo vacas ou fazendo seja lá o que for que os fazendeiros fazem. Ele me disse que a primeira vez que havia deixado seu vilarejo foi quando se alistou, tão ansioso por deixar sua província quanto eu estivera por deixar a favela.

O fogo de barragem da artilharia finalmente terminara. Adolphus deixou uma espiral de saliva cair no chão.

— Um prelúdio e tanto.

— Maravilhoso — respondi. Durões como aço, nós dois. Se não estivéssemos segurando nossas armas, seria possível ver nossas mãos paralisadas.

Tínhamos bons motivos para tanto. O pelotão da frente não era o lugar ideal no quesito segurança. O restante da formação havia sido escolhido por sorteio, mas nós dois havíamos nos voluntariado, o que significava que receberíamos em dobro, e mais importante, a meu ver, eu teria uma chance de ser notado pelos oficiais de alta patente. Não havia me alistado para perder meu tempo nas fileiras de trás — eu queria fazer nome, e isso não iria acontecer se servisse como um covarde nas linhas de trás.

É claro, minhas esperanças com relação ao avanço na carreira dependiam de sobreviver ao encontro com o inimigo, e quando o tamborileiro começou a rufar um ritmo irregular percebi que isso estava longe de ser um impasse. Havia cinco fileiras de homens espertos demais para tomarem nosso lugar na vanguarda, e eles começaram a cair atrás da gente, as lanças se erguendo no ar. Marchando logo atrás de nós, através do campo de batalha, nosso desajeitado tamborileiro juntou-se a centenas de outros que caíram, com certeza a mais estranha migração de bípedes que já se viu na superfície das Treze Terras.

Frequentemente, as batalhas são concebidas como duelos entre generais, um jogo de xadrez em tempo real, e nós, os peões, não somos nada além de instrumentos no seu enredo. "A Vigésima tomou a Colina", dizia a História, uma fuga mal garantindo a sentença. Mas deixe-me lhe contar, se você fosse um dos membros da Vigésima, iria ter um sentimento completamente diferente a respeito da coisa toda. Você poderia se pegar perguntando "Que colina?" e "Para onde vou levá-la?".

Nas primeiras fileiras de um vasto aglomerado de homens, com a poeira levantada pelos passos subindo até seus olhos e o som de sua respiração afogando qualquer outro som ao redor, você teria sorte de perceber a aproximação de um aclive. E isso antes de você atingir o inimigo e seu foco se resumir ao que está diretamente à sua frente. Já estive em muitas batalhas e eu quase nunca fazia a menor ideia do que estava acontecendo. É o bastante saber que existe um cara lhe dando cobertura e gastar o que resta de energia dando cobertura a ele também.

À medida que a distância entre nós encurtava, vi meu oponente, o homem cujo trabalho era se opor à minha passagem, me ferir e matar se fosse possível. No acampamento, você passa metade do dia falando sobre os oponentes, passando adiante um pouco de folclore disfarçado de sabedoria. Com o passar do tempo, torna-se difícil pensar no inimigo como sendo composto de partículas individuais, como se tivéssemos declarado guerra a um único e enorme organismo. No rosto do homem à minha frente reconheci o meu erro. Exceto pela cor de sua armadura, ele era indistinguível dos homens que marchavam ao meu lado e também de mim mesmo.

Foi uma descoberta interessante, mas não tive tempo de contemplá-la. O peso da expectativa, para não dizer do dever, mantinha-me avançando. Cerca de cinquenta passos à frente, ao mesmo tempo em que o restante da fileira, mirei minha lança.

O pique é uma arma estranha. Inútil como tetas num búfalo. No combate homem a homem compõe uma barreira impermeável se colocado nas mãos de algumas centenas de homens rápidos o bastante para apontá-lo na mesma direção e idiotas o bastante para não jogá-lo no chão e voltar para casa. Mas isso é praticamente seu único uso — não permite movimentos mais complexos, não requer muita técnica nem precisa ser manejado, apenas mantido firme. Acho que todos tínhamos em mente que, no último momento, os drens iriam se lançar nas pontas de nossas lanças. Eles pareciam funcionar movidos pela mesma ilusão, pois, distantes apenas alguns metros, as duas linhas pararam de repente, e, por um breve momento, me peguei pensando se talvez não devêssemos todos desistir e voltar para casa.

Então os homens que seguiam atrás da gente, incapazes de enxergar qualquer coisa e, portanto, imunes à pontada de medo ou humanidade que havia brevemente impedido nossos avanços, continuaram seguindo em frente. Consegui me manter de pé, mas a ponta do meu pique foi apontada para cima, inofensiva. Por sorte, o dren que marchava de encontro a mim foi igualmente inepto e fez o mesmo. Meu vizinho da esquerda não teve tanta sorte, a cabeça da lança perfurando sua armadura de couro, o avanço do inimigo lentamente fazendo com que ela perfurasse o peito e saísse pelas suas costas.

Outra característica do pique é que ele mede cerca de seis metros de comprimento, mas apenas alguns centímetros da arma podem de fato machucar um filho da puta. Se você errar o golpe com a ponta, ainda tem uma boa distância a percorrer, encarando seu oponente, ambos se borrando de medo. Mas dura apenas alguns segundos antes que o inexorável momento os une, o peso do corpo inimigo não permitindo quase nenhuma manobra.

Todos ao meu redor seguravam seus piques como se fossem um tipo de amuleto contra a morte, mas pensei “que se foda” e joguei o meu no chão, buscando a adaga que trazia em meu cinto. Foi um movimento complicado, minha testa pressionada contra a do dren à minha frente, mas consegui pegá-la e a enfiei na barriga dele, logo acima da virilha, sob a camada de proteção formada por sua armadura.

Diferentemente da maioria dos meus camaradas, eu já havia matado-o antes de entrar para o exército, sabia o que era ver um homem de olhar inexpressivo, enquanto seja lá que força que o movia o abandona pelo buraco que você fez no corpo dele. Mas eu sempre sentia algo depois, podia lhe contar sobre cada homem que eu já havia mandado ao encontro daquela que Espera por Trás de Todas as Coisas, dizer o motivo que me levou a pensar que eu tinha que mandá-lo encontrá-la. Não que eu queira justificar o ato — não pretendo —, mas ao menos explicá-lo, além do fato de ele estar usando um uniforme de cor diferente do meu.

É claro que no calor das coisas mal registrei aquele momento. A adaga se ergueu uma segunda vez, atingindo meu inimigo como que por vontade própria. Observei-o morrer com minha cabeça encostada contra a dele, como dois amantes. Depois do terceiro golpe, ele caiu imóvel no chão, e eu queria dizer que senti algo a respeito daquilo, mas a verdade é que naquele momento meu sangue fervia tanto que a única coisa que vi foi o próximo homem na fila, por isso passei pelo cadáver, na verdade passei por cima dele, e me lancei em cima do dren que vinha atrás.

Ele foi rápido e atingiu a lâmina da minha arma com a ponta de seu pique, o peso do homem atrás de nós trancando nossas armas. Lancei minha testa contra o nariz dele, quebrando aquele osso frágil com meu crânio, mas ele não largou a arma, o sangue correndo sob um olhar de escárnio. Foi minha introdução ao que se tornaria, juntamente com a estupidez e covardia da alta patente, a destruição da minha existência pelos próximos cinco anos — a lendária coragem dren, uma disposição para enfrentar a dor e o desconforto que parecia quase uma inaptidão para sentir qualquer um dos dois, que assegurava que cada reduto seria protegido até o último homem, e até seu último suspiro.

Mas, ainda assim, a carne não é feita de pedra, e consegui pinçar seu olho com minha mão livre, e ele gritou e largou a arma na tentativa de evitar sua cegueira. Nesse momento, levei minha lâmina à garganta dele e segui para o próximo dren.

Seja por causa do rombo que eu havia feito na linha dren, seja por algum outro motivo, pude sentir a linha deles se curvando. Não pude ver isso, pois não conseguia enxergar nada além do que estava diretamente à minha frente e alguns poucos movimentos pelos cantos dos olhos — mas pude sentir, de alguma forma, uma certa mudança na direção do vento. "Pegamos eles!", gritou alguém, e percebi quc fui eu. "Só mais uma investida!"

Pode ser que eu estivesse certo quanto àquilo, ou pode ser que eu estivesse errado, jamais tive a chance de descobrir. No segundo que se seguiu aos meus gritos, enquanto a longa fileira dren começava a se dobrar e retroceder, o mundo acabou.

Pelo menos foi o que pareceu. Os resultados de um feitiço benfeito são praticamente indistinguíveis de uma explosão com pólvora. Ambos resultam na destruição de um grande contingente, espalhando carne, ossos e cérebros — mas uma particularidade que acompanha a feitiçaria, ou, para ser mais acurado, a característica que não a acompanha é som de qualquer tipo. Contrastando com o estrondo ensurdecedor dos canhões, a feitiçaria é completamente silenciosa. Pelo canto do olho, vi uma luz tão intensa que quase me cegou. Mas não houve qualquer som conectado a ela, nada que pudesse alertar a audição de alguém para o holocausto que estava acontecendo.

O vácuo foi rapidamente preenchido pelos guinchos de meus conterrâneos morrendo, aqueles que tiveram sorte ou azar demais para estarem localizados próximos à explosão.

Depois de evitar a morte instantânea, eles agora viam seus membros reduzidos a nada. Seus gritos foram seguidos um segundo mais tarde pela infantaria ao redor, para quem o feitiço não havia causado nenhum dano direto, mas que percebeu rapidamente que nossa linha havia sido quebrada de maneira irreparável e nosso flanco estava sem proteção.

Preparados para esse ataque repentino, os drens redobraram seus esforços, endireitando suas linhas contra as nossas. O súbito desaparecimento de uma parcela substancial de nossa unidade havia aberto um espaço ao meu redor, mas não tive tempo de perceber isso, não diante da aproximação de um soldado inimigo ansioso por acertar as contas em nome de seus dois camaradas. O cabo de minha adaga havia quebrado contra a coluna do último dren, e assim descartei o que havia sobrado e mergulhei de ombro em direção a ele, esperando conseguir agarrá-lo antes que ele enfiasse alguma coisa afiada no meu peito.

Eu o mantive no chão, minhas mãos apertando sua garganta e arrancando a vida de seu corpo, quando me ocorreu que as linhas que vinham atrás da nossa estavam demorando demais a chegar para ajudar. Enquanto um último suspiro escapou pela língua enrolada do dren, dei uma olhadela rápida para cima e descobri horrorizado que a falta de ajuda devia-se ao fato de que não havia ninguém para fornecê-la. Nossa linha havia sido quebrada completamente e, exceto por mim e Adolphus, não restava ninguém de pé. Parece que, enquanto eu me concentrava em estrangular um homem até a morte, o restante de nossa divisão havia analisado a situação e decidido que o melhor a fazer era deixar a área com a maior rapidez possível.

A arte da guerra se baseia numa histeria em massa pela qual o indivíduo confunde seu próprio bem-estar com o da coletividade, mas, sólida como pode parecer durante as marchas, é rapidamente perfurada no calor da batalha. Em um momento, você está marchando junto de seus companheiros, tão ciente de sua própria existência quanto uma gota de sangue que é filtrada pelo coração. Então, algum imprevisto acontece, desiludindo-o completamente daquela ficção absurda de que alguma coisa pode ser mais importante do que evitar sua própria morte, então você abandona sua arma e corre em retirada, disposto a derrubar seus companheiros caso eles se tornem um impedimento à sua fuga.

É nessas horas que o verdadeiro caráter de um homem vem à tona, quando você conhece de verdade a pessoa com quem você bebeu, comeu e cagou. Embora a batalha estivesse perdida e nossa causa derrotada, não era possível percebê-lo ao olhar para Adolphus, para quem a derrota de nosso exército havia sido esquecida pelo puro prazer do combate. Ele emitiu um rugido digno de um leão, empurrou o dren que estava à sua frente e girou seu pique para a esquerda e para a direita, quebrando o pescoço de um homem e atingindo o crânio de outro, intimidando a infantaria ao redor e nos dando um breve momento de repouso.

Ele continuava avançando mesmo assim, mas agarrei a parte de trás de sua armadura, não o bastante para impedir seu movimento, mas o suficiente para chamar sua atenção para mim.

— Adolphus! — gritei, tentando me fazer ouvir em meio à desordem. — Estamos derrotados! Vamos!

Ele olhou para o inimigo com pesar, alguns homens que haviam falhado em pegar nossos camaradas em debandada e começavam a mostrar sinais de estarem novamente ganhando hostilidade.

— Agora, Adolphus! — gritei novamente, numa voz que mais tarde eu chamaria de minha "voz de comando". Ele assentiu rapidamente e juntos começamos a bater em retirada.

A natureza de uma fuga deixa os vitoriosos tão confusos quanto os derrotados, como se você se jogasse contra uma porta trancada e descobrisse que ela abriu pelo seu toque. Embora o nosso lado não demonstrasse mais qualquer sinal de ser um corpo organizado, os drens pareciam um pouco mais ordenados. Alguns estavam no encalço de nossos camaradas em fuga, esperando reduzir o seu número. Alguns já haviam dado início ao repugnante, porém lucrativo negócio de pilhar os corpos. E grandes quantidades deles, um percentual estarrecedor, na verdade, perambulavam confusas.

Nossa marcha até ali havia durado apenas dez minutos, mas voltar levou o dobro do tempo, três vezes, que diabos, cinco, sei lá. Pareceu uma eternidade, mortos e feridos por todos os cantos, a população de uma cidade de tamanho razoável transformada em montes de carne apodrecendo. E os gritos, pelo Primogênito, os gritos. Era como uma ventania, milhares de homens lançando seus lamentos em sua direção, seu terror e ódio.

Em determinado momento, tropecei num cadáver e me juntei àquela música, certo de que Adolphus iria priorizar sua própria sobrevivência em detrimento de nossa recente amizade. Mas ele não o fez — permaneceu em frente a mim imóvel como uma estátua, e o inimigo permaneceu longe.

As coisas foram ficando mais fáceis quando chegamos ao trem de carga. Os drens rapidamente perderam interesse em matar e passaram a procurar tudo o que pudesse ser comido, bebido, vendido ou fodido. Ao anoitecer, estávamos a cerca de oito quilômetros do *front*, tentando encontrar nossa unidade entre a multidão de homens contundidos, os feridos morrendo sem atendimento, os oficiais tão incapazes de oferecer ajuda quanto foram de nos salvar da catástrofe daquele dia.

E isso foi tudo — vinte minutos numa tarde ensolarada de outono soando o dobre fúnebre, flâmulas esvoaçantes, músicos regimentais tocando, tiros de cavalaria e homens em formação.

Daí por diante foram só enxadas e valas, abrigos em meio à merda e à lama, insuportavelmente quente no verão e congelante no inverno e, é claro, sempre úmido. A tática mudou para corridas pelas terras de ninguém na calada da noite, exércitos de homens tão grandes e selvagens quanto gafanhotos se suicidando sem ordem, propósito ou motivo.

# 4

Existem muitas famílias de classe média e alta que nascem na cidade, vivem e trabalham em Rigus durante toda a vida, que se casam, têm filhos e são enterradas sob sua porção de terra e jamais, em momento algum, pisam os pés na Cidade Baixa. Para essas pessoas, a Cidade Baixa ocupa uma posição análoga à visão agnóstica do inferno — desagradável de maneira abstrata, mas que desmerece muita consideração, dadas as probabilidades de jamais acabarem nela. Eles acabam pensando nela, se é que pensam em algum momento, como algo alheio, irrelevante à sua existência.

Apesar de muitas crenças serem arraigadas, essa é completamente falsa. A Cidade Baixa não é separada de Rigus — e nem seu cheiro fétido ou seus filhos bastardos. A Cidade Baixa é o coração e a alma da metrópole, tanto quanto a Cidade Velha com o palácio e o parlamento, com suas cidadelas reluzentes e ruas largas. Os ricos e bem alimentados precisam da Cidade Baixa tanto quanto aqueles que a habitam, precisam de um lugar distante das luzes, perto o bastante para se chegar depois do anoitecer, mas ao mesmo tempo longe o suficiente para que a sujeira não os acompanhe de volta para casa.

Da falsa distância entre os dois mundos, os agentes comerciais tiram o seu ganha-pão. Digamos que você é um comerciante ou baronete da cidade e precisa de um esconderijo para encontros na calada da noite, o que jamais chegará aos ouvidos de sua esposa — sem problemas, senhor, sem problema algum. Basta despender alguns ocres e você terá seu ninho de amor, um fantástico apartamento nos arredores da Offbend, sem qualquer papel que o ligue a ele. E vamos supor que, tendo adquirido essa propriedade adorável, você tenha interesse em povoá-la com uma mulher robusta e um pouco de vinonífera, talvez uma jovem atraente e raiz de uróboro ou uma pré-pubescente e erva do diabo — bem, seu intermediário conhece muitos tipos de pessoa, senhor, e jamais negaria a um homem o seu prazer. Não a um homem decente e bem-nascido como o senhor. E seguindo com nosso faz de conta, digamos que sua cara-metade farejasse suas escapadelas ou começasse a ficar curiosa querendo saber aonde exatamente seu dote está desaparecendo decidindo tornar-se um estorvo — bem, como foi dito, o agente comercial conhece todos os tipos de pessoas, todos os tipos mesmo, e ele suspeita que possa ajudá-lo com mais esse probleminha.

É um negócio sujo, e, mesmo nos padrões normais, Iomhair Gilchrist era uma encarnação particularmente desagradável. Servil e traiçoeiro, constantemente em busca de dinheiro fácil. Mais esperto do que a maioria, esquecia rapidamente que era um covarde, a não ser quando era preciso lembrar. As probabilidades diziam que ele acabaria morto em alguma viela, e eu sempre me surpreendia um pouco ao descobrir que ninguém ainda o havia feito. Não que alguma vez já tenhamos tido muito contato — exceto por sua propensão à traição eu o achava, em nível pessoal, tão fedorento quanto as partes íntimas de uma prostituta.

Mas a vida não é só raios de sol e borboletas, por isso, depois que deixei o Conde de Sinuosa, segui em direção ao escritório de Gilchrist, mantendo-me nas sombras o máximo possível. Ele tinha alguns alojamentos na rua Apple, uma estrutura de cor apagada espremida entre dois alojamentos coletivos. Um sinal recém-pintado sobre a porta dizia "Iomhair Gilchrist, Agente Comercial. Particular e confidencial". Abaixo dele, ainda visível apesar da camada de tinta fresca, alguém havia escrito "boceta" em letras garrafais. Pensei em bater à porta, mas brevemente.

O interior do escritório era bem feio, como era de se esperar a partir do exterior. O que não teria sido possível prever era a quantidade de sujeira e bagunça, como se um rio de lixo houvesse inundado o lugar. Espalhados por cima da mesa no centro da sala, na cadeira em frente a ela, no banco encostado contra a parede e em todo o chão, cobertos de subprodutos de uma dúzia de resmas de papel — bilhetes, textos, recibos e cartas, alguns empilhados alto o suficiente para servirem de poleiro, outros empilhados de maneira mais razoável, não muito acima das minhas canelas.

Gilchrist estava sentado num banquinho atrás da mesa, o único lugar vazio o bastante em que caberia uma pessoa. Parte do sucesso de Iomhair, que o permitia dizer que tinha algum sucesso, provinha do fato de seu corpo não ser uma reflexão acurada do vazio de sua alma. Ao invés de uma aparência deformada, você se deparava com um tarasaighn roliço e de aparência agradável, bochechas vermelhas e feições sérias. Se não havia nada de particularmente agradável a respeito dele, não era possível sentir a imediata inclinação de bater nele com o objeto mais próximo. Ele tinha um bigode que mais parecia uma lagarta cabeluda, o qual coçava quando queria dar a impressão de que estava afundado em contemplação. Era uma simulação da qual ele provavelmente gostava bastante e tendia a manuseá-lo com muita frequência, como se fosse uma mancha a ser removida através de esfregadelas vigorosas.

Ele ergueu os olhos quando entrei e, embora o calor já o fizera suar através do seu traje de *tweed*, diante da minha presença pareceu verter um pouco mais de suor.

— Guardião! Que gentileza a sua aparecer para agradecer pela recente oferta de emprego que lhe tornei possível.

Em sua mesa repousava uma carteira de cigarros baratos, e ele a abriu, pegando um cigarro para si mesmo e gesticulando para que eu fizesse o mesmo.

Peguei uma pilha de papel sobre a cadeira em frente a ele e a deixei cair no chão sem preâmbulos. Gilchrist estremeceu quando a pilha tocou o chão.

— É por isso que estou aqui? — perguntei, sentando-me e ignorando o cigarro que ele oferecera.

— E por que mais? E embora sua civilidade seja famosa, é certamente bastante desnecessária. Tenho sempre os olhos abertos para qualquer bondade que eu seja capaz de fazer a um amigo tão querido, qualquer serviço que eu possa prover para aquele que já fez tanto por mim — Iomhair preferiu encenar as duas partes do diálogo. — Sinto um enorme prazer em saber que pude fazer um favor, não importa o quão pequeno.

— Por que diabos... — comecei, apegando-me por alguns instantes à última palavra — você pensaria que me fez qualquer tipo de favor?

Ele lambeu uma gota de saliva que estava em seus lábios.

— Deixe-me fazer uma pergunta, Gilchrist — continuei, arqueando minhas costas e abrindo os braços, ocupando o máximo de espaço possível. — Que parte do meu currículo fez você pensar que eu estaria a fim de prestar serviços procurando nobres desaparecidos?

— Todo mundo precisa de um trabalhinho extra.

— É isso o que você pensa? Que sou tão maluco por dinheiro que estaria disposto a fazer qualquer coisa? O que mais esse engano levou você a fazer? Você andou espalhando meu nome pela cidade como um cavador de covas? Devo esperar ser abordado por qualquer sodomita na rua que recebeu sua garantia de que eu era o homem certo para satisfazer a seus desejos mais doentios?

O cigarro dele pendia apagado, entre os dedos.

— Então você... recusou?

— Lá vai você novamente, Gilchrist, pensando. Quantas vezes esse hábito terá de colocá-lo em apuros antes que o abandone?

Ele sorriu, nervoso.

— Me conte a respeito de Rhaine — falei.

— Não sei o que posso lhe dizer, Guardião. Nunca conheci a garota; estava apenas fazendo um favor para o general. Ele é um herói de guerra, você sabe.

— É o que dizem por aí.

Iomhair assentiu vigorosamente.

— Um problema bem triste que espero que se resolva rapidamente. Acenderei uma vela para o Primogênito na esperança de que a garota volte para casa.

— Você disse isso a ela quando a encontrou?

Ele desviou os olhos.

— Temo não estar entendendo.

Para o general, a Cidade Baixa era uma piscina escura e sem fundo, e Rhaine havia caído nela. A garota provavelmente havia dito alguma coisa sobre isso quando foi embora, jurando que iria desaparecer sem deixar vestígios, que jamais seria vista novamente. Não tenho dúvidas de que ela estivesse falando sério. Mas o simples fato é que isso é impossível — deixamos rastros por onde quer que passemos e mais ainda quando não conhecemos os arredores.

Eu havia mentido para o general quando disse que seria impossível localizar sua filha — de fato, tinha achado que não seria particularmente difícil, e não apenas porque a herdeira teria dificuldades em se misturar aos demais transeuntes na rua Pritt. Rhaine havia deixado o morro de Kor com a cabeça quente e alguns poucos ocres no bolso, e nenhum dos dois duraria muito tempo. Uma vez que ela percebesse a realidade de sua situação, se instalaria em qualquer buraco pelo qual conseguisse pagar e entraria em contato com a única pessoa da Cidade Baixa cujo nome ela conhecia.

— Ela veio até aqui ontem?

— Ora, vamos, Guardião. Esse tipo de tolice não leva a nada.

— Você pensou que conseguiria aumentar o valor de qualquer recompensa que receberia de Montgomery se ela continuasse desaparecida por mais alguns dias. Você provavelmente conseguiu arrancar algum dinheiro dela em troca do seu silêncio. Se fosse mais esperto, teria se certificado de que a lista de nomes que deu ao general não incluísse ninguém muito competente. Mas você provavelmente deve ter pensado que eu iria entrar na jogada e que entre nós dois poderíamos arrancar do homem metade de sua riqueza.

O enrubescer gradual de seu rosto gordo sugeria que eu não estava muito longe da verdade.

— Simplesmente não consigo entender de onde você está tirando essas conclusões absurdas.

— Não importa por que eu penso da maneira que penso, Gilchrist. Você não iria mesmo conseguir acompanhar meu raciocínio. O que importa é que ela veio visitá-lo, e eu sei disso, e quanto mais tempo você gastar fingindo o contrário, mais rápido eu começo a perder minha paciência — e já que estamos sendo honestos, não é mesmo uma das minhas maiores qualidades. Portanto, vamos parar de fingir que você é um homem honrado e que tudo o que me disse até este momento é verdade. Não vou usar isso contra você. Na verdade, se me contar tudo agora, posso até tentar descolar uma grana para você uma vez que ela volte para casa.

Entre a promessa de dinheiro e a natureza frouxa de seu caráter, Iomhair se dobrou.

— Ela me perguntou a respeito do irmão. Queria saber o que ele estava fazendo antes de morrer.

— E o que você disse a ela?

— Não muito. Eu não sei o bastante. Disse a ela que procurasse os rapazes da Associação, falei que eles eram os caras certos com quem conversar.

O ódio que eu estava dissimulando veio à tona. Tentei sufocá-lo. Irritar-se nunca ajuda em nada.

— Você mandou que ela procurasse os veteranos?

Eu devo ter feito um péssimo trabalho ao tentar me manter calmo, pois sua língua pareceu travar e ele demorou um pouco para gaguejar uma confirmação.

— Sim.

— Pelo Perdido, Gilchrist, às vezes eu me esqueço de como você é um estúpido de merda.

Acho que não havia muito que ele pudesse dizer a respeito. Pelo menos não havia nada em que ele pudesse pensar ou que tivesse coragem de dizer.

— Quando aconteceu essa conversa? — perguntei.

— Ontem à noite. Não achei que fosse causar qualquer mal. Roland era o cabeça da Associação de Veteranos antes de morrer, e Joachim Pretories sempre foi seu amigo verdadeiro.

Eu não estava interessado em corrigir Iomhair acerca da natureza das atividades da Associação, nem sobre o caráter de seu atual líder.

— Onde ela está dormindo?

— Eu não sei. Juro, ela não quis me dizer. Você sabe que jamais mentiria para você. — Como se ele não tivesse passado a maior parte desta conversa fazendo exatamente isso.

— Então, acho que você terá de descobrir.

— Como?

— Essa é a parte boa de não ser um peão, Gilchrist. Você diz às pessoas o que fazer sem se preocupar em como elas irão fazê-lo.

A verdade era que eu não teria como fazer muita coisa com Gilchrist se ele recusasse. Mas ele não o faria, tão condicionado que estava a acatar o comando de qualquer um que erguesse a voz.

— Não há necessidade alguma de dizer ao general que eu me encontrei com Rhaine, não é? Eu ia mesmo contar a ele, só não tive a chance ainda.

— Se você não vai fumar isso — finalizei a conversa, balançando a cabeça em direção ao cigarro apagado —, é melhor guardá-lo de volta no maço.

Ele olhou para baixo, para o cigarro em suas mãos trêmulas, enquanto eu dava o fora dali.

# 5

O ar dentro do Conde de Sinuosa era tão espesso que era possível cortá-lo e empilhá-lo em cubos. Segui em direção ao quintal para me servir de um copo d'água da nossa bomba. Garrincha estava sentado de pernas cruzadas encostado na parede, os olhos fechados como se dormisse. Ele havia crescido bastante desde que eu o acolhera das ruas, três anos atrás. Ele fora uma criança magra e rápida, pele clara, cabelos escuros e sutil como a noite. Agora, adolescente, tornara-se estúpido e, embora fosse cruel apontar, coberto de acne. Apesar de comer três grandes refeições diárias, além de incessantemente entre elas, era tão magro quanto quando o encontrei perambulando pelas vielas, e a magreza atual se ajustava pior ao seu corpo do que antes. Seus membros pareciam longos demais, como se pertencessem a um homem adulto e estivessem fora de lugar. Ele provavelmente cresceria para se ajustar aos membros, se alguém não o matasse antes disso.

E alguém poderia fazê-lo, por diversos motivos. Ele tinha a língua afiada e abria a boca em volta de pessoas que pagavam insultos com ferro e fogo. Porque, apesar dos meus esforços, ele ainda nutria apenas um breve respeito pelo conceito de propriedade privada. Mas acima de tudo por causa da suave luz azul que subia em espiral sobre a palma de sua mão aberta — falando mais acuradamente, por causa da sua habilidade de produzi-la.

A maioria das pessoas vive e morre sem jamais ter qualquer experiência direta com a Arte. Pensam nela como a mágica nos contos de fada, anéis que os tornam invisíveis, encantamentos que fazem um homem voar ou transformam merda em ouro. Talvez durante o festival da colheita deem uma prata a algum mágico viajante em troca de algum amuleto ou leitura de mãos. Quase com certeza, eles terão dado seu dinheiro a algum trapaceiro e terão a sorte de se descobrirem enganados.

Por haver mais horror do que maravilhas na Arte, e mesmo quando era criança, quando encontrei entre meus amigos mais próximos talvez o mais poderoso e certamente o mais correto dos praticantes que o império já produzira, ainda assim não gostei. A mágica é uma perversão da realidade. Meter-se com ela é, na minha experiência, uma receita para a loucura ou perdição.

Contudo, na verdade, o dano que Garrincha pudesse causar a si mesmo não era minha principal preocupação. A Arte era o poder em sua forma mais concentrada, e o governo a regulava de maneira zelosa. Ao primeiro sinal do poder, era requerido que o praticante se registrasse com a Coroa, e qualquer um com menos de vinte e cinco anos era obrigado a frequentar a Academia de Fomento às Artes Mágicas. Originalmente, essa havia sido uma medida tomada durante a guerra, que deixaria de existir quando a crise com os drens acabasse. Porém, é claro, não é assim que as coisas funcionam — uma vez que a autoridade é cedida à Coroa, nada menos que uma revolução é o suficiente para retomá-la novamente. De fato, nos anos que se seguiram ao armistício, o controle exercido pela Coroa sobre os praticantes da Arte havia se tornado mais forte. Quando começou, a Academia havia sido apenas uma escola para os últimos anos dos praticantes, estando os estudantes no final da adolescência ou com vinte e poucos anos de idade, tendo sido aprendizes de um mestre durante muito tempo. Hoje em dia, a Academia era mais uma prisão do que um internato, criando a próxima geração de feiticeiros que iria caminhar lado a lado com o Trono.

Engoli minha saudação assim que vi o fantasma. Atento à sua criação, Garrincha não notou minha presença. Mesmo o mais simples feitiço é exaustivo ao praticante, e ele era ainda apenas um amador, assim, para manter seu trabalho, precisava de cada gota de concentração.

Um machado de cabo longo estava apoiado na porta, aguardando a próxima vez que Adolphus tivesse de cortar madeira. Escorreguei minha mão pelo cabo e percorri a distância entre nós em silêncio, virando o machado de forma que a lâmina ficasse virada para mim. Então bati a parte de trás dele contra a parede, alguns centímetros acima da cabeça de Garrincha, o metal fazendo fagulhas contra a pedra.

A luz morreu, e o menino ficou de pé, mas eu estava preparado para ele, jogando longe o machado e prensando seus ombros contra a parede.

— Você perdeu a porra do seu juízo?

Ele não olhava para mim, sua cabeça balançando para frente e para trás, como se acompanhasse algum ritmo inaudível.

— Você faz ideia do quanto isso é perigoso? Do que pode acontecer se for mal calculado?

— Eu sei o que estou fazendo.

Apertei meus dedos ao redor de sua clavícula.

— Existem celas sob o Departamento de Assuntos Mágicos para pessoas que sabiam o que estavam fazendo, sabiam o que estavam fazendo até que não sabiam mais. Talvez amanhã eu o leve para vê-las, filas e filas de lunáticos se cagando e falando coisas sem sentido.

Ele parou de se balançar, apenas o suficiente para me lançar um olhar de escárnio.

— Você não conseguiria entrar.

— Não, não conseguiria. Mas eles ainda assim estariam lá, e você ainda assim irá se juntar a eles se continuar se comportando como um idiota.

— Eu sou cuidadoso. Não tento fazer nada que não consiga controlar.

— Você não sabe o suficiente para ter certeza disso. E se outra pessoa tivesse entrado aqui e o tivesse visto, já que você foi inteligente o bastante para fazer isso ao ar livre? A Coroa paga em ouro por informações sobre crianças que tenham o dom.

— Não sou uma criança.

— Mas age como se fosse. Como você acha que seria contar à Adeline que os gélidos irão levá-lo, transformá-lo em uma de suas ferramentas, que ela jamais irá vê-lo novamente? — Empurrei-o contra a parede de pedra. — A Arte não é um maldito brinquedo. Se quer diversão, vá bater uma punheta.

Há pouco tempo, essa conversa teria sido o suficiente para mandá-lo correndo pelas ruas, e eu teria de passar a metade da semana me esquivando da ira de sua mãe adotiva. Mas três anos de domesticação o haviam domado o suficiente para aceitar ser repreendido, ou pelo menos fingi-lo.

— Quero sua palavra que não vai tentar essa merda de novo. Não sozinho, sem um guia.

— Então me arranje um professor.

— Acredite ou não, garoto, sua educação não é minha única prioridade.

Ele balançou os ombros e mudou de assunto.

— Como foi sua reunião com o general?

— Eu havia pensado que seria a pior parte do meu dia, mas você conseguiu provar que eu estava errado. Agora, tenho sua palavra de que vai esperar antes de tentar mais algum experimento ou não?

Ele finalmente me olhou nos olhos.

— Você tem a minha palavra.

Não é possível acreditar na promessa de um adolescente, eles mudam muito rapidamente — a pessoa que deu essa garantia iria morrer dali a doze horas. Eu teria de fazer alguma coisa para mantê-lo satisfeito.

— Adolphus estará de volta a qualquer momento. Vá se limpar, ele vai precisar de ajuda com o movimento do jantar.

Garrincha entrou no bar, e eu finalmente pude beber água. Estava morna e salobra.

# 6

Eu comia os últimos pedaços do meu bife quando a menina da foto em meu bolso entrou no bar. Ela analisou o ambiente antes de fixar o olhar em mim, então se aproximou com um ar que sugeria que sua saudação não seria muito cordial.

— Sou Rhaine Montgomery — disse ela. — Que diabos você quer comigo?

"Bem, isso foi fácil pra caralho", pensei, e empurrei meu prato para o lado.

Minha bolsa contendo tabaco estava no balcão. Peguei um papel para enrolar cigarro e um pouco de fumo, ganhando tempo. O pintor havia tomado algumas liberdades ao pintar a imagem de Rhaine, mas acho que é para isso que eles são pagos. A mulher que estava em minha frente era bastante diferente da visão contida na miniatura que o general me deu. Seu rosto era desprovido de qualquer leveza, da vitalidade arredondada que atrai o olhar masculino. Ela era muito angulosa, muito magra, seu corpo um reflexo da agressividade sobre a qual falava sua reputação e que nosso breve encontro veio a confirmar. Um homem mais cruel poderia dizer que ela era masculina, e eu imaginei que sua infância fora permeada por idiotas cheios de espinhas, felizes em lhe conceder epítetos semelhantes. Ainda assim, seus cabelos escarlates eram tão surpreendentes em pessoa quanto na pintura a óleo, um contraste vívido com o azul de seus olhos.

Quanto maior a pausa, mais estreitos seus olhos ficavam, até que se tornaram duas fendas num mar de sardas cor-de-rosa.

— E então? Eu lhe fiz uma pergunta.

— Você se parece com seu irmão — comecei.

Pude ver a excitação ocupando seu rosto, mas ela a ocultou rapidamente, apertando a boca num sorriso de escárnio.

— Você conhecia meu irmão?

— Servi sob o comando dele durante a guerra. Nos encontramos um pouco depois disso.

Ela inclinou a cabeça, como se me analisasse.

— Não acredito em você.

— Tudo bem, então. Você se parece com sua mãe.

Agora ela estava completamente confusa, tanto que, por um momento, até se esqueceu de ficar brava. Seu rosto era mais agradável quando não estava radiando antipatia.

— Você conhecia minha mãe?

— Não, nunca a vi — falei, fazendo sinal para Adolphus. Ele veio andando do outro lado do bar e colocou mais cerveja no meu copo.

— Quem é essa? — O sorriso dele teria sido charmoso se não fosse preso ao restante de seu corpo.

— É nossa nova garçonete. Estou cansado de ver você se arrastando até aqui toda vez que eu preciso de uma cerveja.

Adolphus a olhou dos pés à cabeça.

— Não tenho muita certeza de que ela seja grande o bastante — disse ele. Então se virou para ela: — Você acha que consegue carregar meio barril lá do sótão?

— Não sou garçonete!

— Não precisa se irritar por causa disso — disse Adolphus, piscando seu olho bom e indo embora, rindo.

Dei uma tragada em meu cigarro enquanto ela acalmava os nervos.

— Por que você está procurando por mim? — ela perguntou novamente.

— Qual você acha que é o motivo?

— É papai, não é? — Ela balançou a cabeça, irritada. Petulante, se você estivesse a fim de julgar. — Diga a ele que pare de se preocupar. Diga que eu sei cuidar de mim mesma.

— Sabe?

— Estou aqui, não estou? Consegui chegar até aqui.

— Ele também — falei, apontando para um bêbado desmaiado no balcão, seu ronco sendo interrompido por alguns arrotos involuntários. — Mas, se fôssemos chegados, eu estaria bastante preocupado.

Ela havia se preparado para uma discussão mais acalorada, e minha recusa em oferecer-lhe uma briga a havia deixado desconcertada. Seus ombros caíram, pesados pelo fardo daquele dia.

— O que ele quer de mim?

— O general? Acho que ele quer que você viva mais do que ele. Me disseram que é uma esperança comum entre os pais.

— E quanto ao Roland?

— Imagino que seu pai tenha desejado o mesmo para ele.

Quanto mais durava a conversa, mais óbvio ficava que eu não era o candidato ideal para reconciliar a família Montgomery, jamais tendo tido uma família e sem conseguir entender completamente o seu propósito.

— Você disse que conhecia meu irmão.

— Eu disse.

— Quanto?

— Tão bem quanto as pessoas conhecem umas às outras?

— Você acha que ele era o tipo de homem para morrer com a cara na sarjeta, do lado de fora de um bordel na Cidade Baixa?

— Já conheci homens melhores que morreram de forma pior.

Isso foi próximo o suficiente de um ataque para fazer com que seus nervos ficassem à flor da pele novamente.

— Pode dizer ao papai que não sou uma criança para ser resgatada por empregados. Diga a ele que ficarei na Cidade Baixa até que Roland tenha justiça, já que ele não é homem o suficiente para fazê-lo por si mesmo.

Enquanto ela se virava para ir embora, fechei as pontas dos meus dedos ao redor de seu pulso.

— Deixe-me lhe dizer uma coisa a respeito dos mortos, sendo alguém que já viu uma porção deles. Os mortos não se importam com o que fazemos. Não anseiam por vingança e não esperam redenção. Eles apenas apodrecem. — Apertei meus dedos um pouco mais ao redor do seu pulso. — Fique na Cidade Baixa e descobrirá que estou certo.

Ela puxou o braço com tanta força que temi que tivesse se machucado. Então me lançou um olhar que poderia ter feito tinta descascar e se lançou na noite.

Terminei o restante da minha bebida e disse a mim mesmo para ficar de fora daquilo, sabendo que eu seria idiota o suficiente para escutar.

# 7

A festa de aniversário de Roland Montgomery não me interessava muito.

Isso foi um ou dois anos após o armistício. Eu era um agente de baixa patente, investigando crimes e punindo os culpados, ou pelo menos os azarados. Roland estava entre os mais amados heróis da Grande Guerra, e a Associação rapidamente adquiriu poder político. Isso teria sido o bastante para mitigar a continuidade da nossa interação, mesmo sem levar em conta as diferenças em nossa criação e posição social. Suponho que a disposição de Roland em tentar criar uma amizade apesar dessas diferenças fosse admirável. Mas a virtude frequentemente caminha de mãos dadas com a maldade, e eu algumas vezes me perguntava se seu senso de igualitarismo não era proveniente de sua cansativa vontade de ser adorado.

Nos anos seguintes, em minha atividade profissional como fornecedor de fantasias e do êxtase induzido pelas ervas, eu me veria em um sem-número de festas dos ricos, orgias povoadas pelos filhos degenerados da aristocracia. Isso era o mais longe daquelas festas a que eu poderia chegar. O general Montgomery era da velha guarda, e, embora a politicagem de Roland já beirasse o radical, pessoalmente ele era tão pouco chegado a celebrações quanto seu pai. Suspeitava que essa festa não tivesse sido organizada por ele e que, se dependesse de sua vontade, aquele dia teria passado despercebido.

Uma tenda branca de algodão havia sido erguida no quintal, termo que faz pouca justiça à reserva natural que era a propriedade dos Montgomery. A tarde de primavera era iluminada por lanternas brancas penduradas entre a folhagem. O clima havia sido bom o suficiente em colaborar com as festividades, a noite morna, o céu claro. Uma cena agradavelmente bucólica, embora o zumbir dos insetos fosse engolido pela conversa dos convidados. Garçons enfiavam em meu rosto bandejas repletas de canapés superelaborados, ovo de codorna com amêndoas adocicadas, fígado de ganso sobre pão branco cortado fino, coisas que pareciam comida, mas que não o eram exatamente. Eu tinha a sensação de que ninguém estava se divertindo muito, mas eles tinham muito mais prática em escondê-lo.

A jovem rouender com quem eu estava conversando havia gastado bastante dinheiro para ter uma aparência barata. Ela usava pouca roupa e muita maquiagem, com uma seleção de joias que pesavam o suficiente para afundar um homem numa sarjeta. O nome dela era Buffy, ou Minnie, ou algum outro diminutivo irritante mais adequado à boneca de uma criança do que a um adulto. Havia muito eu tinha parado de prestar atenção às suas palavras, mas o gradual aumento de volume sugeria que sua história havia atingido o clímax. Afastei meus pensamentos a tempo de pegar sua última frase.

— É simplesmente tão difícil encontrar uma criada boa hoje em dia.

— Uma luta constante — concordei.

— Você não faz ideia. E se você tem a sorte de encontrar alguém que sabe o que está fazendo, boa sorte em tentar mantê-la! Eu tinha uma menininha que era um doce, uma meia-ilhoa que sabia fazer os penteados mais maravilhosos em meus cabelos. Ela foi minha empregada por cinco anos e então, um dia, simplesmente desapareceu, foi embora para as Cidades Livres com um... homem com quem ela se casou.

— Depois de tudo o que você fez por ela.

— Exatamente!

O que mais irrita na aristocracia é sua futilidade — eles não fazem nada e, portanto, não são nada. Em algum nível do subconsciente, eles parecem estar cientes disso, daí se refugiarem em intrigas sem importância e narcóticos caros, baladas noturnas e, às vezes, um duelo sangrento. Existe algo de desesperado em sua atuação, como se fosse mais uma distração do que diversão. Se eles pudessem olhar para si mesmos, se jogaria no mar.

— Como exatamente você conheceu Roland?

— Servi sob seu comando durante a Guerra.

Ela colocou uma mão em meu peito.

— Todos nós agradecemos seu sacrifício — disse ela, piscando os cílios como se espantasse uma mosca.

Eu nunca seria descrito como bonito — uma vida de cicatrizes havia conseguido estragar uma fisionomia que, originalmente, não seria confundida com atraente. Mas havia certo tipo de mulher que parecia achar meu rosto interessante, ao menos por curiosidade. E o uniforme ajudava — os ricos não nutriam amor maior pela Casa Negra do que qualquer outro cidadão, mas ao menos era evidência de que eu tinha um emprego de verdade, o que suponho que me tornava uma novidade.

— É verdade o que dizem sobre ele, nosso Roland?

Pensei a respeito por alguns instantes.

— Sim, acho que sim.

— Que honra deve ter sido para você fazer parte do comando dele.

— Cada momento uma alegria.

— Me diga, como foi? Quero dizer, a guerra.

Terminei de beber o que havia em meu copo.

— Foi algo sobre o que você nunca sente vontade de falar.

Seu rosto passou de rosa a vermelho-vivo. O rosa era maquiagem, mas o vermelho parecia autêntico.

— Mas onde está o convidado de honra? — perguntei. Eu havia visto Roland brevemente ao chegar, e ele havia apertado minha mão e dito que conversaríamos em breve. Isso tinha sido duas horas antes e, até aquele momento, ainda não havia cumprido sua promessa.

— Eu... não sei — disse ela, os olhos percorrendo o salão à procura de alguém com quem conversar.

— Acho que vou tentar encontrá-lo — falei, afastando-me.

Buffy ou Minnie não fez qualquer esforço para tentar me impedir.

Em algum lugar naquela enorme propriedade havia um bar completamente cheio de bebidas, mas não estava à vista e nem os muitos criados pareciam inclinados a me dizer onde ficava. Isso me deixou com a opção de tentar ficar bêbado bebendo ponche, uma mistura adocicada demais e imprópria ao meu humor, que no momento era entediado com inclinação para o amargo. A bebida encheu minha bexiga muito antes de oferecer qualquer torpor. Como regar o jardim certamente entregaria minha criação, saí em direção ao banheiro.

Terminada a tarefa, desviei da festa com suas luzes brilhantes e gente chata. Essa era a minha segunda visita à mansão dos Montgomery. A primeira havia sido diversos meses antes, em um jantar para o qual havia sido convidado. Eu sentei bem na ponta da mesa, distante de Roland e seu pai, conversei pouco e me diverti menos ainda. Mas havia me dado a oportunidade de me familiarizar com a organização, o que me ajudou a evitar a reunião lá fora.

Eu não estava exatamente tentando bisbilhotar, mas também não estava tentando não fazê-lo. Como membro da polícia secreta, pensei que tinha ao menos a licença, se não a obrigação, de saber o que os demais estavam fazendo. E dada a natureza sensível da conversa, o general Montgomery e sua prole haviam feito pouco para evitar possíveis ouvintes. A porta do escritório estava entreaberta, e, se já não estavam gritando, estava claro que a conversa movia nessa direção.

— Eles não podem me nomear alto chanceler com meu filho mais velho conclamando a abolição da maldita monarquia!

— Existem coisas mais importantes no mundo do que sua carreira política, pai — disse Roland. Sua voz estava calma, mas o tom não era baixo, e acho que percebi uma pontada de escárnio.

— Como a sua, por exemplo?

— Como os interesses dos homens que serviram sob meu comando.

— E como os interesses deles serão atendidos com você fazendo baderna pelas ruas? Ameaçando a Coroa e o governo?

— Estou apenas pedindo que a rainha recompense apropriadamente os homens que morreram para defendê-la. Se ela escolhe levar a mal, não posso ser culpado.

— Ela deve levar a mal você marchando armado pela Cidade Baixa? Ou instigando desentendimentos entre traficantes de drogas e criminosos?

— Mal posso acreditar que o Trono faça objeção a cidadãos preocupados defendendo suas famílias.

— O Trono faria objeção a você criar um exército particular, independente de aonde você o está mirando.

— O Trono montou o exército, pai. Eu só peguei emprestado enquanto não está em uso.

Houve o som de um engasgo seguido de um longo silêncio. Quando o general falou novamente, foi com uma compostura estudada que está a apenas alguns passos da raiva desenfreada.

— A petulância não lhe cai bem, nem à gravidade da situação. Pensões, asilos, empregos... como alto chanceler estarei em posição de prover todas essas coisas. Se você realmente se importasse tanto com elas quanto se importa com sua encenação, colocaria um fim a essa provocação e entraria na linha!

Um movimento nas sombras entregou que eu não era o único interessado nas intrigas do clã Montgomery. Botha estava em silêncio, parado do lado de fora da porta do escritório, uma tremenda capacidade de se manter despercebido para um homem do seu tamanho. Imaginei o que significava o fato de ele não ter se importado em me expulsar dali. Um sorriso malicioso estava entalhado em seu rosto — amargo, sem importância.

Segui pelo corredor em direção à festa, sentando-me num pequeno sofá próximo da saída. Estava ficando tarde, e, diferentemente do restante dos convidados, eu tinha coisas a fazer pela manhã. Podia ouvir Roland e seu pai continuando com a discussão, a distância que eu havia colocado entre nós compensada pelo aumento do volume de suas vozes. Estava abafado demais para que eu conseguisse ouvir as palavras, mas não me esforcei tentando.

Depois de um momento percebi alguém no canto, espiando. Uma menina de uns dez ou doze anos, não sou muito bom nesse tipo de coisa. Ela tinha os cabelos vermelhos do irmão e o olhar penetrante do pai.

Mexi um dedo em saudação. Ela fez uma careta e se aproximou de mim.

— É o aniversário do meu irmão — disse ela.

— É por isso que todas essas pessoas estão aqui?

— É claro — disse ela, com certeza me tomando por um imbecil. Como linhagem, os Montgomery tinham muitas virtudes, mas nenhum deles tinha qualquer coisa parecida com senso de humor.

— Você tem permissão para ficar acordada até tarde?

— Ninguém se importa com o que eu faço — disse ela.

Na idade dela, eu já estava na rua havia cinco anos, feito órfão pela Febre Vermelha e me virando à custa de roubos e da perda da minha ingenuidade. Esse fora, literalmente, o caso de ninguém se importar com o que eu fazia.

— Você não tem uma babá ou algo do tipo?

— Ela acha que estou dormindo.

— Uma mente brilhante do crime.

— Não quero ser uma criminosa — disse ela.

— Quase ninguém quer — Eu sentia uma enorme necessidade de fumar um cigarro, mas decidi que era melhor não oferecer à pubescente uma oportunidade de se sentir moralmente superior a mim. Ficamos nos encarando por alguns momentos.

— Quer se sentar? — perguntei.

— Você vai contar ao papai que estou fora da cama?

— Não.

— Promete?

— Eu prometo.

Ela pensou a respeito da validade da minha palavra.

— Eu não deveria confiar em você — disse ela —, mas vou. — Ela se deixou cair ao meu lado no sofá.

— É muita bondade de sua parte.

Nós nos sentamos em silêncio enquanto a discussão familiar se agravava.

— Meu irmão é um herói — disse ela subitamente, como se esperasse que eu a contradissesse.

— Foi o que ouvi dizer.

— Meu pai também é.

— É o que dizem.

Houve o som de algo quebrando. Um dos dois arremessara algo contra a parede. Meu palpite era que havia sido Edwin. Ele tinha uma reputação de ter pavio curto, apesar da idade.

— Eles discutem muito — disse ela. — Eu não deveria saber disso.

— Acho que nenhum de nós deveria.

— Se os dois são heróis — perguntou —, por que discutem tanto?

— Heróis não podem discordar entre si?

— Claro que não — ralhou ela. — Ser um herói significa que você sempre sabe qual é a coisa certa a fazer.

— E se houver mais de uma coisa certa?

— Existe apenas uma coisa certa — disse ela, a última autoridade moral no assunto.

— Muitas vezes nem isso.

O pouco entusiasmo que eu havia provocado na menininha se dissipou rapidamente. Ela deu um pulo do sofá.

— Acho que não gosto de você — disse ela.

— Um sentimento popular.

Ela ergueu o queixo até que apontasse para o teto, virou-se imperiosamente e marchou de volta para o lugar de onde veio.

Livre da possível censura de uma criança, fumei um cigarro e fiz uma prece silenciosa para os pobres tolos que escolhem dar continuidade à espécie. Deve ser exaustivo ter de fingir ter todas as respostas. Minha posição na Casa Negra requeria um relacionamento casual com a verdade, mas mesmo eu não era forçado a sustentar tal ficção absurda todos os momentos do dia.

Acabei não vendo Roland. Alguns minutos depois que Rhaine fora deitar, decidi ir para a minha própria cama. Havia sido uma longa caminhada até o morro de Kor, com pouca coisa em troca.

Quando o general me perguntara se eu conhecia sua filha, havia mentido e dito que não. No momento, eu não tinha visto motivos para mencionar nossa conversa inicial, mesmo que tenha sido desprovida de importância. Depois da oportunidade de ter outra conversa com ela, eu já não estava mais tão certo. Parecia haver bastante da criança que eu conhecera na mulher cuja vida estava tentando salvar.

# 8

Acordei na manhã seguinte cozinhando em meu próprio suor e bem depois do café da manhã.

Não me importava. Estava quente demais para comer, quente demais para fazer qualquer coisa além de deitar na cama e ficar com calor. Infelizmente, eu não podia me dar àquele luxo, por isso vesti a mesma camiseta de ontem e desci as escadas.

Garrincha estava debruçado sobre a mesa, sem camisa.

— Tenho uma mensagem que precisa ser enviada.

— Dá para esperar até de tarde? — perguntou ele. — Está quente como o inferno lá fora.

— Só vai piorar — falei, e ele se levantou, suado.

— Preciso que você encontre Yancey. Pergunte o que ele tem rolando esta noite. Diga que eu gostaria de lhe fazer uma visita.

Ele sorriu. Garrincha gostava do Rimador. Todos gostavam do Rimador.

— Aonde você vai?

— Preciso pagar meu dízimo.

Ele sorriu e voltou a ficar parado. Observei-o com inveja, então saí pelos fundos.

O trabalho da guarda da cidade, diferentemente da crença popular, não é impedir o crime. Eles não impedem o crime, a não ser raras vezes e quase sempre por acidente, mas fazer isso não é sua função principal. O trabalho do guarda, assim como o trabalho de qualquer outro organismo, singular ou coletivo, é manter sua própria existência — fazer o mínimo possível requerido para poder continuar fazendo o mínimo possível.

Eu me enquadro nessa mesma categoria, e é por isso que uma vez por semana entrego aos corruptos uma parte dos meus lucros. Não uma parte enorme, mas também não uma pequena. O suficiente para que me deixem em paz e para me avisarem se souberem que alguém planeja fazer o contrário. Todos no meu ramo fazem o mesmo, todos os que não são tolos, aqueles que querem se manter no ramo por mais do que alguns meses. Porque, embora como regra geral a guarda não se preocupe seriamente em pegar criminosos, está apta a redescobrir seu zelo se souberem de alguém que está ficando com muito de seu próprio dinheiro.

A sede da guarda na Cidade Baixa é, em conformidade com seus habitantes, abandonada e nem um pouco impressionante. Muito pouco do que os guardas ganham, seja do orçamento oficial, seja daquele provido por mim e os da minha laia, parecia ir para sua conservação. Uma sentinela perambulava sem rumo sob a sombra de seus três andares, dois dos quais poderiam confortavelmente ser removidos sem afetar a vida da comunidade. Uma escadaria levava a portas duplas, uma pela qual se entrava com grandes expectativas e outra pela qual se saía decepcionado. Rodeei a entrada principal e segui pelos fundos, subindo alguns poucos degraus e indo direto até onde estava o capitão da guarda, cumprimentando no caminho o oficial encarregado com um aceno de cabeça.

A posição de Galliard exigia que ele coletasse dinheiro e não deixasse o barco afundar, e ele era perfeito para fazer ambos. Num dia ruim, ele comia duas refeições entre o café da manhã e o almoço. Hoje era um dia bom, e ele estava limpando um prato de presunto defumado quando entrei.

— Bom dia, Guardião. Bom ver você. Sente-se.

Deixei-me cair no banquinho em frente a ele.

— Capitão.

Ele apontou para o bufê, o dedo gordo balançando.

— Está servido?

— Está um pouco quente para comer carne salgada.

— Não para mim — disse ele, flexionando o músculo rosado na protuberância de seu pescoço. — Como tem passado?

— Mantendo-me em pé. — Peguei na minha mochila uma bolsa de moedas contendo ocres e a coloquei sobre a mesa. — E você?

— Me mantendo sentado — disse ele. Pesou a bolsa de moedas nas mãos e depois a colocou dentro de uma gaveta. Quando eu fosse embora, ele iria distribuir o dinheiro de acordo, parte da minha riqueza indo para os homens acima e abaixo dele, comida para as crianças e joias para as prostitutas.

— Você ouviu falar que os Giroies acabaram com os Rapazes da rua James? Não achava que eles tivessem a coragem de fazer uma coisa dessas.

Os Giroies eram um grupo rouender da velha guarda e tinham as mãos em negócios perto de Offbend. Nos últimos anos, eles estavam tendo dificuldade para se manter estáveis, suas forças enfraquecidas após terem brigado com a Associação durante a Segunda Guerra das Organizações Criminosas.

— Desde que Júnior assumiu, eles estão achando que são os maiorais. Você pretende fazer alguma coisa para convencê-los do contrário?

Ele deu de ombros, mesmo fazendo mais esforço do que costumava fazer.

— Por quê?

De fato, por quê?

— Existem boatos de que dois ilhéus foram enviados ao Hospital da Misericórdia de Prachetas com uma alergia de pele que parecia com a praga.

Ele afastou a sugestão com um aceno de mão.

— Pura fofoca. Conversei com um homem do hospital que disse que foi apenas mais um caso de doença da maré. Os homens do mar precisam parar de beber água de poços sujos, embora com esse calor de rachar eu mal possa condená-los.

Uma coisa interessante a respeito desses corruptos é que eles sabem mais do que você acha que sabem. Eles só não fazem nada com a informação.

— É claro que a Praga não é a única praga. Há um burburinho vindo da Associação nas últimas semanas. Eles estão programando um comício para a próxima semana para falar sobre esse negócio das pensões, vão fazer parar tudo.

— Nunca entendi o que há de tão importante em marchar. Eu ando para vários lugares o tempo todo e ninguém me dá mais crédito por isso.

— Há boatos de que eles disseram para os Selvagens de Courtland para parar de vender vinonífera no bairro deles. Você sabe que os Selvagens têm o apoio dos Giroies.

Galliard passou manteiga sobre uma fatia de pão integral e comeu com três grandes mordidas.

— Você esteve no exército, não foi, Guardião?

— Eles não me deixariam entrar, alegando que tenho apenas um braço.

— Se você é ligado a alguém lá, é melhor dizer a eles que estão começando a chamar muita atenção.

— Não tenho mais amigos na Associação.

— Temos recebido algumas informações vindas da Casa Negra a respeito disso.

— Não tenho amigos lá também — falei, e isso foi uma forma suave de dizer. — Os veteranos têm estado quietos por um bom tempo. Eles não têm coragem de causar problemas.

— Talvez sim, talvez não. Não acho que eles tenham se esquecido de que lado da faca devem segurar, mesmo que a tenham mantido embainhada durante os últimos anos.

— Joachim Pretories não é Roland Montgomery.

— Vamos esperar que ele saiba disso — disse Galliard. Através da janela aberta, pude ouvir duas crianças de rua brigando por causa de alguma coisa. Uma breve luta corpo a corpo resolveu o problema, e o perdedor foi embora chorando. Galliard limpou a boca com o guardanapo que estava enfiado em seu colarinho.

— Talvez seja o calor. Parece que a cidade inteira ficou maluca nas últimas semanas. Içamos outra prostituta do canal hoje de manhã. É a terceira este mês. — Ele esfregou as mãos, lançando migalhas no chão e fazendo suas tetas balançarem sob a camisa. — As coisas pioram antes de melhorarem.

— As pessoas dizem isso. Mas, em minha experiência, as coisas normalmente continuam a piorar.

Galliard deu um risinho dissimulado e ficou em silêncio.

Eu levantei para ir embora.

— Bem, então, tenho outros compromissos e imagino que você também.

O capitão ergueu a bunda corpulenta de sua cadeira e apertou minha mão.

— Com certeza, com certeza. Te vejo na semana que vem.

— Até a semana que vem. — Concordei e fui embora.

# 9

Eu não achava que iria voltar para o Conde de Sinuosa e encontrar Hroudland e Coelho esperando por mim no bar. Se achasse, provavelmente não teria aparecido por lá — teria ido em direção às docas, acendido um cigarro e desejado uma brisa.

Eles eram os únicos no local, os demais haviam saído, tentando dar conta dos afazeres na rua antes que o sol tornasse a viagem desconfortável. Isso significava que eu não poderia contar com os músculos de Adolphus se as coisas ficassem ruins — mas também significava que eu não tinha de me importar em fingir qualquer amabilidade.

— Que porra vocês querem aqui?

Coelho riu, e Hroudland respondeu com uma pitada de agitação em sua voz.

— Sabe, tenente, não há necessidade de começar a conversa em tal estado combativo.

— Acho que isso é mais uma coisa com a qual teremos de discordar — falei, enrolando um cigarro. A chama do fósforo era um agravante desnecessário no calor. — Deixe-me tornar as coisas mais fáceis para você, pois sei que o diálogo não é seu ponto forte. Adolphus não está aqui.

— Não estamos à procura de Adolphus — se meteu Coelho, sorriso nos lábios, parecendo uma criança que esconde um segredo. — Estamos aqui para ver você.

— Ora, Coelho, é você que está aí? Seu danadinho endiabrado, se escondendo nos fundos, tão quieto que nem te vi! E então você começa a falar bobagem e estraga tudo! Vocês não vieram me ver, Coelho, porque eu não quero ver vocês. Fui bastante claro quanto a isso da última vez que nos falamos.

Coelho riu novamente, riu e ficou vermelho, e Hroudland assumiu as rédeas.

— O chefão quer falar com você.

— Não sei a quem você está se referindo.

— Comandante Joachim Pretories.

— Ele é realmente o que você chama de chefão? Acho que temos um senso de importância bem diferente.

— Não quero discutir com você, tenente.

— Bem, não estou a fim de dançar, Hroudland. E já que você não quer discutir e eu não quero dançar, não tenho certeza do que nos resta.

— O comandante quer apenas alguns minutos do seu tempo. Tenho certeza de que isso não é um grande sacrifício.

— Você não pensou no custo de oportunidade. Alguns minutos do meu tempo podem ser o mesmo que uma década para você, Coelho. Quem sabe que coisas extraordinárias eu poderia fazer em meia hora? Escrever um soneto, talvez, ou descobrir a cura da doença da maré. — Balancei a cabeça. — Se você pensar dessa maneira, na verdade vocês estão me pedindo bastante. Mais do que estou disposto a oferecer.

— O comandante disse que eu deveria insistir.

— Ora, ele disse que você deveria insistir, foi? Ouviu isso, Coelho? Vocês dois devem insistir.

— Foi isso que o capitão disse — concordou Coelho.

— Ah, tudo bem, ele disse isso — Soltei uma baforada de fumaça. — Vocês têm certeza de que poderiam forçar a minha concordância?

— Não — disse Hroudland. — De forma alguma. E é por isso que espero que você tome a decisão mais correta e venha dar uma voltinha com a gente em vez de forçar isso a seguir uma direção desnecessária.

Essa era de fato a decisão mais correta, mesmo que tenha sido Hroudland a sugeri-la. E se Hroudland não tinha certeza se ele e Coelho podiam me forçar a ir com eles, eu não tinha certeza de que eles não podiam. E seria uma questão estúpida pela qual morrer, só porque queria irritar dois homens de quem eu vagamente desgostava.

— Você me compra um sorvete no caminho, Coelho?

Coelho riu, da mesma maneira que havia feito quando a morte estava pairando no ar.

— O tenente quer saber se eu posso comprar um sorvete para ele!

Coelho era uma plateia fácil. Era uma de suas poucas qualidades.

A Associação para o Progresso dos Veteranos da Grande Guerra — ou a Associação dos Veteranos, se você for fã de abreviações, ou apenas Associação, se você for realmente obcecado pelo conceito — era uma instituição que afirmava representar aquelas almas desafortunadas que serviram nas trincheiras durante a última incursão do Império no suicídio em massa. Fora fundada por Roland Montgomery seis meses depois que a Humilhação de Donknacht havia levado 250 mil ex-soldados de volta às terras que eles haviam matado para proteger. Quando Roland morreu dois anos mais tarde, a

Associação havia sido assumida por seu segundo homem de muitos anos, Joachim Pretories, e ele havia passado esse ínterim transformando-a numa respeitável força política. Por todas as suas pretensões, ela era uma típica entidade corporativa, nominalmente advogando pelos direitos e privilégios de seus membros, na prática mendigando em nome daqueles no topo.

Por certo tempo, ela havia sido algo mais. Mas, então, as coisas costumavam ser diferentes por todos os lados.

Eles montaram seu quartel-general numa velha casa comercial em Offbend, a apenas alguns metros da Cidade Velha. Era uma bela estrutura, quatro andares de tijolos brancos com calçadas de pedra. Uma plataforma de madeira havia sido erigida no meio da galeria, um ponto central em seus frequentes comícios. Uma porção de homens estava de pé do lado de fora da entrada. Eles assentiram em direção à minha escolta e permitiram nossa entrada.

— Vou dizer ao comandante que você está aqui — disse Hroudland, desaparecendo pelos fundos do prédio. Aproveitei o tempo para inspecionar o local.

O *hall* de entrada era grande o suficiente para abrigar algumas centenas de homens, embora atualmente houvesse apenas cerca de doze deles ocupando o local. Com exceção de Coelho e eu, havia um punhado de homens sentados a uma grande mesa de madeira, esperando para servir aos membros pagantes. Troféus de nossas lutas estavam pendurados nas paredes, bandeiras capturadas do adversário e armamentos drens, tapeçarias mostrando as batalhas mais importantes. Passei alguns momentos inspecionando essas últimas, embora naquela distância eu tenha tido dificuldade em me reconhecer entre as linhas de homens orgulhosos empunhando lanças e caçando o inimigo em retirada, ou entre os oficiais liderando o ataque. Pendurado sobre uma enorme lareira, havia o retrato do fundador da Associação, observando suas crianças, os olhos azuis sérios, porém oferecendo amparo.

O nome de seu pai poderia ter-lhe rendido uma posição longe das linhas de frente e dos perigos do combate, mas essa não havia sido a escolha de Roland. Na verdade, nenhuma promoção parecia o suficiente para o arrancar do *front*. Quando eu o conheci, ele já estava trilhando o caminho que levava o homem ao mito, e se o primeiro havia terminado seus dias três anos depois do armistício, o rosto afundado na lama da Cidade Baixa, o segundo só tinha continuado a crescer. Uma década depois, e o nome dele ainda era invocado por qualquer um que tivesse servido nas linhas.

Hroudland abriu a porta dos fundos e acenou para nós. Coelho e eu o seguimos através de um corredor estreito, subimos um lance de escadas e passamos por diversos outros guardas, parando em frente ao escritório do comandante.

— Por aqui — disse Hroudland. — Quando vocês acabarem, o levaremos de volta ao seu bar.

— Numa vizinhança perigosa como esta, preciso de alguém para proteger minha virtude.

Hroudland balançou a cabeça, feliz por se livrar de mim. Ele abriu a porta e eu entrei.

Ser um soldado não é uma profissão que se presta à glorificação da violência, nem daqueles que a praticam. A doença das marés mata mais homens em uma hora do que o mais habilidoso guerreiro poderia fazer em toda a sua existência sangrenta, e nenhuma quantidade de braveza ou força é à prova de tiros de artilharia. Mais tarde, tentando impressionar uma garota numa taberna, você provoca um valentão que é capaz de derrotar doze drens usando apenas uma das mãos, pode até mesmo dizer que o valentão é você. Mas, naquele momento, enquanto importava, você sabia que tudo isso é baboseira. Uma espada não decide uma batalha — havia muitos de nós para que qualquer indivíduo importasse por si só. Ou um homem era sólido — o que queria dizer que, se ele fosse o próximo na linha quando você estivesse no *front*, você não conferiria para ver se ele estava seguindo —, ou ele não era, e nesse caso você esperava que ele morresse logo e deixasse sua ração para o resto do batalhão. Qualquer coisa além disso era forragem para as ovelhas em casa.

Mesmo assim, Pretories havia conseguido a reputação não apenas de ser um homem sólido, mas um excelente homem sólido. Eu podia me lembrar de Roland rasgando a seda quanto ao número de vezes que sua vida havia sido salva pela fantástica capacidade de seu braço direito que ele não temia nada, contanto que Joachim Pretories estivesse atrás dele. Mas, pensando bem, Roland havia dito uma porção de coisas.

Joachim havia se mantido firme, quarentão, nuanças de cinza em seus cabelos conferindo-lhe uma distinção apropriada. É claro que isso não significava que ele não tivesse apodrecido por dentro. Dez anos exercendo política eram como cinco passados fumando vinonífera, e, embora o aperto de mão que ele me ofereceu tenha vindo junto de um bíceps de tamanho razoável, ele tinha o sorriso de um homem cuja profissão era sorrir.

— Tenente, que bom vê-lo de novo — disse ele, encaminhando-me em direção à sua mesa. — Gostaria de um pouco de uísque?

— Me transformei em abstêmio recentemente.

— Água?

— Deixei de tomar isso também.

Ele se sentou em frente a mim e se serviu de alguns dedos de bebida.

— Hroudland disse que você não ficou muito feliz em ver os rapazes no seu bar.

— Mas você me chamou mesmo assim. Acho que isso o torna um verdadeiro glutão por ser maltratado.

— Já fui chamado de coisas piores.

— Tenho certeza de que isso fere seus sentimentos. O que quer de mim, coronel?

— Comandante — corrigiu ele.

— Não sabia que a Coroa promovia soldados reformados.

— Sou o supremo comandante da Associação dos Veteranos da Grande Guerra, por vontade de meus companheiros.

— Votei em mim mesmo para me tornar imperador de Miradin, mas ninguém me mandou nenhuma grana.

— Estou tendo dificuldade em entender de onde vem essa animosidade. Não havia pensado que tinha causado algum mal em particular.

— A vida tem sido cruel comigo, Joachim. Eu desconto em quem estiver na frente.

Ele retribuiu meu insulto com uma risada, mais evidência de que ele havia se tornado um político. O homem que eu havia conhecido teria se livrado de mim por menos do que eu havia oferecido. Ou pelo menos tentado.

— Eu havia esperado que pudéssemos manter uma conversa civilizada, mas, como parece que você está ocupado demais para perder tempo com simples cortesia, vou direto ao assunto. — Ele serviu uísque com um sorriso forçado e colocou o copo sobre a mesa. — Rhaine Montgomery — disse ele.

Senti um calafrio subir pelas minhas costas, mas não deixei transparecer em meu rosto.

— Você terá de adicionar um verbo para que isso conte como uma frase completa.

— Fiquei sabendo que ela está na Cidade Baixa.

— Foi mesmo?

— E fiquei sabendo que você está procurando por ela.

— Você está bem informado.

— Olhe, tenente, não há motivo para se fazer de tolo. Sei que o general pediu a você para tentar encontrar a filha dele e persuadi-la a voltar para casa. Sei disso porque ele me contou. Ele me contou porque nos conhecemos por mais da metade da minha vida, porque seu filho foi o melhor amigo que já tive e o melhor homem que já existiu. Nós queremos a mesma coisa.

— Que é?

— Rhaine fora da Cidade Baixa. De volta para casa, no morro de Kor. A salvo e livre de problemas.

Isso era com certeza o que eu queria, embora não estivesse preparado para falar em nome de mais ninguém.

— E quem poderia querer causar problemas para ela?

— O mundo é um lugar perigoso.

— Às vezes tenho esse pressentimento.

— Rhaine é... uma jovem impressionante. Mas ela está fora do seu meio, o que seria óbvio para qualquer vagabundo que cruzasse seu caminho.

— Então, você está preocupado que ela possa ser assaltada a caminho do mercado?

— Essa conversa terminaria mais rápido se você parasse de se fingir de idiota. Roland Montgomery foi assassinado por homens poderosos, homens que temiam que sua cruzada pudesse arruiná-los. Não imagino que eles tenham renunciado à violência nos doze anos desde a morte dele e tenho certeza de que eles ficariam felizes em mandar Rhaine encontrar o irmão se ela tentasse lhes causar algum problema.

— Pelo menos nisso nós concordamos.

Ele assentiu firmemente.

— Eu o chamei aqui hoje para lhe dizer que a Associação está a postos para assisti-lo em sua tarefa.

— E no que exatamente você acha que pode me ajudar?

— Você já conhece Rhaine?

Não havia motivo para ser honesto.

— Ainda não tive o prazer.

— Ela pode ser... cabeça-dura.

— Estou tendo essa impressão.

— O que quero dizer é, se você realmente a encontrar, não tenho muita certeza de que ela vá ouvir o que tem a dizer. E se ela não o ouvir, se não conseguir fazer com que ela volte para casa, gostaria que você viesse me contar.

— O que você faria que eu não poderia fazer?

— Não somos poucos aqui. O mínimo que eu posso fazer é designar alguns homens para a protegerem. A maior tragédia da minha vida foi minha falha em manter Roland a salvo. Pelo Primogênito, não cometerei o mesmo erro com Rhaine.

Prevaricação não é algo fácil de fazer com competência. Nós piscamos, desviamos o olhar, desviamos a atenção para alguma sujeirinha recém-descoberta. E isso apenas quando se trata de coisas pequenas — "Eu estive no bar com Seinfred durante toda a noite passada. Arranjarei seus cinco cobres amanhã". Tente mentir pela sua vida alguma vez, sinta como seu colarinho parecerá apertado ao redor de sua garganta, a coceira desesperada na palma de sua mão. Mesmo as pessoas que são profissionalmente desonestas normalmente não possuem nenhum talento particular para a coisa, conseguindo levar devido à coragem e ao vigor.

Para mentir direito, quero dizer, para fazê-lo com perfeição, você precisa acreditar. Precisa enlaçar seus braços ao redor da mentira, segurá-la com as duas mãos e tratá-la como uma amante. Precisa construir o resto da sua vida ao redor dessa crença falsa até que seja automática como o ato de respirar. Até que, se alguém acordá-lo no meio da noite, suas primeiras palavras confirmem que preto é branco. Verdade seja dita, Pretories sabia como fazê-lo. Se eu não soubesse do contrário, teria acreditado nele. Era impressionante, de uma maneira amoral.

Mas eu não era exatamente um amador quando o assunto era enganar.

— Se ainda estiver tudo bem, gostaria de um copo de uísque agora — falei.

— É claro. — Sorriu ele e me serviu de alguns dedos da bebida.

Bebi devagar, valorizando minha preocupação.

— Eu não queria esse trabalho, comandante — falei.

Ele assentiu, empaticamente.

— Tenho meu próprio trabalho a cumprir, e ele não inclui sair em busca de uma herdeira autodestrutiva.

— Imagino que não.

— Mas o general precisava de um favor meu, e eu disse que faria o que pudesse para ajudar.

— Você é um homem honrado.

A merda estava na altura da cintura e subindo cada vez mais.

— O que quero dizer é que ficaria feliz em deixar que alguém competente assumisse a tarefa se eu achasse que podia dar conta.

— Continue.

— Fiz algumas perguntas sobre o paradeiro de Rhaine.

— E?

— Nada ainda, mas alguma coisa vai aparecer. Na verdade, não imagino que o problema seja encontrá-la. Convencê-la a retornar, ou protegê-la se ela não quiser, é que será a parte difícil. E eu não quero dar as costas a quem está disposto a ajudar, se as coisas chegarem a esse ponto.

— Estamos aqui para lhe oferecer essa ajuda — disse ele, apertando minha mão com firmeza e me levando em direção à porta.

Parei no *hall* de entrada por um momento, preparando-me para encarar os problemas e olhando para o retrato de Roland. O retrato era em tamanho natural, mas de alguma forma eu me lembrava dele como sendo mais alto. Um dos homens ali percebeu minha atenção, se levantou de onde estava sentado e se aproximou de mim. Não foi uma tarefa fácil, visto que ele estava entre os desafortunados, mas infelizmente não raros, que voltaram de Nestria com menos membros do que quando saíram. Ele tirou o chapéu de sua cabeça com a mão que não estava aleijada e o levou ao peito.

— Um homem e tanto, não?

Virei os olhos e saí apressado.

# 10

A primeira vez que vi Roland Montgomery ele chegou bem perto de me matar.

Já fazia um ano desde que o desastre em Beneharnum havia provado, até para o mais rígido dos tradicionalistas, a futilidade de se manter o combate em filas. As táticas haviam evoluído em conformidade — as trincheiras eram miseráveis, superpopulosas e frias, mas mantinham você fora do campo de visão de qualquer feiticeiro que pudesse estar à espera e eram moderadamente eficientes contra canhões. Havia muito já nos acomodáramos num combate de atritos constantes que viria a caracterizar o conflito, uma inesgotável sucessão de ataques e contra-ataques, de linhas estáticas e disputando comida com os ratos.

Quer dizer, aqueles de nós nas linhas — os de alta patente — ainda sonhavam com uma vitória, uma súbita quebra nas linhas drens que iria nos permitir avançar sobre eles e fazer com que se afastassem de volta a Donknacht. Era uma fantasia que levaria bastante tempo para morrer e levaria consigo muitos homens.

Minhas esperanças de promoção haviam se provado prescientes, embora eu atribuísse esse fato mais à dizimação dos oficiais durante a fase inicial do conflito do que a qualquer genialidade de minha parte. Se as coisas continuassem nesse ritmo, em seis meses os tamborileiros seriam promovidos a generais de brigada. Mesmo com meu avanço rápido através do escalão, minha presença na reunião era fora do comum. Convocar uma reunião com os oficiais antes de liderar as tropas rumo à batalha era uma atividade bastante comum, mas incluir alguém de nível social tão baixo quanto o meu certamente não era.

Mas Roland Montgomery não era um oficial comum.

Isso aconteceu no início de sua carreira, antes que seu ataque glorioso a Gravotte fosse um sucesso, antes de ele ter permanecido sete semanas sitiado em Matz, sem qualquer auxílio externo. A lenda estava ainda em formação, mas já era possível ver as sementes. Ele era, em primeiro lugar, extremamente belo. Era o segredo mais mal guardado nas Treze Terras que as altas patentes eram repletas de sodomitas, e, olhando entre meus companheiros oficiais, havia mais do que uma porção deles olhando para o coronel com algo mais parecido com adoração do que respeito. Porém, mesmo entre aqueles de nós para quem uma bela bunda não era objeto de adoração, ficava difícil não notar o fato de que Roland Montgomery parecia ter sido moldado em mármore em vez de saído de um útero. Ela irradiava saúde e bom humor, tarefa difícil, dado que ele estava efetivamente no meio de uma enfermaria enorme e que perdíamos cem homens diariamente para a doença das marés. Somado a isso estava sua herança: ele era o último numa grande linhagem dos Montgomery que haviam perseguido os inimigos da Coroa em terras estrangeiras, e seu pai era tratado com algo parecido com reverência por grande parte das tropas.

Entretanto, tudo isso era secundário à indefinível aura de certeza que ele carregava consigo, como um pesado manto de inverno. Cada movimento seu e cada palavra que ele pronunciava parecia carregar um significado profundo, como se o próprio Primogênito houvesse decretado que, naquele exato momento, Roland deveria sorrir, balançar a cabeça ou cumprimentar você. Em poucas palavras, ele era um homem denso. Você se esforçava para ouvir quando ele estava falando, empurrava seus colegas para estar mais perto dele, se via prisioneiro daqueles intensos olhos azuis e da inabalável força de suas convicções.

Portanto, contradizer o plano que ele havia acabado de explicar — ou mesmo sugerir que era possível contradizê-lo, que, teoricamente, ele era capaz de cometer um erro — exigiu certa coragem de minha parte.

— Temo possuir uma preocupação, senhor.

Não era uma atitude que me traria muitos amigos. Assim como requeria minha relativamente baixa patente, eu estava atrás dos cerca de vinte soldados amontoados ao redor do coronel. A primeira fileira era composta de homens similares ao Montgomery em procedência, posição e linhagem. As terríveis baixas que sofrêramos haviam permitido que alguns de nós ascendessem aos escalões do meio na hierarquia militar, mas as mais altas patentes ainda eram ocupadas exclusivamente por aristocratas.

Eu tentava não odiá-los. O fato de que eles estavam em Nestria já significava alguma coisa, quando tantos de seus companheiros haviam encontrado desculpas convenientes para permanecer em casa — ferimentos súbitos, matrimônios inesperados. E eu não imaginava que Montgomery manteria ao seu redor qualquer um cuja coragem ou bravura fossem suspeitas. Mas imparcialidade não era o meu forte, e eu tive de engolir a seco meu desprezo para evitar demonstrá-lo em meu rosto.

Eles não pareciam ter pressa alguma em me destinar cortesia semelhante. O homem que eu mais tarde conheceria como Joachim Pretories tirou os olhos do coronel e me lançou um olhar terrível. O resto do grupo o acompanhou. Se eu estava tendo a ilusão de que minha opinião era desejada, os olhares furiosos que recebi do círculo de companheiros de Roland foi o suficiente para me convencer do contrário. Eu não estava ali para falar; estava ali como uma demonstração das inclinações populistas de Roland Montgomery, da afeição e amor que ele nutria por seus homens, mesmo para aqueles de nós nas mais baixas patentes.

Em oposição, o próprio Roland parecia agradavelmente surpreso com minha interrupção.

— Claro, tenente — disse Roland. — Exponha seus pensamentos.

Limpei a garganta, desconfortável. Naquele tempo, eu ainda estava preocupado com meu jeito de falar, típico da Cidade Baixa, largamente considerado pelo restante do império como algo entre repulsivo e incompreensível. Anos mais tarde, eu o reconheceria como um ponto forte, iludindo minha plateia a ter um falso sentimento de superioridade. A maioria dos homens nascidos no lado norte do rio Andel me desprezava após minha primeira frase, achando que eu não passava de um criminoso, e só ficava sabendo da verdade quando já era tarde demais. Mas naquele momento, cercado de baronetes e príncipes, eu estava ciente de cada sílaba ou consoante engolida.

Abri caminho à frente, através de uma massa de homens que me desejavam mal, até um quadro onde estava o mapa que Roland estivera usando para indicar nosso plano de ataque.

— Esses quinze centímetros — falei, apontando para o local correspondente — são 274 metros de terreno rochoso, completamente desprovido de abrigos de qualquer tipo. Esse sombreado marrom-claro — movi o dedo um pouco — é uma caminhada difícil morro acima que se afunila de tal forma que nossas forças poderiam ser massacradas em detalhes. E essas marcas aqui — novamente mudando meu foco para um bando de alfinetes azuis que representavam as forças inimigas — são ao menos três batalhões das almas mais cruéis, competentes e endurecidas pelas batalhas que o Primogênito já viu punirem nosso mundo benigno. Uma simples observação dos fatos que temos diante de nós deveria ser o suficiente para demonstrar que seu propósito é, em resumo, impossível.

Ninguém disse nada por alguns momentos. A maioria deles parecia encarar a crítica como produto da pura falta de coragem. Para um punhado deles, talvez, minhas palavras haviam servido como lembretes de que seus corpos eram feitos de carne e osso, assim como os corpos dos homens no comando. Roland permaneceu completamente passivo, seu breve sorriso nem um pouco afetado pelos meus argumentos.

Coube ao seu líder da cavalaria, um major com o exaustivo nome de Conrad Baldwin de Camville, tomar as dores. A essa altura da guerra, já estava claro que a continuidade da existência da cavalaria era um anacronismo — os melhores garanhões do império eram úteis apenas como animais de carga ou carne fresca. Para aquela porção da pequena nobreza que havia crescido com um sabre nas mãos e sonhando com ataques corajosos, essa era uma verdade dura de aceitar. Conrad era um desses. Ele ainda usava o *kit* completo, esporas prateadas de quinze centímetros presas a botas de couro preto e brilhante recém-engraxado. Sua jaqueta e calças eram carmesim-claras com franjas douradas, e sua espada tinha uma pérola do tamanho de um olho incrustada no punho.

— Ninguém está sugerindo que nosso objetivo será atingido sem um custo, tenente — disse ele, acentuando as três sílabas da minha patente de uma maneira mais reservada a outros epítetos menos lisonjeiros. Traidor, por exemplo. Ou pedófilo. — Mas o cume é o ponto mais importante de toda a área. Qualquer esperança que tenhamos de reconquistar a parte norte da Nestria depende de tomá-lo.

— De fato é, senhor. E os drens as possuem. Eles a têm em seu poder nos últimos dois meses e têm fortalecido suas forças na região durante todo esse tempo.

Outro camarada de Roland entrou na conversa.

— O que esse homem está fazendo aqui, para começo de conversa? Esta reunião é para capitães e patentes acima dessa.

— Nossos capitães continuam a morrer em ataques suicidas — falei. — Estou no comando operacional da companhia A há dois meses.

— Todas as nossas informações afirmam que os drens estão retirando suas forças nesse setor — continuou Baldwin sem pausa. Suponho que seja a mentalidade da cavalaria atacar, atacar, atacar. Era mais eficiente durante uma conversa do que no campo de batalha.

— Eu sou esse setor, major — falei. — Durmo em sua lama e me molho durante as retiradas. Eu a tenho observado dia e noite, e, se os drens estão começando a fraquejar, ainda não vi qualquer prova disso.

— Talvez seu olho não seja suficientemente treinado para reconhecer a fraqueza em suas posições.

— Os seus olhos devem ser excepcionalmente bons, para enxergar tal fraqueza a dois quilômetros e meio atrás das nossas linhas.

Baldwin se eriçou como se alguém tivesse cuspido nele. Eu havia ido longe demais, o havia acusado nada mais nada menos do que de covardia. A ligação da nobreza com o duelo havia sobrevivido a um ano de assassinatos em massa que diminuíram qualquer coisa que as Treze Terras já haviam visto em dois milênios de lutas. Era de se pensar que o sacrifício de um quarto dos homens da nação seria o suficiente para satisfazer ao gosto de qualquer um por sangue, mas não se estava contando com a completa estupidez da aristocracia. Mal se passava uma semana sem que dois sangues azuis duelassem entre si por causa de algum insulto real ou imaginário. Parecia ser muito por nada — se você estava tão desesperado para ser esquecido, bastava dar dez passos fora das trincheiras e esperar que um arqueiro dren notasse você.

Roland pousou uma mão sobre o ombro do meu possível assassino e o acalmou.

— Paz, major, paz. O tenente está simplesmente fazendo o que pedimos que ele faça. — Como uma criança aos prantos faz diante do toque da mãe, Baldwin passou imediatamente de furioso a tranquilo. — Por favor, continue com suas observações acerca da situação, tenente — disse Roland, virando-se para mim.

— Já terminei, senhor. Eles estarão no cume e estarão esperando a gente.

— Teremos a vantagem de números! — insistiu Baldwin.

— Mas não poderemos usá-la; ficaremos afunilados pelo desfiladeiro, e o canhão deles irá nos despedaçar. Esse é o melhor cenário. No pior dos casos, eles estarão com um ou dois feiticeiros escondidos, apenas esperando pela chance de nos apagar em massa.

Por um breve momento, o grupo pôs de lado seu desejo desesperado por glória e considerou a terrível possibilidade que eu havia colocado diante deles. A guerra começara com o Trono convocando 20 mil voluntários. Depois de Beneharnum, eles chamaram outros 50 mil. Setenta mil provou ser o número total de idiotas suicidas dispostos a se voluntariar, portanto o Trono confortavelmente passou a convocar alistamento obrigatório. Depois de seis meses, tínhamos 250 mil homens servindo o exército. Os drens fizeram o mesmo, e, no final do primeiro inverno, nossas forças haviam se espalhado pelo continente, sufocando os morros com trincheiras e fortins.

Mas, enquanto era possível simplesmente convocar mais 10 mil almas para prestar serviço, fazendeiros e alfaiates, apoiá-los com feiticeiros treinados era outra coisa completamente diferente. A Academia foi parcialmente a resposta, recrutando qualquer um com o mínimo de talento, crianças entrando e saindo de lá como armas de exército. Porém, mesmo assim, nunca houve feiticeiros suficientes para dar apoio ao grande exército, e você nunca sabia se as tropas do outro lado eram endurecidas por homens com a habilidade de causar incêndios do nada. Era algo bastante aterrorizante, pois um pequeno grupo de feiticeiros bem posicionados era o suficiente para transformar uma ofensiva bem planejada numa tolice suicida.

Roland permanecia imperturbável diante do quadro que eu havia exposto. Na verdade, ele permanecia praticamente imperturbável independentemente do que você colocava diante dele. Eu não estava muito certo de que isso fosse uma virtude. Nervos de aço são bastante úteis no campo de batalha, mas o mundo é um lugar terrível e chocante, e, passado certo ponto, a equanimidade parecia indistinguível da idiotia.

— Todos os nossos relatórios dizem que os drens estão levando seus feiticeiros para o sul, se preparando para sua própria ofensiva.

— Nossos relatórios servem como ótimos papéis higiênicos. Além disso, ainda não estou convencido de seu valor.

Um dos outros oficiais, um capitão, começou a rir, mas rapidamente transformou o riso numa tosse nervosa. O coronel Montgomery continuou sorrindo, mas, considerando seus olhos, ele estava começando a achar minhas objeções nada interessantes.

— O quartel-general decidiu que a luta deve iniciar no setor três.

Fazer discursos nunca foi o meu forte — no corpo a corpo geralmente sou capaz de descobrir o que preciso fazer para que alguém mude na minha direção, mas coloque muitas pessoas juntas, e a massa de idiotas se torna imóvel. Teria sido melhor ter ficado de boca fechada. Mas eu era ainda pior nisso do que em oratória.

— Infelizmente, os drens têm algo a dizer sobre essa decisão também; e todas as evidências apontam que eles acham que o setor três seria de melhor uso como abatedouro.

Roland se encostou na mesa e levou o punho debaixo do queixo. A qualquer momento, alguém poderia ter congelado aquela imagem e pintado um quadro — *Herói tomando uma difícil decisão* teria sido seu nome. A pausa durou tempo suficiente para que todos a notássemos, então ele se levantou e veio em minha direção, rápido. Consegui me manter imóvel.

— Este homem — disse Roland, batendo com uma mão em meu ombro e me encarando com uma intensidade que achei ao mesmo tempo perturbadora e cativante — é o motivo pelo qual vamos vencer a guerra. — Trocou olhares comigo por um momento, então se virou rapidamente para falar ao restante da multidão: — Não existe homem melhor do que o soldado Rigun, nenhum patriota mais verdadeiro, nenhum guerreiro mais honorável e dedicado. E diante de nós está um verdadeiro representante!

O fato de que eu não concordava de forma alguma com seu sentimento — nem em referência a mim particularmente nem como um comentário geral acerca do estado da nossa população — não valeu nada para diminuir o orgulho que senti naquele momento. Eu me empertiguei, inflei o peito e senti meu coração bater mais acelerado.

— E é por causa de homens como você que o império será vitorioso, independentemente das hordas de dren que se joguem contra nós, independentemente dos obstáculos que teremos de superar. — Ele voltou sua atenção para mim, mais uma vez o único a protestar contra sua insanidade, como a quantidade de rostos entusiásticos me cercando era indicativa. — Você disse que o objetivo diante de nós é impossível; com homens como você liderando nossas forças, não tenho a menor dúvida de que poderemos atingi-lo.

A multidão começou a dar gritos de incentivo, excitada. Jamais um grupo de pessoas festejou com tanto entusiasmo o seu próprio fim. Eu não culpava Roland pelo que ele era — de tanto as pessoas dizerem que você é especial, você não tem outra saída senão começar a acreditar nisso.

As coisas aconteceram praticamente da maneira que eu havia esperado que acontecessem. Os drens nos massacraram com sua competência brutal. Nossos homens morreram em ondas sobre o terreno, até que os amontoados de corpos serviram como cobertura para os vivos. Após três horas de massacre, veio a ordem para a retirada. Passei aquela noite amontoado ao redor de uma fogueira com o pouco que havia sobrado da minha companhia, esperando que os machucados que tomavam conta de boa parte do meu braço não inflamassem.

Acima de certa posição, a única recompensa pela falha é a promoção. E, para ser justo, a culpa poderia ser dividida acima e abaixo da cadeia. Em vez de fazer isso, eles preferiram chamar aquilo de vitória. As notícias falavam sobre nosso ataque como uma defesa heroica e promoveram Roland de coronel a general.

Naquele dia, aprendi duas coisas a respeito de Montgomery, duas coisas que ficaram comigo durante o restante da guerra e durante os dias negros que se seguiram. A primeira era que seus homens o seguiriam desfiladeiro abaixo. A segunda, que ele de fato iria liderá-los para lá.

# 11

Quando deixei a sede da Associação o sol estava encoberto, como se fosse chover — não iria, mas parecia, e o dia estava quente demais para ter essa esperança. Segui meu caminho de volta à Cidade Baixa, indo para o sul, passando pelo Conde de Sinuosa, circulando as docas, parando na metade do caminho numa rua lateral a alguns quarteirões de Kirentown. Aos meus pés, um mendigo com um pano amarrado ao redor da parte superior do seu rosto pedia esmolas numa ladainha.

— Olá, Eloway! — falei, deixando cair uma moeda em sua caneca de metal.

— Olá, Guardião! — disse ele, sua voz fraca sendo substituída por um tenor saudável. — Alguém por perto?

Alguns moleques estavam parados na esquina.

— Ninguém importante.

Eloway suspirou aliviado e puxou o lenço sobre suas sobrancelhas, revelando um par de olhos que não demonstrava qualquer sinal de disfunção.

— Pelo Perdido, é quente aqui debaixo.

— Não entendo por que você ainda usa isso.

— Acho que é força do hábito. Além disso, você ficaria surpreso com o quanto eu ouço sentado aqui encostado na parede do beco — as pessoas parecem achar que a venda significa que sou surdo também.

Eloway, o Cego, não era mendigo. Ele se vestia como um mendigo, e até parecia com um, um homem na casa dos quarenta anos, magro demais, com pele ruim e dentes piores ainda. E ele pedia esmolas, uma lamúria que rendia mais moedas do que um dia inteiro de trabalho honesto nos engenhos. Mas ele não era mendigo, na verdade qualquer auditoria razoável em suas finanças o teria caracterizado como no exato oposto desse espectro.

Eloway, o Cego, era o executivo do mais eficiente sistema de espiões, plantadores de provas e olheiros operando em qualquer lugar dentro dos limites da cidade. Os jovens desajeitados de pé do lado de fora de sua janela informavam a ele o que você havia comido no café da manhã, e a prostituta barata com a qual você esteve na noite passada informava a ele cada coisa que você pediu que ela fizesse. O exército dele era os sem-posses, aqueles que ninguém queria por perto e que não eram notados. A Casa Negra provavelmente o superava nos bairros residenciais, embora mais de um informante mal pago aumentasse seus parcos ganhos vendendo informações contidas em suas listas mestras. E é claro que suas gavinhas não se estendiam fora dos limites da capital, para o campo, ou para terras estrangeiras. Mas a sul da Cidade Velha ele sabia de tudo o que se podia saber, e, se você precisasse encontrar um homem ou dar uma olhadela em seu diário, era com Eloway que você devia falar.

Levando em conta que você tivesse a grana necessária — embora Eloway pedisse, não ajudava nenhuma caridade.

— Está com meu cigarro? — perguntou ele.

— Você está realmente tentando extorquir dinheiro de mim?

Eloway apalpou seus trapos.

— Bolsos matam o efeito.

— Pelo pau de Sakra, você acha que vai levar esse disfarce longe demais? — Mas eu enrolei um cigarro para ele assim mesmo.

Ele o recebeu com um sorriso.

— O que Joachim Pretories queria?

Como eu disse, ele sabia tudo o que tinha de saber.

— Está tentando me ter nas mãos, Eloway?

— Quanto você custa?

— Mais do que você poderia pagar — falei, embora não fosse verdade. — Estou procurando uma mulher.

— Uma limpinha deve lhe custar umas duas pratas, mas nesta parte da cidade você pode ser satisfeito por metade disso, se não for exigente.

— O nome dela é Rhaine Montgomery, embora ela não o esteja usando. Vinte e poucos anos, cabelos ruivos, olhos azuis. É da elite e tenta esconder isso. Está pagando caro pela moradia, e provavelmente metade dos homens lhe extorquiram seja lá em qual rua estiver morando.

— Montgomery? Tipo, a filha de Edwin Montgomery?

Ter facilidade com nomes era uma característica necessária na posição de Eloway.

— Sim.

Ele apagou o cigarro no chão, ao seu lado.

— Sou um patriota, Guardião — disse, com uma dignidade impressionante, apesar de sua fantasia incluir bosta fresca de cachorro. — E não estou interessado em causar qualquer mal ao general.

— Foi ele quem me pediu que a encontrasse — falei. — Isso quer dizer que vou ganhar um desconto?

— Não sou tão patriota assim. Para quando você precisa dessa informação?

— Que horas são?

— Duas em ponto.

— Então, eu gostaria de receber a informação antes da uma e meia.

Ele riu e me disse um preço. Negociei um valor mais baixo. Chegamos a um acordo, então contei as moedas e entreguei a ele. Um dos meninos se aproximou e pegou algumas moedas, depois saiu correndo.

— Mando notícias para o Conde de Sinuosa? — perguntou ele.

Assenti, e ele puxou o pano por sobre os olhos novamente. Enquanto saía do beco, um mercador que ia passando olhou Eloway com tristeza e jogou uma prata em sua caneca. Eloway começou a agradecer em sua ladainha, embora eu suspeitasse que, por debaixo de sua venda, ele estivesse dando uma piscadela.

# 12

Dentro do Conde de Sinuosa o clima não estava mais ameno do que fora. Mas estava mais escuro, e isso foi o suficiente para fingir. Não me incomodei em acender uma lanterna, encontrei uma cadeira no canto do bar e acendi um cigarro de vinonífera. Entre isso e minha completa preguiça, o sono chegou rápido o suficiente.

Fui acordado por Adeline de pé ao meu lado. Ou, mais acuradamente, acordei com Adeline de pé ao meu lado. Pelo que eu sabia, ela estivera esperando silenciosamente por quarenta e cinco minutos, contando os segundos até que alguma coisa me acordasse.

— Oi, querida. — Comecei, piscando os olhos, acordando. — Como está a rainha? — Adeline tinha os quadris largos e era comum. Ao olhar para ela, você não diria que era uma mulher bonita. Mas, mais tarde, se lembraria dela dessa maneira. Encontrá-la foi uma das poucas coisas boas que aconteceram com Adolphus, e mantê-la junto dele foi uma evidência da grande sabedoria que ele às vezes demonstrava.

Os lábios dela sugeriram um sorriso, como se temesse quebrar a etiqueta.

— Se mantendo fresco? — Mantendo a conduta, sua voz raramente se erguia para mais do que um murmúrio.

— Tentando.

— Trarei um pouco de limonada.

— Você é um anjo.

Apesar do calor, Adeline não suava, mal parecia respirar. Era difícil conciliar essa passividade com o fato de que ela providenciava praticamente tudo que era necessário ao funcionamento do Conde de Sinuosa, assim como cuidava das necessidades de seu marido e seu filho adotivo.

— Ouvi dizer que você conversou com Garrincha.

Isso era surpreendente — o menino era calado quando criança, e mesmo os mais eloquentes jovens tendem a perder a vontade de conversar após entrar na adolescência.

— Eu sei, ele não deveria estar se associando com um elemento desagradável.

— Ele disse que você o pegou praticando a Arte.

— Era isso o que ele estava fazendo?

— Ele disse que você prometeu que iria encontrar um tutor para ele.

— Nosso Garrincha é um tagarela e tanto.

— Ele não vai ficar esperando para sempre.

— Eu sei — eu disse —, eu sei.

— Então, você vai resolver isso? — Não era uma pergunta, apesar de ter sido formulada como tal.

— Vou.

Ela assentiu.

Conversar com Adeline era como procurar o significado no fundo de uma xícara de chá, ou agitação em entranhas frescas.

Mas quase quinze anos de prática haviam me dado as pistas que indicavam agitação sob as águas plácidas.

— O que mais está pegando?

— Adolphus.

— Ele é um mala. O que me diz de nós dois deixarmos ele e irmos para a costa, comprarmos uma casinha e dormirmos o dia inteiro?

Ela não riu.

— Não gosto dos novos amigos dele.

— Nem eu.

— Então, você vai conversar com ele?

— Ele não é Garrincha, Adeline.

— Ele escuta você.

— Não com relação a esse assunto.

Ela suspirou desapontada e desapareceu, voltando depois de alguns minutos com o prometido copo de limonada. Então se manteve ocupada preparando as coisas para o movimento noturno, limpando mesas, varrendo o chão, atividades que requeriam iluminação e assim tornaram qualquer descanso de minha parte impossível. Eu me enterrei nas páginas de um livro de histórias que havia pegado uma semana antes.

Depois de algum tempo, um garoto com o rosto sujo de fuligem apareceu chamando meu nome. Acenei, e então ele me entregou um pedacinho de papel.

O Palácio da Rainha.

Coloquei o papel no bolso e procurei uma prata.

— Isso é para você — falei — por vir até aqui nesse calor. Certifique-se de que Eloway mantenha suas mãozinhas gananciosas longe disso. — O mensageiro sorriu e desapareceu.

— Quem era aquele? — perguntou Garrincha por trás de mim. Uma coisa que ele não havia perdido desde quando eu o resgatara do bueiro era sua capacidade sobrenatural de ser silencioso. Ele seria imbatível no mercado paralelo, mas acho que era meu dever mantê-lo longe dessa linha.

— Seu substituto. Preciso de alguém em quem eu possa confiar trabalhando para mim, alguém que não suma o dia inteiro.

— Adolphus me mandou espalhar alguns panfletos por aí — disse ele, o rosto vermelho de excitação, não apenas pelo calor.

— Espalhar panfletos?

— Para a Associação. Para o grande comício que eles farão na próxima semana. Para lembrar o Trono dos sacrifícios que eles fizeram pelo país e para renovar os laços de companheirismo há muito mantidos frouxos.

Ele havia aprendido essas palavras naquela manhã. Eu não gostava de ouvi-lo repetindo-as como um papagaio.

— E onde está o homem?

— Eles estão fazendo uma reunião no escritório local. Querem votar Adolphus para um cargo. — Ele estufou o peito, orgulhoso dos feitos do gigante. Em circunstâncias diferentes, eu teria achado aquilo bastante comovente. — Eles dizem que ele foi um herói, que manteve a linha de Aunis sozinho.

— Eles disseram isso?

— Disseram que eu não podia ficar; que a reunião era apenas para veteranos. — Isso parecia não tê-lo aborrecido. — Eles parecem legais para mim.

Não havia motivos para ficar irritado com Garrincha por seguir as ordens de seu pai. Eu mesmo estava fazendo isso.

— Mas você não sabe de nada, portanto sua opinião não vale tanto quanto a minha.

Era um golpe baixo, mas fez com que ele voltasse à realidade.

— Eu estava apenas fazendo o que Adolphus mandou.

— Adolphus é um homem feito e pode cometer seus próprios erros; você é uma criança que faz as coisas com minha permissão. Contanto que isso continue, o que eu falo é a última palavra aos seus ouvidos. — Tomei um gole da limonada, desejando que fosse bebida alcoólica. — Você foi ver Yancey antes de decidir se alistar?

Ele assentiu, não mais sorrindo.

— Disse que tem um trabalho em Brennock, no Porco e Violino.

— Disse quando?

— Depois das 20 horas.

— Se Adolphus está ocupado demais brincando de soldado para assumir suas responsabilidades, então elas recaem sobre você. Vá ajudar Adeline com o jantar. E nunca mais me deixe esperando uma mensagem novamente.

Ele me lançou um olhar que dizia "vá se foder", mas obedeceu. Parecia que hoje era meu dia de ser o chato. Muitos dias são assim, para ser honesto.

Encontrei um lugar no quintal e reacendi o baseado sobre o qual eu dormira. Quando isso não foi o suficiente, enrolei outro e, quando ainda não foi o suficiente, percebi que nada seria e me recostei para assistir à noite cair sobre a cidade.

# 13

Jantei cedo e fui para Brennock. Era uma caminhada e tanto, mas quebrei a monotonia com uma cheirada de Sopro de Fada quando senti que era apropriado, e frequentemente era.

Esse pedaço da cidade era em sua maior parte industrial, engenhos cavernosos e oficinas de fundição com pouca vida noturna. Yancey, tendo que tocar aqui era um sinal da ruína que havia tomado conta de sua carreira, um terrível declínio da década de sucesso ininterrupto que seu talento e força de vontade lhe haviam rendido.

Enquanto tocava numa festa particular havia um ano, um nobre havia dito ou feito algo que fez Yancey decidir rearranjar o rosto do cara de maneira diferente — um impulso completamente compreensível, mas autodestrutivo em longo termo. Ele foi solto depois de cinco meses, o que foi menos do que eu esperava — dar uma surra num nobre tem a mesma pena que matar um trabalhador das docas. Yancey não era frouxo, mas o tempo passado dentro da cadeia não lhe trouxe nenhum benefício.

Seus olhos estavam mais velhos, e havia um eventual tremor em seu *vibrato*. Mais do que isso, tendo ganhado certa reputação por brutalizar membros da plateia, seus antigos fãs não estavam mais tão entusiasmados em tê-lo por perto. Ele fora forçado a aceitar trabalhos dos quais teria rido não muito tempo atrás, e foi por isso que o encontrei num bar de merda numa parte feia da cidade, cercado de um grupo de pessoas que não pareciam entusiasmadas por estarem consumindo o estilo poético de Yancey, o Rimador.

Ironicamente, seu azar havia provocado um aumento nos meus negócios — desde que fora privado de ganhar dinheiro à custa de sua atividade musical, ele tivera de trabalhar mais em sua atividade secundária: fazer as vezes de intermediário para os ricos que estivessem interessados em meus serviços. Eu me sentia um pouco mal em relação a isso, mas todos nós ganhamos o pão à custa da miséria de alguém. Suponho que eu mais do que os outros.

Por sorte, eu havia chegado durante o intervalo, portanto não teria de vê-lo demonstrando suas habilidades para uma plateia que não as apreciava. Ele estava no bar conversando mole com uma garçonete que estava treze quilos longe de ser bonita. Ela ria e batia com um pano de prato nele, brincando. Não sei o que mais o Rimador havia perdido, mas ele ainda conseguia falar bonito.

— Ora, se não é o duque — disse ele, balançando a cabeça careca em direção a uma mesa com bancos no canto do bar, e se virou para a garçonete. — Nos sirva duas cervejas, docinho. Eu e meu amigo precisamos falar umas verdades, e isso sempre cai melhor quando bem lubrificado.

A garçonete foi buscar as bebidas, e segui Yancey até a mesa.

Yancey era um homem pequeno, com uma intensidade dentro de si que sempre o mantinha em movimento. No passado, ele fora magro e ossudo, os bíceps como uma corda esticada, mas o tempo passado na cadeia o havia inchado e depositado uma camada de gordura em seu abdômen. Apesar disso, seu rosto parecia mais magro e de alguma forma mais pálido, embora sua linhagem fosse puro ilhéu e sua pele negra como a noite. Ele sempre fora vaidoso, seu senso de estilo quase tão afinado quanto seu ouvido, mas nos últimos tempos isso também tinha ido para as cucuias, vítima da queda de sua renda ou interesse.

Minha bunda mal havia tocado o banco de madeira antes de ele se inclinar e bater de leve o dedo no nariz.

— Tem um pouco de Sopro para mim?

— Acabou de acabar.

— Que pena. — Sopro de Fada era um hábito que infelizmente Yancey estava cultivando com entusiasmo. — Então, como tem passado?

— Não me importaria de ficar debaixo de chuva, como todas as pessoas na cidade. E você?

— Ah, o calor não me incomoda.

— Qual é o seu segredo?

— Sempre tenho alguém chupando meu pau.

— Não sabia que isso ajudava.

— Ajuda a resolver tudo.

A garçonete chegou segurando duas canecas de cerveja em frente a um par de seios fartos.

— Tem alguma coisa nessas garotas vaalãs — disse ele, depois que ela se foi, chupando os dentes e ficando em silêncio; as palavras lhe faltando, pela primeira vez.

— Eu prefiro uma mulher com quem eu possa dividir o banco de uma carruagem.

— Sobra mais para mim.

— Muito mais.

Yancey riu.

— Seu garoto disse que você queria falar comigo sobre alguma coisa. — Seu sorriso se alargou mais. — Me lembro de quando ele batia na minha cintura e não conseguia me olhar nos olhos. O menino está crescendo.

— E no final das contas, ele é o motivo desta conversa.

Ele fez sinal para que eu continuasse a falar.

— Sua boca não está costurada.

Ninguém estava ouvindo, mas dei uma olhada ao redor mesmo assim.

— Garrincha tem o dom.

— Com certeza. — Ele tomou um gole da cerveja, a espuma branca pousando ao redor de seus lábios rosados.

— Preciso de alguém que possa ensiná-lo a respeito e que não esteja ligado ao Trono; alguém tão longe do mapa do Trono quanto possível.

— Não sou feiticeiro.

— Mas, em algum lugar na sua extensa lista de conhecidos, suspeito que você tenha uma pessoa que se encaixe na minha descrição.

Os ilhéus tinham deixado sua terra natal havia um milênio, lançando-se ao mar enquanto ela era enterrada sob as ondas, uma catástrofe tão inconcebível e distante que, havia muito tempo, tinha se transformado em mito. Séculos vivendo como hóspedes pouco desejados em terras estrangeiras haviam dado a eles uma aversão ao governo que era praticamente uma característica de sua raça. Toda a sua civilização florescia longe dos olhos das autoridades. Eles tinham seus próprios bancos, suas próprias práticas religiosas — e suas próprias tradições mágicas. Depois da guerra, o Departamento de Assuntos Mágicos havia tomado para si a responsabilidade de trazer os feiticeiros do reino para baixo de suas asas, desembaraçando os diferentes laços da Arte e transformando-os numa coisa única — mas o

Departamento de Assuntos Mágicos, como qualquer outro órgão governamental, exercia pouca influência sobre os trabalhadores das docas.

Eu imaginava que houvesse outras avenidas da Arte que o Trono ainda estava por descobrir. Áugures tarasaighns secando ervas nos confins dos pântanos de sua terra natal, heréticos desenhando diagramas de outros mundos e sussurrando estranhas orações — mas eu não conhecia nenhum deles. Conhecia o Rimador e esperava que ele me ajudasse. Ele sempre tinha me ajudado anteriormente.

Yancey tamborilou os dedos na mesa, inconscientemente e num ritmo perfeito. Depois de alguns instantes, ele adicionou um aceno de cabeça ao ritmo.

— Sim, acho que conheço alguém. Quão distante você está interessado em procurar?

— O mais distante possível.

— Tem uma bruxa que vive em Isthmus. Nunca tive a oportunidade de procurar seus conselhos, mas dizem que ela é legítima; mesmo os mafiosos andam na linha com ela, deixam-lhe oferendas e ficam longe do seu caminho.

— E o Trono ainda permanece convenientemente ignorante de suas atividades?

— Irmão, ela está na esquina de Rigus, não tem Trono nenhum.

— Ela tem um nome?

— Mazzie. Mazzie do Osso Manchado. Já ouviu falar dela?

— Já ouvi seu nome sussurrado em algum lugar. Você acha que pode me colocar em contato com ela?

— Vou mandar alguém lá esta noite; Mazzie trabalha até tarde. Se ela der o sinal verde, deixarei instruções para você amanhã de manhã sobre como chegar até ela.

— Eficiente, como sempre.

Yancey confiava demais em si mesmo para ficar particularmente agradecido pela minha observação. Ele continuou bebendo sua cerveja. Percebi que havíamos ficado sem assunto. Não me lembrava de isso acontecer entre nós antigamente.

— Como vai sua mãe?

— Está bem. Ela pergunta de você às vezes.

Era mentira, embora fosse uma mentira com boas intenções. Eu já tinha sido bem próximo de Mama Dukes, antes que minha cegueira e estupidez tivessem colocado seu filho em perigo havia alguns anos. Yancey acabou me desculpando por minha tolice, mas sua mãe não se esquecera tão facilmente do perigo que eu havia levado até seu filho.

Tirei dois ocres do meu porta-moedas.

— Quase me esqueci; te devo uma grana por mencionar meu nome para o Conde de Brekenridge.

— Sério? — Ele semicerrou os olhos, inquisitivo. — Tem certeza?

— Tenho — falei, colocando as moedas ao lado da bebida dele.

Ele olhou para o dinheiro demoradamente, então os pegou da mesa.

— Docinho, me traga uma garrafa de alguma coisa que tenha bolhas — gritou ele por sobre os ombros antes de voltar o rosto para mim. — Você vai ficar para aproveitar?

— Tenho que estar em outro lugar — falei, levantando-me. — E imagino que nossa garçonete será uma companhia bem melhor; vai ajudá-lo a se refrescar.

O riso dele foi bem comprado pelo dobro do preço.

# 14

O Palácio da Rainha não era o segundo, nem propriamente o primeiro. Um albergue noturno a algumas quadras das docas, feio até para os padrões de um lugar feio. Sua clientela consistia em sua maioria de prostitutas que alugavam ninhos de amor por hora e viciados a um passo da penúria.

Eu conhecia bem o lugar. Melhor do que gostaria de admitir, bem o suficiente para não precisar perder tempo jogando conversa fora com o recepcionista. Coloquei uma prata sobre o balcão e tamborilei dois dedos ao lado dela, e o dinheiro foi substituído pelo livro de registros. O nome verdadeiro dela não seria encontrado, mas havia um registrado três dias antes que era tão claramente inventado que tive certeza de que a havia encontrado. Anotei o número do quarto e assenti para o recepcionista. Ele colocou o livro novamente sob o balcão e voltou a não ver nada. Subi as escadas.

A tranca da porta não era nada boa, um pedaço de latão que eu poderia ter aberto com a unha, mas, para manter as aparências, peguei um fino pedaço de metal na minha sacola e demorei alguns segundos tentando abri-la.

A porta abriu revelando um quarto pequeno, na verdade um *closet* grande, que mal conseguia comportar uma mesa pequena e uma cama pesada. Ela estava sentada nesta última, olhando para a viela abaixo, mas se virou quando as dobradiças chiaram, puxando um pequeno punhal de baixo do travesseiro. O punho era de prata lustrosa com uma opala incrustada, e ela o apontou em minha direção, menos uma arma do que um talismã para afastar o mal.

Fechei a porta atrás de mim.

— Seja qual for o valor que você está pagando, é demais.

— O que você está fazendo no meu quarto? — silvou ela, dividida entre fúria e alívio por eu não ser coisa pior.

— Este é o seu quarto? Eu tinha certeza de que era o escritório do alto conselheiro.

— Fique longe de mim — disse ela, balançando o punhal num momento dramático. — Vou cortá-lo inteiro se chegar mais perto.

— Eu não faria isso. Você terá de penhorar esse negócio dentro de um ou dois dias, e as manchas de sangue vão reduzir bastante seu valor.

Os ombros dela desceram alguns centímetros, e ela recolocou o punhal sobre a cama.

— O que você quer?

Eu me sentei na beirada da cama.

— Cem mil ocres e uma casa no campo; mas, no momento, quero que você volte para o morro de Kor, que é o seu lugar.

— O que fez você pensar que minha resposta agora seria diferente da noite passada?

— Eu esperava que mais um dia de futilidade tivesse saciado sua sede.

Ela ajeitou a coluna, sentando-se perfeitamente ereta.

— Então, você não entendeu com quem está lidando.

— Talvez melhor do que você poderia imaginar. Tenho alguma experiência com a teimosia dos Montgomery. — Um resto de vela bruxuleou no parapeito da janela. Logo a vela iria acabar, e iriam lhe extorquir por uma nova. — Como você pode ter certeza de que a morte de seu irmão não foi simplesmente o que aparentou ser? Você diz que Roland foi um herói, tudo bem. Mas um herói não é um santo. Ele às vezes procurava relaxar com uma mulher e não se incomodava de pagar por isso. Não há qualquer pecado aí.

O rosto dela ficou da cor de seus cabelos, mas ela conseguiu manter a voz calma.

— Meu irmão não era um... libertino.

— E você teria sabido disso aos dez anos de idade? Roland era o tipo de homem que dividia com a irmãzinha os pecados que cometia entre quatro paredes?

— Eu conhecia meu irmão.

— Não; na verdade, não. E, de qualquer maneira, você passou os últimos doze anos transformando-o num santo. Você descartou o que era mais provável porque não quer que seja verdade e anda por aí procurando problema porque é mais excitante do que voltar para casa e viver sua vida. — A cama era do tamanho de um caixão, e nossos rostos quase se tocavam.

— Então, é só isso? Colocar o rabo entre as pernas e correr de volta para o papai? Casar com algum nobre inábil, aprender a fazer crochê e ter filhos?

— Ter sua garganta cortada por aqui não será mais interessante.

— Estou chegando perto.

— De um túmulo sem lápide, talvez.

Ela balançou a cabeça, firme.

— Fiz uma visita à Associação dos Veteranos esta tarde.

— Tenho certeza de que ficaram muito felizes em vê-la.

— É o que você pensaria, não é? Você pensaria que aquele Joachim Pretories seria extremamente cortês com a irmã de seu comandante morto, especialmente com retratos de Roland ocupando as paredes.

— Pensar sempre me coloca em encrencas. Eu evito fazer isso sempre que possível.

— Ele me disse que eu não tinha nada o que fazer lá. Me disse para voltar para casa e falou tudo isso de uma maneira que achei deveras agressiva.

— Joachim Pretories é um homem ruim de contrariar.

— Então você acha que ele estava envolvido.

— Eu não acho nada, acabei de lhe dizer isso. Mas, se eu fosse quebrar o hábito, diria a você que, sejam quais forem os pecados que pesem ou não sobre a consciência de um homem, ele não pode simplesmente ficar quieto enquanto você revira a cidade acusando-o de ser cúmplice no assassinato de seu irmão.

— Ele está escondendo alguma coisa. Pude ver em seus olhos. Se eu o pressionar o suficiente, ele vai acabar falando.

— Joachim Pretories tem jogado este jogo desde que você teve sua primeira menstruação; dez anos no jogo, e você acha que ele vai ficar com medo de ouvir você falando grosso? Vá para casa, Rhaine. Você já teve sua aventura, deu uma olhada nos subúrbios e pode contar aos seus amiguinhos. Já temos um excesso de cadáveres esfriando na Cidade Baixa; não precisamos que o morro de Kor comece a exportá-los para cá.

Ela mostrou os dentes de uma maneira que me fez lembrar um lobo, ou pelo menos um cachorro nada amigável.

— É isso o que você pensa a meu respeito? Que eu ter saído de casa foi um... capricho?

— Pelo menos é o que espero. Se você planejou que as coisas acontecessem dessa maneira, é mais tola do que eu imaginava.

Eu tinha certeza de que aquilo iria enfurecê-la, mas pareceu ter o efeito contrário. Ela olhou para o colo, sorriu de leve, acho que foi o primeiro sorriso que eu havia visto. Naquele momento, ela me lembrou muito Roland.

— As coisas não saíram... como eu havia planejado. — Nossas pernas roçaram uma contra a outra. — Suponho que você não pense grande coisa de mim.

— Não sei o que pensar a seu respeito. Você é um monte de coisas ao mesmo tempo. Gostaria que você parasse um pouco para pensar com qual delas irá se comprometer.

— Eu sou alguém que precisa que justiça seja feita para seu irmão. Vejo que ter deixado papai da maneira que eu fiz parece algo impulsivo. Mas eu ter vindo aqui não o foi. Eu penso a respeito disso todos os dias desde que Roland foi...

— Sim.

Ela não disse nada por alguns instantes, o que parecia ser raro. No silêncio, vi a semente de tristeza que floresceu se transformando numa agressividade permanente.

— A morte de Roland deixou nosso pai completamente vazio. Mesmo sendo criança, pude perceber a mudança. Ele já foi um grande homem um dia. Mas, depois que recebemos a notícia... — ela estremeceu — ele se voltou para suas histórias, seu jardim e definhou aos poucos, silenciosamente. Comecei a gritar simplesmente para ser ouvida. Foi... difícil. — Ela endureceu, como para me dar o troco por aquele momento de fraqueza. — Você jamais poderia entender.

— Eu já tive uma irmã. Uma mãe, um pai. O conjunto completo. — Era difícil não odiá-los um pouquinho, esses frouxos do morro de Kor, para quem uma única morte era uma tragédia inimaginável. — Coisas ruins acontecem conosco, Rhaine. Os motivos não interessam. Você segue em frente da melhor maneira possível.

— Não houve um motivo por trás do assassinato de Roland?

— Descobri-lo não vai fazer diferença.

— Quando eu souber o motivo, saberei a quem responsabilizar.

— E?

— Então o levarei à justiça.

— Onde?

— O quê?

— Para qual corte você irá levá-lo?

— Não entendo.

— Digamos que tudo o que você está pensando seja verdade. Digamos que o assassinato de Roland tenha sido o resultado de uma elaborada conspiração. Vamos até mais longe e fingir que sua investigação amadora seja o suficiente para encontrar o culpado, para encontrar uma trilha deixada há doze anos. Você acha que os homens que o mataram vão permitir que você grite a verdade para todo mundo ouvir? — Balancei a cabeça. — Eles vão deitá-la lado a lado com seu irmão.

— As autoridades...

— Roland não era nada além de um inimigo do estado. Você acha que a Casa Negra terá alguma pressa de ir atrás de seus assassinos?

— Meu pai é um homem poderoso. Ele tem muitos amigos em posições importantes.

— Seu pai me mandou aqui para levá-la de volta para casa. Se você está confiando nele para lhe dar cobertura, seu raciocínio está completamente distorcido.

Era mais fácil se irritar do que admitir ter sido tola. Então, ela se irritou.

— Ninguém parece muito interessado em buscar justiça para meu irmão.

— O que você quer dizer com isso?

— Quero dizer que, em vez de seguir cada passo meu, talvez você pudesse me oferecer alguma ajuda. Afinal de contas, Roland era seu amigo.

— Todo mundo me diz isso.

— Você estava na festa de aniversário dele — disse ela, quase como uma acusação.

Uma pausa.

— Não achei que você se lembrasse.

— Eu me lembro de tudo sobre aquela noite — disse ela. — Foi a última vez que o vi com vida. Ele saiu de casa na manhã seguinte.

Acho que a discussão com seu pai havia sido pior do que eu havia imaginado.

— Roland não tinha amigos — falei. — Ele tinha seguidores. E se eu fosse um destes, a deixaria inconsciente e a arrastaria de volta para casa.

— Você vai ter que fazer isso se quiser me ver fora da Cidade Baixa. Vou descobrir a verdade ou morrerei tentando. Existe justiça.

Não tive muita certeza se isso era uma afirmação ou uma pergunta.

— A verdade é que o homem que segura o chicote diz que é, e justiça é o que o forte faz com o fraco. Você pensa diferente porque viveu sua vida toda numa bolha feita de dinheiro. E você deve voltar para ela o mais cedo possível, antes que o mundo tire de você a sua inocência de maneira brutal.

Ela desviou o olhar por alguns instantes. Quando me olhou de novo, estava claro que nada que eu havia dito tinha feito qualquer diferença.

— Diga ao meu pai que vou seguir em frente, com ou sem a ajuda dele, com ou sem a sua ajuda. Meu irmão merece mais do que teve até então.

— A maioria de nós merece — admiti. — E poucos conseguem.

Mas ela não estava escutando — havia voltado a olhar para fora da janela, para a paisagem sórdida abaixo de nós. Eu levantei da cama e segui em direção à saída, não andando muito para chegar lá.

— Gastei cinco pratas para encontrá-la — falei, encerrando a conversa. — Me custaria menos do dobro ter certeza de que ninguém jamais a encontre novamente.

Olhei para ela uma última vez enquanto a porta se fechava — não deveria tê-lo feito, mas fiz.

# 15

Não há nada mais fedorento do que um cadáver que tenha passado algum tempo dentro da água, e já vi o bastante a respeito das desgraças do mundo para ser uma autoridade no assunto. A carne adquire uma cor viscosa, como a de um verme, uma coloração entre leite coalhado e osso, e os olhos incham. Depois de um dia de imersão, a pele começa a se degradar, desprendendo-se com unhas e tudo. Além disso, a água do canal não é exatamente fresca, por isso pode guarnecer essa descrição com o fedor comum a qualquer coisa que tenha ficado marinando no maior esgoto da cidade, cheio de fezes e urina acre. Apesar do estado repulsivo, nosso homem não estava nadando havia muito tempo, e foi fácil identificá-lo. Assenti para Crispin, ele assentiu para o guarda, e este jogou o lençol por cima do cadáver.

Haviam se passado quatro ou cinco meses desde a festa de aniversário de Roland. Não o havia visto desde então, mas eu andara ocupado. Ele também estivera atarefado, como a carne rançosa à minha frente evidenciava.

Acendi um cigarro para disfarçar o fedor. Crispin fez o mesmo.

— Você o conhecia? — perguntou meu parceiro.

— Timory meia-mão — respondi, apontando o membro que pendia sob o fino tecido com o qual ele havia sido mal coberto. Era malformado, três grossos pedaços de carne, um defeito de nascença, não um produto da violência ou algum acidente, a natureza tendo sido mais cruel do que qualquer um destes. — Ele negociava vinonífera e de vez em quando roubava algumas pratas. Não sei por que alguém se daria ao trabalho de matá-lo.

— Sim, você sabe — respondeu Crispin.

Assenti, e começamos a caminhar.

— Eles estão ficando mais truculentos — disse Crispin, desviando de um mendigo que pedia esmolas encostado contra o muro da viela. — Já é o terceiro este mês.

— Mas é peixe pequeno. Sem qualquer filiação com as gangues, sem a proteção dos mais poderosos.

— Eles estão flexionando os músculos. Nem se incomodam em esconder isso. Você viu o panfleto que divulgaram na semana passada? Que a Mão do Primogênito iria varrer das ruas os vendedores de veneno, transformando Rigus no paraíso do trabalhador?

— Pedi que alguém lesse para mim.

Paramos por um momento num cruzamento, a multidão ao nosso redor como um rio de águas rápidas. Numa vala ali perto, um cachorro consumia alegremente uma bosta fresca, depositada ali por algum cidadão atarantado o bastante para evitar resolver seus problemas intestinais na rua.

— E ainda assim, a despeito da morte do jovem Timory — começou Crispin —, esperamos em vão pelo tão prometido renascimento da Cidade Baixa.

De pés descalços na lama, um menino começou a observar o vira-lata, com uma longa estaca de madeira erguida sobre a cabeça. Quando estava perto o suficiente, acertou o animal com toda força. Ele caiu e avançou contra o garoto, depois saiu correndo. A criança riu, barulhenta, os olhos fixos nos meus como se desafiando uma reprimenda.

— Parece um lugar maravilhoso para mim.

Joguei meu cigarro no bueiro, e o moleque se mandou.

— Está pensando em alguma coisa?

— Eu tomaria um café da manhã.

— Deve ser um fardo tremendo, tal profundidade de percepção.

— Eu me viro bem — falei, seguindo em direção a um restaurante próximo.

Nós nos sentamos. Crispin pediu um bife e ovos, e eu fiz o mesmo.

— Depois de terminarmos aqui — disse ele —, acho que vou fazer uma visita à Associação dos Veteranos, ver se consigo descobrir alguma coisa.

— É, Montgomery sempre me pareceu o tipo de homem que se deixa dobrar ao vislumbrar uma ventania.

— Um homem foi assassinado. Nós encontramos assassinos.

— Será? Qual foi a última vez que estivemos na Cidade Baixa olhando o cadáver de um criminoso de meia-tigela?

— Imagino que nosso rapaz tenha alguém. Imagino que estejam interessados em fazer-lhe justiça, pegando os assassinos.

— A mãe dele o renunciou quando ele nasceu aleijado, e, se possui irmãos, estes são espertos demais para admiti-lo. — A garçonete nos trouxe duas xícaras de café, preto e morno. — Na Cidade Baixa, morrem três Timorys por dia.

— Eles não são assassinados por rebeldes armados, defendendo a queda do estado.

— E pelo que sabemos, este também não foi.

— Pelo que podemos provar, não foi.

— Como queira. — Mas, de qualquer maneira, eu não estava satisfeito e não poderia ficar calado. — De que lhe interessa se a

Associação quer acabar com alguns traficantes de droga? Nos economiza trabalho.

— Logo eles vão mirar nas gangues. Dizem que Roland tem feito ameaças aos Giroies.

— Você está na folha de pagamento deles? — Aquilo havia sido uma piada, é claro, embora não muito engraçada. Crispin era honesto num grau que eu achava exaustivo. Além disso, ele era extremamente rico.

— Eu preferiria que Rigus não se transformasse num campo de guerra. Além disso, você sabe tão bem quanto eu que Roland Montgomery não está nem aí para as gangues. Acabar com elas serve apenas para afiar sua espada. Uma vez que ele tenha consolidado sua posição na Cidade Baixa, vai começar a mudar seu foco para o restante do império.

— O que torna isso uma responsabilidade além do nosso salário, você sabe disso. Se Montgomery quer tentar fazer isso, há pessoas lá fora que irão retribuir o favor.

— Então nós devemos simplesmente ficar de lado, observando enquanto as Operações Especiais resolvem a situação? Um assassinato durante a noite ou algumas gotas de veneno na bebida dele?

— Eles ou alguma das gangues. Não acho que ficarão satisfeitos assistindo a Montgomery indo atrás de seu ganha-pão indefinidamente.

— Então, devemos apenas deixar que o lixo tome conta de seus semelhantes?

— Existem alguns caras honestos nas Operações Especiais.

— Não — disse ele —, não existem.

Aquela última frase estava cheia de significado, e dediquei um minuto para analisar todos eles.

— Você ainda está pensando em se transferir? — perguntou Crispin.

— Eu penso a respeito de um monte de coisas.

— Você não pode confiar no Velho — disse ele. — Seja o que for que ele esteja lhe oferecendo, não vale a pena.

— Para você, não.

No centro de tudo estava algo que nós dois sabíamos, mas que nunca verbalizamos. Crispin era rico, tinha cultura e poder, e eu não tinha nenhuma dessas coisas. Ele poderia largar o trabalho e passar o resto de sua vida caçando lebres ou bebendo chá ou seja lá o que for que os ricos fazem quando não estão sangrando o resto de nós. Ele não precisava vender a alma para subir os degraus na carreira — já havia saído do útero e aterrissado no degrau mais alto.

Crispin e eu éramos bastante parecidos, mas essa era uma coisa que nunca partilharíamos. Ele não precisava de nada, e eu queria tudo.

A refeição chegou, e comemos tudo. Olhando para a carne cheia de nervos e acinzentada, teria sido melhor que a tivéssemos jogado na lama. Mas não o fizemos, nós a comemos.

Crispin pagou a conta.

— Vou fazer uma visitinha ao Montgomery, ver se ele tem algo a dizer. Está a fim de vir?

— Tenho maneiras melhores de perder o meu tempo.

— Então o vejo mais tarde.

Nós nos separamos no cruzamento seguinte.

Naquela época, a Casa Negra tinha a mesma aparência de hoje, mas eu a enxergava de maneira diferente. O guarda na porta da frente fez uma rápida saudação quando entrei, apesar de sermos do mesmo nível hierárquico. Eu era um cara digno de se saudar. As coisas estavam boas para o meu lado — eu estava crescendo na hierarquia rapidamente.

Mas eu ainda não trabalhava lá e não tivera oportunidade de passar muito tempo no segundo andar. Por isso, caminhei devagar, certificando-me de que me lembraria de cada curva, de que não iria me atrapalhar devido ao fato de todos os corredores e escritórios serem iguais. É claro que eu poderia ter pedido a alguém que me indicasse o caminho, mas se perder dentro do quartel-general não se adequava exatamente à imagem que eu estava tentando transmitir.

A porta dele estava aberta. Sua porta estava sempre aberta, ele dizia frequentemente.

— Agente, que alegria vê-lo novamente. — Ele assentiu gentilmente, como se estivesse lisonjeado que eu tivesse escolhido honrá-lo com minha atenção. — Você pensou a respeito da minha oferta?

Sentei na cadeira que indicou, em frente à dele. Minhas mãos instintivamente procuraram a bolsa de tabaco dentro de meu casaco, e me forcei a pousá-las novamente em meu colo. O Velho não permitia que ninguém fumasse em seu escritório — uma das prerrogativas de mandar no país.

— Tenho considerado — falei.

— E você chegou a alguma conclusão?

— Não consigo entender que bem nos trará transformar o homem num mártir.

— Melhor um santo morto do que vivo.

— Não estou certo de que o senhor entenda completamente a estima que as pessoas têm por ele. Se descobrirem que temos o dedo nisso, teremos problemas que farão com que a atual escuridão pareça um lindo dia de sol, em comparação. Não há motivos para apagar uma fogueira enquanto acendemos um pavio.

— Tomei precauções para assegurar que a conduta deles no futuro seja mais... razoável.

— E essas medidas são?

Seus lábios rosados escondiam um sorriso. Então o sorriso apareceu mais branco do que nunca, e eu soube que estava querendo saber demais.

— Não são da sua conta.

— Só quero entender todas as implicações.

— Você não precisa entender — disse ele. — Eu as entendo. Você só precisa entender sua pequena parte nisso tudo. Seria conveniente que se lembrasse de que ainda não é um membro das Operações Especiais.

— Tenho servido como agente da Coroa nos últimos dois anos — falei. — E a servi lealmente durante meia década antes disso. — Eu não estava nem um pouco irritado, mas me sentia melhor fingindo estar.

Ele se recostou em sua cadeira e colocou as mãos em volta da pequena protuberância ao redor da barriga.

— Mas você não serviu a mim.

E era aí que estava o problema. Operações Especiais eram a elite da Casa Negra, algumas dezenas de homens que mexiam os pauzinhos do império, centuriões sem rosto que se certificavam de que as bases permanecessem unidas. Esse era o poder, o verdadeiro poder, dar uma olhadela na máquina cujas engrenagens se moviam sob a superfície, dobrá-la quando fosse necessário. Esse era o poder sobre o qual um menino da Cidade Baixa poderia apenas sonhar; sobre o qual havia sonhado, durante longas noites dormindo na sarjeta e jurando que iria sair dela.

É claro que, como tudo o que vale a pena ser conquistado, aquilo tinha seu preço.

— Então? — perguntou o Velho depois de alguns momentos, como se a resposta não o preocupasse. — O que vai ser?

# 16

Passei a primeira meia hora da manhã seguinte na cama, olhando para as rachaduras no teto. Um dos pontos positivos da estiagem era que fazia com que as rachaduras em formato de teia de aranha da minha casa fossem apenas um problema estético. Quando a estação das chuvas chegasse, eu precisaria de alguém para consertar aquilo ou teria de aguentar os pingos de chuva em cima de mim.

Afastei esse pensamento da cabeça e vesti minha camisa, as calças e as botas. Então me sentei novamente e me despi de novo, substituindo esse traje por aquele manchado de suor que eu havia usado durante minha última reunião com Edwin Montgomery.

As plantas no jardim do general haviam passado de murchas a mortas desde a última vez que eu estivera ali, vítimas do calor implacável. Após quarenta e cinco minutos debaixo do sol, pensei em me juntar a elas, deitar ao lado da roseira seca e parar de respirar. Precisei bater à porta por vários minutos antes que um empregado a abrisse, sólido e mais ou menos da minha idade, mas com os cabelos brancos como um octogenário.

— Estou aqui para ver o general — falei.

Ele fechou a porta sem dizer nada, e então a abriu alguns minutos mais tarde e acenou para que eu entrasse.

Botha estava esperando por mim do lado de fora do escritório do general. Suas roupas estavam perfeitamente passadas e ele não parecia afetado pelo calor. Eu me peguei não gostando dele mais do que seria apropriado.

— Não imaginava que o veríamos novamente, senhor — disse ele.

— Não é maravilhoso, na nossa idade, que o mundo ainda encontre maneiras de nos surpreender?

— Certamente. Infelizmente, o mestre está ainda mais velho, e temo que não esteja apto a uma surpresa similar.

— Tomarei cuidado para não causar nenhum rebuliço.

Ele não gostou muito daquilo, mas suspeitava que Botha raramente fosse tomado de emoção.

— O general não precisa ser incomodado por um vagabundo barato.

— Quando foi que você viu minha tabela de preços?

Botha estalou as juntas. O som ecoou como um tiro no silêncio do lugar.

— Não vou deixar você entrar aí.

— Chama-se hierarquia de comando e significa que não cabe a você tomar essa decisão.

— Para seu conhecimento, minhas palavras vêm do próprio Primogênito.

— Sou ateísta.

Os longos dedos de Botha se contraíram, cerrando o punho. Seus ombros se curvaram para frente.

— Nunca é tarde demais para ver a luz.

Eu não tinha certeza de como as coisas iriam se sair — não havia previsto uma luta antes da minha reunião matinal e

Botha não era, pelo que eu podia ver, feito de espuma. Por outro lado, eu iria entrar para ver o chefe dele de um jeito ou de outro, e eu conheço um monte de outros jeitos. Eles envolvem em sua maioria armamentos com lâminas.

Uma voz nos chamou lá de dentro. Era fraca, uma voz que não iria cantar tão cedo. Ainda assim, Botha e eu podíamos escutá-la o suficiente. Ele deixou os braços caírem ao lado do corpo, mas seus olhos jamais deixaram os meus, mesmo quando ele abriu a porta para que eu entrasse.

Em minha última visita, Edwin Montgomery não havia me parecido apto a sair de trás de sua mesa e dançar quadrilha, mas também não havia me parecido um homem batendo fraquinho à porta de Aquela que Espera por Trás de Todas as Coisas. Entretanto, dois dias o haviam empurrado claramente naquela direção. Ele tinha a cor de uma larva recém-nascida e usava um roupão sujo entreaberto, deixando à mostra seu peito afundado. O pouco de cabelos que lhe restava parecia tê-lo abandonado quando mais precisava deles. Sua respiração havia virado um reflexo inconsciente, cada inspiração requerendo toda a sua força.

Eu havia interpretado a atitude de Botha como violência gratuita, mas agora estava começando a pensar que havia me enganado e que a sua atitude era a de um leal empregado. De fato, o general não parecia estar em condições de participar de qualquer entrevista. Olhando para ele, eu queria encurtar nossa conversa e chamar um médico, embora mesmo o progresso de nossa era não tenha ainda desenvolvido um remédio para o passar do tempo. E eu também sabia que as notícias que iria dar a ele dificilmente serviriam como remédio. Mas ele precisava ouvi-las. Mais importante, eu precisava dar as notícias a ele, me eximir de qualquer responsabilidade com a família Montgomery.

— Entre, entre — disse ele, fraco. — Por favor, desculpe Botha. Ele pode ser um pouco... superprotetor.

— Tenho certeza de que ele tem no coração a defesa de seus interesses.

— Ele sempre teve — disse Montgomery, sério, como se houvesse mais significado na frase.

Eu me sentei antes que ele me oferecesse um lugar.

— Agradeço que tenha aceitado me ver, general.

Sua cabeça pendeu um pouco, depois voltou à posição inicial.

— Sim, claro.

— Encontrei Rhaine.

— Sim — repetiu ele.

— Ela está na Cidade Baixa, como o senhor esperava. Num lugar chamado Palácio da Rainha.

— Sério?

— Tentei conversar com ela.

— Sim.

— Mas ela não estava interessada no que eu tinha a dizer.

— Não.

— Sinceramente, senhor, não estou certo do que fazer agora. Não posso forçá-la a retornar.

Duas frases pareciam ser demais para o limite de sua atenção. Ele olhou vagamente pela janela, observando seu jardim morto, embora a poeira e a claridade da manhã obscurecessem a vista.

— Tenho certeza de que você fez tudo o que podia — disse ele, finalmente.

— Senhor, talvez agora seja o momento de cobrar um ou dois favores. Entre em contato com alguém do Trono, até a Casa Negra, se o senhor precisar. Sei que o senhor disse que não queria chamar atenção, mas Rhaine está correndo perigo. Estar viva e barulhenta é melhor do que o contrário.

Uma gota de saliva descia por seu lábio superior. Depois de vários minutos, ele a afastou e falou.

— Farei isso.

— Se eu fosse o senhor, faria isso o mais rápido possível — falei, tentando equilibrar a urgência da situação com consideração pela fragilidade da saúde do homem.

— Sim — disse ele, mas estava olhando para o jardim outra vez. — Imediatamente.

Era tudo o que eu podia fazer. Foi o que fiz, pelo menos, dizendo um adeus que não foi correspondido, enquanto me levantava.

— Espere — chamou ele novamente, recobrando a consciência. — Um homem... um homem paga seus débitos. — Com as mãos tremendo violentamente, ele conseguiu pegar uma bolsa de dentro da gaveta e a jogou em cima da mesa. A bolsa estava entreaberta, e pude ver o amarelo que estava dentro dela.

Respondi depressa, antes que a cobiça falasse mais alto.

— O senhor não me deve nada, general. Eu apenas gostaria que houvesse algo mais que eu pudesse fazer pelo senhor.

Dois dias antes, ele teria discutido comigo para que aceitasse o dinheiro. Agora, ele apenas assentiu vagamente e voltou a olhar pela janela.

Botha estava esperando na porta da frente, não exatamente sorrindo.

— O senhor teve uma reunião produtiva?

— Ótima, Botha. Ótima.

— Suponho que esta seja a última vez que veremos o senhor.

Fui tomado por um desejo súbito de apertar meus dedos ao redor da garganta dele, quebrar sua cara, ir para cima dele com tudo e ver quem ia terminar a luta de pé.

— Imagino que você tenha suposto um monte de coisas que não eram verdade, não é, Botha? Um homem como você provavelmente ficaria melhor esperando que as pessoas lhe explicassem as coisas em vez de ficar supondo um monte de merda sobre coisas das quais não sabe nada.

Seja lá por qual motivo, isso pareceu não tocá-lo. A inclinação que quase havia nos levado às vias de fato momentos antes havia desaparecido completamente. Ele sorriu e abaixou a cabeça, o mais perto da servidão que eu já o vira fazer, e abriu a porta que levava ao jardim morto. Tentei cruzar o olhar do general através da janela de seu escritório, mas o reflexo da luz do sol estava muito forte e tive de desviar os olhos.

# 17

De volta ao Conde de Sinuosa, troquei o terno pelo meu traje diário e prendi um punhal de lâmina longa no meu cinto. A cama desfeita parecia mais convidativa do que de costume, mas me forcei a me satisfazer com o Sopro de Fada. O vapor era doce e enjoativo como mel, e deixei que se expandisse em meu crânio, afastando de meus pensamentos o declínio do general e de toda a família Montgomery. Eu tinha outra reunião para comparecer naquela manhã, e ela iria acontecer num lugar bem diferente.

De repente, a ampola estava vazia. Joguei-a de lado, peguei outra e segui meu caminho.

Isthmus não dava as boas-vindas a invasores, de fato parecia ter sido propositalmente construído para repeli-los. Fica a sudoeste da Plataforma dos Mendigos, ao longo daquela parte das docas que se estende para dentro das fronteiras de Kirentown, embora poucos hereges se encontrassem nos labirintos de vielas estreitas e ruas laterais sem pavimentação. Na verdade, era raro ver alguém cuja pele não fosse negra como ébano.

Como tal, era uma das poucas partes de Rigus com a qual eu não era familiarizado, embora, para ser justo, apenas um residente pudesse sê-lo. A vizinhança estava em constante modificação. Tão logo uma cabana era erguida, madeira barata com um pano grosso recobrindo-a, era derrubada e substituída por outra, ou destruída completamente. Isthmus era o produto de pessoas isoladas e desapossadas, instintivamente organizado de forma a impedir e confundir pessoas estranhas.

Via de regra, a guarda não cumpre seu papel, mas, mesmo naquelas raras ocasiões em que a vontade lhes ataca, eles não o fazem aqui. Para aqueles que não conhecem o terreno, o que significava dizer qualquer um que fosse nascido ali, passar pelos corredores estreitos e prédios era uma sentença de morte.

Eu tinha decorado as instruções que Yancey me dera antes de vir, afinal nada mais diz "me assalte" do que ficar parado numa esquina olhando anotações. Mas, por necessidade, já que as ruas de Isthmus não têm nome ou marcas administrativas de qualquer natureza, ele foi obrigado a confiar em pontos de referência locais. E já que estes podiam facilmente ser vítimas de vândalos ou dos constantes esquemas de redesenvolvimento dos ilhéus, meu progresso era lento. Era um negócio arriscado, mesmo àquela hora do dia. Os ladrões e marginais que moravam e trabalhavam ali eram peixes pequenos demais para terem ouvido sobre minha reputação como um homem que é melhor não tentar assaltar, e a cor da minha pele me marcava como um alvo potencial. Assim, vesti uma carranca em meu rosto, mantive a mão no cabo de meu punhal e, mesmo que eu não olhasse nos olhos das hienas adolescentes que estavam do lado de fora dos domicílios, eu também não desviava o olhar.

E após errar o caminho algumas vezes, finalmente me vi em frente à casa de Mazzie do Osso Manchado.

Os feiticeiros de alta classe, os verdadeiros praticantes da Arte, treinados pela Academia e reconhecidos pelo governo, podiam fazer o que queriam fazer da maneira que quisessem. Alguns preferiam manter as aparências, usando mantos negros e ditando profecias, pintando a barba de branco e deixando-a crescer até o chão. Mas, para cada um daqueles, havia dois outros que você não saberia distinguir de um sapateiro ou banqueiro, que faziam seus feitiços sem ostentação ou drama. Os demais, entretanto, não podiam se dar a esse luxo. Eles precisavam que o público soubesse quem eles eram e o que faziam, precisavam propagandear os seus serviços, ao mesmo tempo em que alertavam a qualquer um que pudesse querer lhes fazer mal.

Ainda assim, parado sob o sol do lado de fora da choupana de Mazzie, não pude deixar de me perguntar se ela não estava exagerando demais. A choupana em que ela morava era, de maneira geral, bastante parecida com as que a cercavam, mas ela havia feito um trabalho elaborado para enfeitá-la. Praticamente cada centímetro do exterior da choupana era recoberto pelas armadilhas de sua profissão, ou pelo menos aquelas com as quais o público ignorante era familiar. Desenhos estranhos e símbolos haviam sido desenhados nas paredes com tinta, agora quase apagada, rabiscos labirínticos sem começo nem fim, imagens exóticas, reconhecíveis o bastante para serem perturbadoras. Tufos de penas davam mais ênfase ao lugar, com ornamentos feitos de ossos e carne em putrefação. Esses últimos exalavam um fedor e tanto. Duvidava que qualquer um daqueles ornamentos fosse mais do que meramente decorativo, afinal um feitiço de verdade é caro demais para ser deixado pendurado do lado de fora, ao sabor das intempéries. Ainda assim eles serviam ao seu propósito, que era meter medo em qualquer um que olhasse para eles. Com exceção de colocar o cadáver de um recém-nascido do lado de fora de sua porta, havia pouco mais que Mazzie pudesse ter feito para espantar visitas indesejáveis.

Pelo que eu entendi, havia duas possibilidades. A primeira era que Mazzie era uma fraude e o *show* elaborado que ela tinha ali não passava disso, e sua reputação teria sido ganha à custa de truques e teatro. Isso estava mais ou menos descartado. Yancey não era idiota, e eu duvidava que ele fosse me recomendar um embuste. Além disso, o pouco de sua reputação que conseguira deixar aquele local fechado indicava algo mais do que meros truques e trapaças. A segunda possibilidade, consideravelmente mais perturbadora, era que Mazzie do Osso Manchado era apenas o que parecia ser — uma bruxa, herdeira de milênios de tradições e rituais, crenças que afloraram longe do alcance das rígidas Leis Superiores que restringiam a Arte como sendo propriedade do império. Não exatamente o tipo de pessoa a quem alguém gostaria de confiar a educação de seu filho adotivo.

Mas minhas opções eram extremamente limitadas. Desde a fundação da Academia durante a Grande Guerra, o governo havia apertado o controle sobre os feiticeiros da nação, mais uma maneira de centralizar e fortalecer o seu poder. Eu sabia perfeitamente que a Coroa não tinha um senso de ética mais forte do que o mais pervertido conjurador de esquina. Nada que Mazzie pudesse ensinar a Garrincha poderia ser pior do que o que ele aprenderia das autoridades, e pelo menos iria acontecer sem ser corrompido pela hipocrisia.

Ergui o nariz, ajeitei meu saco, e bati ruidosamente à porta.

— Entre — disse uma voz lá de dentro, e eu o fiz.

O interior era exatamente o que se poderia esperar após ter visto o exterior. Sejam quais forem os outros benefícios que oferecia, a profissão de Mazzie não a havia tornado uma mulher rica, ou, se tivesse, ela tinha aplicado pouco de sua renda em móveis. Sua choupana tinha apenas um quarto, com uma cortina na parede dos fundos para proporcionar alguma privacidade à área de dormir. Um canto era tomado por um enorme fogão de ferro, ligado apesar do calor. Uma claraboia estava aberta, deixando alguns raios de sol iluminarem a única habitante do lugar.

Pequena e curvada, negra como fuligem, Mazzie do Osso Manchado estava sentada numa cadeira atrás da mesa. O toco de um charuto gordo descansava entre seus dentes tortos. Ela me inspecionou com um par de olhos marrons como chocolate — em outra mulher eles teriam sido chamados de lindos. Seu nariz pequeno e largo inflava as narinas como para captar meu cheiro, uma argola de marfim adornando uma das narinas. Ela poderia ter trinta, quarenta ou cinquenta anos. Poderia ter cem. Poderia nem mesmo ter nascido.

— Sou o Guardião. Yancey, o Rimador, mandou uma mensagem dizendo que eu viria. — Eu esperava que isso fosse verdade.

— Eu sei quem você é. Sente-se — disse ela, sinalizando com a cabeça em direção à cadeira em frente à dela. — Vamos conversar.

Obedeci. Meu banco era idêntico ao que Mazzie estava sentada, embora sua ampla anca pelo menos fornecesse algum conforto contra a madeira dura.

— Eu lhe ofereceria uma xícara de chá — começou ela —, mas acho que você não iria gostar da minha mistura.

— Não vim aqui para beber chá.

— Pra que veio, então?

Peguei tabaco em minha bolsa e comecei a enrolar um cigarro.

— Você não deveria saber?

— Você dá muitas amostras grátis em seus negócios?

— Não muitas.

Ela rolou o charuto na boca.

— Acho que somos parecidos.

— Claro que, no meu negócio, se houver algum rumor dizendo que eu não sou confiável, que não estou vendendo aquilo que prometo, meus clientes podem levar a sério. Podem vir me visitar alguma noite, puxando minha língua de dentro da garganta.

— Posso ver como isso poderia acontecer.

— Então, qual é o veredito? — Fechei meu cigarro, coloquei-o entre os dentes e o acendi com um fósforo. — Somos parecidos?

Ela deixou um pouco de cinza cair no chão sujo.

— De fato.

— Eu achava que sim. — Ficamos sentados baforando um no outro, a diferença de tamanho do meu cigarro em relação ao charuto gordo em sua boca me deixou com um sentimento de inferioridade. — Tenho um menino que precisa de treinamento.

Ela já sabia disso, uma dica de Yancey ou de alguma fonte mais arcana.

— Não há motivo para incomodar a velha Mazzie. Eles têm uma escola para isso.

— Você é registrada com a Coroa, Mazzie? Eles cobram uma taxa sobre seu... — fiz um arco com a mão, cobrindo o lugar — negócio?

— A Coroa? Já vivi sob três deles, rapaz; dois em Miradin e os últimos vinte e cinco anos sob sua rainha, Bess — disse ela, enumerando a monarquia em seus dedos largos. — Nenhum deles fez nada por Mazzie.

— Então, parece que nenhum de nós é monarquista.

Ela coçou o queixo, aleatoriamente.

— Nunca ensinei uma criança branca. Nem um menino.

— Vou deixar ele debaixo do sol um pouco. Entretanto, nada pode ser feito quanto ao pau.

— Não é fácil ter um aprendiz.

Puxei uma bolsa de meu bolso e a deixei cair sobre a mesa, espantando uma mosca que aproveitava uma refeição vespertina.

— Isso é o suficiente para equilibrar a balança?

Ela olhou a bolsa placidamente, como se pudesse ver o ouro por trás do couro.

— Isso exige mais do que ocres e pratas. Você está certo do que está pedindo?

— Me esclareça.

Ela pesou o pedido como se eu tivesse exigido a guarda de seu filho mais velho. Então, deu de ombros denotando um pouco de irritação e começou a falar.

— Pegue 10 mil bebês e os coloque numa jaula.

— Não vou fazer isso.

— Observe-os por dez anos, talvez doze. Observe-os até que a primeira metade comece a sangrar e a segunda metade comece a olhar para a primeira. Uma dessas crianças, talvez uma dessas crianças comece a fazer coisas que as demais não podem.

— O que você faz com as que sobraram?

Mazzie era boa em me ignorar.

— Pegue essa criança, mostre a ela como focar aquilo que tem. Ensine a ela o que você aprendeu, dê a ela livros de pessoas que aprenderam alguma coisa e o escreveram antes de morrer. Mas não é como ser um sapateiro, primeiro dando forma ao couro e depois usando martelo e pregos. — Ela balançou a cabeça. — Há um motivo pelo qual eles chamam de Arte. Você precisa ter o dom, entende?

— Estou entendendo.

— Todos que exercem a Arte têm maneiras diferentes de fazê-la, dependendo de como a mente funciona. Alguns gostam de construir coisas, forçar um feitiço sobre uma espada, uma joia ou um relógio. Alguns podem ouvir coisas que ninguém mais escuta, mas estão sempre certos naquilo que dizem. Alguns podem forçar o mundo a ser o que não é, fogo saindo por seus dedos, ou esfriar o ar até que fique espesso como gelo. Alguns ficam olhando para a noite quando a lua está brilhando, se perguntando o que será que está olhando de volta para eles.

A conversa havia ficado um pouco sombria, na minha opinião, embora não fosse possível perceber isso olhando para o sorriso de Mazzie.

— Esses são os que acabam se transformando em problema. Param de olhar para você quando falam, têm dificuldade em lembrar que vocês dois são humanos e que as coisas para as quais eles têm olhado não são. Em Miradin, colocávamos aqueles que esqueceram sob uma parede de pedra para fazer peso até que não sobrasse mais nada. Aqui eles o queimam. — Ela deu de ombros. — Na verdade, não é culpa deles. Estão apenas fazendo o que lhes é natural. Todos têm uma aptidão.

— Qual é a sua aptidão, Mazzie?

Ela sorriu, mas não respondeu.

— O que quero dizer é que a estrada é tortuosa. Algumas trilhas levam a um caixão. Outras levam a lugares piores. É melhor que você tenha certeza do que está me pedindo, antes de pedir de fato.

— Foi um discurso e tanto — falei. — Mas você se esqueceu de uma coisa.

— Foi?

— Aquela criança entre os 10 mil, aquela menina que pode fazer coisas que ninguém mais pode, se você não a ensinar a controlar o que possui, vai queimar o cérebro e acabar olhando para as paredes. Tenho plena consciência dos perigos da Arte. Se eu pudesse, iria às entranhas do menino e arrancaria esse brilho de sua alma, transformando-o em alguém normal como o resto de nós. Como isso não é possível, o mínimo que posso fazer é me certificar de que ele não enlouqueça antes de completar quinze anos.

— Parece que talvez você saiba mais sobre isso do que deixa transparecer.

Eu poderia ter dito a ela que o homem que me criara havia sido o maior feiticeiro do império, e que a garota com a qual eu cresci havia se tornado talvez a mais malévola.

— Aprendi um pouco aqui e ali.

— Quantos anos tem o seu menino?

— Treze? Talvez quatorze.

— Terrivelmente velho para estar apenas começando.

— Então, não devemos perder mais tempo.

Ela parecia nunca piscar. Tenho certeza de que o fazia, às vezes, mas, por mais que eu tentasse, não conseguia pegá-la piscando.

— Vou precisar dar uma olhada nele primeiro.

— Não achava que isso era uma escola por correspondência.

— Qual é o nome dele?

— Garrincha.

— Diga a Garrincha para vir me ver dentro de quatro dias. Diga a ele para usar isto no braço — disse ela, puxando um enfeite de penas que usava em algum lugar e me entregando. — Assim, as pessoas não vão incomodá-lo.

— Você tem tanto poder assim por essas bandas, Mazzie?

Ela puxou os lábios para trás. Você poderia confundir com um sorriso, se não fosse cuidadoso o bastante.

— O suficiente.

Coloquei o enfeite dentro da minha bolsa.

— Vou dizer a ele.

Estava extremamente desconfortável naquela cabana, nossa fumaça e os vapores do fogão deixaram o ar pesado. Ainda assim, eu estava sentado e tão cansado por causa do calor e da caminhada que permaneci ali apesar da óbvia conclusão de nossa conversa.

Ela me olhou torto por cima de sua xícara de chá lamacento.

— A morte paira ao seu redor como moscas sobre a merda.

Pelo Perdido, nunca falha. Não se pode ficar cinco minutos com um desses videntes sem ouvir um augúrio ou alerta sombrio.

— Achei que você tivesse dito que não dava amostras grátis. Parece que você andou jogando os ossos da sorte para mim.

— Não preciso dos ossos da sorte para ver o que você é. Suas vítimas o rondam e gritam em seus ouvidos, amaldiçoando você dia e noite.

— Engraçado. Com todo esse barulho, eu durmo como um bebê.

Ela sorriu como se tivesse ganhado uma aposta.

— Não dorme nada.

— Talvez não, mas eu tomo um monte de estimulantes. — Bati de leve na bolsa sobre a mesa. — Você vai receber outra como esta todos os meses. Ensine a ele o básico: como concentrar a mente, alguns feitiços simples, como não cozinhar o próprio cérebro ao tentar fazer magia. E deixe de fora todas as coisas sem sentido que você faz para uma plateia. Se ele chegar em casa cantarolando coisas sem sentido ou tentar sacrificar alguma de nossas galinhas, a mãe dele vai me matar.

Ela não respondeu nada, pelo menos por algum tempo, apenas ficou me olhando. Então, deslizou a bolsa em minha direção.

— Não prometi nada a você — disse ela. — Volte aqui depois que eu tiver conversado com o menino, e então lhe direi minha decisão.

Guardei a bolsa com o dinheiro e me levantei.

— Estou contando as horas.

Havia caminhos de volta ao Conde de Sinuosa que não requeriam que eu passasse pelo Palácio da Rainha. Eu deveria ter pegado um deles. Não estava planejando fazer uma visita — meus negócios com os Montgomery já tinham acabado. Eu havia dito isso ao pai dela. Estava dizendo a mesma coisa para mim mesmo.

Pude ver a multidão a cerca de um metro, um pequeno amontoado de pessoas, crescendo rapidamente. Alguns poucos guardas faziam um cordão cercando o início do beco. Em algum momento, eles iriam perceber de quem era a criança que jazia sob o lençol, e, quando o fizessem, os gélidos estariam aqui imediatamente, mas isso ainda não havia acontecido. O oficial encarregado era viciado em jogo, estava no meu bolso além do dinheiro que eu já dava para seus superiores. Assenti, e ele me deixou passar sem dizer nada.

Não havia motivo algum para olhar. Eu sabia o que havia ali embaixo, tinha sabido desde o momento em que vira a multidão, soubera desde o momento em que havia deixado o quarto dela na noite anterior. Desviei o olhar.

Você pode pensar qual é o grande mal de ser estrangulado. Prende a respiração por algum tempo, as luzes vão se apagando. Mas não é assim de maneira alguma. Mãos cheias de calos envolvem seu pescoço macio, os olhos brilhantes de um homem que quer a sua morte, tentar gritar e não conseguir. Os círculos brancos ao redor dos olhos azul-celeste de Rhaine estavam perfurados, sangue vazando para dentro deles. Uma mecha larga de seus cabelos escarlates havia sido arrancada, durante ou depois da luta, como troféu. Seu nariz estava quebrado e afundado para dentro de seu rosto. Sua garganta, descolorida, verde e preta.

Joguei o lençol sobre ela e tentei me levantar, mas o calor, eu falei o calor, me fez cair novamente de joelhos. .Os guardas se viraram, envergonhados de minha fraqueza e sem querer me causar ofensa. Eles sabiam quem passava manteiga no pão deles. Eu me ergui, conseguindo ficar fora do campo de visão deles antes de pegar a ampola de Sopro de Fada em minha bolsa. Eu estava muito orgulhoso de meu autocontrole.

# 18

Há uma parte da alma de cada homem que preferiria que ele estivesse morto; que sussurra palavras venenosas em seus ouvidos na calada da noite; que o impele quando ele está sobre um morro. Para os fracos, a simples sugestão é o suficiente, e o pobre-diabo prepara um banho quente e adiciona seu próprio sangue à banheira, ou bebe alguns tragos de uísque caseiro e vai nadar no canal. Mas a maioria de nós é teimosa demais ou covarde demais para morrer de forma simples e rápida, e essa parte de nós que nos odeia precisa começar a pensar de maneira mais astuta. "Tome mais um trago", ela diz, "e talvez mais outro depois deste". Complemente com uma pitada de Sopro de Fada. E aquele cara no canto do bar não está olhando você a noite toda, qual é o problema dele exatamente, por que você não vai lá e pergunta?

Depois de encontrar o corpo de Rhaine, voltei para o Conde de Sinuosa, me servi um copo alto de cerveja e fui lutar contra aquela parte suicida de minha mente, ou pelo menos tentar silenciá-la.

Eu estivera ciente da existência da jovem Montgomery por um total de três dias, havia ficado talvez quarenta minutos em sua presença. Naquele momento, ela havia me parecido mimada, egoísta e tola, e sua sorte eminentemente previsível. O mundo se satisfaz distribuindo crueldades àqueles que não as merecem — é melhor guardar a compaixão àquelas almas que sucumbem quando não foi culpa delas.

Ela não fora nada para mim, nem amante, nem mesmo amiga. Desdenhosa e amarga mesmo quando não o queria ser. Uma vagabunda rica do morro de Kor que recebera o que estivera procurando.

Eu estava sozinho no bar, por isso tive de me levantar do banco para pegar mais cerveja.

Entretanto, ela tinha coragem, era preciso admitir isso. Naquela última vez que eu a vira, ela já sabia contra quem estava lidando, havia visto suas chances e mesmo assim tinha decidido continuar. Inicialmente, eu achara que sua coragem era petulância, toda aquela história uma maneira de mandar seu velho se foder. Mas eu estivera errado, era mais do que isso. Pode chamar de sentimentalismo, e eu o fiz, mas era impossível ignorar aquilo. Ela quisera justiça para o irmão e morrera em busca dela.

E o fato de que eu soubera da verdade, que eu poderia ter contado a verdade para ela, mas não o fizera — bem, era impossível fingir que não significava alguma coisa.

Eu estava vazio novamente. Uma nova visita ao bar resolveu o problema.

O general já deveria saber das notícias a essa altura. Elas poderiam matá-lo — o Perdido sabia que ele não era o retrato da saúde naquela manhã. Se não o matassem, ele teria o desprazer de juntar a filha ao filho que enterrara. Os Daevas eram cruéis, pagando com tal destino todos os anos que ele servira.

Mas é claro que os Daevas não a haviam matado — eu bem sabia onde jazia essa honra.

Mas o que eu tinha dito à Rhaine no primeiro dia era verdade: não existe justiça, apenas vingança, e, uma vez que você a consegue, percebe o quão pouco ela significa. O filho de Edwin Montgomery apodrecia sob a terra, e sua filha logo, logo iria se juntar a ele. Dar a eles companhia não mudaria isso. Eu fiz o melhor que podia por Rhaine quando ela estava viva. Não fora o suficiente, mas não havia motivos para combinar fracasso com catástrofe.

Fazia sentido, quando se analisava daquela maneira. Quando as coisas se ajeitassem, o mais inteligente a fazer seria esquecer aquilo. Tomar uns tragos, depois subir e dormir até passar o porre. Acordar e beber mais. Continuar o processo até que não pareça mais necessário.

Não sou um homem inteligente. Às vezes, sou esperto, mas nunca inteligente.

Adolphus entrou pela porta dos fundos, tentando ocupar menos espaço do que de costume.

— Você já soube?

— Sim. — Eu levantei de onde estava sentado, esticando os braços sobre a cabeça, tentando amenizar um litro e meio de cerveja.

— Para onde você vai?

— Vou fazer uma visita ao homem que matou Rhaine Montgomery.

— E quem foi?

— A mesma pessoa que matou o irmão dela, eu suponho.

# 19

A plataforma de madeira do lado de fora do quartel-general da Associação dos Veteranos estava sendo utilizada, uma multidão de tamanho considerável observava um veterano de uma perna só abrindo caminho com dificuldade para o palanque onde iria discursar. Quer dizer, suponho que ele fosse um veterano, embora metade dos pedintes da Cidade Baixa afirme ter sido machucada honrosamente e ganhado uns trocados com isso, simples mentirosos com pernas machucadas contando histórias tristes para enganar os trouxas. Pelo menos ele parecia verdadeiro e estava tirando proveito disso, completamente fardado, apesar do calor.

— Quando o Trono nos chamou, nos enfileiramos contra os inimigos da nossa nação! Quando o sangue jorrou, turbulento como a maré, quando nossos companheiros caíram como trigo durante a colheita, ainda assim mantivemos a fé, ainda assim permanecemos fortes contra a ameaça dren!

Grande ameaça, um oceano e meio de distância — quando você viaja 1.600 quilômetros para enfiar o dedo num vespeiro, não deve ficar reclamando por ter sido picado. Entretanto, o resto da multidão parecia se lembrar daquilo de forma diferente, murmurando em concordância.

— Demos tudo o que foi pedido de nós! Demos sem pedir compensação, demos até que não nos sobrasse nada! Não o fizemos por dinheiro e não o fizemos por medalhas! Fizemos para que nossas crianças pudessem conhecer um mundo livre do medo de serem escravizadas por outro povo. Para que eles pudessem crescer livres e fortes, cidadãos orgulhosos do Império Rigun!

Oh, crianças, as crianças, sempre as crianças. Filhos da puta sedentos de sangue, essa nossa prole hipotética. Mais homens morreram em nome das futuras gerações do que por doenças, inanição ou sede.

— E depois de todos os nossos sacrifícios, todo o nosso esforço, é assim que a Coroa nos agradece! A Prata do Soldado é nossa, irmãos, é nossa por direito de sangue!

Sentimentos nobres eram bonitinhos de ouvir e falar a respeito, mas era o dinheiro que levava meus ex-camaradas ao delírio. A multidão havia aumentado desde que eu chegara, ou pelo menos o espaço havia diminuído, com o veterano corpulento atrás de mim subindo no meu calcanhar para poder ver melhor.

— Roland Montgomery tinha um sonho: que aqueles homens que lutaram para salvar o país possam ter o direito de governá-lo. Embora ele tenha sido arrancado de nós...

— Assassinado pela Casa Negra! — gritou uma voz.

— Embora ele tenha sido arrancado de nós — continuou o discursador, falando devagar, astuto o suficiente para não difamar o governo abertamente, embora feliz em inspirar o sentimento —, ainda assim mantivemos a fé! Assim como a mantivemos em Beneharnum e em Sarlaut! Assim como a mantivemos em Aunis, Darlaux e Sulmne! Assim como a mantemos firme até hoje, mesmo diante de qualquer homem que tente nos arrancar nossos direitos e honras! Na próxima semana, irmãos, espero que se juntem a nós em nossa marcha até o palácio, para lembrar a rainha sobre o que o seu povo fez por ela e para exigir nada mais do que a recompensa por nossos esforços!

A multidão foi ao delírio. Eu me esgueirei dali, passando pelo aglomerado de palhaços se dando tapinhas nas costas e com lágrimas nostálgicas nos olhos.

Encontrei Hroudland de pé perto da entrada, seu rosto beatífico, embora com certeza ele já deva ter ouvido aquele discurso anteriormente. Parecia que ele acreditava de verdade naquilo tudo, embora até então eu achasse que apenas fingia. Guardei aquela informação alegremente — os fanáticos são mais fáceis de serem manobrados.

Algo do discurso parecia ter ficado com ele, pois me saudou com um sorriso amigável apesar do meu histórico de desrespeitos.

— Tenente! — disse ele.

— Hroudland. Preciso ver o comandante.

Levou um tempo para ele assimilar aquilo. Hroudland era um dos raros militares cujo cargo não excedia seus talentos e, como o principal requisito dos cargos medianos é atenção aos detalhes e falta de imaginação, ele estava tendo dificuldade em lidar com esse novo acontecimento.

— O comandante está ocupado.

— Não estou aqui para fazer ele perder tempo.

Ele analisou aquilo por ainda mais tempo, então assentiu e me guiou para dentro do quartel-general. Sentei encostado na parede e o observei desaparecer através da porta dos fundos.

O salão da entrada não estava lotado, mas bastante cheio para um dia de semana à tarde, dezenas de homens se preparando para a marcha. O lugar inteiro estava animado por uma energia que não estivera ali na última vez que eu viera fazer uma visita, que provavelmente não estivera ali por anos, desde antes de a Associação se legalizar. A tentativa da Coroa, considerada de má-fé, de diminuir seus débitos que se expandiam rapidamente, estava criando frutas podres, transformando apolíticos em fanáticos, relembrando um exército adormecido de injustiças há muito cometidas. Ainda assim, eles não estavam afiando facas ou ameaçando assassinar oficiais da Coroa, o que eu suspeitava significar que o assassinato de Rhaine ainda era desconhecido para eles. Exceto, é claro, para aqueles membros da tropa que haviam sido designados para matá-la.

Eu me sentei no canto, praticamente imperceptível, apenas mais um homem de meia-idade de aparência malcuidada no meio de um mar deles. Um de meus compatriotas, um tipo mal-encarado e com a cabeça cheia de cabelos brancos, ficou me encarando, mas desviou o olhar quando fixei minha atenção na direção dele. Em vez de encará-lo, olhei atentamente para o retrato de Roland que ficava acima da lareira. Decidi que não gostava daquele quadro. As feições austeras daquela foto não combinavam com minha memória de seu sorriso inabalável, sólido no calor da batalha ou no meio de um bar.

Quarenta e cinco minutos se passaram até que um oficial acenou em minha direção, guiando-me pela sala até um salão mais privativo. Lá dentro, esperei em silêncio enquanto dois guardas removiam meu punhal e me revistavam mais uma vez. Eles haviam aumentado a segurança desde ontem, ou então estavam apenas querendo me sacanear. Mais tarde, um deles me escoltou até Pretories, batendo na porta e esperando uma ordem afirmativa antes de me deixar entrar.

Joachim estava sentado atrás da mesa, uma pilha grossa de papéis bem organizados diante de si.

— Sinto muito por tê-lo deixado esperando, tenente — disse ele. — Como pode ver, temos muitas coisas acontecendo no momento. — Ele apontou para a cadeira à sua frente, mas permaneci de pé.

— Rhaine está morta. — Mantive minha voz inexpressiva e baixa. Poderia ter sido acusativa ou desesperada.

— O quê?

— Rhaine Montgomery é um cadáver no meio da imundície da Cidade Baixa.

Pretories teve uma reação bastante convincente de choque: recostou-se na cadeira, apertou a testa com uma das mãos e deixou passar um intervalo conveniente sem dizer nada.

— Tem certeza?

— Eu vi o corpo.

— Pelo Primogênito — disse ele. — Eu falhei com ele novamente.

Eu me sentei no assento que me foi oferecido.

— Acho que ambos sabemos de quem é a culpa, comandante.

Se você observasse com bastante atenção, poderia ter visto uma fissura na fachada, uma rachadura em sua superfície falsa de arrependimento. Mas, para ser sincero, eu sabia o que estava procurando.

— Filhos da puta da Casa Negra — cuspi essas últimas palavras com um veneno repentino e honesto, a primeira expressão de emoção à qual me permitia. — Por quanto tempo vamos deixá-los fazer essas coisas? Roland não foi o suficiente? Eles tiveram de mandar alguém atrás de sua irmãzinha também? — Bati meu punho contra a mesa de Pretories, mandando folhas de papel para o chão.

— A Casa Negra — concordou Pretories após alguns instantes. — Filhos da puta.

— Não foi sua culpa, comandante — falei, adotando sua pose de luto. — Foi minha. Fui lento demais em chegar até ela e lento demais em vir até o senhor.

— Como você disse, tenente, ambos sabemos de quem é a culpa.

— Não tenho sido um amigo da Associação durante os últimos anos, eu sei disso e sinto muito. Eu estava... estava com medo — falei vagarosamente, prolongando o discurso. — Tenho pessoas a quem devo proteger. O senhor sabe que eu costumava usar o uniforme cinza. Estou no livro deles, um fio solto que eles ficariam felizes em amarrar. Devo ter cuidado. Não posso colocar meu pescoço para fora.

— E agora?

— Depois de ver o corpo de Rhaine... — Balancei a cabeça amargamente. — O mesmo que seu irmão. Doze anos se passaram, e nada mudou. Continuamos não sendo nada para eles. Eles arrancam tudo o que temos e pisam em cima da gente se tentamos fazer barulho. Alguém precisa responder por ela, por ela e por Roland. — Levando ao pé da letra, aquela última frase nem era mentira. — Estou com o senhor de agora em diante, aonde quer que me leve.

Não estava certo de quanto Pretories estava engolindo aquela minha súbita mudança de lado. Não combinava exatamente com minha reputação como homem cuja única preocupação era o próprio umbigo. Mas, é claro, quanto menos ele confiasse em mim, mais esperto seria em ocultá-lo. Era melhor me ter por perto, onde podia manter os olhos em mim.

— Com o Trono ameaçando nosso futuro, precisamos do apoio de cada veterano com o qual pudermos contar. A marcha vai acontecer dentro de mais dois dias, mas é claro que existem formas de se envolver antes dela. Cheque com um dos homens na recepção, eles irão assisti-lo conforme necessário.

Era o final da conversa, mas eu permaneci onde estava. Depois de um momento, Joachim deixou a dispensa mais clara.

— Se não houver mais nada, tenente...

— Acho que há mais uma coisa, comandante. — Engoli com dificuldade e olhei para meu colo. Se eu tivesse um quepe, o teria tirado da cabeça e o colocaria entre as mãos. Na presente situação, eu apenas tentava dar essa impressão. — Há algo que eu deveria ter dito ao senhor da última vez que estive aqui. Eu deveria ter contado e não o fiz. Sinto muito.

— Prossiga.

— Tive de fazer coisas das quais não me orgulho desde que deixei o serviço. Não acredito que isso seja uma surpresa aos seus ouvidos.

— Tenho ciência da maneira através da qual você ganha seu sustento, tenente. E não estou em posição de fazer julgamentos.

Não, você não está mesmo.

— Mas fazer o que eu faço significa ouvir coisas que nem todas as pessoas escutam. Os rumores pelas ruas são de que as gangues não estão muito felizes com alguns de seus projetos recentes. Essa marcha que o senhor organizou deixou as pessoas irritadas. Não faz muito tempo que veteranos marchando pelas ruas significava sangue nas sarjetas para quem quer que estivesse no caminho.

— Não seguimos mais essa linha. A Associação dos Veteranos é cem por cento legal, uma organização completamente registrada que advoga pelos direitos de seus membros.

— Os Selvagens de Courtland concordariam com isso?

Ele acenou como se para ignorar aquilo.

— Os Selvagens de Courtland podem fazer a merda que quiserem, contanto que façam em Courtland. Eles armaram uma loja na esquina da quadra oposta à Associação. Não posso permitir que eles vendam em frente ao maldito quartel-general. Hroudland e seus rapazes foram até lá para conversar com os líderes deles. Não houve problema nenhum. Eles me disseram que a questão estava resolvida.

— Isso foi o que disseram ao senhor.

— Fale logo, tenente. A ambiguidade é inapropriada num oficial.

— Não estou sendo pudico com o senhor, comandante. Não tenho nada de sólido no assunto. Apenas rumores. É claro que os rumores podem se tornar concretos quando não se está prestando atenção neles. — Eu me inclinei sobre a mesa, como se dividisse um segredo. — O senhor sabe que os Selvagens trabalham para os Giroies?

— E daí?

— De acordo com o que me lembro, o senhor e Roland colocaram um bando de rapazes Giroies em covas rasas.

— Roland era meu irmão e o melhor homem que já conheci. — As palavras saíam de sua boca macias como seda. — Mas ele foi mal orientado. Não cabe à Associação ir atrás das gangues, não interessa o quanto suas atividades sejam questionáveis. Nossa responsabilidade é com a nossa gente, é certificar-se de que o governo não ferre com a gente ainda mais. Entretanto... os incômodos entre nós e os Giroies foram colocados de lado há muito tempo.

— O golpe que o senhor deu neles os deixou para trás das demais gangues. Eles têm tentado se reerguer desde então. Imagino que isso seja o tipo de coisa que eles se lembrem.

— Já faz mais de dez anos desde que brigamos. Por que começar a causar problemas agora?

— É, o senhor está certo. Eles parecem ser gente boa. Eu poderia mandar convidá-los... talvez eles possam vir até aqui tomar um chá ou um café.

Pretories não era um homem com senso de humor.

— Agradeço o alerta — disse ele, calmamente. — E certamente espero que você me mantenha a par de quaisquer eventos futuros. Mas, além disso... — ele fez um triângulo com as mãos, os cotovelos apoiados sobre a mesa — nossa organização está no ponto mais crítico de sua história desde a morte de Roland Montgomery. Não posso me dar ao luxo de gastar recursos com assuntos secundários.

— É claro. Faça o que o senhor achar melhor. — Levantei da cadeira. — Manterei os ouvidos abertos, deixarei que saiba de qualquer novidade. E se houver mais alguma coisa, comandante, qualquer coisa que o senhor precise, mande me chamar.

Ele se levantou rapidamente e colocou uma mão em meu ombro.

— É bom tê-lo de volta ao grupo, tenente. E lembre-se: o que fazemos não fazemos apenas por nós, mas por aqueles que foram arrancados de nós: por Roland e Rhaine. A justiça do Primogênito é lenta, mas certeira. Os responsáveis vão receber o que merecem, não tenha dúvidas quanto a isso.

Uma certa fúria passou pelo meu rosto. Se Pretories estivesse observando atentamente em vez de fazendo discurso, acho que o jogo teria acabado ali.

— Pode ter certeza de que irão — falei.

Quando saí, o discursador estava começando novamente, pontualmente, o seu discurso das 13h30. Fiquei por ali mais alguns minutos para ver se ele iria improvisar alguma coisa, mas estava quente como o inferno, e ele não o fez, por isso me mandei.

# 20

Eu estava cagando sangue havia meia semana quando o tenente me mandou para a enfermaria.

Isso foi alguns meses depois de Beneharnum, antes de conhecer Roland, quando eu ainda era apenas um soldado e não tinha nada mais para pensar além de seguir os homens à minha frente. O *front* ainda estava relativamente fluido, as planícies da Nestria ainda não tinham sido estranguladas por centenas de linhas de trincheiras fortificadas. Os drens haviam sofrido algumas derrotas no leste e estavam recuando cerca de 160 quilômetros, reforçando as linhas no interior do território. Nós estávamos marchando adiante para encontrá-los.

Foi minha própria culpa, minha maldita culpa, e não estou tentando dizer o contrário. Mas eu nunca havia visto cerejas antes, muito menos comido. E elas pareciam maduras o suficiente, um cacho carmesim que pesava o galho em direção ao chão. Passamos uma tarde inteira marchando através de pomares, e eu estava havia três meses comendo apenas biscoitos farinhentos e carne nojenta — e enchi tanto meu estômago que um espirro mais forte poderia ter me feito cuspir um caroço.

Paguei o preço por isso cedo o bastante, um preço alto, a carne macia da fruta se transformando em veneno, deixando-me com ânsia de vômito e fazendo-me correr para trás dos arbustos. Depois de alguns dias, parou. Depois de mais alguns dias, voltou novamente, dessa vez muito pior. Eu não conseguia manter água dentro do estômago, muito menos qualquer comida sólida. Sentia dores o tempo todo, mas, de forma distante, eu estava tendo dificuldade com meus olhos. Se eu olhasse para alguma coisa por muito tempo, minhas pernas começavam a tremer, e eu precisava sentar. É claro que eu não podia sentar, mas com certeza precisava.

Então foi minha própria culpa, como eu disse anteriormente, mas ainda assim o tenente não parecia muito feliz quando o disse para mim. Eu havia acabado de me juntar à tropa depois da terceira cagada do dia, água vermelha que vazava de meus intestinos, um punho de metal denteado dentro das minhas entranhas.

— Acho que você precisa descansar, recruta — ele disse para mim.

Como de costume, Adolphus estava atrás de mim e me deu um tapinha nas costas para demonstrar minha vitalidade. Eu dei o melhor de mim para não cambalear com o golpe.

— Ora, vamos, tenente — disse Adolphus, nervoso. — Ele não está tão ruim. Vai ficar bem assim que descansar algumas horas.

Isso era uma mentira enorme, óbvia para qualquer um que olhasse em minha direção. Em uma semana, eu havia perdido o peso corporal equivalente a um recém-nascido, e já não era um homem gordo para início de conversa. Ao tirar minhas calças durante minha última ida, eu havia sentido o contorno de minhas costelas pressionando minha pele.

— Estou bem, tenente — falei, mantendo minhas mãos atrás do corpo para que ele não as visse tremer. — É só uma caganeira. Não há motivo para me enviar para a enfermaria. Ainda consigo encarar uma briga.

O tenente era um cara decente, bom em seu trabalho e ainda possuía alguns resquícios de humanidade apesar do inferno pelo qual havíamos passado. Foi provavelmente por isso que o Primogênito decretou que ele deveria morrer seis semanas mais tarde, vítima de um arqueiro dren, atingido durante uma batalha insignificante que nem entrou para os livros de história. Ele sabia o que significava me enviar para a enfermaria, havia postergado fazê-lo na esperança de que eu melhorasse. Ainda assim, não era possível ignorar mais.

— Você vai ficar bem, recruta. Alguns dias de repouso, e estará novo em folha. — Mas ele não me olhou nos olhos quando disse isso, e ninguém o fez enquanto eu pegava meus poucos pertences e me preparava para seguir para trás das linhas.

Ninguém exceto Adolphus, que apertou meu ombro e me disse que ia ficar tudo bem, que ele passaria lá para me visitar mais tarde. Eu fiquei grato por ele não ter tentado me abraçar. Adolphus gostava de abraços, e, em meu estado atual, eu não tinha certeza se seria capaz de suportar.

Era o dia de descanso. Era nesse dia que andávamos. Dois dias de serviço, um dia de descanso. Não estávamos exatamente correndo através da Nestria. Durante a marcha, nosso trem bagageiro se estendia por quilômetros e quilômetros atrás da infantaria, artilharia e equipamentos, dividindo a estrada com as indulgências materiais de nossos oficiais e um subexército de comerciantes, prostitutas e empregados ávidos por atender às necessidades da maior horda de homens que eles já haviam visto. Levei uma hora inteira para chegar à enfermaria, embora eu deva admitir que minha caminhada fora mais lenta em função da exigência de meus intestinos para que eu deixasse lembranças atrás de cada árvore e arbusto.

Nossa enfermaria atendia, ou talvez até excedia, o alto padrão de competência que reinava em toda a máquina militar aliada. Uma tenda recoberta de lona esticada sobre grossos postes de madeira, cerca de cem camas dobráveis — tudo pequeno o suficiente para ser guardado em algumas poucas charretes puxadas por mulas. A operação era comandada por um punhado de bêbados e idiotas com talvez seis meses de treinamento médico entre eles. Teoricamente, aquilo era feito para servir de estação de triagem — os levemente feridos recebiam curativos e retornavam às linhas, os gravemente feridos eram estabilizados e enviados para recuperação fora dali. Na prática, poucos sobreviviam para voltar para casa.

Dois homens estavam sentados sob a tenda, jogando baralho e bebendo de uma garrafa sem rótulo. Eles estavam sem uniformes e mais sujos do que os médicos deveriam estar. Minha chegada não foi motivo de grande comoção — um minuto inteiro se passou antes que qualquer um deles esboçasse alguma reação.

— Nome e patente — perguntou um deles, finalmente.

Forneci os dados.

— O que você quer?

Era de se pensar que fosse bastante óbvio, mas eu não estava com forças para ser sarcástico.

— O tenente disse que eu devo ficar de repouso.

— É mesmo? — disse ele, não exatamente cheio de interesse.

Responder requeria esforço de mais.

— O que há de errado com você? — perguntou ele finalmente, de má vontade.

— Tenho caganeira.

— Andou comendo cerejas?

Assenti com a cabeça.

Ele espantou uma mosca e trocou olhares com o companheiro. Ambos riram.

— Seus soldados burros do caralho. Não sabem que elas ainda não estão maduras?

Eu queria enfiar minha mão naqueles cabelos sujos e puxar seu rosto em direção ao poste de madeira, ver seu nariz quebrando em minhas mãos. Queria ver se seu companheiro seria de grande ajuda. Mas eu mal conseguia ficar em pé, não podia falar e só o pensamento de fazer algum movimento brusco enviava ondas pela minha barriga. Então, eu apenas assenti novamente.

Ele puxou um livro de registro e apontou em direção a um espaço vazio.

— Assine aqui — disse ele — ou faça alguma marca.

Eu mal consegui fazer o primeiro rabisco.

Ele fechou o livro e o colocou de lado.

— Pegue uma cama. Vamos lhe trazer sopa mais tarde. — Ele colocou uma carta alta sobre a mesa. Seu parceiro soltou uma boa invectiva para um civil. Após alguns segundos tendo esquecido que eu existia, o primeiro se virou novamente para mim, ficando vagamente aborrecido ao descobrir que eu ainda não havia obedecido a suas ordens.

— Ou você aguenta firme, ou vai morrer — disse ele, e pelo seu tom não estava investindo muito no resultado.

Eu via da mesma maneira. Se acontecesse a primeira opção, eu prometi a mim mesmo que o bom doutor e eu teríamos outra conversa, em circunstâncias diferentes.

Estávamos marchando havia cerca de uma semana e não travávamos uma batalha de verdade havia o dobro do tempo, mas ainda assim cerca de metade dos leitos estava sendo usada. Rapazes com a doença da maré, ou vítimas de uma das várias enfermidades cortesia da multidão de prostitutas que viajavam conosco, um exército levemente menor que o nosso. A maioria dos pacientes parecia à beira da morte, fracos demais para espantar o bando de moscas que se amontoava sobre ferimentos e orifícios abertos. Alguns dos homens eu tenho certeza de que estavam mesmo mortos, os corpos ainda não removidos pelo grupo de funcionários menos do que diligente.

Olhei ao redor em busca de uma cama que parecesse limpa o suficiente, mas elas estavam uniformemente imundas, por isso me deixei cair sobre uma que ficava no canto. As camas eram feitas do mesmo material da minha armadura, ásperas e calejadas como um civil que seguia o exército. Os besouros haviam chegado ali da mesma maneira, fazendo buracos do tamanho de um ocre no couro, a diligência deles tão eficiente quanto o pelouro de uma besta. Uma linha de lêndeas marchava numa formação admirável subindo pelo suporte e indo em direção ao saco de juta que me servia de travesseiro.

O assistente apareceu, um nestriano, nativo do país, uma das raças orgulhosas cuja liberdade eu havia matado para proteger.

— Quer um pouco de bebida alcoólica? — perguntou ele num rigun atrapalhado, oferecendo-me um jarro de vidro contendo um líquido amarelo, as bordas manchadas de algo que eu esperava que fosse apenas terra.

Balancei a cabeça.

Ele deu de ombros e serviu minha ração. Eu me virei para a parede e caí num sono irregular.

Meus sonhos foram amargos e enevoados e pendiam espessos como fumaça, permanecendo comigo mesmo quando eu deixava a cama rapidamente e procurava o banheiro mais próximo. Contrariando a promessa do médico, ninguém apareceu para me trazer nenhuma sopa.

Fui trazido de volta à consciência por gritos e tiros de canhão. Já era noite. A única iluminação na tenda era provida por uma lanterna pesada instalada num poste central. Sua luz não chegava até mim, mas pela frente eu pude ver o movimento desordenado dos funcionários, arrancados de sua letargia por uma inesperada torrente de vítimas.

Eles haviam atacado na hora do jantar, fazendo-nos pagar por nossa insolência, por pensarmos que poderíamos avançar pela República sem piquetes ou batedores abrindo o caminho. Eles nos atacaram naquela noite por todo o *front*, a retirada deles se provando apenas um truque e nosso otimismo prematuro rapidamente derrotado. Os drens estavam provando serem melhores do que nós no quesito estratégia.

Os drens estavam provando serem melhores do que nós em praticamente tudo.

O resto são pedaços de imagens fora de ordem, tiradas de um baralho de cartas desordenadas, minha enfermidade e sua própria característica atormentadora quebrando a cronologia.

Um rapaz desmembrado, os tocos de carne balançando em minha direção, implorava para que alguém o matasse, os médicos ocupados demais ou tolos demais para atender a ele.

Uma serra suja de sangue estava próxima a um amontoado de pernas e braços em cima uns dos outros como blocos de brinquedo, tão altos que a enfermeira tinha de se esticar para adicionar mais outro.

Os dois médicos que haviam me recebido, o mais jovem tão branco quanto o osso que ele estava cortando, a mandíbula escancarada de horror, o mais velho tentando estapeá-lo para que recobrasse a consciência, três golpes fortes que não surtiram efeito.

Os feridos se amontoaram em camas no fim da noite, e, quando acordei, percebi um cadáver ao meu lado, mas estava fraco demais para empurrá-lo de minha cama.

Um homem do outro lado da tenda puxou minha camisa, implorando por algo, sua voz roubada por um ferimento no peito. Foi ficando mais agitado à medida que a morte se aproximava, suas súplicas violentas e impossíveis de serem respondidas. Quase precisei quebrar sua mão para afastá-lo de mim.

O assistente despindo os cadáveres, revirando bolsos, pegando alianças e medalhas religiosas. Pegou-me olhando para ele e ergueu um dedo sujo diante de um sorriso culpado.

Os gritos, um hino de sofrimento, vozes se calando em meio ao coro, silenciadas para sempre.

Muitas outras coisas, coisas que me mantiveram acordado até tarde, que me tiram o sono até hoje.

Na manhã seguinte, cambaleei de volta às linhas, e, quando o tenente chegou para nos inspecionar, observou minha continência trêmula como se ali fosse o meu lugar, e agradeci a Maletus e a cada um de seus irmãos por aquilo.

Um ou dois dias depois, consegui manter água no estômago e, mais alguns dias depois, consegui comer comida sólida. Nunca mais comi outra cereja e tenho certeza de que vou morrer sem comer mais nenhuma.

O orador da Associação podia falar sobre honra, podia falar sobre o orgulho do país e a dignidade do sacrifício. Mas, pelo que eu sei, a guerra é cagar suas entranhas enquanto rapazes morrem no escuro ao seu redor. Tudo o mais é fantasia de livros de história, e deixe que permaneça neles.

# 21

Garrincha estava nos fundos, curvado na estreita faixa de sombra oferecida pelo muro. Suas pernas magricelas montavam um barril de cerveja vazio, e ele estava afundando uma faca no chão.

Eu abaixei e peguei a faca. De corte duplo e medindo sólidos dez centímetros, o que era o padrão durante a guerra, embora há muito eu tenha perdido a minha. Outro presente dado por Adolphus, ou por seus amigos da Associação.

— Diga obrigado.

Eu estava de costas para o sol, e ele me olhou com os olhos entreabertos.

— Pelo quê?

— Por lhe dar um teto e comida enquanto você está sob ele.

— Obrigado — disse ele, mas eu não achava que estivesse sendo realmente sincero.

— Diga obrigado novamente.

— Acho que uma vez é o suficiente.

— Encontrei um tutor para você.

Garrincha não era chegado a demonstrações de emoção. Francamente, essa era uma das coisas de que eu gostava nele. Mas ainda assim eu estava esperando algo mais do que nada, que foi exatamente o que recebi.

— É?

— Ela é ilhoa e supostamente conhece a Arte. Se chama Mazzie.

— Mazzie do Osso Manchado? — perguntou ele, subitamente alerta.

— Você terá seu primeiro encontro com ela dentro de quatro dias.

— Os veteranos estão fazendo um grande comício, se preparando para a marcha. Falei a Adolphus que eu iria junto para ajudar.

— Quando eu o acolhi pela primeira vez, você não conseguia passar por um carro de maçãs sem derrubá-lo. Agora você fica feliz em servir de mascote de regimento.

— Ele vai fazer um discurso.

Por essa eu não esperava.

— Um discurso?

Garrincha assentiu.

— Ouvi aquele cara gaguejando o próprio nome. Sobre o que é?

— A guerra.

— Já acabou. Vencemos. Desculpe estragar o discurso. — O brilho do sol refletia em tudo, nas janelas, no chão e nas nuvens. Invejei a sombra onde Garrincha se encontrava.

— Você me enche o saco a respeito disso há anos. Não me diga que acovardou de repente.

Ele correu os dedos pelos cabelos emaranhados.

— Eu... ouvi coisas a respeito de Mazzie.

— Sim.

— Não foram coisas boas. — Isso era o mais perto que o garoto chegava de admitir que estava nervoso.

— Você gosta daqui?

— O suficiente.

— Acha que iria preferir uma vaga na Academia, trancado pelos próximos dez anos, sofrendo lavagem cerebral até que marche conforme o Trono?

— Não.

— Então, nossas opções são limitadas. Seja o que Mazzie for, ela não trabalha para a Coroa, e isso é o mais importante. Ouça o que ela tem a dizer, siga suas instruções e fique de bico calado. Mas mantenha os ouvidos abertos e os olhos atentos. Se ela fizer qualquer coisa que pareça estranha, não demore em me dizer.

— E?

Enfiei a faca na terra.

— Então, deixe que eu cuide disso.

Acho que isso foi o suficiente, pois ele assentiu e voltou ao seu jogo. Como eu havia dito, Garrincha não era muito bom em demonstrar sentimentos.

Meu quarto estava quente como um forno, o ar parado mesmo com as janelas abertas. Eu teria dado dez ocres por uma brisa fresca se houvesse alguém que aceitasse a proposta. Tirei a camisa e tentei dormir por algumas horas, mas entre o dia e o Sopro de Fada eu não estava tendo muita sorte. Misturei uma pitada de vinonífera sobre uma camada de tabaco e soltei uma baforada no ar acre. Quando terminou, enrolei outro. Não caí exatamente num sono, foi mais em estado de prazerosa catatonia, mas fiquei feliz de ter conseguido, de qualquer forma. Já era fim de tarde quando um estrondo vindo do piso de baixo me acordou de meu estupor. Depois de alguns minutos perdidos tentando recuperar os sentidos, vesti minha camisa novamente e desci até a cozinha.

Adolphus estava de pijama, repondo suprimentos dos quais não precisávamos, um pretexto feliz para provocar grande comoção.

— Pode parar. Estou aqui.

Ele se virou para me encarar, carrancudo. Por cima da carranca, seu olho bom me condenava, raivoso. Normalmente, ele se rendia às regras de etiqueta e cobria a órbita vazia com uma venda, mas não hoje. Não é tarefa fácil discutir com um homem enquanto olha para dentro de sua cabeça, e eu havia ficado em segundo lugar durante mais de uma discussão por causa disso. Acredito que ele havia planejado dessa forma — Adolphus era melhor no logro do que deixava transparecer.

— Preciso deixar tudo pronto para esta noite.

— Pois é, tenho certeza de que teremos uma enorme procura por Xerez. Você vai me dizer qual o problema ou terei que adivinhar?

Ele grunhiu, mas continuou seu trabalho.

— Você está com saudades de sua mãe. Perdeu sua metade do bar no jogo. Se apaixonou por um dançarino e quer fugir para as Cidades Livres. Me interrompa quando eu estiver chegando perto.

Ele pousou meio barril de cidra no chão e se virou para mim.

— Garrincha disse que você o mandou se encontrar com uma bruxa sombria.

— Mais ou menos isso.

— Desde quando você toma esse tipo de decisão sem me consultar?

— Tem sido difícil encontrar você nesses últimos dias, Adolphus, com toda essa correria por aí fingindo que ainda é um soldado.

— Eu tenho o direito de saber o que está acontecendo com ele.

— E agora você sabe.

— Você irá mandá-lo para Isthmus, vai deixar que uma bruxa qualquer o ensine a ler o futuro nas entranhas de um porco?

— O que o está contrariando é a falta de qualificação de Mazzie? Certa vez, eu conheci um Primeiro Feiticeiro, mas ele está morto. Mas, é claro, se você tem alguma sugestão, sinta-se à vontade para dividi-la comigo.

— Não vejo a necessidade disso. Ele vai aprender sozinho à medida que for ficando mais velho.

— O dom não é uma calça; ou nós o ensinamos a controlá-lo ou esperamos até que frite seus miolos. E já que estamos falando sobre o futuro de Garrincha, no que você está querendo transformá-lo, num tamborileiro?

As costas de Adolphus se ergueram e baixaram.

— Ele gosta.

— Ele iria gostar se você temperasse seu chá com raiz de uróboro, mas nós não vamos fazer isso. É nosso dever assegurar que ele faça o que é mais inteligente, não o que ele gosta.

— Eu não o levei a um centro de recrutamento.

— Você está dando um mau exemplo. Ele é um menino; gosta de sangue e barulho e a ameaça de força. Não há necessidade de encorajá-lo nesse sentido.

— Não foi apenas isso.

— Eu resumi as coisas para tornar a conversa mais breve. Mas, já que começamos a falar, não gosto dele andando com o bando de canalhas que você decidiu transformar em seus novos melhores amigos.

— Você lida com gente muito pior.

— Eu sou traficante, portanto isso não é uma grande recomendação.

Percebi que minha bolsa contendo vinonífera ainda estava em meu bolso. Pensei em enrolar um baseado, mas desisti da ideia. Depois pensei melhor e acabei enrolando.

— Seu amigão Joachim Pretories, o sucessor de Roland Montgomery, o melhor amigo dos soldados. Quanto você acha que ele vale?

Adolphus desviou o olhar.

— Nunca pensei a respeito disso.

Fechei a seda com a vinonífera e acendi o baseado com um fósforo.

— Tenho tempo para esperar que você pense.

— Acredito que ele receba um estipêndio. Os recursos que eles arrecadam vão para os feridos, para as viúvas e crianças.

— Cada centavo, tenho certeza. Mas você não respondeu à minha pergunta. Quanto vale Joachim Pretories?

— Não sei. Não sou o banqueiro dele.

— Ele tem nas mãos 20 mil ocres, ou eu sou uma freira.

— Bobagem. Joachim Pretories é um homem honesto.

— Então, é um espécime único; precisamos emoldurá-lo e pendurá-lo na parede.

— Você fala muito, mas ainda não vi nenhuma prova.

— Feche os olhos por muito tempo e vai perder o amanhecer. Pretories não é diferente dos cabeças de nenhuma outra máfia. Ele tem sua base de apoio e tem seus brutamontes.

— A Associação não faz parte do crime organizado — rosnou ele, numa atitude feroz o bastante para servir como um alerta, mas não lhe dei atenção.

— Quantos homens você acha que Roussel matou desde que parou de servir? Aposto que muito mais do que quando ele usava um uniforme.

— Você também não é nenhum santo.

— E admito tudo o que fiz.

— Se você os odeia tanto, por que se aliou a eles?

Bati as cinzas do baseado, que caíram no chão.

— Ah, então, você ouviu falar sobre isso?

— Sim. — E não parecia feliz com isso.

— Minha linha de trabalho é muito feia, Adolphus. Preciso passar meu tempo com algumas pessoas bem más.

— Isso é algum... algum esquema seu? — perguntou ele, horrorizado e desconcertado ao mesmo tempo, como se eu tivesse cuspido na estátua do Primogênito.

— De jeito nenhum. Acordei esta manhã e me lembrei do quanto amava ser soldado e pensei na alegria que sentiria em meu peito ao me ver novamente entre as fileiras.

— Não quero saber — disse ele, fazendo um gesto com a mão como se para me afastar, a gordura balançando por baixo de sua camiseta branca.

— Isso se encaixa perfeitamente em meu plano de não lhe contar. — Mas continuei assim mesmo. — Esses homens não são quem você pensa. Por favor, não me diga que você está tão cego para reviver sua juventude que se deixou cegar para esse fato.

— Nem todo mundo é tão desonesto quanto você.

— Claro que é; as pessoas apenas se esforçam mais do que eu para esconder isso.

Havia um clima de discórdia pairando no ar, e, com a noite se aproximando, eu tinha uma tarefa que servia de pretexto para minha rápida debandada. Em meu quarto, puxei um baú preto que estava sob a cama. Dentro dele, havia uma coleção de armas que não preciso usar no dia a dia. Coloquei uma faca na minha manga e outra na bota. Depois, amarrei uma adaga em meu cinto, a espada curta e afiada que havia sido universalmente utilizada pelos dois lados durante a guerra. Não era o suficiente para o que estava por vir, mas era tudo o que eu tinha.

# 22

A noite é uma hora indigna para transpirar, mas foi praticamente tudo o que fiz durante a caminhada para Estroun. Semanas de estiagem haviam transformado o Andel em algo que só com muita bondade poderia ser descrito como um córrego, um fio de água salgada que seguia seu caminho para as docas. Uma garota mais ou menos da idade de Garrincha estava de pé em silêncio no leito seco do rio, observando-me cruzar a ponte. Ela usava um vestido de algodão e tinha um hematoma que lhe tomava todo o rosto. Numa das mãos, ela segurava um balde vazio. Depois de alguns instantes, ela semicerrou os olhos, cuspiu no córrego e foi embora. Eu sabia como ela se sentia.

A Taberna Oitavo Daeva ocupava a maior parte do quarteirão, três andares e um terraço que oferecia a melhor vista da cidade ao norte de Aerie. Entrar nele era como ser sugado para dentro de uma mistura caótica e imoral, uma fortaleza de libertinagem ou pelo menos de excessos. Era um destino popular para uma variedade de classes — capangas torrando numa noite memorável o que haviam ganhado em uma semana de crimes, nobres do morro de Kor pondo os pés no lado sujo da cidade. Tudo e todos eram bem-vindos, contanto que tivessem grana e mantivessem a ordem. Para ajudar com o primeiro, havia uma dúzia de garçons em cada andar que distribuíam vinonífera como se fosse uísque, juntamente com uma seleção impressionante de mesas de jogos e uma oferta igualmente inspiradora de prostitutas. Para garantir o segundo, um seleto grupo de seguranças fazia uma varredura no local regularmente, cavalheiros enormes em belos trajes largos o bastante para permitir que dessem um murro sem desfazer nenhuma costura. Eles eram suplementados por um detalhe mais sutil, um conjunto de rapazes magricelas que bebiam cerveja diluída com água e mantinham os olhos atentos ao que acontecia ao seu redor. Você podia fazer o negócio que quisesse em Estroun fora do Oitavo Daeva, contanto que pagasse uma porcentagem ao dono do local, mas o bar era inviolado. Era grande a garantia implícita que inspirava grupos tão diversos da população à folia, uma promessa garantida pelo Homem Elegante.

O calor não havia feito nada para diminuir a multidão, vinte ou trinta pessoas se amontoando do lado de fora. Abri caminho em direção à frente e fiquei perto do porteiro, um vaalão moreno com olhos tristes que não deixavam passar nada. Como regra, armas não eram permitidas no Oitavo Daeva, mas não faço parte do público comum, por isso ele fez vista grossa diante dos meus armamentos.

— Olá, Guardião!

— Como estão as coisas, Koos?

Ele vistoriou a próxima da fila, uma cortesã lustrosa alguns anos fora do ponto, e acenou sem entusiasmo para que entrasse.

— Não sou de reclamar. Nem do tempo nem do fedor. Ou da Coroa, da Praga ou do meu salário.

— Você não é de reclamar — concordei.

— Não, senhor, não mesmo. O chefe está lá dentro em algum lugar; você não deve ter problemas em encontrá-lo.

— Aguente firme, Koos.

— Sou feito de pedra, Guardião.

Particularmente, não gosto do bar do Homem Elegante. A humanidade já é cansativa o bastante quando se está tratando um a um — nunca entendi qual é a graça de juntar um bando de gente e colocar num espaço fechado. O Daeva era um lugar feito para ver e ser visto, e eu não estava muito a fim de holofotes — um dos efeitos colaterais do meu tipo de trabalho, acho. Ainda assim, era difícil não ficar impressionado com a cacofonia jubilante. Eu podia ouvir uma banda tocando no andar de cima, o teto balançando em uníssono. Ao nível do mar, as coisas estavam um pouco mais calmas, os namoradores fazendo negócios com as prostitutas e com aquelas perto de se tornarem, as mal-amadas ou sem grana encostadas desesperadamente contra as paredes.

Era uma noite boa no Daeva. No Daeva, a noite era sempre boa, e Reginald Tibbs, o Homem Elegante, dava duro para assegurar isso. Ele tinha uma série de outros negócios, variados e lucrativos, mas o Daeva era sua amante. Koos havia me contado que Tibbs estava em algum lugar no salão, mas eu não precisava dessa informação. Tibbs estava sempre no salão, apertando as mãos de patronos, pagando drinques, rindo e jogando conversa fora. Seu apelido lhe caía muito bem. Percebi o movimento de sua cartola entre um grupo de homens e mulheres belos e ricos, usando sua perspicácia para impressioná-los.

Tudo em Tibbs era grande demais, extravagante e vulgar, da púrpura de sua cartola ao amarelo-canário de suas botas com enfeites prateados. Um bigode com pontas curvas, apontando para os olhos de um verde intenso e complementado por uma barba que lhe descia até quase a barriga. O restante de seu traje era tão caro quanto cafona, perfeitamente ajustado e com cores violentamente contrastantes. Ele tinha um caminhar que acompanhava o ritmo de homens mais lentos, seu tronco mantido no lugar por um par de pernas finas e compridas, como as de uma cegonha. Um espetáculo e tanto, com certeza, mas com um propósito — enquanto seus olhos acompanhavam aquela figura impressionante, uma armadilha de metal o marcava, anotava o quanto você valia, memorizava cada detalhe que poderia ser útil algum dia. Eu gostava de Tibbs mais do que desconfiava dele e sempre checava minha bolsa de dinheiro após cada encontro.

Ele me viu e abreviou sua conversa, avançando em minha direção com passos que seus guarda-costas se esforçaram para acompanhar. Pegou minha mão entre as suas e quase a arrancou do meu braço. Era o mesmo cumprimento que ele dava a todas as pessoas, mas eu gostava de pensar que ele era mais sincero comigo.

— Ora, se não é o próprio Guardião, saído de suas cavernas no subsolo da Cidade Baixa para fazer uma visita a seu velho amigo.

— Há quanto tempo, Tibbs.

— Tempo demais, Guardião, tempo demais. — Ele tinha uma voz macia como seda. — Não se passa um dia sequer sem que eu lamente sua ausência. Eu não digo todos os dias, Nissim, como eu gostaria que o Guardião nos prestasse uma visita?

Nissim era o ilhéu de proporções generosas que estava sempre ao seu lado. Ele sempre parecia estar prestes a dizer alguma coisa, porém nunca chegava a fazê-lo de fato, e hoje não foi uma exceção. Tibbs respondeu sua própria pergunta com uma afirmação.

— Eu digo isso todos os dias!

— Aposto que é bastante cansativo.

— Você está aqui agora, e acredito que cabe a mim assegurar que você volte! O que deseja? Vai tentar a sorte nos dados? — Ele soprou dentro das mãos em formato de concha e jogou dados imaginários. — Não? Ora, a quem eu estou perguntando, o Guardião faz a sua própria sorte! E quanto a um trago para esquentar a barriga? Não que você precise se esquentar numa noite como esta. Escute o que eu digo, já estou na minha terceira cueca de seda! — Ele riu novamente e me deu um tapinha nas costas, forte o suficiente para amolecer os dentes.

— Na verdade, eu estava esperando que você tivesse tempo para uma conversa em particular.

— Me parte o coração pensar que esta visita não é meramente social.

— Deixarei que me sirva um uísque, se isso o alegrar.

O sorriso de Tibbs era tão largo quanto seus dentes eram desalinhados.

— Melhor conversarmos nos fundos, suponho. — Ele estava me guiando naquela direção quando um homem surgiu no meio da multidão e sussurrou em seu ouvido. Tibbs era bem mais alto do que ele, o que era quase regra, e teve de se curvar bastante para facilitar a conversa. Eles trocaram algumas frases, eclipsadas pela meia-luz do bar. Após alguns momentos, ele se aprumou e assentiu. — Parece que tenho um probleminha para resolver antes de começarmos.

— Mostre o caminho — falei, seguindo-o por trás do balcão e através de uma pequena porta que oferecia acesso às catacumbas no subterrâneo.

O porão era feito de pedra, não havia nada de suave ou elegante a respeito dele. Fileiras de garrafas de bebidas organizadas em estantes de aço e barris das mesmas no canto. Passamos por outra porta e entramos em outra sala, mais ou menos igual à anterior — exceto que no centro havia um homem deitado sobre uma pequena mesa. Um grupo de brutamontes estava ao redor dele, profissionais, aguardando de forma impessoal as ordens do chefe.

Tibbs tirou o chapéu e o segurou contra o peito, parecendo triste.

— Charlus, Charlus, Charlus. — A melancolia crescia com a repetição. Os olhos de Charlus se ergueram e depois voltaram a fitar o chão.

— Olá, sr. Tibbs! — disse ele.

Charlus era um tarasaighn de vinte e poucos anos, magro e sujo, de ombros e joelhos protuberantes. Fiquei imaginando por que Koos havia deixado que ele entrasse, tendo ele a aparência que tinha. Não achava que já o tivesse visto antes, mas não tenho espaço na cabeça para guardar a fisionomia de cada ladrão da cidade, já que a maioria do espaço que eu tinha estava ocupada por narcóticos e arrependimentos.

Tibbs se abaixou para ficar da mesma altura que ele, fazendo contato olho a olho com o prisioneiro.

— Esta é a segunda vez, Charlus.

Charlus assentiu, um movimento estranho dada a sua posição.

— Eu sei, sr. Tibbs, me desculpe.

Tibbs balançou a cabeça parecendo desapontado e surpreso.

— A segunda vez, Charlus.

— Eu sei, sr. Tibbs. Como disse antes, me desculpe. — Ele parecia estar sendo sincero.

— Ninguém rouba no meu bar, Charlus. Eu administro um estabelecimento respeitável. Os ricos vêm aqui porque sabem que não serão incomodados.

— Eu sei, sr. Tibbs.

— Eu não lhe dei um ganso no solstício de inverno para que levasse para casa, para sua mulher?

— Foi no Ano-Novo — respondeu Charlus, pesaroso. — E nós ficamos imensamente agradecidos.

Tibbs assentiu, levantando-se.

— Muito bem — disse ele. Correu os dedos por seu bigode curvado e anunciou a sentença. — Dois dedos: os mindinhos.

— Obrigado, sr. Tibbs! Obrigado — disse Charlus, quase engasgando de gratidão.

Tibbs se abaixou e enfiou um dedo na cara da vítima.

— Esta é a última vez que pego leve com você. Se me causar mais algum problema, terá a mão decepada. — Ele bateu a mão direita contra o pulso da esquerda.

A cabeça de Charlus balançou para frente e para trás, em negativa.

— Nunca mais, sr. Tibbs, prometo.

— Dê lembranças à sua mulher — disse ele, novamente se aprumando. Ele acenou com a cabeça em direção ao próximo aposento, e eu o segui. Nissim e os demais permaneceram com Charlus.

— Que o Primogênito o abençoe, sr. Tibbs! — gritou Charlus às nossas costas. — Que ele o abençoe e proteja!

O escritório de Tibbs era modesto, dada a sua preferência pelo estilo rococó e o fato de que ele provavelmente ganhava uns 10 mil ocres por ano. Pequeno e apertado — com uma mesa caindo aos pedaços, um mancebo e um bar. Um cofre pesado estava encostado num dos cantos, o capital de giro para arcar com os custos operacionais, uma fortuna para o cidadão comum.

— Aquele rapaz ainda vai acabar mal — disse Tibbs, servindo dois copos de uísque e ocupando a cadeira atrás da mesa.

Ocupei a outra cadeira.

— Pelo menos, você saberá que tentou — respondi, sem ter certeza se estava brincando.

Tibbs assentiu, pensativo, então focou sua atenção no assunto que tínhamos a tratar.

— Se dependesse de mim, me aninharia em minha cadeira e poderíamos conversar a noite toda. Mas eu o conheço, Guardião, e mesmo que me machuque a alma reconhecer, você não é do tipo que gosta de jogar conversa fora. Portanto — ele colocou o copo de uísque na minha mão e brindou comigo —, vamos logo ao assunto.

Um estalo alto nos interrompeu, imediatamente seguido de um grito. O mesmo novamente. Tomei um gole de minha bebida. Tinha o gosto do pôr do sol, e falei isso para Tibbs.

— Um luxo ao qual me permito. Importado de Kinterre; vocês não conseguiriam destilar um lote decentemente nem mesmo se suas vidas dependessem disso, se não se importa que eu o diga.

Eu não me importava.

— Preciso saber a hora e o local onde acontecerá o próximo carregamento de Giroie — falei.

— Eu não trafico vinonífera.

— E eu não tenho um assento no conselho real, mas sei onde fica o palácio. — Podia ouvir Charlus choramingando através das paredes. Para roubar uma bolsa, os dedos mindinhos não eram exatamente necessários, mas a ausência deles certamente não iria ajudar.

— Por que você está querendo se meter com os Giroies? Você sabe que o filho está à frente dos negócios e ele não tem a inteligência necessária.

— Então, ele deve ser assim mais ou menos como eu.

— Não é como nos velhos tempos. Os ilhéus controlam as docas agora, eles e os hereges. Já faz muito tempo desde que os tarasaighns detinham o monopólio do contrabando.

— Ora, vamos, Tibbs. O Giroie sênior não conseguia sequer apertar as mãos de um kiren; nem fodendo o júnior iria começar a transacionar seus navios com os estrangeiros. Os Giroies ainda trabalham através de vocês, moradores dos pântanos. Você não vai me olhar nos olhos e me dizer que não tem alguns amigos entre seus compatriotas?

— Acho que alguns — disse Tibbs, sem muito entusiasmo. — Mas é claro que o favor que você está me pedindo é bastante substancial.

— Tem que ser, para se comparar ao que você deve.

— Você me ajudou muito no passado. — Ele chupou os dentes e deixou o pensamento vagar, mantendo uma feição austera. — No passado.

— Há muitos e muitos anos; portanto, suponho que tenha rendido juros.

Ele deu uma piscadela.

— Eu poderia colocar alguns juros sobre isso. Os Giroies não controlam as coisas com punho de aço.

O barco deles iria fazer água em breve, mas não havia motivos para alardear isso por aí. O Homem Elegante me serviu mais um pouco de bebida do decantador, então fez o mesmo com seu copo.

— O que você está tramando, Guardião?

— Caminhando sobre as águas. Você sabe como é.

— Para mim, parece que você está armando algum plano. Faz muito tempo que os Giroies estão no topo, e o chefe deles é um tolo; mas ele tem uma boa quantidade de homens sob seu comando.

— Quantos homens?

— Mais de zero, ou seja, eles possuem mais do que sua própria reserva.

— Nunca tive uma educação formal — respondi. — Aritmética faz minha cabeça ficar confusa.

— Você conhece seus negócios, Guardião, não direi o contrário. Você administra seu pequeno reino há bastante tempo. Por outro lado, já tendo estado onde você está, não tenho certeza de que valha a pena tamanho esforço.

— Um homem se acostuma com aquilo que o cerca.

Ele tirou a cartola e a colocou debaixo da mesa. Sem ela, Tibbs parecia menos distinto. Seus cabelos haviam ficado grisalhos desde a última vez que eu os vira, e com a meia-luz ele não parecia com homem que viveria para sempre.

— Sabe, me lembro de quando você ainda usava o uniforme cinza. Aposto que não existem muitos homens que possam dizer isso.

— Meus conhecidos têm a tendência de não viver muito. Entenda isso como quiser.

— Ainda estou vivo, Guardião.

— De fato está.

— Mantenho meu território há trinta anos.

— É um longo tempo.

— Já vi muita gente acabar dormindo no ancoradouro.

— Não duvido.

— Depois que você deixou a Casa Negra, me lembro de ter pensado que você seria um desses desafortunados.

— Nunca é tarde para sonhar.

— Toda aquela confusão com a máfia do Edward Maluco.

— Pobre Edward. Colocou sua confiança nas pessoas erradas.

— Você parecia ser um camarada que estava caminhando para um final ruim.

— Era mais uma maratona, muito embora o destino seja o mesmo.

— Mas, no devido tempo, as coisas se acalmaram, e percebi que estava errado.

— Não se cobre demais; eu também já estive errado uma vez.

— Você jogou sabiamente. Manteve o pulso firme, jamais incomodou alguém poderoso o bastante para arranhar você.

— Se não acabar logo com esse papo vai me fazer corar.

— Agora penso que estava certo, afinal de contas. Você é durão, Guardião. Durão pra caramba e teimoso demais para pegar leve. Acho que talvez você simplesmente ainda não tenha encontrado alguém para derrubá-lo, mas acredito que talvez ainda esteja procurando.

— Isso foi um sermão e tanto. Já é tarde demais para você se tornar padre? Acho que perdeu seu chamado.

Ele riu com desdém.

— A hipocrisia nunca é o bastante.

Achei educado não discutir.

— Entretanto, essa informação, seja lá para que você a deseja, não vai ser boa para você nem para ninguém. — Ele levou o copo aos lábios e, então, pousou-o novamente na mesa. — Se eu fosse seu amigo, não lhe daria essa informação.

— Mas nós não somos amigos, Tibbs. Você é apenas um cara com quem faço negócios.

Após alguns instantes, ele assentiu tristemente e recolocou a cartola na cabeça com um movimento suave.

— Como poderíamos ser outra coisa se você nunca aparece para visitar? Amanhã enviarei alguém com a informação que deseja.

# 23

Entrei no Galinha e Harpia bem cedo na manhã seguinte. O restaurante ocupava o primeiro andar de um edifício de tijolos vermelhos numa parte calma da Cidade Velha. Não era um restaurante especialmente bom — a decoração e o cardápio ainda eram os mesmos desde a praga. Mas ele não precisava cobrir os custos. Precisava mostrar que a família Giroie tinha dinheiro e história, e fazia isso de maneira eficiente. A cozinha estava fechada, mas havia um homem sentado no bar, servindo café numa caneca de porcelana. Ele estava vestido como *maître*, mas por baixo de seu casaco era possível perceber os contornos de uma faca.

— Gostaria de falar com Artur.

Ele olhou demoradamente para minha camisa esfarrapada.

— E quem é você?

— Eu sou o Guardião.

Ele deu mais uma olhada para minha camisa esfarrapada. Estava com dificuldade de atrelar meu nome àquela camisa, embora eu não tivesse certeza do que ele estava esperando que eu me vestisse para combinar com o título de chefe das favelas.

— O sr. Giroie o está esperando?

— Não, a menos que ele possa prever o futuro.

— Então você está esperando que ele tenha algum tempo em sua agenda?

— Rezando para isso.

Meu humor o confundiu e levou algum tempo até que ele respondesse.

— Tenho que mandar a mensagem lá para cima e ver se ele está disponível.

Assenti e sentei para esperar. O porteiro enviou um mensageiro, depois retornou ao seu assento e ao café, bebericando vagarosamente, o dedo mindinho erguido. Quando o Giroie sênior mandava, o primeiro andar do restaurante era guardado dia e noite por brutamontes em ternos ruins, barrigas grandes e braços ainda maiores, igualmente divididos entre amigáveis e ameaçadores. Eu não gostava deles, mas os preferia ao seu substituto, um bobalhão com trajes de seda que sorriria ao dilacerar sua garganta. Após alguns minutos, um rouender durão sem qualquer pretensão de trabalhar no ramo de serviços me guiou até o último andar.

Se você seguisse a linhagem dos Giroie e fosse longe o suficiente, iria encontrar um homem. Um filho da puta realmente durão, de punhos de aço, depravado, do tipo que você não gostaria de encontrar numa ruela escura, ou mesmo numa iluminada, ou em qualquer lugar que fosse. Esperto o bastante para perceber os ângulos que as outras pessoas não percebiam e com coragem para tomar vantagem deles. Um homem que havia construído um império no fio da espada, que havia se agarrado a ele com as duas mãos e o protegia contra todos que tentavam tomá-lo. Que havia marcado seu nome tão profundamente em seu território, que ele havia virado uma herança. Era possível ver traços desse homem no pai de Artur — não completamente, mas algo da selvageria e astúcia de seu progenitor, severidade sob a polidez.

Mas não Junior — nele o sangue havia finalmente dado errado, havia se diluído a nada. Ele achava que os negócios da família eram simplesmente isso — teria se sentido tão confortável quanto comandando uma vinícola ou associação de comerciantes. Se ele soubesse de suas próprias fraquezas, poderia ter se saído razoavelmente bem, feliz em simplesmente manter o que seus antepassados haviam conquistado e com sorte passar a algum filho que tivesse um pouco mais de seus antecessores. Mas Artur era uma cobra que achava ser um leão, e a família Giroie não sobreviveria a ele. Gentilmente deixaria de existir.

Ele ainda estava cheio de si devido ao seu recente sucesso, tendo engolido algumas gangues de rua umas semanas atrás. Eu duvidava que ele vivesse muito mais para saborear isso. Havia muitos outros grupos maiores que os Giroies, e não valia a pena chamar a atenção deles simplesmente para expandir seu território mais alguns quarteirões. Mas Junior tinha dificuldades em enxergar as coisas além de sua próxima refeição. Eu o conhecia havia anos — ele costumava perambular pelo restaurante, os capangas de seu pai traziam-lhe doces e o elogiavam, uma criança mimada que havia se tornado um jovem imaturo.

Seu escritório era elegante demais para um homem que, resumindo, ganhava o pão à custa de prostitutas. Ele estava sentado atrás de uma mesa mais ou menos do tamanho de um caixão e não se levantou quando entrei. O tampo da mesa era de cristal translúcido, pois quem não quer olhar as pernas de outro homem enquanto faz negócios?

— Guardião! — começou ele, alegremente. — Que surpresa agradável! — Artur tinha a beleza errada para esse tipo de negócio. Musculoso, mas frouxo, cabelos loiros descendo-lhe pelos ombros e um traje que parecia feito dos lençóis de uma cortesã.

— Agradeço por ter arrumado um tempo para mim.

— Um prazer, um prazer. Como estão os negócios?

— Uma sucessão ininterrupta de sucessos. E você?

— Está indo tudo muito bem — disse ele. A luz do sol entrava pelas janelas e brilhava em seus dentes. — Muito bem mesmo.

— É bom ouvir isso.

— Posso lhe oferecer alguma coisa? Uísque? Cigarro?

Eram nove e meia da manhã, mas oferecer presentes lembrava a Artur que ele era rico, portanto cada encontro nosso era como se fosse meu aniversário. Balancei a cabeça mesmo assim.

— Estou bem. — Olhei deliberadamente para a opulência ao redor. — Algumas coisas mudaram desde que sentei aqui pela última vez.

— As mudanças vêm para todos nós, Guardião. Ou nós as abraçamos ou deixamos que elas nos engulam.

Eu me certifiquei de apreciar aquela pérola de sabedoria e guardá-la em algum lugar seguro.

— Foi o que aconteceu com Os Garotos da Rua James? Foram engolidos pelo mobiliário?

Ele sorriu, pudico como uma prostituta de dez ocres.

— Você ouviu falar nisso?

— As notícias voam.

— Foi um negócio feio, na verdade. Se dependesse de mim, esse tipo de coisa não seria necessário. Os negócios poderiam ser conduzidos com honestidade, com todo mundo dividindo os lucros. Mas — suspirou ele, de modo dramático — não vivemos num mundo assim.

— O seu mundo, talvez; o meu não é nada além de raios de sol e borboletas.

— Você precisa me convidar algum dia. — Ele se recostou na cadeira e cruzou as mãos. — Tenho certeza de que não veio até aqui para me ouvir ruminar. — Mas isso não iria impedi-lo. — O que o traz ao Galinha antes do meio-dia?

— Pode chamar de sentimento de boa vizinhança.

Isso fez seus olhos se arregalarem.

— Não sabia que nossas casas faziam fronteira.

— O mundo inteiro é a minha casa, Artur, e todo homem é meu vizinho.

Sua risada estava um pouco afetada demais para o meu gosto.

— Então fale, cidadão do mundo.

— Ouvi dizer que você tem tido problemas com a Associação.

Ele pareceu confuso.

— Não, para falar a verdade, não.

— Você não vai poder responder o mesmo por muito mais tempo.

Sua mesa era recoberta por uma variedade de miudezas, pesos de papel e relógios dourados, apetrechos inúteis, porém caros, provenientes das Cidades Livres, que soavam quando você tocava neles. Ele escolheu um de sua coleção, uma miniatura de soldado, e começou a dar corda nele.

— Que tipo de problema?

— O tipo de problema que uma organização que sobrevive da distribuição de narcóticos teria com uma organização que certa vez jurou erradicá-lo.

Artur fez uma careta, incomodado por ter sido lembrado de que ele não administrava uma fábrica de algodão. Ele recolocou o brinquedo sobre a mesa. Este marchou adiante alguns passos, depois caiu.

— A família possui diversos e variados negócios, a maioria deles inteiramente legais. Eu não nos descreveria de maneira alguma com os termos que você usou.

— Achei que ambos éramos ocupados demais para firulas, mas se eu sou o único com coisas a fazer hoje...

— Não estamos em conflito com os veteranos há mais de dez anos, desde que Roland Montgomery foi morto.

— Espero que você tenha aproveitado a trégua.

— Você está dizendo que eles virão para cima da gente?

— Já não fizeram isso? Você acha que Pretories não sabe quem controla os Selvagens?

— Os Selvagens não estão ligados à família Giroie — disse Artur. — Assim como qualquer outro atacadista, temos uma grande variedade de clientes. Sejam quais forem as atividades nas quais eles se envolvem após fazerem negócios conosco, elas não nos dizem respeito, posso lhe garantir.

— Uma ótima diferenciação, porém duvido que os outros grupos a farão. As ruas respeitam os vencedores, Giroie; e não os vencedores de ontem.

— Você não precisa me ensinar o meu trabalho — disse ele, com uma cara de quem chupou limão azedo. — De onde vem sua informação? É confiável?

— Você também não precisa me ensinar o meu trabalho, Artur. Eu não teria me dado ao trabalho de vir até aqui se não achasse que o que tinha para dizer era confiável.

Ele tamborilou os dedos nervosamente sobre a superfície de vidro.

— Sem ofensas, Guardião. Sei que suas fontes estão bem posicionadas. Mas a Associação se manteve fora dos nossos negócios durante a última década, e nós fizemos o mesmo. Pretories jamais demonstrou interesse em renovar nossos conflitos, e não vejo por que isso mudaria agora.

— Você ouviu falar sobre essa marcha que eles estão planejando?

— É claro.

— Semana que vem ele terá 50 mil homens sob seu comando. Com números assim, pode ser que ele planeje acertar contas antigas.

— Pode ser — respondeu ele, ainda não convencido, porém nervoso.

Eu me levantei.

— Faça o que quiser, Artur. Isso foi apenas uma cortesia.

Artur também se levantou.

— Não me entenda mal; eu agradeço a informação. Você sempre foi um amigo leal da família.

Nunca fui nada parecido, mas não havia motivos para dizer isso.

— Estou perto o suficiente do território da Associação para manter os ouvidos abertos. Se eles acabarem com você, pode ser que depois venham atrás de mim.

— Duvido que isso dê em alguma coisa — disse Junior, as costas eretas, fazendo o melhor que podia para parecer uma pessoa importante. — Mas, se eles agirem, responderemos à altura.

No andar de baixo, o *maître* e os guardas de Artur estavam sentados juntos a uma mesa, bebericando café e jogando xadrez. Eles jogavam mal, trocando as peças aleatoriamente e sem nenhuma estratégia mais elaborada. O guarda estava com o xeque-mate na terceira casa, mas não percebeu. Observei o jogo deles por alguns momentos, imaginando se eles ainda estariam vivos quando o meu jogo acabasse. Mas não era hora para especulações, muito menos compaixão, então fui embora.

# 24

Doze horas mais tarde, eu me encontrava de pé diante de uma mansão malconservada, antiga e decadente, um monumento ao tempo, meio século atrás, quando as docas eram uma região nobre, não o local de desova da cidade. O sol de verão mergulhava atrás da linha do horizonte, mas seus resíduos ofereciam algum alívio contra o anoitecer que se aproximava. Nas plataformas acima de mim, as linhas comuns de gárgulas de pedra alertavam silenciosamente, figuras com membros quebrados e olhares fraturados, a população em seu interior difícil de assustar e rápida em vandalizar. O restante da residência estava da mesma maneira, produto da indiferença passiva e malícia entediada de gerações de intrusos. Você não pensaria nada ao olhar para ela, a não ser que ficasse alguns minutos observando o fluxo de transeuntes cruzando a rua em vez de passar pela casa.

A Máfia da Fruta Podre comandava o território que se estendia ao longo da fronteira entre Isthmus e Kirentown, uma área tão empobrecida que obscurecia a animosidade racial, a cor da pele esquecida em função da abjeta penúria das circunstâncias. Eles se assemelhavam a diversas outras gangues de ilhéus, traficando mercadorias através de seu território nas docas e prestando serviços como capangas para quem quer que fosse tolo o bastante de contratá-los. Eles não eram ligados a ninguém que importasse, e suas atividades eram do tipo que tendiam a causar bastante burburinho, o que a longo prazo é uma estratégia ruim para uma organização criminosa. Entretanto, no momento, eles valiam mais do que pesavam, compensando com selvageria pura o que lhes faltava em recursos e sanidade.

Um capanga estava na entrada, pele cor de carvão, uma espada curva e curta pendendo de cada lado do quadril. Embora minhas visitas fossem frequentes e nada além de benéficas para seu clã, ainda assim ele mostrava os dentes sempre que me via, incapaz de oferecer qualquer outro cumprimento. Dei pouca importância, passando por ele e descendo pela porta até o inferno.

O fundador da Máfia da Fruta Podre se achava um artista, assim como bandido e assassino, e tatuava seus sonhos compulsivamente no interior da casa em cores vibrantes e berrantes. Suas primeiras pinturas eram inconfundivelmente ingênuas, nuvens sorridentes soprando o vento sobre crianças dançantes, um sol antropomórfico fumando um baseado e dando uma piscadela. À medida que seu vício em vinonífera foi crescendo, ele começou a pintar suas visões com coisas muito mais obscuras — figuras com chifres fazendo sacrilégios — abortos proferindo seu ódio ao mundo. Ele morrera havia mais ou menos um ano — a droga faz isso com você — e sua obra de arte havia começado a se degradar, os resultados de seus diferentes estágios ficando apagados, um amontoado infernal de pigmentos.

O prédio em si havia sido declarado inseguro para ser habitado desde antes de seus atuais ocupantes serem desmamados.

Paredes apodrecidas se apoiavam umas nas outras, permanecendo de pé simplesmente por força do hábito. O cheiro de decomposição era forte e onipresente, madeira podre e fungos, água de chuva pingando pelo teto e em direção às fundações do prédio. Dado o tamanho da estrutura, era fácil supor que uma parte fosse utilizada para abrigar o lixo. Mas supor isso era um erro. Lixo de todo tipo se amontoava pelo chão, e o fedor de urina emanava das manchas nas paredes.

Havia cinco ou seis criminosos comuns nos corredores, passando entre si baseados gordos de vinonífera e rindo de maneira não muito amigável. Eles encurtaram a conversa quando me viram. Apesar da planta extravagante e labiríntica do quartel-general deles, grande o suficiente para acomodar cada membro da gangue e sua família, a antecâmara estava sempre lotada. A Máfia da Fruta Podre era um bando de lunáticos. Esse grupo me ofereceu uma saudação mais cordial, resmungando meu nome e acenando em direção a uma porta de madeira pintada de maneira a lembrar uma goela.

Dentro do aposento principal, estavam o homem e seu capanga, jogados sobre alguns móveis que haviam recentemente sido objetos de uma explosão de raiva. O capanga estava sentado precariamente numa banqueta que era pequena demais para ele, afiando uma faca que seria considerada uma espada nas mãos de um homem comum. A faca não precisava ser afiada, mas ele a estava afiando mesmo assim. Eu nunca conseguia me lembrar do nome dele; saber do seu propósito já era o suficiente.

Adisu, o Abominável, estava refestelado num sofá, palitando os dentes. Ele era jovem, alguns anos depois dos vinte — eles sempre pareciam estar ficando mais jovens, ou talvez eu apenas estivesse ficando mais velho. Para falar a verdade, ele não parecia ser muita coisa — um tampinha com pele ruim, cabeça raspada e olhos que eram grandes demais para suas órbitas.

Mas as aparências enganam. Adisu era, na verdade, o cara mais durão com o qual você poderia se deparar, ganancioso, violento e propenso a se esquecer de que você era o mesmo. Ele precisava ser vigiado constantemente, do contrário tentaria jogar com você — não era o suficiente que ele tivesse a parte dele, ele queria a sua também. Você precisava assegurar que ele mantivesse fresca na mente a ideia de que você não era o tipo de cara com quem se tenta ferrar, mas educadamente, sem nenhum tipo de ameaça aberta.

Outra característica de Adisu era que ele era completamente maluco — era possível percebê-lo pela maneira como seus olhos jamais descansavam sobre nada e pelos movimentos nervosos de suas mãos. Não era uma máscara, ele não estava se fingindo de maluco para se manter na liderança de seu povo — havia algo de errado com ele, algo defeituoso. Portanto, mesmo se você jogasse certinho com ele, isso não garantia nada, pois a qualquer momento, se algo passasse por sua cabeça dizendo para ele atacar, era apenas uma questão de tempo. Eu o havia visto fazer isso uma vez: espancou um mensageiro até a morte com uma frigideira que havia tirado do fogo — num momento estávamos todos rindo e dividindo um baseado, no outro Adisu fez pedaços do cérebro do pobre garoto saírem pelo nariz. Depois, ele havia dito que foi porque o garoto estava roubando, mas isso era papo-furado. Não havia qualquer motivo, nenhum motivo real.

A máfia inteira era louca por raiz de uróboro, eles mantinham uma panela fumegante dele sempre em cima da mesa, dia e noite, e ela enchia o ar com um cheiro de sopa alucinógena.

— Olá, Guardião! — disse Adisu, debruçando-se sobre a mesa e afastando os vapores com as mãos. — O que posso fazer por você?

Balancei a cabeça.

— Perto, mas não exatamente isso.

— Muito bem, então. O que você pode fazer por mim?

— Depende. Como se sente com relação ao dinheiro?

A metade de seu sorriso, que era de ouro puro, reluziu à luz das velas.

— Sou a favor da sua aquisição.

— E os Giroies? Como você está em relação a eles?

Ele riu. O capanga riu também. O capanga era bem treinado.

— Todos nós amamos aqueles garotos brancos de cabelos amarelos. Somos grudados como mel, nós dois.

— Isso é uma pena.

— É mesmo?

Assenti.

— Porque por acaso eu sei onde o próximo carregamento deles de erva do dragão será entregue, e, se vocês não fossem amiguinhos, você poderia colocar suas mãos em um quilo e meio de droga sem atravessadores.

O capanga parou de afiar a faca. Adisu se recostou contra o sofá, acariciando um tufo de enchimento que saía da capa de couro rasgada.

— Agora que você mencionou isso — disse ele —, eu odeio os Giroies.

— Amanhã à noite, por volta da uma hora, um barco irá ancorar numa parte do píer Sugarland. Alguns homens irão desembarcar. Outros homens irão encontrá-los. — Ou pelo menos era isso o que estava escrito na carta selada que o homem de Tibbs havia entregado no Conde naquela tarde, havia trazido a carta e aguardara enquanto eu a lia, depois observou enquanto eu a queimava numa vela.

— É mesmo?

— Pelo menos esse é o plano. É claro que às vezes os planos têm uma chance de não dar certo.

— E quanto à segurança?

— Duvido que esteja sendo escoltado por freiras, mas da última vez que chequei você não controlava um monastério.

— Eu estava fazendo o máximo para não inalar os vapores da raiz, mas um cara só pode ficar sem respirar por um certo tempo. Já podia sentir a droga zunindo na base do meu cérebro, e minha língua começou a ficar lenta e inchada. Um casal de demônios que fornicava na parede dos fundos parou de fazer amor para olhar para mim. Acima deles, um retrato intrincadamente detalhado do Perdido chorava lágrimas de sangue que escorriam pelas paredes.

— E qual é a sua parte nisso? — perguntou Adisu.

— Vamos combinar um terço do que você conseguir ao vender o lote.

— Um quarto.

Balancei a cabeça, assentindo. Não estava muito interessado no dinheiro — para os meus propósitos, a única coisa que interessava era que não deveria restar nenhum Giroie para dizer quem os atacou. Mas a Máfia da Fruta Podre tinha uma política bem estabelecida de "nada de sobreviventes", e eu não achava que precisava dizer isso a eles.

— Os Giroies... — começou Adisu. — Eles provavelmente não ficarão felizes se descobrirem que uma gangue de manchados roubou seu carregamento.

— Por quê, você está pensando em contar a eles?

Adisu pousou o queixo sobre as mãos, silenciosamente pesando suas opções. Uma silhueta de minha mãe na parede dos fundos estendia as mãos para mim, solidária e desapontada. Pisquei para afastá-la.

— O que você acha, Zaga? — perguntou Adisu.

O capanga deixou a espada cair de suas mãos, seu peso indo descansar no assoalho.

— Cilada — disse ele, os olhos grandes se agitando dentro do crânio pequeno como um coco.

— Mas para quem? — Adisu estendeu a mão e puxou a espada de seu homem que estava fincada no chão de madeira. — Sabia que o Guardião aqui era um agente? E era dos grandes, pelo que ouvi falar. Certificou-se de que os drens não atacassem pela baía e pilhassem a cidade. Proteger o país e essas baboseiras. — Ele bateu continência, fazendo graça. — Ele ainda pensa dessa maneira, que nós somos peças num jogo. Quer que sejamos os martelos batendo em cima de uns pobres filhos da puta.

— E nós vamos fazer isso? — perguntou o capanga.

— É claro que vamos fazer. Porque o Guardião vai garantir que as coisas deem certo. Somos peixe pequeno, não somos nada com o que ele gostaria de se preocupar. Mas, se a parada não estiver certa ou se os Giroies estiverem esperando pela gente... — Ele fez um gesto com a espada. — Aí vai ter problema, problema que o nosso homem não precisa. E ele é esperto demais para causar problemas para si mesmo.

Adisu, o Abominável, morreria dentro de seis meses — ninguém podia aguentar aquele regime de narcóticos indefinidamente. Além disso, ele pressionava demais seus rapazes e era fã de trabalhos que envolvessem sangue. Mas nada disso mudava o fato de que ele era quase um gênio, afiado como a espada que tinha em suas mãos.

— Uma hora, píer Sugarland — relembrei.

— Vou anotar — disse Adisu, sorrindo e com brilho no olhar.

Eu me esforcei um pouco para levantar, tonto por causa da fumaça, mas tentando não transparecer. Coisas irreais e terríveis andavam pelas paredes, como caranguejos saindo de dentro de um barril. O primeiro homem que eu havia matado acenou para mim, na verdade apenas um garoto, sorrindo para mim através de um crânio estraçalhado, rosa pingando pelo furo que eu havia feito. Logo ele foi seguido por uma legião de outros corpos, gargantas cortadas e corpos queimados, cadáveres dos quais eu mal me lembrava, todos de pé lado a lado, rindo silenciosamente e acenando para que eu me juntasse a eles.

— O que você tem contra os Giroies? — perguntou Adisu, tirando-me da minha alucinação.

— Absolutamente nada — respondi honestamente, depois dei o fora.

# 25

Eu estava terminando um bule de café na manhã seguinte quando eles vieram me pegar, dois deles, as golas de seus sobretudos cinza-azulados viradas para cima apesar do calor. Não eram homens grandalhões, mas eram grandes o suficiente, com espadas curtas na bainha e duros nos lugares certos. Eu era a única pessoa no bar, mas eles pararam alguns segundos antes de virem até mim. A primeira coisa que um agente aprende é que jamais se deve ter pressa, não até ser o momento certo de fechar a armadilha.

Eu já estava pensando quanto tempo levaria até que os gélidos decidissem me fazer uma visitinha. Eu achava que teria tempo para mais algumas jogadas antes de eles fazerem a deles, mas estava tudo bem. Na verdade, era até bom — significava que eles estavam de olho em Pretories.

Eu não conhecia nenhum dos dois, mas já fazia oito anos que eu não servia mais à Coroa, e o recrutamento continuava a todo vapor. Entretanto, eles pareciam me conhecer, e, enquanto um deles sorriu e se sentou, o outro permaneceu de pé, o olhar sério, as mãos prontas para assegurar que eu os acompanhasse.

— Está ocupado? — perguntou o amigável. Seu rosto era gordo e sardento, como o de um tio alegre. O restante dele dizia que aquela impressão era falsa.

— Nunca estou ocupado demais para a Coroa.

— É bom ouvir isso. Você ficaria chocado ao descobrir quantos de seus vizinhos pensam diferente.

— Por favor, me poupe dos detalhes. Tenho o coração fraco.

— Não suponho que seu senso de dever se estenderia a uma visita à Casa Negra?

— Que tipo de patriota seria eu, do contrário? — perguntei, levantando-me.

Eles me escoltaram até a pequena carruagem aguardando do lado de fora, chegaram até a abrir a porta para que eu entrasse. Então, ocuparam os assentos em frente ao meu, sorrindo e sério, respectivamente. Fiquei imaginando se eles alguma vez invertiam os papéis. Ser você mesmo o tempo todo acaba ficando chato.

A Casa Negra era o ponto central do império, o local onde as decisões eram tomadas — nós apenas mantemos o palácio para que os turistas tenham alguma coisa para ver. Dentro de seus corredores cor de fuligem, algumas centenas de homens uniformizados trabalham diligentemente para algemar as mãos e vendar os olhos de milhões de seus compatriotas. Não gosto de ir até lá, e não apenas porque das últimas vezes cheguei algemado. Tendo uma vida como a minha, na verdade tendo quase qualquer vida, é melhor não olhar para trás — meus anos na Casa Negra pertenciam a uma outra época, uma era distante e bem esquecida.

Ainda assim, se eu tinha de prestar uma visita, era melhor não ter uma sentença de morte pairando sobre a minha cabeça. Paramos na frente da entrada, e um porteiro rapidamente apareceu para nos ajudar a desembarcar. Então, o par de gélidos me escoltou através do corredor principal em direção aos fundos, depois subimos um lance de escadas e através da porta de um escritório de esquina, onde tive meu primeiro choque do dia.

— Olá, Guardião! — disse Guiscard. — Sente-se. Há algumas coisas que eu gostaria de conversar com você.

Fazia três anos que eu não o via, mas o tempo é uma coisa maleável, e para ele havia passado muito mais. Ele era um pavãozinho quando o conheci, um colírio para os olhos das herdeiras e fadinhas perfumadas da corte, mas já não o era mais. Havia uma magreza em seu rosto que acentuava a curvatura de seu nariz. Seus cabelos ainda possuíam uma bela coloração de loiro-esbranquiçado, mas começavam a rarear em suas têmporas, bem distante dos cachos que ele costumava usar. Seu uniforme estava impecável, mas ruço — parecia que sua afetação havia sumido, como seus cabelos.

Ou, talvez, ele simplesmente não tivesse mais tempo para manter um exterior arrumadinho. O fato de que ele tinha homens sob o seu comando havia me dado uma pista, mas a estrela de cinco pontas em sua lapela confirmava — Guiscard era membro das Operações Especiais. Da última vez que eu o havia visto, quando ele me entregou para o Velho, ele ainda ralava com o restante dos gélidos, caçando assassinos e estupradores. Agora, ele era um membro da elite, e lutar contra o crime estava abaixo de suas atribuições. Suas novas obrigações tendiam à espionagem, contrainteligência, assassinatos com preempção — a variedade de atividades repugnantes que asseguram que aqueles que estão no poder permaneçam.

Acho que vender meus segredos rendeu o posto a ele. Não o culpava. O Primogênito sabia que eu tinha feito coisas piores para chegar lá.

— Belo traje — falei.

— Obrigado.

— Normalmente, quando sou chamado até aqui, é para ver o chefe. Estou me sentindo um pouco mal-amado.

— Não leve isso tão a sério. O Velho delegou a mim a função de falar com você. Ele já não é tão jovem quanto costumava ser.

— Ele nunca foi jovem.

— Não, acho que não. — Guiscard gesticulou novamente em direção à cadeira. — Sente-se.

— Prefiro ficar de pé.

Os agentes atrás de mim ficaram inquietos.

— Você realmente vai recusar a oferta de se sentar?

— Você realmente vai me forçar a aceitar?

— Sim.

Eu me sentei. Estava esperando fazer isso com o Velho, mas o fato de que Guiscard estava no comando tornaria as coisas muito mais fáceis. Imaginei o quanto ele sabia sobre o passado da Casa Negra com a Associação e sobre o assassinato de Roland em particular. Ele sabia menos do que achava que sabia, com certeza. O Velho não gostava que ninguém soubesse de nada. Era melhor que um de seus subordinados arruinasse uma operação por não saber das coisas do que enfraquecer sua própria posição na corporação.

Guiscard assentiu para os dois agentes. Eles fecharam a porta ao sair, o burburinho do prédio agora abafado.

— Dizem que você e Joachim Pretories têm tido várias reuniões.

— É isso o que dizem?

— Que você se aliou à Associação.

— O que você acha?

— Você nunca me pareceu um cara propenso a nostalgias.

— Você está errado. Eu ainda tenho o cavalo de pau que ganhei em meu quinto aniversário.

— Não é alguém apto a ficar do lado que vai perder.

— Você está definitivamente errado.

— Então, qual é a parada? Você e o comandante, lado a lado?

— Não sei nada a respeito disso. Talvez eu apenas tenha sentido vontade de fazer uma visita a um companheiro veterano. Conversar sobre os velhos tempos, reviver nossa juventude.

— Seja lá o que você pensa, Pretories não é um homem em quem se pode confiar.

Ri.

— Você discorda?

— Não. De jeito nenhum. É apenas engraçado estar do outro lado desta conversa.

— Então, por que você está no papel de seu aliado?

Eu tinha que fazer esta jogada direito. A Casa Negra precisava pensar que eles me tinham na palma da mão, e não o contrário.

— Não tenho laços, agente. Trabalho para quem oferece mais.

— E você não está muito preocupado com quem é o seu patrono?

— Eu costumava trabalhar aqui, não é?

— Bem colocado — admitiu ele.

O Guiscard que eu conhecia era impetuoso, sua juventude e classe social faziam com que tivesse inclinação a bancar o touro. Mas ele havia aprendido alguns truques desde então. É melhor deixar que um homem venha até você, sem forçar nada. Não é preciso forçar se você tem a vantagem, e a Casa Negra sempre tinha a vantagem.

— Então, você me chamou aqui porque estava preocupado por eu estar andando com um grupo perigoso. Estou comovido. Vou dar um jeito de andar na linha, no futuro.

— Não era exatamente isso que estávamos esperando.

— A sutileza faz minha cabeça doer.

— Você diz que tem a atenção do comandante. Talvez você pudesse ficar por perto, nos dizer o que chega até as suas orelhas.

— Não sei. Eu realmente levei a sério o alerta que você me fez a respeito de Pretories.

— Seria pelos interesses da Coroa.

— Não estou interessado em seus interesses.

Ele deu de ombros, então entrelaçou os dedos uns nos outros.

— Como está o Conde?

— Está indo. Apareça um dia desses; vou cuspir num copo de cerveja para você.

— E como está Adolphus? E o garoto?

Sorri de forma desagradável.

— Deixe-me ensinar-lhe uma coisa sobre fazer ameaças, Guiscard. Comece pequeno, porque não é possível retirar o que disse. Não significa nada dizer a um homem que teve a garganta cortada que você vai lhe quebrar os joelhos. Ameaçar meu pessoal... isso é o pior que pode fazer. Portanto, agora, quando eu mandar você se foder, você ficou sem cartas na manga para continuar o jogo. Vai apenas ficar aqui sentado como uma bicha impotente, lamentando minha impertinência.

— Não há motivo para ficar amargo. Acredite ou não, não o chamei aqui para forçá-lo. Espero que possamos nos ajudar mutuamente.

— Você já me ofereceu ajuda anteriormente, eu bem me lembro. No que foi mesmo? — Estalei os dedos de forma teatral. — Ah, é claro. Você prometeu me ajudar a encontrar o homem que assassinou nosso ex-parceiro, então você deu as costas e me vendeu para o Velho.

— Olhe, Guardião. Você já se sentou onde estou agora e já teve a mesma conversa que estamos prestes a ter. Esta é a Casa Negra. Nós mandamos na cidade. Mandamos no país. Mandamos no céu e nos mares. Se existe algum lugar para o qual você vai depois de morrer, nós mandamos lá também. Nós rodamos a roleta do seu destino. O lobo pode ir de mansinho ou pode ir com tudo.

Pesquei minha bolsa de tabaco no bolso. O calor o havia secado, e o cigarro que enrolei ficou estranho por causa disso.

— Eu costumava fazer melhor este discurso.

— E como as pessoas respondiam?

— Depende de quem ouvia.

— E como você vai responder?

— Digamos que as coisas aconteçam de mansinho. — Acendi meu cigarro. — Como seria?

Guiscard abriu uma gaveta de sua mesa e tirou um cinzeiro, então o colocou à minha frente.

— Não estamos completamente sem recursos, nem nos negamos a recompensar associados por sua assistência.

— Que tipo de assistência?

— Vamos começar com o que você sabe.

— Eu sei de muitas coisas, Guiscard. Se começarmos nessa direção, ficaremos aqui o dia inteiro.

— Resuma-se aos acontecimentos recentes na Associação de Veteranos.

— Eles estão planejando uma marcha.

— Por enquanto não estou impressionado.

— E antes de 50 mil homens marcharem até o palácio, Pretories vai destacar alguns deles para incendiar o quartel-general de um grupo criminoso.

Isso também não o impressionou, mas pelo menos ele se recostou na cadeira, pensando um pouco antes de responder.

— Com qual intuito?

— Não fui convidado a saber dos pensamentos mais íntimos de Pretories. Acredito que esse negócio da Prata do Soldado o esteja deixando irritado. Faz com que ele pareça fraco, como se não pudesse tomar conta de seu pessoal. Portanto, enquanto tem a vantagem dos números, está pensando que pode usá-la, lembrar a todos que a Associação deve ser levada a sério, assim como seu líder.

— Quem é o alvo?

— Ele não me disse ao pé da letra, mas suspeito que sejam os Giroies. Eles são grandes o bastante para lhe render algum mérito, mas pequenos o bastante para serem engolidos sem engasgos. E ainda há bastante ressentimento entre os dois, depois do que aconteceu da última vez.

— Da última vez — repetiu ele, pensativo —, ir atrás de um grupo criminoso... isso faz mais parte da linha de seu antecessor, se me lembro da história corretamente.

— Acho que ele está um pouco sentimental.

Guiscard limpou a garganta, interrompendo-me.

— Isso é um pouco... difícil de acreditar.

— Isso é a parte boa de ser onisciente. Você pode se dar ao luxo de esperar que a vida prove que você estava certo. Então, você pode rir das pessoas que não acreditaram em você.

— Para que Joachim quer a sua ajuda?

— Eu sou razoavelmente bem informado a respeito das fofocas do submundo. Ele esperava que eu espalhasse o boato.

Guiscard pigarreou novamente. Parece que isso havia substituído seu riso malicioso como um maneirismo.

— Suas suspeitas não são exatamente um fato.

— Pedi a ele que assinasse uma confissão, mas, por algum motivo, ele ficou desconfiado.

— Então, você não tem nada de concreto.

— Hoje eu não tenho nada de concreto. — Eu me inclinei para frente e apaguei o cigarro no cinzeiro. — Em uma semana, serei o filho da puta mais esperto, e você vai ficar maravilhado com minha intuição.

Ele deu de ombros afavelmente, depois gesticulou em direção à porta.

— Então, acho que te vejo na semana que vem.

Assoviei enquanto caminhava para casa, embora o sol tivesse ressecado minha garganta e minha cabeça doesse, querendo um pouco de Sopro de Fada. As peças estavam se alinhando. Logo, logo seria o momento certo de derrubar mais uma.

# 26

Passei o resto do dia cuidando de vários aspectos do meu trabalho que haviam ficado esquecidos enquanto estive perambulando pela cidade como um cavaleiro errante. Era um mês fraco, desconfortavelmente fraco. O calor havia inibido os instintos recreativos de meus clientes, e os atendentes de bar e pequenos traficantes que compravam de mim ainda tinham mercadoria. Algo num calor de trinta e sete graus fazia com que as pessoas ficassem menos interessadas em se chapar com Sopro de Fada. A maioria de meus grandes clientes, os rapazes do morro de Kor e os príncipes do comércio, estava passando o alto verão em suas casas de campo, portanto essa fonte também havia secado. Era uma tarde nada lucrativa, e eu estava num certo mau humor.

O mensageiro chegou enquanto eu estava comendo o ensopado de carneiro que Adeline havia preparado para o jantar. Estava quente demais para comer ensopado de carneiro, e, sinceramente, fiquei feliz com a interrupção.

*Tenho uma informação urgente, urgente e valiosa. Repito, urgente e valiosa. Venha ao meu domicílio o mais rápido possível e traga vinte ocres como pagamento.*
*Assinado,*
*Iomhair Gilchrist, Agente Comercial*

Abaixo disso, como se suspeitasse que essa promessa por si só fosse insuficiente para me convencer, ele havia escrito:

*Eu sei quem matou Rhaine Montgomery.*

Eu também sabia. Ainda assim, achei que valia a pena caminhar até lá e ver o que Iomhair sabia. Terminei de comer o ensopado, fumei um cigarro e subi para pegar os vinte ocres. Dar o dinheiro para ele seria, é claro, o último recurso, e eu não achava que iria precisar recorrer a ele. Era mais provável que eu mentisse ou que arrancasse na porrada o que quer que Gilchrist achasse que sabia, mas, no caso de o homem ter criado colhões desde a última vez que nos vimos, achei que não faria mal ter um plano B.

A noite estava morna, ainda úmida, mas com certeza muito melhor comparada à tarde. Deslizei pelas ruas sem tráfego, curtindo o passeio e tentando não me fixar no destino. A casa de Iomhair estava feia como sempre. Alguém havia escrito "boceta" sobre a nova camada de tinta que ele pintara, provavelmente o mesmo palhaço que o havia feito da primeira vez, embora eu imaginasse que fosse uma opinião popular.

Por força do hábito, não me importei em bater à porta, mas pela primeira vez estava trancada.

— Gilchrist! — gritei. — Abra esta merda.

Nenhuma resposta. Pelo menos nenhuma resposta falada. Mas ouvi movimento e sussurros abafados vindos de dentro e pensei que talvez Gilchrist não estivesse exagerando quando pediu que eu viesse depressa.

Corri para o lado do prédio a tempo de ver um homem saindo pela janela lateral de Iomhair. Não havia luminosidade suficiente para perceber os detalhes, mas pensei que era pouco provável que fosse um amante clandestino, por isso corri mais rápido e me joguei em cima dele. Ele ainda estava com uma perna do lado de dentro da janela, uma posição complicada para se estar quando alguém joga o ombro contra o seu peito. Ouvi algo estalar quando ele caiu, provavelmente o tornozelo, mas isso não o deteve. Caímos na poeira, nada de belo ou habilidoso nesse movimento. Ele colocou as mãos ao redor do meu pescoço, mas consegui me libertar, me levantei e arremessei-o de queixo no chão. Mais alguns golpes, e ele ficou imóvel. Levantei-o e o prensei contra o muro.

Naquele momento, eu o reconheci, era o palerma de cabelos brancos que eu havia visto da última vez que visitei Pretories. Ele levou um certo tempo para se recuperar da surra que havia tomado, então seus olhos se fixaram em meu rosto e brilharam em reconhecimento.

— O que você está fazendo aqui?

Hesitei em responder, tentando pensar em algo inteligente. É bom que eu não seja assim tão inteligente, pois o silêncio foi interrompido por um barulho vindo do beco atrás de mim, então peguei o homem e o virei naquela direção. Foi instinto — não vou fingir que sabia que barulho era aquele, mas em algum nível percebi que era melhor ter meu prisioneiro entre mim e o som.

Então outro barulho, um que reconheci de fato — o *swoosh* de uma flecha sendo lançada. Ao mesmo tempo, ouvi também o grunhido de meu escudo humano e pude ver a cabeça de uma flecha aparecendo no meio do seu peito.

Naquela distância, havia uma boa chance de a flecha ter furado o alvo e me atingido com força. Não fiquei parado agradecendo minha sorte. Deixei o palerma cair onde ele estava e mergulhei através da janela, um movimento difícil, desesperado e desajeitado, que me fez bater o queixo. Uma vez lá dentro, mergulhei abaixo da janela, tomando cuidado para não ser um alvo fácil. Uma vela em cima da mesa oferecia a única luz, e procurei algo para derrubá-la. Minhas mãos acharam um pesado livro de registros, e eu o joguei contra a vela. Levando em conta os destroços espalhados pelos cantos, havia uma boa chance de a vela incendiar aquilo tudo como uma caixa de fósforos ao cair.

Mas nada disso aconteceu e permaneci agachado no escuro, minha faca numa mão, um punhal na outra. Se quem quer que estivesse lá fora decidisse vir atrás de mim, achei que seria agora, por isso me preparei para recebê-lo. Se fosse apenas um cara, as coisas poderiam acabar a meu favor. Mas provavelmente não era apenas um cara.

Cinco minutos se passaram. Se eles estavam esperando que eu saísse, estavam fazendo um bom trabalho. Mais cinco. Ninguém é assim tão paciente, não depois de matar um homem. Quem quer que tenha atirado aquela flecha se foi. Esperei mais dez minutos para ter certeza, então guardei minhas armas, fechei a janela e comecei a procurar a vela.

Levei algum tempo para encontrá-la, havia rolado para baixo de uma pilha de planilhas que deviam estar ali há uns dez anos. Acendi a vela com um fósforo de meu cinto e inspecionei o ambiente. Ainda estava uma bagunça enorme, restos de comida pelas prateleiras e papéis apodrecendo no chão. Estava um caos quando eu vim aqui da última vez e estava um caos agora. Qualquer luta que tenha sido travada aqui na última meia hora havia deixado poucas marcas no terreno. Exceto pelo cadáver no chão, é claro.

Para ser inteiramente honesto, eu não apostaria minha metade do Conde de Sinuosa na continuidade da sobrevivência de Iomhair Gilchrist. Ainda assim, esperava que ele tivesse sobrevivido mais algum tempo, por motivos puramente mercenários.

Esperança numa mão e merda na outra, como dizem. O cadáver aos meus pés parecia a prova definitiva de qual das duas enchia a palma da minha mão. O Estômago de Ferro não tinha sido uma beldade em vida, e a morte certamente não havia lhe feito nenhum favor. Seu rosto gordo estava inchado como um melão maduro demais, e seu bigode era uma mera linha prateada no meio do inchaço vermelho. Ele havia engolido a maior parte dos trapos que haviam enfiado em sua boca para mantê-lo calado, e duas grandes marcas de mãos estavam estampadas em seu pescoço. Seria a mesma dupla que havia matado Rhaine? Eu não duvidava disso.

Não que eu precisasse de confirmação, mas eu a havia conseguido. Joachim Pretories havia matado aquele que dera conselhos para Rhaine, assim como havia matado a própria. Deixei o corpo onde estava, destranquei a porta da frente e me esgueirei na noite. Por princípio, eu não gostava de deixar o cadáver apodrecendo ali, mas também não podia chamar a atenção para mim ao avisar as autoridades. Além do mais, do jeito que as coisas estavam se desenrolando, teríamos bastante companhia.

# 27

Dormi mal.

O movimento do jantar havia sido esparso e lânguido, um pequeno grupo de vagabundos bebendo mais do que tinham em seus bolsos. Entretanto, a noite foi violenta — por duas vezes, Adolphus fora forçado a deixar seu posto atrás do bar e expressar aos nossos patronos a necessidade de tranquilidade, tanto de maneira sanguinária quanto irônica. No final da noite, Adeline estava com o esfregão encharcado de sangue. Não havia sido a primeira vez e não seria a última.

Eu passara a noite alternando doses de bebida e ampolas de Sopro de Fada, tentando me convencer de que a morte de Iomhair Gilchrist não levaria diretamente à minha. Estava escuro no beco — eu esperava que escuro demais para conseguir enxergar rostos. O fato de o arqueiro ter atirado em um dos seus achando que era eu era prova o suficiente disso. Entretanto, se ele tivesse me reconhecido, a jogada toda estava fodida. Do jeito que as coisas estavam, Pretories já confiava em mim apenas parcialmente — se ele ouvisse que eu estivera trabalhando de forma independente, iria acabar comigo, pois não fazia o menor sentido me deixar vivo para causar problemas. Seria a coisa mais inteligente a fazer, e, apesar de seus erros, eu não achava que Joachim fosse idiota.

É claro que isso não importava. Eu estava afundado na merda até o pescoço. Esse é o problema de correr morro abaixo — ou você chega lá embaixo, ou cai.

Por volta da uma hora eu subi no telhado, coloquei os pés para baixo e acendi um baseado. Em algum lugar naquela escuridão, homens estavam morrendo por minha causa. Eu supunha que eles não eram homens muito bons — eram criminosos e capangas que Artur Giroie II havia contratado para vigiar seu carregamento de drogas. Mas eu também não era um homem muito bom e talvez não devesse ser tão cínico com relação à vida de meus companheiros na imoralidade.

Demorei bastante para ir para a cama e, como mencionei, não dormi muito bem depois de deitar.

Minha manhã foi lenta. Aparentemente, a de Garrincha também, porque eu estava acordado fazia uma hora quando ele finalmente apareceu, e eu não sou de acordar cedo.

Ele finalmente apareceu dos fundos, bocejando e sem camisa, magro como um graveto, a pele esticada sobre os ossos.

— Sobrou alguma coisa para mim?

Coloquei um último bocado de ovos em minha boca.

— Você é um garoto esperto, tenho certeza de que vai encontrar alguma coisa.

Ele fez uma careta, irritado, e se sentou ao meu lado na mesa.

Puxei o bracelete que Mazzie havia me entregado e o passei para ele.

— Use isso quando for para o seu encontro, certifique-se de que os elementos locais saibam que você está marcado.

Garrincha olhou o bracelete com um desconforto que beirava o nojo, como se eu tivesse colocado bosta na mesa. Então, ele o colocou no bolso traseiro e murmurou alguma coisa.

— O que você disse?

— Não sei qual é o motivo.

— Achei que tinha lhe explicado durante nossa última conversa.

— Não preciso de ajuda. Consigo aprender o que preciso sozinho.

— Não consegue, mas não foi isso que eu quis dizer. Se você não for se encontrar com Mazzie amanhã, vou pendurá-lo do lado de fora das janelas pelos tornozelos. Isso confirma seu compromisso?

A ameaça o deixou mudo por uns cinco segundos. Então, ele limpou o nariz com a mão suja e continuou.

— Adolphus fará um discurso amanhã.

— Isso não me interessou na primeira vez que ouvi.

— É um acontecimento importante. Pode ser que haja uns 5 mil homens escutando o que ele tem a dizer.

— Então você pode perguntar a um deles como foi.

— É importante para ele. Ele é um herói, sabia?

— É mesmo? Eu não sabia.

— Ele manteve a linha em Aunis. Matou vinte homens com apenas uma das mãos.

— É isso que faz de um homem um herói? Matar um monte de gente?

— Sim, se eles eram drens.

— Você vê um monte de dren na Cidade Baixa?

Ele balançou a cabeça.

— Alguma vez você já viu um homem queimar até a morte? Já sentiu o cheiro de pele queimada?

Ele engoliu a seco, mas manteve seus olhos nos meus.

— Você nunca mais irá olhar um bife da mesma maneira, posso lhe garantir.

Dessa vez, ele desviou o olhar, alongando o pescoço para evitar meus olhos.

— Suponho que também não falaria em glória com tanta rapidez.

Bebi meu café e virei para olhar pela janela.

— Mantenha essa boca suja fechada quando estiver perto de mim, de agora em diante, ou eu mesmo irei fechá-la.

Houve um longo silêncio, e achei que ele fosse seguir meu conselho. Mas ainda havia algo de selvagem nele para engolir minha violência sem cuspir alguma coisa de volta.

— Eu acho que você está com inveja dele.

Eu ri.

— Você acertou na mosca. Eles não colocaram medalhas o suficiente no meu peito, e nunca os perdoei por isso.

— Eu vou para o discurso de Adolphus.

— Você está tentando me irritar? Já estou quase lá.

— Você não me dá ordens.

— Não? — perguntei, e, a essa altura, meu humor havia mudado completamente. Minhas mãos estavam ao redor de seus ombros, e eu o estava puxando de sua cadeira quando fui interrompido por um barulho ao meu lado.

— O que está acontecendo aqui? — A voz de Adeline era perpetuamente a meio caminho de ser ameaçadora, mas dessa vez acredito que ela estivesse falando sério.

— Estamos apenas conversando — falei, soltando os ombros de Garrincha.

Os olhos dela ficaram semicerrados, uma linha entre o conjunto de círculos que compunham seu rosto e corpo.

— Eu sei bem o seu tipo de conversa. — Ela se virou para Garrincha. — Vá fazer suas tarefas. Agora.

Ele me olhou com ódio por alguns segundos, depois saiu.

— Você vai para a casa de Mazzie — falei às suas costas. — Nem pense em fazer o contrário.

Eu me sentei novamente. Adeline permaneceu de pé ao meu lado, mas, levando em conta seu tamanho, estávamos lado a lado.

— Qual é o problema? — perguntou ela.

— Estou apenas mostrando ao nosso garoto a importância de uma boa educação.

— Você tem "mostrado" muitas coisas a ele ultimamente.

— Isso foi uma piada? Achei que você estaria do meu lado nisso. Não foi você quem me encheu o saco para arrumar uma professora para ele? Eu encontro uma e o que recebo em troca não é nada além de aborrecimento.

— Ele está com medo — disse ela. — Você conseguiria ver isso se não estivesse atolado até o pescoço em seja o que for que estiver tramando.

— O mundo é um lugar sombrio. Quanto mais rápido ele aprender a ter medo dele, melhor se sairá.

— É por isso que você coloca hematomas nele? Para ensiná--lo a ter cuidado?

— Na maioria das vezes, é apenas porque ele me dá nos nervos.

Eu estava tentando alfinetá-la, mas não estava dando certo.

— Seu nariz está sangrando — disse ela, finalmente.

Coloquei dois dedos contra meu lábio superior. Ela não estava errada. Eu não havia percebido que estava pegando tão pesado no Sopro.

— Você o bateu contra alguma coisa?

Eu havia enrolado um cigarro para fumar depois do café da manhã e achei que aquele era o momento ideal para acendê-lo.

— Você me conhece. Sempre desastrado.

— Que diabos está acontecendo?

— Não sei o que você quer dizer.

— Agentes vindo até o Conde? Você e Adolphus se estranhando? O que você está armando e aonde isso irá nos levar?

Da última vez que você armou uma das suas, quase matou Garrincha, lembra? Que problema você vai nos trazer agora?

— Você quer que eu me mande? É isso? Você só precisa pedir. É claro que você pode acabar descobrindo que as coisas não são tão fáceis ao sair de baixo das minhas asas. O Conde de Sinuosa não rende tanto dinheiro. Quanto eu coloquei neste lugar, ao longo dos anos, empréstimos durante as épocas de vacas magras? Deve ser ótimo estar tão acima disso tudo, as mãos limpas como água e uma consciência da mesma maneira. Imagino que seja bastante vergonhoso ter alguém como eu em sua casa, um criminoso comum. — Eu estava soltando fumaça pelo nariz, agora. — Mas você aceita meu dinheiro, não é, Adeline? E você pede favores quando precisa deles.

Ela ficou em silêncio. Sua boca mexia para cima e para baixo, ainda engolindo o golpe.

Nada como tirar um santo do altar e mostrar a ele sua verdadeira imagem. Era hora de ir, na verdade eu já estava dez ou quinze minutos atrasado. A essa altura, Artur Giroie já sabia que seu carregamento havia sido atacado; e seus rapazes, mortos. Ele deveria estar irritado e à procura de alguém em quem descarregar essa raiva. Imaginei que eu poderia ser útil.

— Tenha uma boa manhã — disse à Adeline, que ainda se recobrava das minhas palavras. — Preciso empurrar um homem precipício abaixo.

# 28

Quando entrei, o chilique de Artur estava acabando, suas profanidades eram apenas uma leve poeira deixada pela tempestade que havia atingido o escritório. Um de seus pesos de papel de cristal estava enfiado no painel de madeira ao lado da porta. O quadro acima de sua mesa havia sido arrancado da parede, um rasgo no meio desfigurando a cena pastoral sem-graça. Junior estava de pé próximo ao conjunto de janelas que dava para o bairro que ele comandava, ou que fingia comandar. Seus cabelos estavam emaranhados.

Coloquei a cadeira de visitas no lugar e sentei, abrindo minha bolsa de fumo e enrolando um cigarro.

A fúria cega faz estragos num homem. Junior se sentou depois de mim, mas levou algum tempo até que ele parasse de ofegar. Fui bondoso o suficiente para esperar antes de começar.

— Teve uma manhã ruim?

Ele havia puxado um cigarro de especiarias de uma caixa de madeira sobre a mesa, mas estava com dificuldade para acendê-lo, uma coleção de fósforos usados em cima da mesa. Acendi o meu rapidamente, então me debrucei e fiz o mesmo com o dele.

Ele deu um trago profundo e soprou cravo e alcatrão no ar.

— Alguém atacou um carregamento nosso ontem à noite. Matou os guardas e fugiu com a mercadoria.

— Isso não é muito legal.

Ele esmurrou a mesa, mandando as quinquilharias que haviam sobrado para o chão.

— Perdemos cem ocres. Teríamos conseguido cinco vezes esse valor nas ruas. — Ele correu a mão por seus longos cachos loiros. — Sem contar a perda de meus guardas.

— Sem contar isso.

— Foram os veteranos, não é? Primeiro os Selvagens, agora, isso.

— Pode ser.

Ele cruzou os braços e mergulhou a cabeça neles.

— Vou fazer um novo buraco em Pretories. Depois vou arrancar seus intestinos por ele.

— Parece bem doloroso.

— Ele acha que pode ferrar com os Giroies, mas vai aprender o contrário.

— Abençoados sejam os professores.

— Ele e todos os seus homens. Eles não fazem ideia do que vai acontecer com eles.

— Faça com que os drens pareçam ordenhadoras.

Ele estivera entretido demais com pensamentos de vingança para me escutar, mas essa última ele parece ter escutado.

— Você acha isso tudo engraçado?

— É a única coisa que nos resta nesses momentos de tragédia.

— É fácil para você encarar as coisas com humor. Eu tenho responsabilidades. Toda a família está esperando as minhas ordens, e todos caem se eu cair.

— É o fardo da liderança — concordei.

Seu rosto ficou vermelho.

— Quando eu colocar minhas mãos naquele filho da puta...

Por mais que eu estivesse interessado em ouvir o restante das ameaças hipotéticas de Giroie, o dia estava passando.

— É cedo demais para começarmos a escolher nossos alvos, Artur, ainda mais para se irritar. Você nem ao menos sabe com certeza quem foi.

— Não seja tolo, você mesmo disse que eles viriam atrás de mim, sentado nesta mesma cadeira, há menos de três dias!

— Eu estava passando um boato adiante, e não lhe entregando um testamento assinado pelo Primogênito.

— Eu não achava que você era o tipo que amarelava quando as coisas começavam a esquentar — alfinetou ele, uma parte de seu entusiasmo rápido em retornar e feliz por encontrar um novo alvo.

— É isso o que estou fazendo? Amarelando?

— Puta merda, Guardião! Há alguns dias você era o oráculo perfeito, agora senta aqui como um tolo, falando frases bobas e repetindo minhas palavras!

Eu não respondi. Uma gota de suor havia escorrido por sua testa, parando na ponta de seu nariz. Ele a limpou e desviou o olhar.

Fumei por algum tempo antes de recomeçar a falar.

— Se a minha presença o incomoda, irei embora rapidamente.

Ele murmurou algo que não foi exatamente um pedido de desculpas.

— Acho que existe um grande número de grupos que estariam interessados em adquirir minha mercadoria.

O soldadinho de brinquedo estava caído de lado. Eu o apanhei e dei corda nele, então deixei que marchasse sobre a mesa.

— Um grande número — concordei.

— Talvez... — Ele quase parecia estar pedindo permissão. — Talvez fosse mais sábio investigar mais antes de empenhar minha força.

— Faz sentido. E, de qualquer maneira, mesmo se foram os veteranos, talvez seja melhor você deixar isso pra lá. Eles têm muitos reforços e não perderão tempo em conseguir vantagem.

— O que isso quer dizer?

— O que você me disse da última vez que estive aqui? Que a família é um negócio como qualquer outro? Não há lucro no derramamento de sangue. Engula os prejuízos e siga adiante. Seu carregamento foi roubado, e daí? Ninguém sai de uma guerra no lucro.

— É isso o que você acha? — Seu olhar teria feito murchar uma margarida. — É isso o que você pensa? Que eu sou fraco? Que meu nome é nada? Que os Giroies não conseguem nem mesmo tomar conta de seus próprios negócios?

— Ninguém está dizendo nada, Artur. Nem mesmo seu pai entrou em guerra com a Associação.

Ele inclinou a cabeça, como se tivesse percebido alguma coisa.

— Nem mesmo meu pai?

— Eu só quis dizer...

— Eu sei o que você quis dizer — ralhou ele. — Você tira muitas conclusões, Guardião.

Eu me segurei para não rir.

— Minhas desculpas, é claro. Não queria ofender.

— Desculpas aceitas — disse ele após alguns momentos, assentindo lentamente, com pensamentos vermelhos como sangue. — Muitos pensam como você. Que Junior não é como Sênior, que os Giroies caíram, que não devemos ser respeitados. Eu lhe garanto — disse ele, voltando sua atenção para mim, as mãos sobre a mesa, as costas eretas, o retrato da compostura cercado pelos bens que destruiu —, esses devaneios se provarão falsos.

Peguei um cinzeiro do carpete, coloquei-o sobre a mesa e apaguei meu cigarro nele.

— Sem dúvida alguma.

# 29

Já estava escrito que Adisu iria tentar alguma coisa. Outro homem teria se atrasado meramente para insultar, querendo indicar quão pouco importante era. Mas, levando em conta sua personalidade, imaginei que ele simplesmente havia esquecido — a pontualidade não era um dos pontos fortes da Máfia da Fruta Podre. Deve ser difícil prestar atenção no ponteiro dos minutos quando se passa o dia inteiro debaixo de um lençol de alucinógenos.

O Dizzie's era um restaurante feio com uma planta estranha, sem banheiro, notavelmente um ninho de insetos. Mas estava localizado numa região de Offbend onde ninguém jamais ia, e os garçons sabiam quando deixá-lo em paz. Sentei na pequena varanda e fiquei observando meu café esfriar. Estava demorando. Eu não tinha certeza se a cafeteira estava mais quente do que o alpendre.

Com o clima e os esforços dos últimos dias, não estava prestando muita atenção ao que estava ao meu redor e não percebi Adisu antes que ele sentasse no banco à minha frente.

Ele viera acompanhado de seu guarda-costas e de uma grossa camada de fedor.

— Adisu — falei.

— Guardião — retrucou ele, mas não olhou para mim ao dizê-lo. Seus olhos eram círculos vermelhos como sangue ao redor de pequenos pontinhos negros. Cancros nervosos haviam surgido em sua testa sob a barba por fazer. Debaixo da mesa, seus pés batucavam sem ritmo. Ele não havia dormido na noite anterior, provavelmente não havia dormido desde a última vez que eu o vira, passando as horas cheirando Sopro e curtindo o sabor da violência que eu havia colocado em seu caminho. O barato estava passando, ele estava se sentindo ansioso e cansado, fácil de ser provocado. Não era um bom presságio, visto que ainda precisávamos terminar nossa conversa.

A garçonete era desajeitada, de meia-idade e assustada. Ela se aproximou de nossa mesa com passos curtos, como um coelhinho cruzando um campo aberto, com medo de predadores.

A chegada dela trouxe Adisu de volta à vida.

— Como tem passado, querida? — disse ele, olhando para ela de cima a baixo. Ele estava tentando parecer amigável, mas, entre seu modo de olhar e a loucura em seus olhos, sua intenção parece ter tido o efeito contrário.

— Estou bem — conseguiu responder ela.

— Só bem, né? Nada melhor do que isso?

Ela deu de ombros.

— Sabe, qualquer dia que você acordar pode ser seu último dia de vida, está me ouvindo? Você tem essa pequena chama, mas basta apenas um vento forte, entendeu? Um vento forte e... — Ele colocou sua mão em frente ao rosto do capanga e estalou os dedos. O capanga não reagiu. Parte da tarefa de ser o capanga era não se importar quando Adisu começava a se comportar como maluco. — E você já era, entendeu? Rápido assim. Você precisa aproveitar cada minuto como se fosse um empréstimo, sacou?

— Eu... eu vou tentar fazer isso — disse ela. Não tenho dúvidas de que, a essa altura, a pobre mulher estava completamente consciente da fragilidade de sua existência.

Adisu sorriu e assentiu por uns cinco segundos, como se tivesse se perdido no movimento e não conseguisse parar.

— Você tem bife com ovos? — perguntou ele, finalmente.

— Claro.

— Gostaria de bife com ovos.

— Você gostaria dos ovos mexidos ou fritos?

— Me traga os dois — disse ele. — E mingau. E batatas. E uma xícara de café. E um pouco de leite. Seu leite está fresco? — Ele não esperou que ela respondesse. — E um pouco de pão de milho. E também *bacon*; bem tostado, entendeu? O bife não; eu gosto do meu bife malpassado, quase cru. — Ele virou a atenção para o capanga. — O que você vai querer, Zaga?

— Café — disse ele.

— Só isso? — perguntou Adisu, incrédulo e estranhamente preocupado. — É só isso que você vai comer? O café da manhã é superimportante, cara, você precisa se reabastecer, temos coisas a fazer. Coma pelo menos uns ovos ou algo assim.

Já passava do meio-dia, mas, entre as convenções sociais ignoradas por Adisu, o Abominável, estava a ideia de que o café da manhã deveria ser consumido até determinado horário do dia.

Zaga balançou a cabeça.

— Café — disse ele novamente.

Adisu deu de ombros e se virou para a garçonete.

— No fim das contas, você precisa deixar as pessoas tomarem suas próprias decisões, entende o que quero dizer?

Ela assentiu veementemente. Imagino que, àquela altura, ela concordaria com praticamente tudo, se aquilo significasse que a conversa terminaria logo.

— Você é uma mulher esperta — disse Adisu. — Mas precisa cortar esses cabelos, querida. Eles não estão lhe prestando nenhum favor.

A garçonete levou a mão à testa e arregalou os olhos do tamanho de um ocre. Eu me peguei concordando com Adisu. Ele tinha um senso de estética bem afiado para alguém cujas manchas de suor desciam das axilas à virilha. Agora, mais humilhada do que aterrorizada, nossa garçonete seguiu em direção à cozinha em alta velocidade.

Ocorreu-me que eu jamais vira Adisu à luz do dia antes. Sua loucura era menos aparente, ou menos censurável, em seu hábitat natural, entre sua mansão decadente e a gangue de companheiros praticamente iguais a ele. Em público, contrastava com o mundo civil de trabalhadores e pedestres. Comecei a imaginar que havia escolhido o lunático cheirador de raiz errado para fazer meu trabalho sujo.

— Deu tudo certo?

Nos dez segundos que se passaram entre terminar de falar com a garçonete e eu fazer minha pergunta, Adisu havia mergulhado profundamente nos confins de sua mente. Seus lábios se moviam para cima e para baixo numa conversa silenciosa, mas perceptível. Ele conseguiu retardar seu monólogo interno para me responder.

— O que você disse?

— Deu tudo certo? — repeti. — Com aquela coisa que pedi para você fazer?

— Oh. Sim, deu tudo certo. Foi tudo como você falou. Os dominós estavam nos locais certos e tudo o mais.

— Isso é ótimo.

— É — concordou ele, embora não parecesse particularmente excitado com isso.

— Então, você já tem a minha parte. — Era uma afirmação, embora, na verdade, àquela altura, eu já não tivesse certeza de nada com relação a Adisu, o Abominável.

— Sua parte — repetiu ele, como se não estivesse familiar com o termo. — Na verdade, há algo que preciso lhe dizer sobre a sua parte.

— E o que é?

— Eu não vou dá-la a você.

O capanga levantou os ombros até que estivessem mais ou menos no mesmo nível de sua cabeça. Bebi meu café da maneira menos ameaçadora possível.

— Quero que você entenda, Guardião, que não é que eu simplesmente tenha decidido tirar você da jogada.

— É claro.

— Não é assim que eu faço negócios: arruinar um bom contato apenas para ganhar um pouquinho mais no final. Isso não faz sentido algum.

— Nenhum mesmo.

— Não sou do tipo que fica se preocupando com ninharias.

— Eu jamais pensaria isso de você.

— Obrigado — disse Adisu. Ele parecia verdadeiramente comovido. — Como eu disse, eu estava planejando trazer sua parte do negócio. Eu até tinha feito um pacotinho para você, não foi, Zaga?

O capanga cuspiu na rua, o que eu acho que poderia ser interpretado como uma confirmação.

Adisu assentiu vigorosamente.

— Vinte e cinco ocres, um quarto do que eu acredito que conseguiremos com a erva do dragão. E isso é uma estimativa generosa! Do jeito que os preços estão baixos ultimamente, isso pode ser muito mais do que lhe devo. Mas não sou do tipo que fica se preocupando com ninharias.

— Você já disse isso.

— Quando foi que eu disse isso?

— Uns trinta segundos atrás.

Adisu passou praticamente o mesmo intervalo de tempo tentando se lembrar.

— Ah, certo, é mesmo. O que eu queria dizer é que eu não estou tentando te tirar da jogada só para ficar com a sua parte. Eu tinha toda a intenção do mundo de te pagar, sinceramente. Mas, então, comecei a pensar.

— Um passatempo perigoso.

— Fiquei pensando: o que o Guardião quer se metendo com os Giroies? Ele tem um negócio rentável, não é do tipo que vai atrás de problemas apenas para descolar mais alguns ocres. Não seria... — Ele se virou abruptamente para seu segundo homem. — Qual é a palavra que estou procurando, que significa que você não faz uma coisa que pode acabar voltando para te assombrar?

O capanga balançou a cabeça. Ele não sabia a palavra que Adisu estava procurando. Pelo que eu podia perceber, o capanga possuía cerca de cem palavras em seu vocabulário, consistindo exclusivamente em monossílabas.

Adisu estalou os dedos e começou a sorrir.

— Prudente; era isso que eu estava tentando dizer. Você é um filho da puta prudente.

— Obrigado.

— Prudente demais para procurar problemas, a não ser... — Adisu aproximou o rosto do meu, os dentes amarelos como ouro, o hálito como se tivesse comido um cadáver — que ele queira problema! Ele não está nem aí para a grana.

— Vamos combinar uma coisa: se for encurtar essa conversa, pode ficar com minha parte do acordo. Isso resolve o problema?

— Acabei de te dizer, cara. Não tem nada a ver com a sua parte do acordo. Não estou nem aí para vinte e cinco ocres. Vinte e cinco ocres não significam nada pra mim. Eu poderia espalhar vinte e cinco ocres na poça de lama em frente à minha casa só para ver os mendigos se sujando para pegar o dinheiro. Então, pare de falar na porra da sua parte, tá legal? É um insulto. — De fato, ele parecia genuinamente insultado.

— Me desculpe — falei.

Ele pesou meu pedido de desculpas por um momento.

— Tudo bem — disse ele. — Então, continuando, eu comecei a fazer umas pesquisas, mantive os ouvidos bem abertos. O que dizem é que Giroie está puto da vida por causa dos corpos que nós deixamos para trás. Não é de se surpreender, afinal, quem é que gosta de ver seus homens transformados em cadáveres?

Sua pausa se estendeu além do normal. Depois de um tempo, ocorreu-me que a pergunta não havia sido meramente retórica.

— Ninguém gosta.

Adisu assentiu alegremente, como se estivesse satisfeito com o meu progresso.

— Exatamente, ninguém gosta, nem um pouco. Mas aí é que vem a parte interessante: dizem os boatos que os Giroies não estão desconfiando da gente. Estão desconfiando dos veteranos. Isso não lhe parece estranho?

— Estou velho demais para me surpreender com as coisas.

— Eu não, cara! Vivemos num mundo maluco. Você precisa dedicar um tempo para reconhecer o que está na sua cara, certo? Do contrário, de que adianta?

Um fato estranho a respeito dos lunáticos e viciados é que todos os que já conheci morrem de vontade de dividir sua sabedoria. Comecei a enrolar um cigarro enquanto esperava que Adisu continuasse.

— Você não deveria fumar, cara — disse ele. — Faz mal à saúde.

— Obrigado.

— De nada. De qualquer maneira, não me incomoda dizer a você, Guardião, que desvendar seu quebra-cabeça me fez sentir bem pra caramba a respeito de mim mesmo. Me senti esperto, sacou? Me fez ter vontade de gritar, dizer ao mundo todo como sou bom, que eu tenho a capacidade de acompanhar um peso--pesado como você.

— Espero que você tenha se controlado.

— Me controlei — disse Adisu enfaticamente. — Por enquanto. Mas você me conhece, Guardião, eu me entedio facilmente. Se não aparecer alguma coisa para chamar minha atenção, talvez eu tenha que começar a botar a boca no trombone, contar vantagem sobre minha genialidade.

— E o que exatamente deixaria você ocupado?

— Podemos começar com o que eu iria lhe dar. Vinte e cinco ocres. Quando você tiver a grana, quer dizer, sei que você não tem a grana agora com você, não se preocupe. Sou um homem razoável. E se eu fosse você, não pensaria nisso como uma coisa que vai acontecer uma vez só, pois preciso ser sincero com você, não consigo manter minha atenção por muito tempo.

— Eu não havia notado isso.

Ele deu de ombros, desculpando-se.

— Ninguém é perfeito. O que quero dizer é que, se não houver um suprimento regular de moedas vindo para as minhas mãos, digamos, uma vez por mês, para sempre, bem... não posso garantir o que vai me dar na cabeça, com quem vou conversar.

— Imagino que os Giroies podem se ofender ao descobrir que foi você quem assassinou alguns de seus homens.

— Os Giroies não me metem medo. Imagino que eles não virão correndo para Isthmus à nossa procura, não quando têm você como bode expiatório.

Terminei de enrolar meu cigarro, acendi e o levei aos lábios.

— Você se saiu dessa muito bem — falei, fazendo o máximo para manter um tom de voz razoável. — Setenta e cinco ocres em erva do dragão devem lhe render uns duzentos se você souber negociar. Bem, isso é um dinheiro achado, e você não deu muito duro por ele. Você disse que sou um homem prudente; por que não aprende uma lição comigo? Fique na sua com a grana que tem.

Ele estava olhando para a parede atrás de mim durante o meu discurso. Continuou a olhar algum tempo depois que parei de falar, então piscou duas vezes e se virou para mim.

— O que você disse?

— Eu disse que é melhor você não transformar um amigo em inimigo.

— Não somos amigos.

Um pouco do meu próprio remédio. Engoli as palavras com um pouco de café.

— Somos amigos no sentido de que não estou trabalhando ativamente para que você morra, Adisu. Pelos meus padrões, isso nos torna quase irmãos.

— Irmãos — repetiu ele, enunciando cada sílaba com uma intensidade peculiar. — Irmãos. — Ele pareceu bastante tocado pelo termo e levou um tempo para conseguir tirá-lo da cabeça. — Você foi amamentado? — perguntou ele.

— Como é que é?

— Você foi amamentado? Você chupou as tetas de sua mãe?

— Sabe, Adisu — falei, encenando como se estivesse pensando a respeito. — Não consigo me lembrar.

— Sim, claro — riu ele. — Nem eu. Mas mamãe, quer dizer, quando ela ainda estava por perto, me disse que eu não fui. Você tem irmãos, Guardião?

Percebi que não estava muito interessado em dividir detalhes da minha infância com Adisu.

— Estamos fugindo do assunto.

— Sou o mais novo de onze irmãos. Nove irmãos, duas irmãs. Mamãe disse que, quando eu nasci, já não restava mais nada. Disse que costumava misturar leite de cabra com água, molhar um pano naquilo e colocar na minha boca. — Ele balançou a cabeça, triste. — Não é certo, sabe? Uma criancinha ter de sobreviver comendo isso. Às vezes, penso que talvez, se tivesse recebido o mesmo que os outros, poderia ter sido diferente do que sou. Mais alto, talvez. Isso costumava me deixar bravo quando eu era criança, pensar no que eu poderia ter me tornado. Entretanto, por outro lado, isso me ensinou logo cedo uma lição que a maioria das pessoas só aprende mais tarde.

— E qual foi?

— Que só existe uma certa quantidade de leite disponível.

Como eu havia mencionado, ter sido criado como um rato não impediu Adisu de estar certo a respeito da maioria das coisas. Não sei exatamente o que isso diz a respeito do mundo. Imagino que nada muito bom.

— Muito bem — disse Adisu, levantando-se abruptamente. O capanga parecia ter sido pego de surpresa também, pois demorou alguns instantes para fazer o mesmo. — Eu já disse o que tinha para falar. Vinte e cinco ocres até depois de amanhã ou vou começar a dar com a língua entre os dentes. Seja qual for o bolo que você está cozinhando, com certeza não precisa que eu enfie o dedo na massa. — Ele estava novamente de bom humor, sorrindo para mim afetuosamente. — Você vai ficar bem. Te vejo em breve.

O capanga esperou um segundo, então deu de ombros e foi atrás dele.

Terminei meu cigarro e comecei outro, repassando os dez últimos minutos mentalmente. Eles não pareceram nem um pouco melhores com o cigarro. Eu já tinha coisas de mais com o que me preocupar para juntar Adisu à conta. E embora a Máfia da Fruta Podre não fosse muito confiável, havia verdade o suficiente em sua história para me fazer ser morto por um bom número de pessoas.

É claro, havia outras maneiras de consertar a situação, além da apresentada por ele.

A garçonete voltou à nossa mesa. Em seu ombro, uma bandeja. Na bandeja, havia comida suficiente para alimentar uma família de oito pessoas.

— Onde foram seus amigos? — perguntou ela.

— Nunca estiveram aqui — respondi.

Ela pousou o peso na mesa, estremecendo os pratos e fazendo com que o café derramasse.

— Bem, e quem diabos vai pagar por isso tudo?

— Ele vai pagar — falei, tirando uma prata do bolso. — Apenas não sabe disso ainda.

# 30

O homem na recepção da Casa Negra não estava inclinado a me deixar caminhar pelos corredores desacompanhado.

Um dia havia se passado desde meu encontro com Adisu, um dia passado evitando o sol e Adeline, enfurnado em meu quarto queimando meio ocre de vinonífera. Na cidade lá fora, as sementes da minha conspiração começavam a brotar e logo iriam florescer em caos e violência. Seria necessário um cultivo, mas, naquele exato momento, tudo de que precisavam era um pouquinho de tempo. Fui para a cama cedo e acordei igualmente cedo, indo visitar Guiscard antes do café da manhã. Pensei bastante a respeito do que falar para ele, mas devo admitir que não previra a possibilidade de que tal diálogo não chegasse a acontecer.

Na época em que eu trabalhava na Casa Negra, a recepção era ocupada por um agente. Acredito que tenha havido alguma mudança de política, pois o novo porteiro não era nada além disso, um funcionário com olhos cinza e uma alma que combinava. Não o culpava por não me deixar entrar. Deixar o lixo da sociedade de fora estava no topo de suas atribuições, e eu certamente me encaixava no molde. No entanto, eu o culpava por ser sarcástico, burro e menos capaz de pensar por si mesmo do que uma formiga.

— Me desculpe — disse ele, sem parecer genuíno —, mas sem horário marcado não há nada que eu possa fazer.

— Mande alguém lá em cima para dizer a ele que estou aqui.

— Não há ninguém aqui além de mim. E, se eu subir para levar a mensagem a ele, não vai ficar ninguém aqui para tomar conta da recepção.

— Eu ficarei aqui para tomar conta.

— Eu não... — a introdução de uma alternativa pareceu deixá-lo confuso — não acho que isso iria funcionar.

— Talvez pudéssemos usar algum tipo de máquina que passasse a mensagem para ele. Algo com roldanas e mastros.

— Não sou muito bom com máquinas — admitiu ele.

— E quanto a pombos-correio? Você tem algum por aqui?

Ele deu de ombros. Havia sido bem treinado para seu cargo. Em sua maioria, as organizações não recompensam bem as pessoas que resolvem problemas — recompensam aqueles que não pisam na bola, e a melhor maneira de não fazer besteira é não fazer nada. Mas a verdadeira inércia é um estado difícil de alcançar, e, depois de alguns instantes de silêncio, ele pareceu ter uma ideia. Era algo raro, sem dúvida. Ele levou um tempo para reconhecê-la, e mais tempo ainda para dar voz a ela.

— Talvez se você me dissesse o assunto que tem a tratar com o agente Guiscard...

Como responder a essa pergunta? Que o agente Guiscard havia me forçado a trabalhar como agente duplo, armando a queda de uma entidade rebelde inclinada à destruição da Coroa? Ou que o dito acima era falso, que eu na verdade estava arquitetando um conflito entre a Casa Negra e a Associação e que o agente Guiscard era o instrumento involuntário da minha vingança?

— Temo que ele não gostaria que eu revelasse detalhes.

Ouvi a porta se abrindo atrás de mim e fiquei um pouco tenso. Ainda havia pessoas entre aquelas paredes que se lembravam de quando eu pertencia àquilo, e eu imaginava que seriam rápidos em saudar minha presença com violência.

No fim das contas, não precisei me preocupar.

— Agente Guiscard — disse o porteiro.

— Olá, Brunsford!

Guiscard parou ao meu lado.

— O que você está fazendo aqui? — perguntou, mas, antes que eu pudesse responder, ele balançou a cabeça. — Deixa pra lá. Melhor discutirmos isso em meu escritório.

— Um momento — falei, virando-me novamente para Brunsford. — Se você sabia que ele estava, por que tivemos de passar por tudo isso?

Brunsford deu de ombros, tendo dificuldade em ver qualquer conexão.

— Você não perguntou.

De certa forma, eu o invejava. Poucas pessoas são tão perfeitas para a posição que ocupam. Agradeci ao porteiro e segui Guiscard escada acima.

Ele se sentou, e eu fiz o mesmo.

— O quanto você gosta de mim? — perguntei.

— Como?

— Sou apenas uma prostituta de dez cobres que você pega e usa quando lhe é conveniente? Ou o que temos entre nós é real?

— Isso é uma introdução bastante entediante para qualquer coisa que você tenha a dizer.

— Deixe-me resumir. — Recostei-me na cadeira e coloquei os pés em cima da mesa. — Preciso que você mate um inseto para mim.

Ele semicerrou os olhos, ergueu um dos braços e empurrou minhas botas para o chão.

— Que tipo de inseto?

— Ilhéu, vinte e poucos anos, selvagem e maluco. Responde pelo nome de Adisu, o Abominável.

— Nunca ouvi falar dele.

— Quando eu tinha o seu cargo, Guiscard, eu sabia o nome de cada criminoso que comandava na área de Grenmont às docas.

— Você não ocupa mais o cargo.

— E eu ainda sei o nome de cada criminoso que comandava na área de Grenmont às docas.

— Esse Adisu... o que exatamente ele fez para você?

— Até este exato momento, ele não fez nada. Mas, se esperarmos até amanhã, ele vai se certificar de que eu não responda a essa pergunta uma segunda vez.

— Tenho certeza de que você fez algo para merecer isso.

— Todos fizemos algo para merecer isso.

— E o que você gostaria que acontecesse ao seu pobre adversário?

— O mundo seria um lugar melhor sem ele andando por sua superfície, mas, contanto que ele fique fora do meu caminho, não me interessa o que aconteça com ele. A baía ou os calabouços, você escolhe.

— Não posso simplesmente desaparecer com um cara sem motivos.

— Na verdade, você pode. Esse é basicamente o motivo de estar na Casa Negra. Você pode fazer o que quiser com qualquer um, e eles não podem fazer nada contra você.

— Muito bem — disse ele. — Digamos que eu possa fazer. Por que eu faria isso?

— Em troca do favor que estou lhe fazendo.

— Extremamente presunçoso da sua parte, pensando em ganhar algo em troca por uma coisa que você ainda não fez.

— O que você quer dizer?

— Quero dizer que, apesar de toda a ladainha sobre ter a atenção de Joachim Pretories, por enquanto você não me deu nada mais sólido do que vento.

— Não imagino que eu seja de grande ajuda para você se estiver morto — respondi. — Tente pensar algumas jogadas adiante, Guiscard. A Associação e os Giroies entrarão em guerra em breve. Você vai ficar feliz em me ter por perto quando isso acontecer.

— É o que você diz. Mas ainda não tenho certeza se entendo por que Pretories iria querer se meter a violento com os Giroies.

— Pelo mesmo motivo que qualquer líder entra em guerra... para tirar a atenção de suas outras derrotas. É melhor ter todo mundo atento a um inimigo do que tê-los pensando a respeito de sua inabilidade em manter suas pensões invioladas.

— Não faz qualquer sentido.

— O mundo raramente faz sentido. — falei — Você deve olhar além da maneira que acha que as coisas deveriam funcionar e prestar atenção à maneira como elas de fato funcionam.

— Mesmo assim — disse ele, depois de um breve momento ponderando —, sou um agente da Coroa, encarregado de fazer valer a lei e garantir a justiça. Nenhuma dessas duas atividades se encaixa no que você está me pedindo.

— Você nunca bateu num suspeito? Nunca armou para um cara que não tinha a menor ideia do que estava acontecendo? Seu passado é tão imaculado assim?

— Há uma diferença entre quebrar as regras e usar toda a força da Casa Negra para lidar com desavenças pessoais entre dois... — ele parou por um momento, tentando encontrar o termo que melhor se encaixava — traficantes de merda.

— Você me ofende. Como disse da última vez, eu ocupava seu cargo. Essa pretensão de decência é desnecessária.

— Me desculpe por não levar seus conselhos a respeito de minha carreira tão a sério, considerando que você foi arrancado de seu posto.

— É engraçado falarmos sobre a minha queda... ela não aconteceu por causa de um lapso moral. Na verdade, foi exatamente o oposto. E tendo adquirido ética a essa altura e em meu detrimento, deixe-me oferecer-lhe um aviso: não se arrisque. Você abriu mão do luxo de ser um ser humano decente quando colocaram essa estrela em seu colarinho. As coisas com a Associação estão acontecendo rapidamente. Você precisa de alguém de dentro, que possa lhe dar as informações em primeira mão. O que é isso comparado à vida de um punhado de criminosos e traficantes das favelas?

Eu havia decidido fazer com que Guiscard acabasse com Adisu por três motivos. O primeiro era que eu não confiava que o ilhéu fosse manter a boca fechada. O segundo era uma questão de princípios: eu preferia não deixar que um homem me ferrasse pelas costas. Mesmo se ninguém nunca descobrir nada, ainda assim saberei o que aconteceu. E, finalmente, eu gostava da ideia de ter Guiscard agindo como meu pau-mandado. Fazia bem ao meu ego. Além disso, colocava um pouco de sujeira debaixo do tapete dele e mudava o balanço fundamental do nosso relacionamento. Guiscard iria acabar com outro homem em meu nome, iria chafurdar na lama comigo. Nada mantém duas pessoas unidas como um pecado compartilhado.

Ele acariciou seu longo nariz, fechou os olhos; resumindo, fez uma grande encenação de contemplação.

— Vou precisar de algo para acusá-lo — disse ele, finalmente.

— Vai haver uma quantidade suficiente de narcóticos para abastecer metade da cidade durante o solstício de inverno. — Pensei a respeito do quartel-general da Máfia da Fruta Podre, seu cheiro estagnado e as profundezas subterrâneas. — Se você procurar o bastante, provavelmente encontrará um ou dois cadáveres, mas só as drogas renderiam uma detenção de uns dez anos. Além do mais, eles irão resistir à prisão.

— Eles parecem adoráveis. Onde poderei encontrá-los?

Ensinei o caminho para ele.

— Precisa acontecer hoje à noite, ou bem cedo amanhã. E precisa ser uma varredura completa, certifique-se de que não resta ninguém para vir atrás de mim depois.

— Eu sei fazer o meu trabalho — disse ele. — E quanto a você, mantenha-se ao lado de Pretories. Eu quero saber de tudo o que você sabe e tão logo você o saiba.

Fiz uma saudação acompanhada de um sorriso, feliz em ter colaborado para o aprendizado contínuo de Guiscard. Meu próprio aprendizado havia custado muito mais caro — para mim e para um bando de outras pessoas.

# 31

Eu estava esperando havia uma hora quando ele chegou, minhas costas apoiadas na parede de um café silencioso na Cidade Velha, bebendo vinho à luz de velas. Não me importei. Todos tinham que esperar para ver o homem. Não que o atraso significasse desprezo — tal vaidade estava aquém de Roland Montgomery. Mas ele estava remodelando o mundo, e isso era uma tarefa árdua, uma tarefa que deixava pouco tempo disponível para compromissos sociais.

Pelo menos ele parecia apologético, acompanhado por dois homens que teriam morrido por ele durante a guerra com todo prazer — não fazia a menor diferença. Eles olharam para meu traje cinza, descontentes, até mesmo de forma ameaçadora. A Casa Negra havia assumido o lugar dos drens como centro das atenções e afeto dos homens da Associação. E como havia servido nas linhas durante a guerra, eu era pior do que os demais gélidos, um vira-casaca, um traidor.

Os guarda-costas dele se sentaram no balcão, e Roland se deixou cair na cadeira à minha frente sem afetações.

— Tenente.

— Senhor. Espero que não se importe de eu ter pedido uma bebida.

— De forma alguma. — Ele me inspecionou por um breve instante. — Faz bastante tempo. Mais tempo do que eu gostaria.

A guerra havia mudado a todos. Dos mendigos gagos e zarolhos das docas, empenhando medalhas e pedindo esmolas, aos jovens coroas do morro de Kor, sentados sozinhos em festas no jardim, as mangas dobradas sobre os cotos, esquivando-se quando a rolha da champanhe era aberta. Aqueles azarados demais por precisarem trabalhar para sobreviver aceitavam o que aparecia, turnos intermináveis nos moinhos, trocando uma linha pela outra. Ou eles se juntavam aos grupos de grandalhões que vendiam seus serviços aos grupos criminosos, empenhando a prática duramente adquirida em organizações que lhes eram mais gratas do que a Coroa, ou pelo menos remuneravam melhor.

A guerra havia mudado a todos nós, mas não havia mudado Roland. Seus olhos eram brilhantes como sempre, febris, e ele ainda falava como se tentasse impressionar a artilharia.

Eu não gostava daquilo. A guerra tinha sido a guerra — eu havia passado cinco anos tentando dar o fora dela e não precisava que ela me seguisse até em casa. É claro que nem todo mundo achava o mesmo. A guerra havia dado propósito a muitos homens que eram vazios e arrancara de tantos outros qualquer propósito que tivessem. Passe alguns anos ao lado de Aquela que Espera por Trás de Todas as Coisas e verá que é difícil esquecê-la. Qualquer outra coisa que você faça começa a parecer terrivelmente tola, emitir recibos numa loja em algum lugar, plantar fileiras de batatas em linhas retas. Os homens de Roland eram assim — não havia nada em seus olhos, exceto aquilo que ele lhes dava.

— Ainda não me acostumei a vê-lo em seu novo uniforme. Parabéns, mais uma vez. É uma honra e tanto ser nomeado agente da Coroa tão jovem.

— Não estou muito certo de que seus garotos concordam.

Ele deu um rápido sorriso em direção a eles.

— São um pouco superprotetores.

A garçonete veio e anotou nosso pedido. Roland pediu um copo do que eu estava bebendo e, quando ela voltou, ele sorriu para ela de uma maneira que o fez ganhar uma fã para o resto da vida. Os demais patronos eram quietos, civilizados, suas vidas emaranhadas com o estabelecimento, seus interesses tão distantes dos de Roland quanto possível, olhavam de soslaio e pensavam em que bondade poderiam fazer por ele.

— Você tem causado bastante rebuliço em minha parte da floresta — falei.

— Isso seria a Cidade Baixa ou a Casa Negra?

— Ambos.

— São locais bastante diferentes — disse Roland, gracioso demais para se gabar, mas era possível ver que ele achava que tinha marcado um ponto.

— De fato, são.

— As coisas alguma vez ficam confusas?

— Eu poderia lhe fazer a mesma pergunta.

— Como?

— O morro de Kor é uma vizinhança adorável. Eu pensaria que um rapaz nascido ali não estaria com tanta pressa de queimar o lugar inteiro.

— Não quero queimar nada, tenente, de forma alguma. Trabalho apenas para assegurar que sua riqueza seja distribuída de forma mais justa.

— E quanto ao seu pai? — Algumas semanas antes, havia vazado a notícia de que o general Edwin Montgomery tinha se aposentado oficialmente da vida pública, preferindo uma solidão digna às confusões da política. Uma história bonita para ocultar a verdade de que era impossível colocá-lo à frente do império enquanto seu filho parecia estar fazendo o possível para destruí-lo.

Por um momento, embora bastante breve, pude ver o arrependimento tomando o lugar de sua confiança. Mas, como eu disse, o sentimento o abandonou rapidamente.

— A piedade filial é uma virtude importante. Mas ela empalidece quando comparada à lealdade à nação e aos cidadãos. — Ele mexeu as mãos em frente ao rosto, como se espantasse uma mosca — Fiz a minha escolha; não tenho qualquer arrependimento.

— E qual foi essa escolha?

Ele tinha uma resposta preparada para cada ocasião e estava contente em dividi-la.

— Proteger a chegada do amanhã.

— Uma manhã que Timory meia-mão não verá.

— Quem?

— Um dos traficantes que seus rapazes deram fim.

— Existe um ditado sobre omeletes que creio que seja apropriado.

— Sobre ovos, não crânios.

Roland deu de ombros. Não fazia muita diferença para ele.

— Eu pensaria que você, dentre todas as pessoas, entenderia a importância do que estamos fazendo. Tendo crescido onde cresceu, vindo de onde veio.

— Você passa muito tempo nas favelas?

— Não tive o prazer.

— Você deveria ir a Isthmus um dia desses ou dar uma volta pelas partes mais desertas de Kirentown. Eles têm fileiras de casas lá, com paredes da largura de sua mão, as fundações unidas por rebocos que são basicamente água de chuva. Milhares de pessoas amontoadas como ratos. Ao olhar para elas, você pensaria que não poderia suportar. Pensaria que elas iriam ceder sob o próprio peso.

— Mas?

— Mas elas suportam, general. E o senhor sabe por quê?

— Ilumine minhas ideias — disse ele, e até parecia sincero.

— Porque elas se apoiam umas nas outras. Qualquer uma, sozinha, cairia ao menor vento. Mas juntas? Juntas elas são sólidas o bastante para se viver.

— E quem iria querer viver nelas?

— Supera todas as alternativas. A verdade é que o balanço é precário. Se você derrubasse uma parede, movesse uma viga ou outra, toda a estrutura poderia ruir.

— Eu não sabia que você era um poeta tão talentoso, tenente.

— Sua investida contra os Giroies está tendo consequências que você não enxerga. Os tarasaighns estão ficando apreensivos, pensando que talvez devessem cair para cima do que os rouenders ainda possuem. Os hereges estão observando os movimentos deles e imaginando onde o martelo irá cair. Do outro lado da cidade, facas estão sendo afiadas e alvos estão sendo definidos.

— O restante dos grupos criminosos pode aproveitar sua sorte temporária, que eu lhe garanto, não irá durar. O Velho e sua laia podem ficar satisfeitos em permitir que metade de Rigus seja liderada por escroques, mas temo que eu não.

— Vai acabar com todos eles?

— Eles serão um belo começo.

— E então o quê? Uma revolução?

— A revolução já veio. Veio quando centenas de milhares de homens saíram de suas vilas, seus bairros e residências e viajaram pelas Treze Terras para impor a morte sobre estrangeiros. Você diz que eu estou balançando as estruturas, mas está errado. Elas já estão quebradas. Sou apenas o primeiro disposto a admitir isso.

— Isso é bastante eloquente. E ainda assim a Coroa está sobre a cabeça de Bess, e os guardas ainda lhe juram fidelidade.

— Por quanto tempo? Soldados cansados de lutar voltam às suas províncias e encontram cada acre de suas fazendas alienado e o aluguel vencido. Eles se mudam para as cidades, abrigam a família num quarto do tamanho de um armário de cozinha. Acordam antes do amanhecer e trabalham até o anoitecer por dois cobres a hora, talvez perdendo uma mão se estiverem cansados demais ou se forem descuidados, e no caminho para casa eles passam por um gordo em casaco de veludo, engordando à custa de seu trabalho.

— Uma coisa que aprendi é que nada está tão ruim que não possa piorar.

— Não é fácil dar respostas para você. Respeito isso, mas a situação é insustentável. Ou acabamos com ela nós mesmos ou deixamos que caia sobre nossas cabeças.

— As coisas sempre estiveram fodidas; o senhor apenas começou a perceber isso recentemente. Os pobres sempre foram pobres e fracos e aptos a levarem uma surra. Os poderosos sempre quiseram ganhar mais e jamais deram a mínima para como isso acontece. Suas palavras não são nada que eu não tenha ouvido antes; posso encontrar uma dúzia de bêbados na Cidade Baixa que falam mais bonito.

Ele riu. Ele era o tipo de pessoa que podia rir à sua própria custa. Era uma das muitas coisas que eu gostava nele.

— Tenho certeza que sim. Mas tais bêbados não possuem 100 mil homens sob seu comando.

— E o senhor tem?

— Terei.

— E o que virá depois? Quando o senhor tiver incendiado tudo, quando o Velho pender de um andaime e a coroa estiver partida ao meio? O que irá construir nas cinzas?

Ele olhou para mim em silêncio por um momento, a pergunta tão óbvia que mal merecia uma resposta.

— Um mundo melhor.

Eu tinha uma vaga esperança de que a primeira parte da conversa fosse diferente. Talvez esperança seja uma palavra forte demais — ilusão provavelmente é um termo melhor. Roland Montgomery jamais teve dúvidas de si mesmo em momento algum de sua vida e com certeza não iria começar agora.

— Você se incumbiu de uma tarefa e tanto — falei.

— Como na guerra: conquistar ou morrer.

— Mas é claro que o senhor não venceu a guerra sozinho.

— O que você está dizendo?

— Existem homens na Casa Negra menos aversos às mudanças do que o seu líder.

— Então, por que eles não estão sentados aqui?

— Porque a vida deles vale mais para eles do que a minha.

Ele pesou as palavras por um momento, então assentiu.

— Continue.

— Os homens sobre os quais falo não podem deixar que saibam do que estão falando.

— Isso não seria muito do agrado do meu eleitorado também. — disse ele — Mas é claro que, se eles não estão dispostos a mostrar os rostos, é improvável que consigamos chegar a uma união efetiva.

— Eles me enviaram aqui para sondar seu interesse. Para ter certeza de que você está comprometido com a tarefa que tem nas mãos, que você não irá recuar quando chegar o momento de atacar.

— E?

— Está claro que você está preparado para fazer qualquer coisa para atingir seus objetivos.

Havia várias interpretações para isso, se Roland estivesse disposto a prestar atenção. Mas ele não estava — seus olhos estavam no futuro, em seus grandes planos e ambições maiores ainda.

— Entrarei em contato em breve com os detalhes de um encontro — falei.

— Onde?

— Não pode ser no seu território, porque minha gente não pode ser vista com você. E não pode ser em nosso território pelo mesmo motivo. Estou pensando na Cidade Baixa. Vou providenciar segurança, alguns dos meus velhos amigos da vizinhança, sem envolvimento com qualquer um dos lados e sem nenhum interesse particular em política.

Ele pensou um pouco a respeito, então se levantou e sorriu.

— Estou feliz de tê-lo conosco, tenente. — Ele colocou uma mão firme em meu ombro — Uma luz nos espera no final da luta.

Ele assentiu para os seus guardas, e eles o seguiram, dedicando um segundo para me enviar carrancas de desaprovação. Fiquei sentado mais algum tempo depois que ele saiu, terminando a taça de vinho e pedindo, em seguida, algo mais forte.

# 32

A praça da Benevolência era um espaço pavimentado com pedras arredondadas que se estendia além da igreja de Prachetas, a barreira extraoficial entre a Cidade Velha e o início do gueto. Numa tarde fresca de outono, era o melhor lugar de Rigus, cheia de cafés calmos onde um homem podia tomar um drinque e observar o mundo ao seu redor. No alto verão, cheia de divisões de ex-soldados, era sufocante. O sol refletia nos tijolos vermelhos, o cheiro de suor se desprendia da multidão. Apesar do calor, havia uma atmosfera festiva, barraquinhas fazendo boas vendas de pão de mel frito e chá gelado. Sem dúvida, os batedores de carteira estavam fazendo negócios melhores ainda, embora essa tarefa não fosse para amadores. Os homens que estavam na praça haviam sido matadores, um dia. Não precisaria muita coisa para que voltassem a sê-lo.

Da Casa Negra eu fora para o quartel-general da Associação, esperando poder ter alguns minutos com Pretories.

Eles haviam me chamado, dizendo que ele estava ajudando nos preparativos para o comício. Não o vi, mas avistei Hroudland e seus amigos parados próximos dos fundos e fui em sua direção.

Quando Coelho me viu, interrompeu a conversa e pegou minha mão entre suas palmas calejadas.

— É bom vê-lo novamente, tenente.

— Qualquer dia que tenha você é um bom dia, Coelho.

Ele parecia feliz em me ver. Simplesmente feliz, ponto-final.

— Preciso dizer, tenente, que fiquei surpreso ao saber que você havia se juntado a nós.

— Chocado pra caralho — disse Roussel. Ele mascava uma palha como se o objeto tivesse lhe feito algum mal.

— Gosto de surpreender as pessoas.

— Não faz o menor sentido para mim — disse Roussel. Suas bochechas estavam rosadas, ou pelo calor ou pelo seu ódio homicida mal ocultado.

— A ignorância é uma doença lamentável — respondi.

Ele resmungou e voltou a mascar a palha.

— O que podemos fazer por você? — perguntou Hroudland, dividindo a diferença de atitude entre seus dois subordinados.

— Preciso ter uma palavrinha com o homem.

— Me diga o que é que levo até ele.

— Não vai dar. Preciso falar com ele cara a cara.

— O comandante está bastante ocupado no momento com os discursos prestes a começar.

— Minha perna não é muito boa. Acha que podemos pular a música e ir direto à dança?

— Como sua perna ficou ruim, tenente? — intrometeu-se Coelho.

— Caí da cama com a mãe de Roussel.

— Mamãe está morta — respondeu Roussel, sem muita emoção.

— Espero que tenha vivido o bastante para ver como seu filho se saiu bem.

A ladainha havia dado a Hroudland tempo suficiente para decidir o que ambos sabíamos que ele decidiria.

— Siga-me — disse ele — Mas é melhor que isso não seja perda de tempo.

— Sou uma pessoa terrivelmente chata, por isso não há garantias.

O comandante estava sentado sozinho nos fundos de um dos estabelecimentos vizinhos, debaixo de um palanque coberto. Alguns homens grandes estavam de guarda na entrada. Hroudland se adiantou para conversar com eles, deixando-me sozinho com seu superior.

— Bom dia, tenente. — disse Joachim — O que o trouxe até aqui?

— Você vai ser alvejado — respondi.

Seus olhos estavam sombrios e tristes. Você poderia ter colocado uma cobra viva em seu colo, e eles nem teriam se mexido.

— Basta viver o bastante para que isso aconteça.

— Viva um pouco mais e aprenda a evitar que aconteça.

Ele assentiu vagamente, então gesticulou para que eu ocupasse o lugar ao lado dele. Fui até lá.

— Posso evitar essa?

— Talvez. Se você for rápido.

— E quem está querendo adicionar meu escalpo à sua coleção?

— Várias pessoas, imagino, mas o único grupo de que tenho certeza opera num restaurante na Cidade Velha.

— Os Giroies?

— Acertou na mosca.

— Estou começando a sentir que já tivemos esta conversa antes.

— Da última vez, eu estava espalhando um boato. Dessa vez, estou lhe dando as manchetes de amanhã.

— Não sabia que você era vidente.

— Não há nada de vidência nisso.

— Eu achava que o jogo de palavras estivesse além de você, tenente.

— Pouca coisa está além de mim, comandante.

Isso não pareceu encorajá-lo.

— Olhe, tenente — começou ele, devagar, explicando-me cuidadosamente —, já conversamos sobre isso. Os Giroies e a Associação estão quites há dez anos. Até que eu veja prova contrária, não vou fazer nada para deixar as águas turbulentas.

— Você acha que eu gosto tanto de ir e vir que viria até aqui se não tivesse certeza do que estou falando?

— Ninguém está certo o tempo todo.

Eu me levantei da cadeira.

— Espero que aproveite os discursos.

— Sente-se — disse ele, num comando.

Não obedeci, mas parei de me mover.

— Sente-se — repetiu ele, de maneira mais suave, e, dessa vez, acatei a sugestão. Pretories tamborilou os dedos na mesa, considerando. Um garçom veio até nós, serviu um pouco de água e saiu. A praça abaixo de nós se enchia rapidamente, já estava quase lotada, o barulho da multidão nos obrigava a conduzir nossa conversa num volume inapropriado ao seu conteúdo.

— Qual é a sua fonte? — perguntou ele, finalmente.

— Um passarinho que pousou em meu ombro.

— Não é o suficiente. Não nesse caso. Preciso de algo específico.

— Você conhece todo mundo que eu conheço?

— Me teste.

— Scratch é o seu nome nas ruas. Metade ilhéu, segurança nas horas vagas. — Eu conhecia três pessoas distintas que se encaixavam exatamente naquela descrição e não imaginava que nenhuma delas fosse fácil de localizar. — Ele me disse que os Giroies têm adicionado homens às suas forças às pressas.

— E por que ele lhe diria isso?

— Ou porque somos melhores amigos ou porque eu lhe pago um prêmio por boatos relevantes.

— E o que seu homem disse que vai acontecer?

— Você deve ter postos além do quartel-general.

— É claro.

— Dobre a guarda deles.

Ele estalou os dedos, então balançou a cabeça.

— Estamos usando o máximo de nossa capacidade do jeito que as coisas estão, nos preparando para a marcha.

Gesticulei em direção à multidão.

— Com 5 mil homens aqui, você está me dizendo que não pode destacar ninguém para ficar do lado de fora de seus postos e manter guarda?

— Existe uma diferença entre pagar salários e apertar as amarras. Esses homens são a minha base. Eu trabalho para eles, não o contrário.

Era bom saber que Pretories estava de volta ao seu estilo usual.

— Então, recrute alguém. Funcionou para a Coroa, não?

— Voluntários são mais confiáveis.

— Os números são importantes quando se está indo para a guerra.

— Estamos em guerra? Não me lembro de ter recebido uma declaração.

— Vou me certificar de registrar uma reclamação com as autoridades encarregadas. Até lá você será um cadáver, mas pelo menos vai deixá-lo mais satisfeito.

Ele passou a língua pelos dentes. Eu devia estar mesmo incomodando-o.

— Os Giroies — começou ele — são fortes?

— Bem, eles não são os drens. — respondi — Mas não é preciso ser eles para enfiar metal na carne.

Eu me levantei pela segunda vez, e novamente o comandante me impediu.

— Você não vai ficar para os discursos?

— Servi por cinco anos. Não preciso de um monólogo para me lembrar das coisas.

— Apenas pensei que podia lhe interessar, afinal o seu amigo será o primeiro a discursar.

— O quê?

Pretories assentiu em direção ao palanque. Seis homens estavam sentados atrás de uma tribuna, aguardando a vez de falar. Na extrema esquerda, notável pelo fato de ser duas vezes maior do que os demais, Adolphus balançava os pés, nervoso.

Era o preço que eu pagava por não ter prestado a devida atenção ao Garrincha. Eu me virei novamente para Pretories, para o meu golpe final.

— Entendi, comandante, você não confia plenamente em mim. Tudo bem, não sou mesmo uma pessoa confiável. Mas estou certo quanto a isso; os Giroies estão a caminho. Prepare-se hoje, ou lamente sua falta de sorte amanhã.

Pretories era um cara difícil de ler, e eu não estava certo de qual decisão ele iria tomar. Para os meus propósitos, não importava realmente.

— Vou considerar suas palavras — disse ele.

Saí da varanda, passando pela carranca de Roussel e pelo sorriso cadavérico de Coelho, entrando no mar de homens ao nosso redor. Uma vez envolvido pela multidão, era difícil conseguir ver o palanque. Eu me posicionei no melhor ângulo possível e comecei a caminhar em direção a ele, abrindo caminho pelo tropel. O papel de mestre de cerimônias era ocupado pelo mesmo orador que eu havia ignorado da última vez que eu estivera no quartel-general, e sua loquacidade me deu tempo para acotovelar abrindo caminho até a frente. Quando Adolphus subiu, eu já tinha uma boa visão da tribuna.

Ele suava mais do que apenas pelo calor, mas, exceto por isso, parecia bem para um homem feio de meia-idade. Ele desamassou uma folha de papel e a colocou na tribuna, as mãos tremendo. Sua boca abria e fechava numa boa imitação de um discurso, mas não consegui escutar nenhuma palavra.

— Fale mais alto! — gritou alguém no meio da multidão.

— Alguns de vocês me conhecem — começou ele novamente, gritando.

A multidão começou a rir. Meu melhor amigo corou, envergonhado, e eu me juntei a ele.

— Alguns de vocês me conhecem — disse ele uma terceira vez, conseguindo atingir um meio-termo apropriado.

— O Herói de Aunis! — juntou uma voz, provavelmente alguém previamente encarregado de fazer isso.

Ele balançou a cabeça.

— Sargento Adolphus Gustav, da Primeira Infantaria da Capital: isso é o bastante para mim.

A multidão concordou.

— É bom o bastante para qualquer homem — completou ele, e a multidão foi à loucura.

Eu não teria pensado em Adolphus como um bom orador, mas ele se saiu bem. O ferimento ajudou, assim como seu tamanho avantajado — todos que olhavam para ele sabiam que aquele era um homem que havia lutado pelo império, havia lutado duro e sofria por isso.

Mas ele era mais do que isso. Ele acreditava no que estava dizendo, e isso transparecia. Não era alguém simplesmente lendo as palavras de outro homem. Ele falava lentamente e de maneira simples e, depois de algumas frases, ele parou de olhar para suas anotações. Afinal de contas, ele conhecia bem a história. Um rapaz do campo que jamais havia se distanciado mais do que alguns quilômetros de sua vila, que havia se alistado para servir ao país e se viu segurando uma lança num país estrangeiro. Que havia cumprido seu dever e tinha sido considerado um herói por isso. Que não ressentia suas perdas, que simplesmente estava feliz por ter conseguido voltar para casa quando tantos outros não tiveram a mesma sorte. Que nunca pediu nada além do que lhe era devido, mas que devia àqueles que haviam sucumbido a garantia de que eles receberiam o que lhes era devido.

Foi um bom discurso. E a maior parte era realmente verdade.

— Vamos deixar que eles deem as costas aos nossos irmãos, mortos em terra estrangeira? Às suas famílias, desesperadas por alguns pedaços de pão?

A plateia respondeu negativamente.

— Será a hora de relembrá-los de nossos sacrifícios?

Uma concordância entusiástica.

— Depois de amanhã, vou até o topo; e espero, em nome do Primogênito, que todos vocês venham comigo!

Cinco mil homens gritaram dando seu apoio, ergueram os punhos no ar, subindo uns nos outros, excitados. Um deles se manteve em silêncio e, em meio ao tumulto que se seguiu, forçou caminho e seguiu para casa.

# 33

De volta ao Conde, abri todas as janelas e escancarei a porta. No beco ali perto, o cadáver de uma mula estava começando a apodrecer, e moscas eram atraídas pelo fedor. Exceto por esse zum-zum fedorento, era uma tarde calma, até mesmo lânguida. Garrincha estava na casa de Mazzie, ou pelo menos deveria estar. Adeline havia saído para fazer compras. Eu me sentei no bar e procurei consertar minha sobriedade de forma diligente.

Eu havia conseguido cumprir minha tarefa parcialmente quando Adolphus entrou pela porta, assobiando de peito estufado. Ele se deixou cair numa cadeira ao meu lado com um grunhido, seu sorriso largo o bastante para engolir uma vaca. Metade de mim estava feliz em vê-lo e a outra metade queria quebrar o copo de bebida em sua cabeça.

Não me surpreendi ao ver que minha natureza mais amarga prevaleceu.

— Foi um discurso e tanto.

— Você estava lá?

— Joachim... — eu me corrigi — O comandante e eu tínhamos assuntos a tratar.

Um golpe insuficiente para acabar com o bom humor dele. Talvez uma parte de Adolphus esperasse que eu mudasse de ideia com relação a tudo aquilo e decidisse apoiar os veteranos honestamente. O grandalhão sempre foi um otimista desesperado.

— O que você achou?

— A guerra parece ser bastante divertida. Pena que eu perdi essa diversão toda.

— Isso não foi engraçado.

— Talvez eu esteja perdendo o jeito. — Puxei um tubo de Sopro de Fada e levei ao nariz.

— Você tem pegado pesado nisso nos últimos tempos.

Quinze segundos se passaram, então guardei o tubo no bolso.

— Tenho uma ou duas coisas na cabeça.

— E isso ajuda?

— Não atrapalha.

Ele mordeu os lábios, mas não respondeu nada.

— Pena que o garoto não pôde assistir, mas acho que já era hora de ele começar seu aprendizado.

Havia sido uma bandeira branca, mas eu não estava a fim de aceitá-la.

— É isso o que você pensa agora? Que já era hora de ele começar o aprendizado?

— Levarei ele comigo da próxima vez — disse ele. Um comentário inofensivo, mas feito para ser notado.

— O que isso quer dizer, da próxima vez?

— O comandante pediu que eu fale novamente amanhã. Quer que eu ajude a congregar os demais veteranos da Cidade Baixa. Chegou até a me pedir para ocupar um lugar na fila da frente durante a marcha.

Dei mais uma cheirada e guardei o vidro de volta em minha bolsa.

— Pelo pau de Sakra, Adolphus, quando você vai desistir disso?

Ele deu de ombros.

— Quando a Coroa começar a cumprir com suas obrigações.

— Quando o Primogênito vier nos chamar, você quer dizer? Eu levaria um livro para ajudar na espera.

— Eles nos devem isso — disse ele, a voz irritada.

— Ora, vamos, Adolphus. Dez por cento de imposto sobre sua pensão não vai lhe quebrar as costas. Isso não tem nada a ver com dinheiro. É mais divertido para você bancar o herói do que tomar conta de um bar.

Eu tinha enfiado o dedo na ferida. Os olhos dele ficaram semicerrados.

— Você pensa tão pouco de mim?

— Isso não é um jogo. O que a Coroa vai fazer quando vir a Associação causando problema?

— Temos o direito de fazer uma reunião pacífica.

— Vocês têm todo o direito do mundo, até que eles decidam começar a tirá-lo de vocês.

— Não somos do tipo que derrete à primeira chuva. Os drens descobriram isso. Se a Casa Negra quer confusão, vai aprender o mesmo.

— Era isso o que pensava Roland Montgomery — falei. — Você vai acabar recebendo o mesmo que ele.

— O general Montgomery foi assassinado enquanto lutava pelos direitos de seu país e de seus homens. Eu teria orgulho de sucumbir da mesma maneira. — Horas passadas declamando retóricas haviam prejudicado as ideias dele — Existem o certo e o errado.

— Não, Adolphus. Só existe vivo ou o morto. A guerra deveria ter te ensinado isso.

— Talvez tenhamos aprendido coisas diferentes.

— Talvez você não se lembre das suas lições.

— Pare de me dizer no que eu acredito! — gritou ele de repente, o peito estufado sob a camisa, o rosto vermelho. Ele esperou um minuto para se acalmar antes de continuar, mas não pareceu ajudar muito. — Sabe o que eu acho?

— Estou esperando que me diga.

— Acho que você não gosta de ver as pessoas me parabenizando. Acho que você se acostumou comigo sendo seu cachorrinho, lhe dando retaguarda enquanto você brinca de chefão.

— É isso o que você acha? Que sua celebridade ofende o meu ego?

— Quinze anos carregando água para você. Quinze anos sendo seu segundo. Acho que é natural que você esteja com inveja e tente fazer caminho em direção ao comandante.

Era estranho descobrir essa veia de rancor num território tão bem mantido, como descobrir uma câmara de tortura no armário da cozinha. Quantas outras conversas tinham ecoado isso, comecei a me perguntar.

— Não é nada disso. — falei sem convicção, sabendo que não haveria nada que eu pudesse dizer para fechar uma ferida cultivada havia tanto tempo. — O que eu tenho rolando com Joachim... não tem nada a ver com você.

Mas ele não parecia estar ouvindo.

— Eu consigo me sair bem sozinho, e você vem e faz de tudo para acabar com isso.

— Tome cuidado para sua caminhada não levá-lo penhasco abaixo.

Ele balançou a cabeça, depois ficou em silêncio. Remoendo insultos engolidos, discussões sobre as quais eu não me lembrava, mas que haviam ocupado um espaço na alma de meu amigo. É estranho o que um homem carrega consigo que você não pode ver.

O Sopro zumbia em minha cabeça, cobrindo minha dor de cabeça quase constante. Comecei a enrolar um cigarro.

— A amargura é uma prerrogativa da meia-idade. Aproveite. Mas você tem uma família, uma família de verdade. Quer deixar Adeline viúva? Garrincha parcialmente órfão?

— Que tipo de pai eu seria para o garoto se não me defendesse? Se não defendesse a memória daqueles que sucumbiram?

— Se você quer fingir que mijo é uísque, problema seu. Mas não encha meu copo. Você está fazendo isso por si mesmo. O mesmo com a guerra. É somente depois que a matança acaba que alguém começa a pensar num motivo para ela.

— Você fala sobre a guerra como se não tivesse sido nada, como se tivéssemos apenas perdido nosso tempo.

— Masturbação é uma perda de tempo. A guerra foi um câncer.

— Estávamos defendendo nossa casa.

— Minha casa é a Cidade Baixa, e ninguém que já a viu pensaria que ela valha o cadáver de um único soldado. Os drens não tinham nada a ver comigo, conosco. Nós morremos para que os homens ricos ficassem mais ricos.

— Não estou falando dos líderes. Não estou falando sobre os nobres ou a Coroa; estou falando sobre *nós*. Seja qual for o veneno que você tem no sangue, não vou deixar que fale mal das linhas.

— Tirar um garoto de sua casa, para longe de tudo, faz que ele seja ele mesmo. Dar uma arma a ele, encharcá-lo de sangue, isso parece uma receita de santidade para você?

— É só isso o que você tem pelos os homens com quem você lutou? Que lutaram por você? Me enoja ouvir você falando assim, pensar que fui liderado por um homem que não está nem aí para seus companheiros.

— Isso o machuca? Que você nunca conseguiu ser promovido?

— Eu fui um soldado melhor do que você.

— Você foi um soldado melhor do que eu. — Concordei. — Mas nunca foi melhor matador.

O sorriso de escárnio de Adolphus sentava em seu rosto de forma desconfortável.

— E você se orgulha disso?

— Não, não me orgulho, mas é só o que era. Não deixe que a maneira como eles adornam as coisas faça você se esquecer. Foi assassinato, puro e simples. O fato de termos feito um monte deles não torna as coisas melhores.

— Não é verdade! — disse ele. Nossa conversa o havia exaltado tanto que gotas de suor pingavam de seu pescoço em meus cabelos. — Fizemos o que foi exigido de nós. A guerra não é uma coisa bonita, mas eu não tenho nada do que me envergonhar.

Enfiei meu cigarro na boca.

— Você não tem vergonha de Zwollen?

Isso o calou tão rapidamente que quase me arrependi de ter falado. Ele enfiou as mãos nos bolsos e desviou o olhar.

— Não fomos heróis, meu amigo — falei. — Na melhor das hipóteses, fomos vítimas.

Ele deu de ombros, incapaz de concordar, mas igualmente incapaz de refutar.

Isso foi o fim da nossa conversa, e, já que Adolphus parecia imóvel, cabia a mim sair dali. Não me importava — estava mesmo quente como o inferno ali dentro. Só percebi que não tinha para onde ir quando saí, e o sol começou a esquentar minha cabeça.

# 34

— Aceita um pouco antes de ir até lá? — perguntou Roland Montgomery, os olhos azuis brilhando.

Estávamos em seu escritório, cerca de 700 metros nos arredores da muralha de Zwollen. Era uma tenda de lona de mais ou menos um metro quadrado, uma porta na lateral se abrindo para as intempéries — uma tenda comum a qualquer soldado acima do nível de soldado raso, a única diferença era uma escrivaninha. Ele poderia ter conseguido ficar em outro lugar com quatro paredes e um teto, mas não o havia feito.

Bebi o raio de luar com um só gole. Parecia que alguém havia me dado um chute na barriga, mas com certeza era bem melhor do que a água que eu vinha bebendo.

— Sei que está ocupado com seus preparativos, tenente. Não vou tomar muito do seu tempo.

— Sim, senhor, é claro.

Essa coisa toda era uma formalidade, e via de regra não sou muito fã das formalidades. Iríamos atacá-los essa noite — essas eram as ordens vindas de cima. Cada membro das forças aliadas já sabia disso desde o meio-dia, o que significava que os drens já deveriam saber desde as 12h30. Se os espiões espalhados entre aqueles que seguiam o acampamento tivessem falhado em passar a notícia, a artilharia que estava atirando havia duas horas com certeza havia dado alguma dica a eles. A surpresa havia sido estragada — iríamos fazer as coisas da maneira mais difícil: um esquadrão escolhido iria escalar o muro com a ajuda de escadas, esperando que sua carne fosse isca para dar tempo suficiente para que a segunda onda de soldados conseguisse entrar. Qualquer recruta com a sorte de sobreviver receberia pagamento extra, e quem fosse tolo o bastante para guiá-los até lá certamente receberia uma promoção. Eu almejava chegar a alguns postos além de tenente, embora seja difícil agora lembrar por quê. Independente disso, quando eles nos reuniram e pediram o sacrifício, eu ergui a mão e ofereci os homens da companhia A.

— Não vou gastar seu tempo com grandes oratórias. Você não é um novato, e eu também não. Ambos sabemos que esta operação foi um fracasso desde o começo. Se o meu predecessor tivesse feito o seu trabalho em vez de se embebedar até a morte, já estaríamos lá dentro há dois meses. Se a liderança tivesse decidido nos ajudar com meia dúzia de feiticeiros competentes, teríamos entrado há seis semanas e, se a chuva não tivesse acabado com nossas minas, teríamos entrado hoje de manhã. Mas eu não controlo o exército, tenente, nem o clima. A única coisa com a qual posso contar é a força do meu braço direito e os homens sob o meu comando, e a primeira não será suficiente para a tarefa desta noite. Não vou pedir a você que o faça pela Coroa ou por Rigus — Sakra sabe que você já fez o bastante por ambos e foi mal remunerado pelos seus serviços. Estou pedindo que o faça por mim, e eu tomo conta dos meus.

— Sim, senhor. — Puxei as palavras do fundo do meu peito. — Nós vamos conseguir tomá-la, senhor.

Ele assentiu e pousou a mão sobre o meu ombro.

— Não tenho dúvidas.

Saí de sua tenda e entrei na chuva. De volta ao *front*, enfileirei minha companhia diante de mim, com armas e armaduras, a água batendo sobre a cabeça das cem almas mais ferozes, cansadas e famintas — veteranos de seis meses, um ano, ou os três anos completos que eu havia sofrido.

— Não vou começar com discurso nenhum. — falei, e, ao contrário de Roland, eu estava falando sério. — Vocês sabem qual é a recompensa por conseguir entrar. Sabem o que será necessário para chegar até lá. Temos vinte escadas à nossa frente e dois homens em cada time. Preciso de trinta e nove homens. Se vocês quiserem fazer parte, digam agora.

Adolphus foi o primeiro a se oferecer, mas havia um bom número de homens dispostos a enfrentar o desafio, e, uma vez que todos se ofereceram, não precisei recrutar ninguém. Eram bons homens. Eram tão bons quanto possível, naquelas circunstâncias. Seja o que for que isso signifique.

— O restante de vocês irá se juntar à companhia B, e todos sabemos como eles são um bando de mariquinhas. — Houve uma risadaria geral. — Estou contando com vocês para darem força a eles. Faremos a nossa parte, mas quero que vocês venham com força total.

Os dois terços ajuizados da minha companhia foram para trás. Os de nós que restaram checaram seus equipamentos uma última vez. Aqueles frugais drenaram o que tinham economizado de sua ração diária de bebida alcoólica. Os crentes fizeram suas orações, falando com Aquela que Espera por Trás de Todas as Coisas.

É o ínterim que o mata. Conheci alguns caras que conseguiam suportar sem problemas, mas nunca fui um deles. Minha garganta estava seca como sal, e só com muita força de vontade consegui manter minhas mãos longe do cantil. Racionar água era uma linha tênue. Seu instinto é beber até a barriga estufar, mas, uma vez que a ação começa, uma barriga cheia de água significa calças molhadas, e você perde a autoridade quando tem marcas de mijo nas calças. Porém, com aquela chuva, duvido que alguém tivesse notado.

Um súbito brilho vermelho iluminou o céu, o nosso sinal para começar. Peguei minha ponta da escada, e Adolphus a dele, e então não houve tempo para minhas pernas se lembrarem de que não estavam funcionando, apenas 270 metros a serem percorridos numa velocidade animal ou a morte carregando vinte e dois quilos de madeira nos ombros. O terreno era lama entremeada por cadáveres, cada passo um esforço. Estava escuro demais para o inimigo nos ver, e mais ainda para acertar um tiro, mas eles atiravam mesmo assim. Eu podia ouvir as flechas aterrissando nos sedimentos ao nosso redor, mais grossas que os pingos de chuva, e me ocorreu que um tiro de sorte mata da mesma maneira que um bom tiro. Os tiros eram acompanhados por feixes de luz intermitentes, iluminando os arredores, depois desaparecendo. Os feiticeiros drens não haviam ficado menos poderosos do que em Beneharnum, mas não podiam ver mais no escuro do que os arqueiros. Pelo menos eu esperava que não pudessem. Nunca se sabia exatamente o que esperar quando se estava falando da Arte.

O fosso era uma vala cheia de lixo, o terreno afundava até os joelhos e em sua maioria era água de esgoto, assim dizia o seu cheiro. Forrando o chão, havia estrepes de madeira, a água suja garantindo que qualquer ferimento se transformasse numa infecção. Um homem no time próximo ao meu pisou num deles e caiu. Ele deu um grito que revelou nossa posição, mas não havia tempo para fazer nada a respeito.

Segui em frente, desejando por Maletus que eu não tivesse o mesmo destino que ele.

O Cicatrizado ficou com piedade de mim, pelo menos por enquanto, pois eu havia conseguido ultrapassar sem qualquer ferimento. Alguns metros à frente dos batalhões, pousei a parte de baixo da escada na terra e, depois de um segundo, Adolphus encostou a outra ponta contra o muro de pedra. Desembainhei uma faca e a coloquei entre meus dentes, então comecei a subir os degraus antes que meu parceiro pudesse fazer o mesmo.

Tiros de canhão vindo dos batalhões acima de nós iluminavam a noite, mas mantive meus olhos no muro e escalei o mais rápido que pude. Se alguém olhasse para baixo, eu estava morto, um alvo fácil para alguém com arco e flecha ou um caldeirão de piche fervente. O último era o pior, sebo fervente comendo suas roupas e grudando na sua pele, invalidando quem quer que sobrevivesse, destinando-o a uma longa vida pedindo esmola nas ruas e assustando crianças. É claro, se eu tivesse a sorte de cair, a própria queda me mataria — um pensamento realmente feliz.

No último degrau, descobri que a porra da escada era pequena demais. Eu ainda estava a uns bons sessenta centímetros da borda, mas àquela altura não havia como voltar atrás. Esperando por Sakra que Adolphus estivesse com aqueles seus braços bovinos bem firmes na escada, me preparei e pulei para a borda. Meus dedos encontraram apoio nas pedras, mas foi um momento agonizante antes de conseguir içar minhas pernas para cima.

Levei um segundo para pegar minhas coisas. Eu estava tão certo de que a escalada iria me matar que não dediquei muito tempo pensando no que faria se conseguisse chegar até o topo. Por sorte, o dren que estava mais perto de mim parecia tão surpreso quanto eu, hesitando em fazer o óbvio e enfiar a lança que ele tinha nas mãos exatamente para aquele propósito. Eu me recobrei do meu choque mais rapidamente do que ele, peguei a faca que estava entre os dentes e a enfiei entre suas costelas. Ele se mexeu no último segundo, transformando um golpe mortal num raspão, mas ele ficou desarmado o bastante para que eu pudesse pegá-lo pelos ombros e jogá-lo lá embaixo.

Um trio de guardas estava vindo em socorro de seu camarada, lentos demais para salvá-lo, mas a tempo de se vingarem. Puxei uma granada da minha bandoleira e risquei o pavio no chão, acendendo-o, então a joguei no chão. Um barulho ensurdecedor e pedaços de carne. Eu me levantei o mais rápido que pude, cada segundo perdido um desespero. Havia entranhas em meus cabelos, e eu as afastei negligentemente, mais um horror que eu não tinha tempo de processar. Se eu lhes desse a chance de vir para cima de mim, estava morto, a audácia era tudo o que eu tinha. Desembainhei minha adaga e corri em direção ao mar de homens que subia pela escadaria, vindo do pátio lá embaixo.

A Grande Guerra era o maior conflito na história da humanidade. Milhões de homens se matando na extensão das Treze Terras. Junte pessoas o bastante, e todo o tipo de merda começa a acontecer — é apenas uma questão de números. Uma vez, vi um homem derrubar um pelotão inteiro de drens sozinho, gritando como Maletus e balançando uma espada flamberge numa das mãos. Fez com que metade deles andasse para trás, assustados como ovelhas, cerca de quinze soldados de olhos baixos. Eu não teria acreditado se não tivesse visto, mas eu vi e aconteceu. Uma granada o atingiu alguns dias mais tarde, mas ele havia sido a pérola da divisão nesse ínterim.

O que quero dizer é: o que aconteceu foi apenas sorte, aleatória e cega — qualquer flecha poderia ter me acertado, e deve ter havido centenas de milhares de soldados corajosos como eu, ou ainda mais. Mas, naquela noite, não me deparei com nenhum deles. Naquela noite, eu era intocável.

Funcionei com aquela parte do cérebro que fica abaixo da consciência, que relembra as coisas apenas impessoalmente, como se observasse as atitudes de uma terceira pessoa. A ponta da minha espada avançava adiante por vontade própria, e o que ela tocava dissipava como água. Nos estreitos confins da escadaria, os números não valiam nada, era um a um. O dren na minha frente ergueu sua espada sobre a cabeça, os lábios tremendo, e enfiei minha espada até o cabo, até atingir osso. O próximo recebeu um chute no peito forte o bastante para quebrar algumas costelas e caiu dos degraus, levando um de seus companheiros consigo.

Eu estava louco pela adrenalina. Eu teria rido se tivesse fôlego para tanto.

Os dois últimos saíram correndo — um deles eu consegui pegar quando estava se virando, mas o outro correu tão rápido que não me incomodei de ir atrás dele. Nas profundezas de minha mente, percebi que tínhamos conseguido entrar, podia ver meus homens passando correndo por mim, descendo os outros lances de escada e indo para a cidade. A mão em meu ombro era de Adolphus, uma ferida em seu braço que dava pena de olhar, mas ainda assim com um sorriso no rosto. Ele riu, e eu ri com ele. Após alguns instantes, aconteceu uma explosão à nossa direita, o espaço que eu havia feito para que nossos reforços tivessem tempo de demolir o portão principal. Os reforços estavam a caminho, mas não importava — qualquer força que estivesse mantendo os drens sitiados contra todo o poderio do império de Rigun havia acabado. A sobrevivência imediata era agora a única preocupação.

Por alguns momentos, permaneci ali observando enquanto, pelo menos era o que eu pensava na época, o restante da minha companhia caçava os drens que tentavam escapar — e senti como deveria me sentir. Como um homem que havia cumprido seu dever, certeiro como a chuva que caía.

Então começaram os gritos, distintos dos ruídos de batalha pela presença de vozes femininas, e percebi, nem pela primeira nem pela última vez, que eu era um tolo.

Os soldados que passavam correndo por mim não estavam sob meu comando, mas eu gritei para eles mesmo assim — alto, em formação, debandar, qualquer coisa em que pude pensar. Ninguém obedeceu. A vitória pode desorganizar um exército da mesma maneira que a derrota. Dois meses acampados em frente àquelas muralhas, molhados e congelando enquanto as pessoas dali de dentro jogavam explosivos nas nossas cabeças — acho que havíamos criado algo como uma rixa.

No meio da rua, um homem recém-chegado à idade de se barbear segurava uma mulher contra o chão. Ela lutava desesperadamente, gritando por socorro, e ele a estapeou para que se calasse e recomeçou a tentar abrir seu casaco. Adolphus voou para cima dele e o arrancou de cima da mulher, quase arrancando o braço do garoto. Em seu excitamento pré-coito, ele mal pareceu notar, rindo enquanto puxava as calças para cima.

— Tudo bem, tudo bem. Oficiais primeiro. Não precisa se irritar, há bastante para todos.

Ele correu noite adentro, as ruas repletas de presas.

A vítima ficou nos encarando, certa de que éramos os próximos. Eu me lembro daquele olhar melhor do que qualquer coisa naquela noite, o medo nos olhos dela e o ódio por trás deles. Após uma longa pausa, ela se levantou e saiu correndo por uma viela.

À distância, focos de incêndios se espalhavam, produto de uma vela caída ou vandalismo deliberado. Meus amigos e camaradas continuaram seu avanço triunfal cidade adentro. Eu havia desistido de impedi-los. À luz da metrópole em chamas, eles pareciam não ter rostos, permutáveis. Se você não estivesse disposto, o próximo homem na linha certamente estaria — então, por que não se dispor? As hordas não possuem qualquer código. Eu tinha aprendido isso havia muito tempo. Não tinha certeza de por que aquilo ainda me surpreendia.

Olhei para Adolphus. Ele olhou para mim. Caminhamos por uma rua lateral. Após algumas centenas de metros, paramos em frente a uma casa, construída de forma decente, mas sem nada de especial, residência de um lojista ou pequeno comerciante. Adolphus enfiou o pé no meio da porta e a transformou em nada.

O cidadão atrás da porta empunhava uma faca de cortar carne esquecida numa das mãos, os olhos arregalados, qualquer ímpeto de lutar perdido ao ver um gigante. Atrás dele estavam sua esposa e filha, de rostos gordos e quadris largos, quase indistinguíveis, agarrando-se uma à outra com uma ferocidade aterrorizada. Adolphus agarrou o pulso do homem com firmeza, mas sem crueldade. A faca caiu no chão. Passei por meu parceiro e me sentei a uma mesa de cozinha que dominava o ambiente. O soldado Gustav ocupou a cadeira à minha frente.

— Comida — falei, em meu dren macarrônico. — Bebida.

A matrona soluçava copiosamente, um tom que sua filha logo seguiu. Repeti meu pedido ao velho, e, depois de alguns momentos, ele saiu do choque e foi em direção à despensa. Adolphus olhava para a parede com olhos tristes e sem vida.

Passamos o resto da noite daquela maneira, nossos anfitriões nos trazendo cerveja preta e qualquer coisa seca que restasse na despensa, mãe e filha jamais se largando, convencidas de que a qualquer momento iríamos violá-las. Nós dois bebemos metade de um barril, tentando ficar bêbados o bastante para esquecer o que acontecia ao nosso redor, mas não o suficiente para que o velho cortasse nossas gargantas. Tínhamos nos dado uma tarefa difícil e não conseguimos exatamente cumpri-la.

Na escuridão lá fora coisas terríveis aconteceram.

A pilhagem durou três dias, depois dos quais os homens gradualmente assumiram a forma que distingue um exército de um bando de saqueadores. Ouso dizer que alguns homens de minha companhia passaram aqueles dias como eu e Adolphus; ouso dizer que não foram muitos. Eu teria recebido uma promoção pelo papel que desempenhei no ataque, mas, na segunda tarde, me embebedei e quebrei a mandíbula de um homem que acabei descobrindo ser meu capitão, e foi tudo o que Roland conseguiu fazer para evitar que eu fosse preso, ou açoitado.

# 35

Passei a tarde num apartamento que eu tinha em Offbend. É um apartamento feio, num prédio feio, num bairro feio de uma cidade feia. Eu poderia continuar. Os vizinhos fazem de tudo para fazer jus ao que os cerca, pessoas malvadas, zarolhas e com pele ruim, mas eles não conheciam ninguém e nunca viam nada. Essa era a única virtude da moradia, e valiam a pena as poucas moedas que pagava por ele todos os meses.

De volta ao Conde, mudei de roupa e abri o cadeado da prateleira escondida em meu quarto, pegando algumas ampolas de Sopro de Fada do meu estoque profissional e colocando-as no meu estoque para uso pessoal. Notei com amargura que meu estoque pessoal estivera bem mais cheio alguns dias antes.

Uma carta esperava em meu criado mudo, uma letra M selada com cera na parte de trás do envelope. Abri a carta e vi um pedaço de papel cair no chão. O texto era bem escrito, a tinta bem fixa na musselina.

*Tenente,*

*Com certeza você ficou sabendo de minha recente perda. A chegada dela deve ser estendida sob meus pés, apenas sob os meus pés — você não me deve nada. Na verdade, minha família e eu é que estamos em débito com você, e, embora sua recusa em aceitar qualquer pagamento lhe dê crédito, seus serviços merecem uma recompensa. Por favor, aceite o que anexei apenas como recompensa e como uma prova de estima de um velho.*

*General Edwin Montgomery (aposentado)*

Perda recente. O general era um homem duro, mas ele tinha mesmo que ser, já tendo perdido um dos filhos. E o que se podia esperar? Manchas de lágrimas nas bordas, como a carta de amor de uma virgem? Peguei o pedaço de papel que caiu no chão. Era uma promissória a ser retirada em um dos mais antigos bancos da cidade, do tipo que tem hera subindo pelos muros de pedra, um letreiro pequeno demais para se perceber e um milhão de ocres no cofre. O papel era leve. Os zeros eram suficientes para ter o mesmo peso de um corpo. Eu o rasguei em pedacinhos, então joguei os pedacinhos no lixo.

A bola já estava rolando. Seria esperto de minha parte não ficar na frente dela. E, além disso, o general não sabia do que eu devia a ele — se soubesse, não teria sido tão rápido em me oferecer dinheiro ou sua estima. Abri a ampola de Sopro de Fada e deixei que o vapor rosa entrasse pelas minhas narinas. Rhaine Montgomery teria justiça.

Dobrei a carta, parei e reabri novamente. O selo de cera havia sido requentado, hábil e sutilmente, mas notavelmente, se você soubesse onde procurar. Eu não havia sido a primeira pessoa a ler a missiva do general, embora tivesse uma boa ideia de quem havia sido.

Em algum momento, enquanto eu estava lá em cima, Garrincha havia se sentado numa das mesas da frente. Ele arrancava pedaços de madeira com a ponta de seu punhal e não reagiu quando eu sentei ao seu lado.

— Sei que os móveis não estão exatamente em excelente condição, mas isso não é motivo para deteriorá-los ainda mais.

Ele não respondeu e não parou com o que estava fazendo.

— Como foi sua lição?

Ele resmungou.

— Não falo a língua de adolescentes emburrados. Você vai ter que traduzir.

— Foi tudo bem — disse ele, tão afiado quanto a ponta de seu punhal.

Coloquei minha mão no punho do garoto e o pousei sobre a mesa. Então, aproximei meu rosto do dele, próximo o bastante para sentir seu hálito.

— Se você não está a fim de conversar, tudo bem, não estou a fim de ouvir confissões. Mas vou me encontrar com Mazzie mais tarde e gostaria de ter certeza de que não estou sendo enganado.

Segurei-o firme por um bom tempo, depois soltei e me reclinei em minha cadeira.

— Ela é beleza — disse ele, depois de um momento. — Pelo menos por enquanto. Não fizemos muita coisa. Ela fez chá e conversamos um pouco. Ela me disse que preciso aprender a deixar minha mente vazia. Não fez muito sentido para mim.

Aquilo parecia certo. Eu não supunha que ele fosse iniciado nos mais altos mistérios em seu primeiro dia. Peguei uma lasca que Garrincha havia tirado da mesa e comecei a palitar os dentes.

— Não precisa fazer sentido a você. Ela é sua professora, só precisa fazer sentido para ela. Mas, como eu disse, mantenha os olhos abertos. Se alguma coisa parecer errada para você, me diga imediatamente.

Ele não estava com humor para concordar comigo em nada, por isso, em vez de balançar a cabeça, ele voltou a tirar lascas da mesa. Deixei que ficasse quieto por tempo suficiente para ficar confortável, então deixei cair o peso.

— Você pretende arrumar um emprego com os gélidos?

— Não — disse ele, confuso.

— Então, por que andou lendo minha correspondência?

Ele enfiou o punhal na madeira e abriu a boca para mentir.

— Diga uma mentira, e vou te arrebentar — falei, mas meu coração não estava para aquilo, e não arranquei dele mais do que um balançar de ombros.

— Parecia interessante.

— Foi isso que aprendeu debaixo do meu teto? A cuspir no prato em que come?

Uma infância passada batendo carteiras e armando esquemas havia praticamente extinguido de Garrincha qualquer sentimento de culpa. Sem dúvida, ele merecia mais do que uma manifestação física do meu descontentamento, mas estava quente demais para deixar as coisas esquentarem.

— O que você fez pelo general Montgomery? — perguntou Garrincha, depois que ficou claro que não haveria qualquer consequência imediata pelo seu mau comportamento.

— Algo de muito pouco valor.

— Tem alguma coisa a ver com aquela mulher que veio aqui na semana passada?

Pelo Primogênito, Garrincha era esperto. Você precisava correr para ficar à frente dele.

— Sim.

— E como as coisas se saíram?

— Não muito bem.

— Esse general Montgomery — começou ele novamente, depois de fazer uma pausa — é o pai de Roland?

— Não é mais.

— Adolphus diz que Roland foi uma lenda. Disse que ele deu sua vida tentando melhorar a vida de seus homens.

— A morte faz de um cara alguém famoso. — Minha dor de cabeça não iria para lugar nenhum. Pensei em enrolar um baseado, mas seria um longo dia e era melhor manter a mente limpa.

— Você conhecia ele?

— Sim, eu o conhecia.

— Como ele era?

Um homem como qualquer outro. Um Daeva, direto de Chinvat. Um cachorro louco pelas ruas, melhor sacrificado, e logo.

— Depende de onde você estiver sentado.

— E onde você estava sentado?

— Ele foi meu superior durante algum tempo, durante a guerra. Depois disso... — Joguei meu palito no chão. — Estávamos em lados opostos.

— Mas você era um soldado, como Adolphus; Roland estava lutando por você.

Minhas chances de chegar à metade da manhã sem perder a paciência estavam começando a ficar extremamente pequenas. Garrincha havia aperfeiçoado a habilidade de me fazer querer machucá-lo.

— Deixe-me explicar para você como são as coisas, garoto. Eu não achava que precisava, tendo você crescido como cresceu. Mas você é jovem e ainda é ignorante, por isso vou lhe dizer. Há homens que andam na linha de frente e homens que ficam atrás deles. O homem que está atrás sempre tem alguma razão para estar onde está. Roland era melhor do que a maioria deles; pelo menos ele acreditava nas coisas que dizia. Mas, no fim das contas, ainda são os homens da linha de frente que recebem as flechadas.

— Os veteranos parecem achar que ele era mais do que isso.

— Ele tinha uma boa lábia, como eu disse.

— E isso é tudo?

— Os drens, que você tanto odeia... você acha que eles marchavam por quê? Você acha que os comandantes deles disseram que eles eram uma horda, para que se preparassem para acabar com uma civilização e queimá-la em suas bases? Eles ouviram o mesmo discurso que nós: glória, honra, justiça. Tudo depende de onde você está sentado, como eu falei.

— Nada disso significa nada?

— Não o bastante para se morrer por elas.

— Então, por que você está fazendo isso?

— Fazendo o quê?

Seus olhos estavam duros e frios, mais duros e frios do que os olhos de um garoto de quatorze anos deveriam estar.

— Você está armando alguma — disse ele. — Você está mexendo com quem não deve a semana inteira.

— Meu trabalho é mexer com quem não deve.

— Então, você vai receber ouro em troca do que está fazendo com os veteranos?

Nada como ter a mesa virada sobre você por um garoto que ainda cheira a fraldas.

— Não tem nada a ver com dinheiro.

— Então, é sobre o quê?

Eu não respondi.

— Glória? Honra? — Ele sorriu de forma selvagem. — Justiça?

Fui salvo por uma batida vinda de fora, uma batida sólida que mais parecia estar tentando derrubar a porta.

Garrincha voltou a brincar com seu punhal.

— Para um cara que não arrisca o pescoço por nada, você arrisca bastante o seu.

As batidas continuaram.

— Guardião. Você está aí?

— Sim — respondi, mas meus olhos não deixaram o garoto.

— É Hroudland. O comandante precisa vê-lo.

— Só um segundo! — gritei de volta, então encostei o rosto no de Garrincha.

— Da próxima vez que você pegar em minha propriedade, pode esperar que essa conversa será muito menos agradável — falei, depois levantei e abri a porta.

Hroudland e mais uns dois outros veteranos estavam parados do lado de fora e não pareciam muito felizes.

— Olá rapazes... sentiram a minha falta?

# 36

Pretories estava num pequeno café do outro lado dos escombros de um edifício incendiado. Estava sentado num banco próximo à janela, bebericando de uma caneca pequena demais para suas mãos. Três de seus rapazes o mantinham protegido, cinco se você fosse considerar a largura. Cada um estava engajado em demonstrações impressionantes de fúria, estalando juntas, olhando feio para transeuntes, fazendo ameaças silenciosas a ninguém em particular. Em contraste, Joachim parecia levemente aborrecido, soprando suavemente seu café.

Essa seria uma jogada apertada, não havia espaço para erros. A ampola de Sopro de Fada pesava em meu bolso, e eu a deixei ali mesmo. Esses rapazes da Associação não eram tão liberais quanto minha plateia habitual.

— Me desculpe, comandante — falei.

Ele engoliu minha cortesia com um aceno de cabeça.

— Tínhamos três rapazes lá dentro quando eles chegaram.

— Como eu disse, sinto muito.

Joachim tinha uma calma estranha que fazia você estremecer, a barba coçar e o cenho transpirar.

— Vamos ouvir o que você tem a dizer — disse ele, finalmente.

— Acho que não estou entendendo.

— Você me alertou, me disse o que estava para acontecer. Eu não lhe dei atenção. Você tem o direito de cantar de galo.

Eu me sentei no assento em frente ao dele.

— A morte de seus homens não me causa qualquer prazer. — Mas eu também não perderia o sono por causa disso, desses capangas que faziam o trabalho sujo de Joachim havia dez anos.

Isso foi a última coisa que foi dita por algum tempo. Observei nuvens de fumaça branca saindo de um buraco do outro lado da rua. Os rapazes me observavam. Pretories parecia não observar nada.

Sem qualquer aviso, ele bateu o punho fechado contra a mesa. Os talheres tilintaram, assim como os funcionários. Ele esperou que ambos se refizessem antes de continuar.

— Não preciso dessa merda agora.

— Imagino que não.

— Amanhã será o maior dia da história da nossa organização. Cinquenta mil homens marchando lado a lado, o maior contingente de veteranos desde o final da guerra, levando nossas exigências diretamente ao palácio.

— Muito importante.

— E agora um... senhor do crime decadente quer tirar uma com a nossa cara, desenterrando uma sujeira que estava enterrada havia uma década.

— Eu admito, o momento é suspeito.

Seus olhos rolaram nas órbitas para encontrarem os meus.

— O que isso quer dizer?

Olhei deliberadamente ao redor da mesa.

— Talvez seja melhor continuarmos essa conversa em particular.

— Não sei ao que você está acostumado, tenente, mas esses homens são meus irmãos. Não existem segredos entre nós.

Os paspalhos se sentaram mais eretos.

— Os boatos dizem que os Giroies estão sendo ajudados por alguém de cima da Casa Negra.

— Rapazes, fechem o perímetro.

Os idiotas se levantaram, magoados e petulantes.

Joachim esperou que fossem embora antes de continuar.

— Isso é impossível — disse ele, e talvez não estivesse tão ereto quanto uma lança.

— Por quê?

— A Casa Negra não tem qualquer motivo para vir atrás de nós; somos uma organização legítima.

— Em busca de problemas com a prefeitura e a Coroa. Se você acha que o Velho está acima de tomar partido em assuntos políticos, precisa amadurecer mais um pouco. E, além disso, a Associação pode ter deixado suas atividades revolucionárias para trás, mas a Casa Negra tem uma boa memória. Eles não são contrários a pisar em você em nome de desentendimentos passados.

— Estou bem ciente de nossa história com a Casa Negra. — Ele franziu a boca como se tivesse sentido o cheiro de algo estragado, e, se ele não estivesse inquieto, eu estava perto o suficiente de enfiar o dedo na ferida. — Mas nós chegamos a um... equilíbrio, pelo menos, desde a morte de Roland. Eles não têm qualquer motivo para declarar guerra contra a gente.

— Eles não declararam; você o fez quando decidiu organizar a marcha. Seja qual for o acordo tácito que você pensa ter com o Velho, posso garantir a você, ele dura apenas até ele achar que você está causando problema para ele. Ou até ele ter um tiro limpo em sua garganta.

— Então ele encomendou essa confusão com os Giroies para...

— Para derrotar você. Eles pensaram que poderiam distraí-lo com uma antiga desavença.

Ele parecia perceber que o equilíbrio entre nós havia mudado e veio com tudo, tentando reassegurar sua autoridade.

— Isso tudo é muito interessante, tenente. Imagino por que você não pensou em mencionar isso anteriormente.

— Tudo o que eu tinha eram rumores, boatos do submundo.

— E agora?

— Fiz algumas pesquisas desde ontem. Ainda existem alguns homens na Casa Negra que estão dispostos a falar, contanto que eu pague os drinques, e os drinques custam dez ocres cada.

— Rumores de contatos do submundo e ex-colegas... isso está longe de ser evidência concreta.

— Mas se encaixa direitinho, não?

O silêncio dele confirmava tudo. Houve outra longa pausa, mas essa eu não achava que tinha sido planejada. Mesmo para um homem controlado como o comandante, as coisas estavam acontecendo rápido demais. Ele bebericou seu café.

— Anos passados nos tirando do buraco de Roland, evitando qualquer coisa que dissesse respeito a nossas antigas atividades. Construindo nossos papéis, fazendo contatos na corte. Ganhando um lugar à mesa para os homens que haviam lutado e o mereciam. Essa manhã eu acordo com a notícia de que nossa estação havia sido bombardeada, quatro de nossos irmãos assassinados e estamos de volta à porra do começo.

Coloquei um dedo na borda do jarro de leite, então o derrubei. Uma poça se formou na mesa, encharcando o tecido e pingando no chão lentamente.

Pretories olhou o leite pingando, depois olhou para mim.

— Você vai chorar por ele?

Joachim não respondeu, mas seus olhos estavam mais furiosos do que eu jamais os vira.

— Deixe que isso fique sem resposta e o que você acha que vai ganhar em troca? Os Giroies precisam de um murro no nariz, ou vão continuar vindo para cima de você — falei.

— E se a Casa Negra estiver mexendo os pauzinhos?

— Melhor ainda. Eles aprendem a lição, mas não vai parecer que você a ensinou a eles.

— O Velho não perde um peão sem revidar.

— Você acha que ele vai mandar flores para o funeral?

— Ele não é um homem que pega leve.

— Se você queria manter o *status quo* não deveria estar organizando a marcha até o palácio. Do jeito que as coisas estão, você tem duas opções: deixar que pensem que você não consegue responder à altura...

— Ou?

— Mostrar a eles que ninguém fode com você. Responder com força o bastante para que o velho engula a derrota. Ele não tem qualquer interesse em começar uma guerra em grande escala.

— E o que vai impedir que ele venha atrás da gente de outra maneira?

— Os problemas de amanhã devem ser resolvidos amanhã. O problema de hoje é que os Giroies estão fazendo carne moída do seu pessoal, e, a menos que você queira que isso continue, precisa tomar uma atitude. Salvação, uma oferta para um homem que está se afogando. Quem recusaria? Apenas se certifique de que ele não saiba que foi você quem o empurrou para fora do barco. — Joachim não era do tipo que fazia as coisas nas coxas. Ele não disse nada por um longo momento, os olhos sem qualquer emoção, como os de um catatônico.

— O que você recomenda?

— Algo poderoso. Precisa ter alcance.

Mais um minuto se passou. Então, os cantos de sua boca se moveram para cima.

— Obrigado por sua informação, tenente. Nos falaremos em breve.

Eu sabia reconhecer uma dispensa quando a escutava. Joachim permaneceu onde estava, terminando seu café. Um garçom correu até a mesa e começou a enxugar o leite derramado. Logo, logo, haveria sangue para se juntar a ele.

# 37

Os cães de guarda de Guiscard chegaram meros vinte minutos depois de os de Joachim me depositarem de volta no Conde de Sinuosa, e dessa vez nenhum dos dois estava bancando o bonzinho. Já imaginava que eles fossem aparecer, por isso neste ínterim eu me livrei de quaisquer armas ou substâncias ilegais, mas eles levaram um bom tempo me revistando para ter certeza. Eles pararam antes que minhas calças chegassem aos tornozelos, um fato que me deixou grato.

— Eu guardo uma faca no cu.

O amigável me acertou no estômago com força suficiente para me deixar encolhido no chão. O inamistoso me chutou na cabeça. Era por isso que ele era o inamistoso.

Eles me colocaram em pé. Caí novamente. Colocaram-me de pé mais uma vez e me mantiveram firme. Pisquei, afastando o clarão dos olhos, desejando poder fazer o mesmo com o sangue.

— Essa era a minha melhor camisa — falei, o vermelho contrastando com as manchas de suor.

O amigável parecia pronto para me dar mais uma, mas o inamistoso fez sinal para que ele não o fizesse, me algemou e me escoltou porta afora. Pensei que talvez devesse mudar a classificação deles. A viagem foi bastante parecida com a anterior, exceto que dessa vez ninguém sorria e cada buraco na rua fazia meu crânio doer.

A Casa Negra parecia a mesma, embora eu tenha sido levado para cima rapidamente, por isso não restou muito tempo para inspeções. Alguns minutos depois eu estava de volta ao escritório cheio de janelas de Guiscard, forçado a sentar numa cadeira desconfortável.

Ele parecia abatido desde a última vez que eu o vira o que era um bom sinal, sinal de que meu trabalho não havia sido inteiramente em vão. Meus olhos estavam inchados e praticamente fechados, e eu sentia dor ao respirar, por isso me esforçava para não fazê-lo.

— Você deixou a peteca cair, Guardião. Era para você me manter a par da situação. Acordei hoje de manhã e descobri que havia uma cratera e três corpos carbonizados onde costumava ser um dos escritórios da Associação.

— Quatro corpos — falei. — Não diminua a contagem.

Uma tábua do assoalho estalou atrás de mim, e então minha mandíbula bateu contra meu peito. O inamistoso, imaginei. Alguns centímetros abaixo, e ele teria quebrado o meu pescoço, mas ele sabia o que estava fazendo. O método correto de bater num homem sentado era algo que você aprendia à medida que subia de cargo na Casa Negra.

— Eu pensava que, depois de algumas das coisas que fiz por você ultimamente, o mínimo que você poderia fazer era me manter a par dos fatos recentes.

— Em que sentido fui negligente?

— O que você sabe sobre a Associação roubar um carregamento dos Giroies?

— Eu sei que eles fizeram isso.

— Então, por que eu não sabia disso?

— Pensei que você iria acabar sabendo, de um jeito ou de outro.

Dessa vez, Guiscard não delegou. Ele nunca teve o talento cru de seus subordinados, mas ainda assim era um esforço crível. Mas, àquela altura, eu já sentia dor demais para sentir qualquer outra coisa, e isso dá a um homem uma certa audácia.

— Desculpe-me por creditar a você a capacidade de sentir o cheiro de fumaça.

— A casa está pegando fogo, é isso?

— A cidade inteira, em breve.

— Por causa dos Giroies?

Balancei a cabeça, triste.

— Você não pode ser realmente tão lerdo quanto parece.

Atrás de mim, eu podia ouvir minha escolta se preparando para outro golpe.

— Tirem as algemas — disse Guiscard. — Depois saiam.

Houve uma pausa, mas, com minha cabeça do jeito que estava, não consegui entender o que aconteceu durante ela. Depois de alguns momentos, um dos cães de guarda soltou minhas mãos. Eu as juntei, e o orgulho me impediu de checar meus machucados.

— Fique longe de encrencas — disse o amigável enquanto saía.

A porta se fechou.

— Tem um cigarro? — perguntei.

— Parei de fumar.

Sorri através de meus dentes moles.

— Você não vai fingir que não tem um estoque escondido em algum lugar, não é?

Ele suspirou irritado, então abriu uma gaveta e me passou uma pequena bolsa de couro.

— Você pediu a eles que me dessem porrada?

Ele não respondeu.

— Simplesmente deixou à escolha deles? Precisa ter cuidado com isso; eles se empolgam, e de repente não sobra ninguém para interrogar. — Meus dedos tremiam, e eu fiz uma bagunça com o tabaco. Mas Guiscard estava absorto em pensamentos e nem percebeu. Eles haviam sido legais o suficiente para deixarem uma caixa de fósforos no meu bolso, então peguei um e usei.

O som pareceu trazer Guiscard de volta à realidade.

— Você falou com Pretories?

— Você deve saber a resposta a essa pergunta, se é pelo menos um pouquinho competente.

— O que ele disse?

— O que acha que ele disse? Ele vai fazer uma visita aos Giroies e... — Coloquei meu dedão na mesa, como se esmagasse um inseto.

— Você está me escondendo alguma coisa, Guardião? Eu não recomendaria isso. O Velho quer essa situação com os veteranos resolvida e não está nem aí como isso irá acontecer. Se você está pensando em fazer jogo duplo comigo, tem cheirado Sopro demais.

— Certamente.

Guiscard correu o dedo pelo osso do nariz e entre os olhos.

— Eu não engulo o que você está dizendo. Não é do interesse de ninguém começar uma guerra, muito menos de Pretories.

— Por quê? Porque ele está em suas mãos?

Eu estava guardando essa havia um bom tempo, e era um tiro no escuro. Ele não comprou essa ideia também. Quero dizer, eu havia feito um trabalho melhor com os tapas que ele havia me dado. Mas eu tinha mais prática em apanhar.

— Como você sabe disso?

— Você acha que sabe de coisas que eu não sei?

O silêncio se estendeu por muito tempo, e ele veio com força total para compensá-lo. Tolice — qualquer um veria que havíamos trocado de posição.

— Então, você deveria saber que uma coisa não bate. Pretories aceita o nosso dinheiro. Faz isso há dez anos. Ele mantém a Associação na linha, certifica-se de que nenhum de seus membros mais radicais comece a pensar nas heresias de seu antigo líder, e deixamos que ele brinque de chefão.

— E o comício?

— É só uma encenação; permite que os rapazes dele liberem energia.

— É só isso?

— Temos um bom acordo em andamento.

— Você não pode comprar uma prostituta, Guiscard. Apenas alugar.

— Bastante sutil para um marginal.

— Quer que eu explique com mais detalhes? Os interesses de Pretories não são os seus interesses. Foram iguais por um momento, mas não são mais.

Ele arranhou uma fileira de dentes perfeitos contra a outra.

— Não há nada para ele aqui. Ele sabe o que acontece com quem vai contra a Coroa.

— Seu problema é que você é um homem razoável e acha que todos são como você.

— As pessoas tendem a agir em benefício próprio.

— Você ficaria chocado ao descobrir como isso não é verdade.

Ele alargou o colarinho alguns centímetros.

— Não tenho ilusões sobre Pretories; se ele traiu sua própria gente, poderia armar contra nós. Mas isso não lhe daria nada. Ele marcha no nosso ritmo há tempo de mais para começar a tocar sua própria música.

— Ontem, ontem; ontem vocês fizeram torta de maçã e brincaram de dominó. Hoje ele está assassinando traficantes de drogas nas ruas e amanhã ele vai marchar para o palácio com 50 mil homens. Espere uma semana, e ele estará estuprando sua filha e cagando na sua cozinha. — Dei uma baforada e deixei a cinza cair no chão. — Talvez seja a hora de envolvermos o Velho.

Ninguém gosta de ser lembrado de que não está no topo do comando.

— Isso não será necessário.

— É um escritório adorável, mas ambos sabemos onde os pauzinhos são mexidos. Uma mudança de política precisa ser assinada no andar de cima.

— Eu estou no andar de cima.

— Vamos discutir semântica?

— Eu já lhe disse isso antes: eu controlo este espetáculo.

— Então é melhor você se apressar e controlá-lo, caralho — respondi.

Isso foi tudo. Ele ficou contemplando, mas eu sabia que ele se curvaria na ventania. Foi um minuto tedioso. Meu cigarro já estava quase todo em cinzas quando ele pensou em me oferecer um cinzeiro.

— Quer um lenço?

Balancei a cabeça, arrependendo-me imediatamente.

— Prefiro sangrar na sua mesa.

Ele riu e começou a enrolar um cigarro para si mesmo.

— Então, você cuidou do meu probleminha? — perguntei.

— Desde hoje de manhã, meia dúzia de ilhéus está apodrecendo em celas da prisão; e três estão ocupando macas no necrotério. Me disseram que Adisu é um desses.

— Você é um príncipe entre os homens.

Guiscard não respondeu, apenas ficou sentado, dando baforadas do cigarro que havia enrolado. Eu poderia ter dito a ele que nunca se deixa de fumar completamente, apenas tira uma folga enquanto as coisas estão tranquilas.

— Você alguma vez pensa em Crispin? — perguntou ele, subitamente.

— Tento não pensar.

— Acho que ele poderia ter sentado aqui, se quisesse.

— É.

— Acho que ele nunca quis.

— Não se deixe ficar triste demais — falei, levantando. — Tudo acabou bem para mim.

Quando eu estava do lado de fora, meu atordoamento havia passado completamente, e a orquestra em minha cabeça havia passado do som ambiente para o prelúdio. Bile me subia até a garganta, e foi apenas com muita força de vontade que a forcei a descer novamente. Eu devo ter sido uma visão e tanto — transeuntes me olhavam, horrorizados, embora ninguém tenha me oferecido ajuda.

# 38

De volta ao Conde, tomei algumas doses de bebida e apaguei. Quando acordei, a dor estava pior ainda, mas o inchaço havia diminuído, e eu podia enxergar o suficiente pelo olho direito para ser cegado pela claridade da tarde. Era tarde, e meu dia não havia terminado. Meia ampola de Sopro me lembrava dos meus afazeres. Coloquei mais uma dentro de minha bolsa caso começasse a ficar esquecido. Então, coloquei uma faca dentro da bota e desci. O Conde estava vazio. Adolphus estava fora, preparando-se para o discurso daquela tarde, e Garrincha provavelmente estava com ele. Eu não tinha a mínima ideia de onde estava Adeline, mas estava feliz que ela não estivesse ali — quanto mais eu pudesse adiar explicar por que meu rosto parecia um bolo de carne crua, mais feliz ficaria.

Andando pelo Isthmus, fiquei mais consciente do anoitecer e de que meus machucados eram um apelo aos piores instintos dos elementos locais. Mas o calor não estava indo embora com o sol, o ar estava seco como a tosse de um fumante e os valentões estavam amplamente ausentes, bebendo em espeluncas escuras ou tentando dormir para acordar à noite. Encontrei o caminho para a casa de Mazzie sem problemas e dessa vez consegui até chegar à porta de entrada sem tropeçar.

Ela estava sentada na mesma posição, levando-se em conta o tamanho das cinzas de seu charuto. Até mesmo o forno ligado no canto permaneceu como antes, as mesmas panelas borbulhando enfileiradas em cima dele. Ela acenou em direção ao banquinho vazio, mas esperou um momento antes de começar.

— O que aconteceu com sua mandíbula?

— Um muro se chocou contra mim.

— E seu olho?

— Eu não podia deixar a mandíbula ficar por isso mesmo. — Coloquei uma fileira de vinonífera numa seda, depois adicionei uma pitada de tabaco para mascarar. — Então, você olhou o menino.

Ela acenou a esfera de ébano que era sua cabeça.

— Fiz isso.

— E qual é o veredito?

— Ele tem talento. Deveria ter começado o aprendizado há muito tempo, mas tem talento, de qualquer forma.

— Então, você aceita ensiná-lo?

Ela mexeu os ombros de maneira que não dizia nem uma coisa nem outra.

— Imagino, depois da sua introdução, que ele deve ser seu parente.

— Não tenho parentes.

— Como você o conheceu?

— Deixe-me pensar. Ah, sim, o duque de Courtland nos apresentou durante o chá. Precisávamos de um rei, e nosso Garrincha é ótimo nas cartas.

— Ele me disse que era uma criança de rua e que lhe implorou um trabalho.

Acendi meu baseado em uma das velas coloridas que pingavam cera na mesa.

— Deve ter sido isso, agora que você me lembrou.

— Então, foi ideia dele ir morar sob seu teto?

— Com certeza, minha não foi.

Havia algo de intoxicante em Mazzie que prendia sua atenção e não a deixava se dispersar. Cada característica parecia amplificada, exagerada — seu sorriso, um traço que cortava a largura de seu rosto, o nariz largo como o de um boi, os olhos fortes como álcool.

— Muita bondade de sua parte acolher um órfão.

— Tenho um coração de vinte e quatro quilates. Se o mercado de ouro continuar a valorizar, vou arrancá-lo e vendê-lo.

— É isto o que dizem a respeito do Guardião: que ele é doce como cana e suave como a luz do sol.

— Você vai andar em círculos a noite toda ou vai direto ao assunto?

— O que você quer com o garoto? — perguntou ela, do fundo da garganta, as sílabas duras umas contra as outras.

Não respondi por um momento, segurando no peito uma baforada de fumaça violeta.

— Questionando meus motivos, Mazzie?

— Estou apenas curiosa. Você acolhe cada criança que conhece ou só aquelas com alguma utilidade?

— Afoguei filhotinhos que fizeram mais por mim do que essa criança.

— Um garoto de rua com o dom, isso é uma beleza. Porque ele é esperto, mas você não necessariamente sabia disso na época. Eles não são todos espertos, um dos trabalhadores em Miradin tinha um garoto com um dom razoável e um rosto deformado pela mãe quando tinha apenas três anos. Não sabia falar nada, mal podia pensar alguma coisa, mas conseguia acender fogo sem precisar de fósforos, em qualquer lugar que ele apontasse, de qualquer tamanho. — Ela deu um longo trago em seu charuto, então soltou a fumaça pelas narinas, cada uma tão larga quanto um cobre. — Mantinham ele numa coleira, faziam com que comesse do chão.

— Você tem os amigos mais simpáticos.

— Seu menino tem força demais para isso, é claro. E tem poder também, esperando ser canalizado, mas ainda assim presente. Se ele quiser, pode quebrar você ao meio.

— O que você tem a ver com isso, Mazzie? A cor do meu ocre não muda com os meus motivos.

— Não quero me envolver em transformar uma criança numa arma.

— Mazzie do Osso Manchado, bruxa do Isthmus. Expulsa de Miradin por blasfêmias indizíveis. As coisas que são mais escuras que a noite sussurram segredos em seus ouvidos, e as Leis Superiores não são nada além de titica de galinha. Não faça acordos que não pode cumprir, ou ela vai pegar seu recém-nascido e deixar uma boneca de pano sob o travesseiro. Não achava que você tinha estômago fraco.

— Não é mais surpreendente do que descobrir que o rei da Cidade Baixa acolhe vagabundos sob seu teto.

— Tudo o que dizem a seu respeito é verdade?

— O suficiente — admitiu ela. — Além disso, não tem nada a ver com o que eu ouvi. Eu vi o que você era desde a primeira vez que você colocou o pé dentro da minha casa.

— Então, são os espíritos? Eles te dizem que tipo de homem eu sou?

Ela não respondeu.

— Os espíritos têm algum palpite sobre os números da loteria de amanhã?

Ela fumou o cigarro em silêncio, sem nunca tirar os olhos dos meus.

— Eles nunca dizem, não é? — A vinonífera estava fresca e potente, e eu estava aproveitando tudo aquilo mais do que deveria.

— Você acha que pode viver o tipo de vida que viveu, fazer as coisas que faz e não deixar nenhum rastro? — perguntou ela.

— Sua própria história é tão imaculada que você pode se dar ao luxo de julgar a minha? O que eu veria se tivesse o seu dom? O que o espelho diz a você, Mazzie, quando você olha para dentro dele?

Não havia nada de suave ou amigável em seu sorriso, na verdade, nada que parecesse um sorriso. Nada além de um esboço, os dentes desalinhados e brancos.

— Não tenho espelho.

O silêncio que se seguiu me deu tempo para relembrar quanta dor estava sentindo, lentamente, mas com certeza se sobrepondo aos efeitos da vinonífera. Eu precisaria de algo mais forte, e logo. O sol que entrava pelo buraco no teto estava se pondo rapidamente, e logo a noite cairia sobre uma cidade que estava perto de ferver. O fogão fez um ruído de repente, a parte úmida de algum pedaço de madeira começou a pegar fogo, mas Mazzie não se sobressaltou, na verdade nem se mexeu.

— Eu imaginei que você fosse aparecer hoje. Decidi seguir o conselho que me deu da última vez, jogar os ossos da sorte — disse ela.

Eu me recostei no banquinho e abri os braços.

— Manda bala.

— Você construiu uma cabana ao seu redor e desafia os tolos a entrarem nela.

— Um tolo não precisa de nenhuma ajuda para tropeçar.

— Não há qualquer mérito em empurrá-los.

— Penso nisso como um serviço de utilidade pública.

— Cadáveres pesam sobre seus ombros e acenam para os irmãos que estão à frente. O pavio está queimando rapidamente e, quando ele acionar a bomba, ela vai arrasar mais do que você está pensando, mais do que planeja. O sangue que você quer vingar dará o troco doze vezes mais forte, cem vezes, dará o troco em rios e torrentes. Se não tomar cuidado vai se afogar nele, vai morrer com ele sufocando sua garganta e entrando em seus pulmões.

— Terminou?

— Quase.

De repente não parecia tão engraçado, não parecia nem um pouco engraçado, e eu queria dar um murro em seu sorriso falso.

— Se isso é o melhor que pode fazer, então seu dom não vale um tostão furado. Você vê homens mortos em meu passado porque coloquei um bando de homens para dormir e vê cadáveres em meu futuro porque eu tenho uma lista de filhos da puta esperando para se juntarem àqueles. Não preciso de seus ossos da sorte para saber que tem problema chegando; eu tenho planejado sua chegada a semana inteira.

— Os ossos da sorte disseram mais uma coisa: disseram que você está dando voltas no escuro, que as coisas que acha que são verdadeiras são falsas. Dizem que, quanto mais você lutar, mais forte as amarras.

Engoli aquilo com o que restava do meu baseado, então joguei a bitoca no chão.

— O garoto precisa de treinamento ou vai acabar enlouquecendo ou coisa pior. Se você tem um pingo da ética que diz ter, não vai deixá-lo na mão. Quanto ao resto, você não sabe nada a meu respeito, nem onde eu estive, nem para onde estou indo. — Chutei o banquinho onde estava sentado e caminhei em direção à porta. O riso dela me seguiu até a rua.

Com a surra que levei e a vinonífera, o dia e a minha vida, eu não estava na melhor forma. Se tivessem sido mais espertos poderiam ter me acertado pelas costas, e isso teria sido o fim de tudo, ou bem perto disso. Mas, a alguns blocos de distância da casa de Mazzie, percebi alguém me seguindo e, se não consegui juntar os fatos, pelo menos eu era afiado o bastante para sentir o cheiro de uma ameaça.

Não que eu pudesse fazer muita coisa para afastá-la. Eu ainda estava nos confins do Isthmus, a milhas de distância de um rosto amigo. Estava cansado demais para correr e, sinceramente, eu não conhecia a geografia do lugar o suficiente para arriscar. O melhor que eu podia fazer era me colocar numa posição em que eu iria encontrá-los de frente. Uma viela se abria para a rua onde eu estava, terminando alguns metros à frente. Segui por ela, encostei as costas contra a parede, puxei a faca que trazia na bota e esperei pelo fim.

Eu não contava com aquela. Adisu virou a curva, o capanga com ele, ambos em péssimo estado. Uma bandagem estava enrolada ao redor do braço de Zaga, saturada de vermelho, embora aquilo apenas enfatizasse a largura de seu bíceps. Adisu tinha uma cicatriz marcando um rosto que não era conhecido pela sua beleza. Estava adquirindo uma cor que alertava que cuidados médicos eram necessários com urgência.

Entretanto, ele não parecia preocupado. Na verdade, parecia impulsivo como sempre.

— Você parece surpreso em me ver.

Ele não estava errado. Eu tinha uma lista enorme de caras que eu gostaria que voltassem do mundo dos mortos. Adisu, o Abominável, não estava nela.

— Parece que vocês andaram se metendo em encrenca.

— Pode-se dizer isso. Um grupo de rapazes da Casa Negra foi nos fazer uma visita. Talvez você tenha ouvido falar a respeito. Talvez tenha até ouvido falar que acabaram comigo — disse ele, rindo. — Os gélidos provavelmente pensaram que um ilhéu é igual ao outro.

Sendo alguém familiarizado com o jeito de pensar deles, posso confirmar que foi exatamente isso que os gélidos pensaram. Sem dúvida alguma, Guiscard achava que estava dizendo a verdade quando falou que Adisu não seria mais um problema. Sem dúvida alguma, quem disse a Guiscard que Adisu não seria mais um problema também achava estar falando a verdade.

— Mas com certeza estou feliz em saber que você sobreviveu — falei.

— Não, Guardião, acho que não está.

— Você não está sugerindo que eu tive alguma coisa a ver com sua má-sorte, não é?

— E quem mais teria a ver? Eu pago meus impostos para os guardas, assim como todos os outros. E não há nada em que eu esteja envolvido que pudesse chamar a atenção dos gélidos para mim. Nada, exceto você. Eu não sabia que você ainda tinha algum poder junto ao seu antigo pessoal.

— Precisei insistir um pouco — admiti.

— Parece que você teve um dia quase tão duro quanto o meu — disse Adisu.

— Foi uma longa manhã.

— Quem te deu essa surra?

— A Casa Negra, acredite ou não.

Adisu riu.

— Sabe de uma coisa, Guardião, acho que você é o cara mais odiado que eu já conheci.

— É um talento — concordei.

— Fico feliz que eles tenham deixado um restinho de você para que possamos brincar. Te digo com sinceridade, eu estava bastante preocupado achando que não teria essa chance. Os gélidos deixaram apenas dois de nós, e eu não ia atrás de você, não com aquele gigante que você mantém atrás do bar. Mas, então, me lembrei de que você andava frequentando a casa da velha

Mazzie. Pensei que devíamos esperar um pouco, ficar por perto, ver se você aparecia. Foi um tiro no escuro, sem dúvida. Eu, com certeza, não pensava que colocaríamos as mãos em você tão rápido. Acho que devo ter feito alguma coisa que agradou ao Primogênito.

— Mais provável que eu tenha feito alguma coisa que deixou ele puto.

— Qualquer um dos dois funciona — disse ele. — Tenho pensado em como matar você durante as últimas dez horas, desde que vi os gélidos quebrando a cara do meu primo no chão. Tenho todo tipo de ideias.

Agitei a faca na minha mão, mas foi só para manter as aparências. Eu estava fraco como um gatinho recém-nascido. Depois da surra que os capangas de Guiscard me deram, não achava que poderia me garantir. Mas, de qualquer forma, nunca se sabe. Talvez Adisu decidisse se jogar para frente e se empalar em minha faca. Pensei que deveria ao menos dar a ele essa chance.

— Você cheira como se tivesse rolado em bosta. — falei. — E acho sua grandiosidade extremamente cansativa.

Ele recebeu a crítica com serenidade.

— Vou dar um jeito nisso. — disse ele, e parecia realmente estar sendo sincero. Então, assentiu para o capanga. — Não machuque muito ele — disse Adisu. — Temos a noite inteira para isso.

Zaga puxou um pedaço de corrente de seu bolso traseiro e veio para cima de mim, girando o metal acima de sua cabeça num círculo perfeito. Aquilo era só para prender minha atenção, então ignorei, deixando que atingisse minha testa bem acima do olho. Doeu pra caralho, ainda mais com o que eu já havia sofrido, mas me deixou pronto para o golpe seguinte de Zaga. Ele investiu contra mim depois de me acertar com a corrente e encontrou a ponta da minha faca, afastando-se com um pedaço de carne faltando na mão que havia estendido para me agarrar.

Adisu riu e bateu palmas duas vezes.

— Foi um bom golpe, Guardião.

Zaga parecia menos impressionado. Dessa vez, ele não fez nenhuma investida sutil, me jogou contra o muro como um touro, prendendo meus braços. Eu me curvei sobre ele, levei a boca ao lugar onde o pescoço se liga ao ombro, arranquei um pedaço de carne e senti o sangue dele em minha boca. Ele gritou, largando-me e afastando-se.

Nossa luta não parecia mais entreter Adisu.

— Você não consegue fazer nada do que eu te peço? — disse ele para o seu homem, irritado. Uma faca apareceu em suas mãos, e ele começou a vir pela minha direita.

Não precisava ter se incomodado. Os ferimentos que eu havia causado em Zaga foram mais para irritá-lo do que para machucá-lo de fato, e seu abraço de urso havia me deixado tonto e sem fôlego. Eu não iria resistir a mais nenhum golpe. Pontinhos negros começavam a nublar minha visão, como se eu tivesse ficado olhando para uma fogueira por muito tempo.

Acho que foi por isso que não a vi chegando, não percebi que ela estava ali até que falou. Acho que Adisu e o capanga estavam envolvidos demais comigo para perceberem, porque pareceram tão surpresos quanto eu.

— O que vocês estão fazendo aqui, com o sol tão claro e suas almas tão escuras?

Mazzie estava encostada no muro de uma casa. Eu apenas a tinha visto sentada e iluminada pela luz de velas, e ela era mais baixa e mais feia do que eu imaginava, a pele ruim e as pernas gordas. Seu vestido de algodão estava desbotado e grudado em sua pele por causa do suor. Mas as palavras dela foram acompanhadas do sopro do vento, a primeira brisa da noite. Uma brisa fria, muito fria — ela deixava a coluna tremendo e perturbava a mente.

Adisu a sentiu. Um momento antes, ele estava tão ansioso quanto um virgem num puteiro, mas agora era possível vê-lo começar a se intimidar.

— Não tenho problema nenhum com você, tia. Isso é entre mim e o cara aqui.

— Passarinho, passarinho — continuou Mazzie —, o que você faz tão longe de casa?

— Esta é a minha casa. — respondeu Adisu, depois gesticulou para mim. — Estou cuidando de um invasor.

— Esta é a *minha* casa, passarinho. Seu ninho foi queimado. E suas asas nunca cresceram como deveriam. Por que isso?

— Ele não foi amamentado — respondi, mas ninguém parecia escutar. Eu havia virado segundo plano em minha própria execução.

— Você não tem nada a ver com o que estamos fazendo aqui, bruxa! — disse Adisu. — Dê o fora antes que eu mande um homem para cima de você.

Pode ter sido jogo de luz, mas os olhos de Mazzie pareciam pretos como carvão, como uma tumba, como o vazio. Ela falava no seu cantarolar de sempre, com o mesmo ritmo calmo, mas era ameaçadora como uma lâmina de aço.

— Vejo agora, passarinho. Oh, coitadinho. Arruinado desde o começo, desde que era um ovinho. As coisas que foram feitas com você... você nunca teve uma chance de verdade.

— Estou avisando, mantenha essa boca maldita fechada!

— Quando ele costumava ir para o seu quarto no meio da noite, as coisas que ele fazia. Os fantasmas vêm te assombrar, não é? Quando você relaxa, quando o sono chega. Você pode cheirar quanto Sopro quiser, mas precisa dormir uma hora ou outra. E ele está te esperando quando você adormece, não é? Esperando por você, assim como quando você era criança.

— Cale a boca dela — disse Adisu para o capanga, a voz falhando.

— Qualquer mão com a qual você me tocar irá apodrecer e cair antes do anoitecer — respondeu Mazzie, embora mantivesse os olhos fixos em Adisu. — Amanhã será a vez de seu outro braço, depois suas pernas, orelhas, língua e seu pau. Quando chegar a lua cheia, você estará acenando os tocos para os transeuntes e esperando que eles joguem uma moeda em sua caneca.

Zaga ficou olhando Mazzie por um longo tempo. Então, deu um passinho para trás.

— Ele quebrou sua mente, não foi? E o buraco só aumenta, passarinho. Fica maior e mais escuro. Um dia, ele vai te engolir, vai te engolir direitinho e não vai sobrar nada. Você mesmo o fará, eu acho, esperando se livrar dele. Mas eu já vi o que há do outro lado, passarinho; e sinto em dizer, mas ele estará te esperando do outro lado também.

O pouco que restava da sanidade de Adisu estava indo embora rapidamente.

— Eu não podia fazer nada para impedir — disse ele, quase implorando. — Eu não tinha mais do que quatro ou cinco anos.

O charuto dela se acendeu. Zaga deu um pulo.

— Vá embora agora, passarinho! — disse Mazzie. — Aqui não é mais lugar para você.

Os loucos são capazes de uma profundidade de sentimentos que os sãos desconhecem, e, durante nossa associação, eu havia visto quase todas as emoções estampadas no rosto de Adisu. Fúria, alegria, desespero. Mas nunca tinha visto medo. E agora era tudo o que havia, emanando como um fedor, envolvendo o homem que ele havia trazido junto. Ele se virou e saiu sem nem mesmo olhar para mim, tendo esquecido sua vingança no terror do momento. Zaga seguiu logo atrás dele.

Essa foi a última vez que vi Adisu. Encontraram-no boiando nas docas mais ou menos uma semana mais tarde. Ele estava lá havia tempo o bastante para que não fosse possível determinar a causa de sua morte — pelo menos foi o que me disseram. Imagino que ele tenha se jogado, mas não parecia de maneira alguma impossível imaginar que tenha sido um troco dado por um de seus rapazes, ou por algum competidor. Vamos apenas dizer que muitos olhos de Rigus ficaram secos no dia em que Adisu, o Abominável, foi içado no ancoradouro.

Mazzie os observou desaparecer, dando baforadas de seu charuto, os olhos gradualmente retornando à sua cor de chocolate habitual.

— Como está passando, Guardião? — perguntou ela.

— Beleza — respondi, e então caí no chão.

# 39

A primeira coisa que vi ao acordar foi um círculo de moscas voando sobre minha cabeça, subindo umas nas outras, excitadas pelo banquete que estava por vir. Isso foi alguns momentos antes de eu ter força para afastá-las. O zumbido delas pareceu se intensificar, como se tivessem ficado irritadas ao descobrir que eu ainda não estava morto. Eu simpatizava com a decepção delas.

Estava deitado numa cama. Era dura, mas não era uma cova rasa, portanto não havia muito do que reclamar. Mazzie estava no outro canto da cabana, debruçada sobre o fogão, mexendo numa das panelas. Se ela havia notado que eu tinha acordado, não me congratulou. Da minha parte, eu estava feliz pelo silêncio continuar indefinidamente.

Apenas a morte é para sempre. Depois de algum tempo, a tarefa que Mazzie havia definido parecia completa. Ela encheu um copo de metal numa das chaleiras e, depois, trouxe-o até mim.

— A primeira coisa a dizer: se fosse apenas uma questão de você ser transformado em cadáver, eu não teria me dado ao trabalho de sair da minha casa.

— Tudo bem.

— Não quero que você pense que é importante para mim.

— Nem por um momento.

— Mas você estava certo quando disse que há algo de especial naquele garoto. E estava certo quando disse que o dom irá acabar com ele se não receber orientação. Não me refiro apenas à Arte. Ele tem uma ferocidade dentro dele e, se isso não for moldado, ele acabará morto em alguma viela, mesmo que eu evite que ele frite o cérebro. Ele precisa de alguém que cuide dele, e o Primogênito parece ter decidido que esse alguém é você.

— Entendo — respondi, e de fato entendia.

Ela assentiu e enfiou a caneca nas minhas mãos.

— Beba isso.

Era em sua maior parte uísque barato adoçado com mel. O que não era uísque barato adoçado com mel era a coisa mais nojenta que já provei.

— Não vomite em meus lençóis — disse ela.

Consegui obedecer ao seu comando, mas foi difícil.

— Isso vai me consertar?

— Não existe remédio que conserte o seu tipo de quebradura.

Eu não estava em posição de discutir essa afirmação. Mesmo assim, terminei o que ainda restava na caneca.

— A bebida vai acelerar sua cura. Dentro de uma hora, você ainda vai estar com a aparência terrível, mas vai se sentir melhor. Em cinco, sua aparência estará melhor. Pelo menos — ela riu sarcasticamente —, vai melhorar o efeito das pancadas.

— Fico muito agradecido — falei.

— Não precisa agradecer; é como eu disse, não estou fazendo isso por você. Estou fazendo pelo garoto.

— Vou me certificar de que ele também mande seus agradecimentos. — Eu me deixei cair novamente na cama. A coisa que eu havia bebido caiu pior no estômago do que na boca, como se a própria substância conspirasse para assegurar sua liberação abrindo caminho pelo meu trato intestinal.

— Você pode ficar aqui mais quinze minutos — disse Mazzie, deixando-se cair na cadeira com um suspiro. — Depois disso, tem que ir embora.

— Você tem outro compromisso?

— Não.

Depois de alguns minutos, o borbulhar em minhas entranhas suavizou quase tão rapidamente quanto apareceu. Um brilho morno tomou conta de mim.

— O que você estava dizendo antes — falei — sobre o que estava no meu caminho.

— Sim?

— É tudo verdade?

— É.

— Acho que não há nada que eu possa fazer para mudar isso, não é?

— Você pode fazer várias coisas — disse ela. — Poderia ir às docas e comprar a primeira passagem para as Cidades Livres. Pode ir até o homem contra quem está armando, dizer a ele o que você vai fazer, ver como ele te trata. Poderia encher os bolsos de pedra e ir nadar na baía. — Ela bateu as cinzas de seu charuto. — Mas você não vai fazer nenhuma dessas coisas, então, por que perguntar? O futuro não está escrito em pedra; é você que não pode mudá-lo.

Passei mais alguns minutos dos quinze prometidos por Mazzie pensando naquilo. Então coloquei-me de pé.

— Então, vou deixá-la, Mazzie do Osso Manchado. Muito grato pela hospitalidade e espero não precisar novamente dela.

— Como quiser. — disse ela. — Mande o garoto vir aqui no começo da próxima semana, se estiver vivo até lá.

A última frase era uma aposta na qual eu não colocaria dinheiro.

# 40

Quando cheguei à Cidade Baixa, estava caminhando com um pé acolchoado. Sejam quais forem os outros méritos da mistura, foi o melhor analgésico que encontrei numa vida inteira de experimentação. Eu não sentia nada. Nem a dor dos ferimentos, nem medo pelo que estava por vir, nem culpa por estar tramando. Eu estava quite com o mundo. Quase podia perdoar o sol por estar brilhando.

Meu bom humor se apagou um pouco quando entrei no Conde e encontrei Adeline numa das mesas, bebendo uma xícara de chá, um pouco carrancuda. Pensei que precisaria de algo para suportar meu bem-estar e peguei um pouco de cerveja antes de sentar na cadeira em frente a ela.

— Eu esperava evitar essa conversa — falei.

— Moramos no mesmo prédio. Iríamos acabar nos cruzando mais cedo ou mais tarde.

— Do jeito que as coisas estão indo, pensei que alguém poderia acabar comigo antes de termos a chance de conversar.

— Sinto muito desapontá-lo.

— Tudo bem. — Tomei um gole de cerveja.

— Por onde você andou?

— Fiz uma visita à nova tutora de Garrincha, queria ter certeza de que ela ainda estava a fim de aceitar a tarefa.

— É ela o motivo pelo qual seu rosto parece uma ferida aberta?

— Na verdade, Mazzie foi a única pessoa que encontrei hoje que não me bateu.

— Eu não te bati.

Minha cerveja estava marrom e doce como a juventude perdida.

— Mas você está se preparando para isso.

— Não vou mais perder meu tempo gritando; isso apenas facilita para você sentir pena de si mesmo.

Não era exatamente o tiro mais pesado que eu já levei, mas, em muitos outros dias, teria sido.

— Muito nobre de sua parte — falei, porque tinha que dizer alguma coisa.

— Não preciso saber o que você está tramando.

— Isso é bom. Levaria muito tempo para explicar, e de qualquer maneira eu entendo apenas parcialmente.

— Mas talvez você pudesse me dizer por que está fazendo isso.

— Por vários motivos.

— Ela era bonita, aquela garota. E parecia estar precisando de ajuda.

— Não é apenas pela garota.

— Não?

— Eu devo algo ao pai dela.

— Ao irmão dela, você quer dizer?

— Aos três, eu suponho.

— Então, esse esquema que você está armando vai consertar as coisas que você fez de errado?

Não respondi.

— Eu achava mesmo que não. — Ela balançou a cabeça. — Então, você ama tanto cadáveres?

— O que você sabe sobre cadáveres, Adeline? Já vi mais homens mortos do que você viu vivos. A praga, a guerra, o que fiz depois da guerra. — Ela havia passado dos limites, e eu estava feliz em fazê-la pagar por isso. É mais fácil se irritar do que qualquer outra coisa. — Já fiz minha parte também. Mais um pouco não vai fazer diferença na balança.

— Você acha que é o único que fez alguma coisa que preferia não ter feito? É vaidade, apenas isso.

— Precisamos pagar pelos erros que cometemos.

— Você não pode deixar que o passado envenene seu futuro.

Em algum momento, enquanto eu estava ocupado conversando, alguém havia corrido e terminado toda a cerveja da minha caneca. Peguei mais um pouco. Parecia algo normal, mas o olhar desafiador de Adeline me seguiu até eu voltar para a mesa.

— Eu preferia que você decidisse logo se vai ou não se matar. Esse meio-termo é exaustivo.

— É bom ver que você se mantém fria, apesar do calor.

— Se você quer ficar se lamentando, pode fazer isso sem a minha ajuda. — Mas ela era mais bondosa do que suas palavras e, depois de um momento de silêncio, ela recomeçou: — Somos responsáveis por aquilo que cruza o nosso caminho. Se você quer de as coisas sejam diferentes, cabe a você fazer que sejam assim.

Havia sabedoria demais naquelas palavras. Estava feliz de não ter de pensar a respeito delas.

— Você está me fazendo perder tempo. Já passamos do ponto em que isso é possível; já é tarde demais para fazer alguma coisa.

Ela ergueu as mãos, finalmente exasperada.

— É claro que é tarde para fazer alguma coisa. Então, fique bebendo e lamentando a crueldade do mundo.

O elixir de Mazzie à prova de socos, pontapés e correntes se provou ineficiente contra cinco minutos de conversa com Adeline. O que equivaleria a dizer que minha dor de cabeça havia voltado com uma certa vingança. Terminei o restante da minha cerveja em um silêncio descontente.

— Acabarei amanhã — falei —, de um jeito ou de outro.

— Não estará terminado até que você morra — respondeu ela, triste, olhando para a parede, e eu não consegui pensar numa resposta.

Coloquei minha caneca vazia sobre o balcão e peguei uma garrafa debaixo dele. A escada até o meu quarto tinha mais degraus do que eu me lembrava, mas consegui subi-los. Joguei as roupas no canto do quarto, tirei a rolha da bebida barata e o sono chegou, profundo e livre de sonhos.

# 41

Em geral, confio em Adolphus e em nossos patronos como minha primeira linha de defesa noturna. Na maioria das noites, qualquer um que quisesse causar problemas para mim teria de passar pelo gigante e por um grupo de cavalheiros que, se não eram fortemente inclinados a perder suas vidas em defesa da minha, pelo menos gostavam de uma boa briga simplesmente por princípio, especialmente contra gente de fora da vizinhança.

Mas o bar estava fechado e eu estava bêbado, por isso não percebi nada antes que tivessem subido quase todos os degraus da escada. Rolei para fora da cama e peguei o punhal que mantenho no chão, debaixo dela.

Três batidas sólidas à porta, que eu não respondi, então uma pausa e mais três batidas.

— Quem é?

— Hroudland. Deixe-me entrar.

Puta que pariu, caralho.

— Agora não é uma boa hora. Eu te vejo no comício. — Andei nas pontas dos pés até a janela, mas sabia que não seria uma opção. Seria uma queda de dois andares, e esses caras eram competentes; haveria alguém lá embaixo esperando para acabar comigo se a queda não o fizesse.

— Não vai dar para ser amanhã. O comandante precisa vê-lo. Agora. Abra a porta.

Dizem que um lobo encurralado rói a própria pata e foge perneta, preferindo sangrar até a morte na floresta a virar um troféu sobre a lareira. Não posso dizer que isso seja verdade, pois não sou um cara do campo. Mas uma coisa que posso dizer, entretanto, é que um homem não é um lobo. Cara a cara com o fim, o homem comum não luta — não chuta e grita, não se joga sobre seu agressor. Ele fica em paz com Aquela que Espera por Trás de Todas as Coisas, pega a sua mão calmamente, sem agitação.

Vesti minhas calças. A camisa. As meias e o sapato. Então, abri a porta.

Hroudland entrou, seguido de Coelho, Roussel e mais outros três. Nunca tive tantas pessoas no meu quarto antes. Estava lotado.

— Você trouxe reforços suficientes? — falei, tentando parecer normal.

— As coisas estão progredindo.

— Que tipo de coisas?

— O comandante vai lhe dar a notícia.

— Tudo bem. Me dê um minuto para pegar minhas coisas.

Hroudland balançou a cabeça.

— Vamos arrumar tudo para você quando chegarmos ao quartel-general.

E isso foi tudo. Assenti sem convicção, minha língua grossa na garganta.

Saímos do Conde, e eles me cercaram, três na minha frente e três atrás. Fiquei imaginando o que havia feito para chamar a atenção deles. Onde eu havia saído dos trilhos. Não sou tão esperto quanto me considero. Esperava que acabassem comigo rapidamente. Olhei para Roussel e seu rosto sério e imaginei que provavelmente não o fariam.

Ninguém disse nada, mas não precisavam falar. O fato de não terem acabado comigo no meu quarto sugeria que o comandante queria dar uma palavrinha, provavelmente pontuada por um ou dois gritos. Tardiamente, percebi que o inchaço do meu rosto havia sumido — não sei o que Mazzie me deu, mas fez milagres. Saboreei o que eu estava confiante que seriam meus últimos minutos sem dor. Do lado de fora, a temperatura havia caído alguns graus, e as estrelas brilhavam no céu. Em circunstâncias diferentes, aquela teria sido uma caminhada agradável. Coelho assobiava sem ritmo. Pedestres se afastavam quando nos aproximávamos.

Dois guardas posicionados do lado de fora da porta principal se aprumaram quando nos viram. Já estava tarde o bastante para não haver muito movimento, mas eu ainda estava surpreso de estar entrando pela porta principal. Imaginava como iria sair, numa cova de indigente ou feito em pedacinhos e jogado no cais.

O salão principal estava vazio e silencioso. Uma fileira de tochas iluminava o caminho à frente. Roland ficou me encarando. Ele parecia descontente. Passamos por ele e continuamos em direção às celas reservadas para os membros da organização. Hroudland colocou a mão na maçaneta, então fez sinal aos seus homens para me seguirem.

— Lá vamos nós.

Segurei o fôlego.

A porta dos fundos se abria para uma movimentação intensa, bem iluminada e confusa. Uma fileira de espadas recentemente afiadas estava disposta numa longa mesa de madeira, juntamente com uma seleção de ferramentas para propósitos similares, adagas curvadas e machados. Meia dúzia de veteranos que eu conhecia de vista, mas não pelo nome, estava se armando, colocando coisas afiadas nos cintos, checando a mira de seus arcos, preparando-se para a violência. Minha escolta se dispersou ao meu redor e começou a fazer o mesmo.

— Vou chamar o comandante — disse Hroudland, então apontou para a mesa. — Pegue o que quiser. Sairemos em dez minutos.

Contei cerca de quatro minutos antes de perceber que não estava morto. Os negócios continuaram como de costume nesse ínterim, os homens se preparando para a tarefa daquela noite, cuja natureza ainda não estava certa para mim. Coelho me tirou de meu estupor, fechando as amarras de sua armadura de couro.

— Quer uma armadura?

Balancei a cabeça.

— O que exatamente está acontecendo?

Coelho apenas sorriu e continuou o que estava fazendo. Não fazia mesmo nenhum sentido perguntar a ele — Coelho era a ponta do *iceberg*, o último dos homens envolvidos em tomar alguma decisão.

— Acho que já faz um tempo para você, heim? — perguntou ele.

— É uma boa pausa para o meu tricô.

— Ainda se lembra de como usar um desses? — perguntou Roussel, encostando-se contra uma parede, as palmas pousadas sobre um par de espadas que estavam penduradas em seus quadris.

— A parte afiada deve ficar apontada para o adversário, certo?

Coelho riu. Roussel cuspiu no chão. Era o chão dele, mas acho que isso não havia lhe passado pela cabeça.

Não havia nada a fazer além de entrar na onda e agradecer ao Perdido pela oportunidade. Coloquei uma espada em meu cinto. Penduradas na parede, havia bandoleiras repletas de granadas caseiras. Eu não via uma desde a guerra — não eram fáceis de encontrar, mesmo para pessoas acostumadas a conseguir armas. Tirei uma bandoleira da parede e corri meus dedos ao longo da lona áspera, então coloquei sobre meu ombro.

A porta dos fundos se abriu, e Hroudland apareceu com Joachim. O comandante parecia feliz, quase orgulhoso.

— Espero que não tenhamos atrapalhado seu sono — disse ele, educado demais para sorrir me sacaneando.

— Eu não durmo nunca.

Não acho que jamais o tenha ouvido rindo — eu estava mesmo fodido.

— Você não tem um comício? — perguntei.

— Estou indo para lá agora mesmo.

— E para onde exatamente eu irei?

Pretories me deu um tapinha nos ombros.

— Algo poderoso, acredito que seja isso o que você disse. Mandar uma mensagem a Giroie. — Ele assentiu olhando os armamentos e os homens que os pegavam. — Espero que não se incomode de levar a mensagem até ele.

— É bom saber desse tipo de coisa de antemão.

Ele estava gostando de usar minhas palavras.

— A primeira coisa que um soldado aprende é a se adaptar para sobreviver.

Essa era uma das muitas coisas que eu não havia gostado no exército, mas mantive a boca fechada. Essa não era a hora de mostrar os dentes, cercado por meia dúzia de assassinos. O fato de eu estar ali significava que Pretories questionava a minha lealdade — fazer alguma objeção ou mesmo parecer menos do que entusiasmado selaria o meu destino. Era melhor estar envolvido em acabar com Giroie do que ocupar o lugar dele como alvo.

Hroudland fez sinal para que os homens se aproximassem, e eles se espalharam num semicírculo ao redor do comandante.

— Muito bem, rapazes. — Começou Joachim. A voz dele era baixa por natureza, e ninguém jamais o creditaria como um ótimo orador. Mas a oratória estava mais para a linha de Roland;

estratégia e execução eram as duas áreas em que Pretories havia feito seu nome. — Hoje, colocamos quatro de nossos irmãos debaixo da terra. Hoje à noite, vamos assegurar que eles não fiquem sozinhos. Estamos em débito com a família Giroie há dez anos. É muito tempo para deixar de pagar alguma coisa; vamos compensar nossa falha de etiqueta.

Grunhidos de concordância. Floreie com a retórica que quiser, mas estávamos numa missão assassina. E esses caras não eram mais soldados; eram brutamontes, não muito diferentes daqueles que você encontraria trabalhando nas organizações criminosas. Profissionais não ficam animados com a perspectiva de uma matança — é isso que os distingue dos amadores.

Pretories sussurrou mais algumas palavras a Hroudland, que assentiu e virou o rosto para nos encarar.

— O transporte está lá fora. — A voz dele era o grito normalmente utilizado durante as operações. Eu não o ouvia desde que abandonei as linhas e com certeza não havia sentido saudades.

Segui a fila através do corredor até o beco nos fundos do prédio. Uma carroça caindo aos pedaços estava nos esperando, do tipo utilizada para transportar suprimentos para restaurantes e outros negócios. Era grande, lenta e feia, e não havia nenhum motivo para suspeitar dela. A essa hora da noite, haveria centenas de carroças idênticas trafegando pela cidade. Nossa expedição havia sido bem planejada.

Nós nos amontoamos nos fundos, ocupando os lugares ao longo de dois pequenos bancos de madeira. O acaso ou o destino cruel reservou meu lugar próximo ao de Roussel, que a essa altura era uma armadura ambulante, tendo adicionado um arco e flecha e dois conjuntos de bombas às espadas que já possuía anteriormente.

— Você parece um pouco temeroso, tenente — disse ele, a voz de um garoto do coral da igreja.

— Agradeço a sua preocupação.

O motorista bateu as rédeas, e começamos a nos movimentar.

— Agora é pra valer — continuou Roussel, olhando-me de soslaio. — Não é o mesmo que ficar dando uma de valentão tendo o gigante para te proteger.

— Não?

— Haverá mortes hoje à noite — disse ele. — Mortes bem feias. Sangrentas. Está pronto para isso?

— Já matei mais homens do que você fodeu, Roussel. Quase o mesmo número, pelo menos.

Coelho riu e colocou a mão no ombro do colega.

— O tenente sabe o negócio dele. Ele é de ferro, você vai ver — disse ele, dando-me uma piscadela. Era bom saber que eu tinha a confiança dele.

Roussel achava diferente.

— Você não vê os espertinhos quando há problema de verdade. Já notou isso, Coelho? Quando há derramamento de sangue, você nunca consegue encontrá-los.

— Calem a boca, vocês três — disse Hroudland de seu lugar na frente. — Mantenham o foco na missão.

Eu suspeitava que Roussel estivesse me odiando com o olhar, embora estivesse escuro demais para ter certeza.

Meia hora depois, vi, pela abertura do toldo de lona, o Galinha e Harpia passar. Estava fechado — eu esperava que estivesse vazio também, que Artur tivesse dado a noite de folga para seus homens e os tivesse acompanhado na folga. Você pode desejar qualquer coisa — água no deserto, uma fogueira numa noite fria —, mas não pode bebê-la e a fogueira não irá afastar o frio. Pretories era oficial havia tempo demais para ser ignorante quanto ao valor da inteligência. Sem dúvida, ele havia patrulhado o local antes de nos enviar, sem dúvida ele tinha certeza de que lá dentro havia pessoas que valia pena matar. Haviam me convocado de última hora para foder comigo, mas essa operação havia sido planejada de maneira tão competente quanto qualquer luta contra os drens.

Nosso veículo parou em frente a uma rua lateral que levava à porta dos fundos. Hroudland acendeu um fósforo, inspecionando-nos brevemente sob a luz fraca.

— Todos a par de seus papéis?

Um coro de grunhidos e acenos de cabeça sincronizados.

— Você vem comigo — disse Roussel. Era uma ameaça, e eu jamais ouvira uma ameaça em minha vida.

Hroudland olhou para mim como se esperasse uma objeção de minha parte, mas eu assenti, e ele deu de ombros. Os homens se juntaram nos fundos em uma fila, e, quando chegou a minha vez, os segui.

A rua era estreita, e estávamos quase tão amontoados ali fora quanto estivemos dentro da carroça.

— Nem pense em amarelar — sussurrou Roussel.

— Você fica uma graça vestido de couro — respondi, mas sem convicção.

Raramente existe competição para ser o primeiro a entrar, mas ele já tinha isso decidido também. O maior do grupo, um vaalão com cabeça de ovo armado de um bastão, investiu contra a porta. Ela tremeu, mas não quebrou. Ele arrancou o suficiente da armação da porta para oferecer entrada, uma oportunidade que ele foi rápido em aproveitar.

Oito homens entraram antes de mim, por isso só vi o resultado, dois cadáveres no chão, cozinheiros, a julgar pelos uniformes brancos, parte do negócio legítimo do qual Artur tanto se orgulhava. Seus assassinos não haviam ficado por ali esperando, dividiram-se pelas três portas que levavam ao interior do edifício.

Coelho e Roussel irromperam por um corredor, e segui atrás deles, subindo um lance de escadas e entrando em outro quarto. Quatro homens jogavam cartas ao redor de uma mesa, uma pilha de trocados brilhando contra a madeira. Brutamontes baratos em ternos caros, os olhos entorpecidos pela bebida e bonomia. Estavam tão despreparados para o que estava acontecendo quanto um bebê que acabou de sair do útero.

O mais rápido deles se levantou de sua cadeira.

— Quem diabos... — Começou ele, mas não teve a chance de terminar, interrompido pelo cutelo que Coelho enfiou em seu crânio. Por algum motivo curioso, ele permaneceu em pé durante cinco segundos, os olhos fixos no pedaço de metal que estava entre eles, o conteúdo do cérebro escorrendo por cima do nariz. Roussel estava a menos de um segundo atrás de seu companheiro, uma espada em cada mão, caindo sobre dois deles com entusiasmo. Quando havia terminado, havia sangue em seus cabelos e camisa, além de um jato que demarcava seus olhos ferozes.

O último cara estava morto e sabia disso, seus movimentos confusos e sem coordenação. Tropeçou para trás ao se levantar da cadeira, observando a desesperança cair sobre ele com olhos e boca agitados. Roussel não estava brincando, mas também não estava com muita pressa, um sorriso no rosto e uma saliência nas calças. Eu queria desviar o olhar, mas não o fiz. A vítima finalmente pensou em gritar, mas então a espada penetrou seu corpo e ele se calou.

Eu havia permanecido na soleira da porta, minha espada inutilizada pendendo ao meu lado. Eu estava ciente de que minha própria vida dependia do entusiasmo que eu demonstrasse durante o procedimento, mas, mesmo assim, eu estava tendo dificuldade em fingir. Uma hora atrás, eu estava dormindo para afastar uma embriaguez, e, agora, era esperado que eu bancasse o selvagem. A transição estava se provando um pouco demais para conseguir lidar com ela.

— Você vai perder toda a ação se não tomar cuidado, tenente — disse Coelho, quase radiante, o sorriso largo como a lua, parecendo diminuir até mesmo sua costumeira expressão de bom humor.

— Disse a você que ele só era bom em papo-furado — disse Roussel, mas estava amortecido pela satisfação de seu recente assassinato.

— Não faz mal, não faz mal — disse Coelho, dando-me um tapinha no ombro, então continuou seguindo em frente como uma criança. Alguns metros adiante, o corredor bifurcava. Coelho e Roussel trocaram olhares e alguma informação entre eles.

— O comandante disse que você deve pintar sua espada — disse Coelho, quase se desculpando.

— Que cor?

— Ele irá molhá-la — respondeu Roussel —, ou eu a molharei por ele.

Coelho assentiu, então ergueu o dedão para mim e seguiu pela direita. Roussel e eu tomamos o caminho da esquerda, seguindo por um corredor que terminava em frente a duas portas. Roussel apontou para uma delas, os olhos exigindo obediência, então enfiou o pé na outra porta. Era uma portinha fraca, quebrando-se sem problemas, então Roussel entrou, levando terror a outro grupo de almas. A minha porta não estava trancada, a maçaneta virava com facilidade. A porta de Roussel provavelmente também não estava trancada, mas ele estava se divertindo demais para que isso o impedisse.

Dois homens esperavam por mim, bem-vestidos demais para serem meros empregados, mas sem a violência dos homens do último quarto. Eram parte da organização, mas não a força bruta. Talvez primos de Artur, ou conhecidos, garotos mimados do morro de Kor, as vidas passadas comendo com talheres de prata feitos a partir do sofrimento dos menos afortunados. Se eu os tivesse conhecido, teria odiado, não duvidava disso nem por um segundo.

Carregavam espadas de duelo com cabos incrustados de joias, jamais desembainhadas por raiva. Entre os gritos e o clamor das bombas, eles deviam estar esperando pelo que estava por vir, mas mesmo assim pareciam completamente despreparados para reagir. Um deles tateou a arma, procurando-a no casaco. O outro apenas olhou para o chão, esperando ser assassinado.

O homem não é um lobo, como mencionei anteriormente. Pelo menos esses rapazes não eram, e eu também não.

— Deem o fora — falei, as três palavras bem separadas.

Eles levaram um momento para obedecer. Um deles assentiu e arrastou o outro, e ambos desapareceram por uma porta nos fundos. Talvez eles conseguissem sair por alguma escada lateral e chegassem até a rua se fossem rápidos e tivessem sorte. Talvez eles se deparassem com algum de meus compatriotas e fossem feitos em pedacinhos. Fiz o que podia fazer. Tirei uma granada de minha bandoleira e a atirei no centro do quarto, pulando para o corredor antes que detonasse.

Nenhum prédio civil é construído para suportar o tipo de punição pelo qual o Galinha e Harpia estava passando — eu tive sorte de meus explosivos não demolirem todo o terceiro andar em cima da gente. A fumaça levou um tempo para dissipar e, quando isso aconteceu, não revelou nada além de ruínas, os móveis e decorações inutilizados, uma boa parte da parede indo parar no chão.

— Você precisava explodir tudo? — perguntou Roussel, chegando por trás de mim, no corredor. Esquivei-me para deixá-lo passar, e ele deu um passo para dentro dos destroços.

— Sim, precisava — falei, e enfiei minha espada em sua garganta. Um jato de sangue jorrou, mas justiça seja feita, o filho da puta era tão mau que ainda assim tentou me acertar. Seus olhos hesitaram, mas permaneceram focados, mesmo com a maior parte do seu sangue se espalhando pelo chão. Ele balbuciou alguma coisa pelo buraco em sua garganta e tentou erguer a espada acima da cabeça. Mas foi um esforço inútil, e, depois de alguns instantes, ele caiu para frente, primeiro de joelhos, e depois caindo de vez.

Eu já estava procurando uma oportunidade de acabar com Roussel havia tempos, em parte porque ele era folgado demais para ficar solto por aí e em parte por princípio. E de acordo com o que eu havia feito, não me restava outra opção — uma vez que a fumaça se dissipasse ele veria que as paredes não estavam manchadas de vermelho, e parte da missão da noite era me ver matando alguém. E ele era idiota demais para tentar enrolar, certamente recorrendo à sua espada se achasse que eu estava tentando enganá-lo.

E acho que as coisas são assim. Não há nenhuma bênção tão pura que não traga malefícios a alguém. O perdão que eu havia concedido a dois estranhos significou a morte para Roussel. Mas, sendo realmente honesto a respeito disso, não me incomodei mais cortando sua garganta do que o teria feito se pisasse numa barata — menos, na verdade, porque com a barata eu teria que limpar minha bota.

Pelo menos ninguém poderia me acusar de não ter participado — eu havia manchado minha espada, afinal de contas, conforme instruído.

Tirei a trava de outra granada e a joguei no cadáver, então corri para a saída. Ela estourou atrás de mim, espalhando as entranhas de Roussel pelas paredes, pedaços de carne vermelha e ossos brancos. Ouviu-se um barulho alto de algo quebrando, e o piso superior caiu por cima dele, seis toneladas de madeira e tijolos. Foi um cenotáfio e tanto. Mais do que ele merecia, para ser sincero.

Enquanto saía, senti o prédio enfraquecendo atrás de mim. Uma bomba não faz nada comparada ao estrago causado por um míssil de artilharia ou um feiticeiro, mas basta detonar bombas suficientes para que façam um bom estrago. Estava claro que eu não havia sido o único que havia decidido que as obstruções em seu caminho deveriam ser vencidas através de arsenal pesado. Se as coisas continuassem nesse ritmo, não sobraria nada do Galinha e Harpia para oferecer abrigo aos mendigos.

A maioria dos outros veteranos estava esperando no beco, e, depois de um momento, os demais saíram do prédio. Um ou dois estavam feridos, mas nada sério. Não havia segurança alguma no prédio — homens esperando a hora da morte seria uma descrição mais acurada para os que estavam lá dentro. Artur havia dado um tiro de raspão e achara que os veteranos responderiam à mesma altura, atacando algum cofre ou matando alguns de seus comparsas. Esse tinha sido o seu erro — Pretories não era um senhor do crime, não seguia seus costumes e códigos. O comandante aprendeu alguma coisa em cinco anos dançando com os drens, embora o Daeva saiba que a maioria dos de alto escalão não tinha aprendido nada. Na verdade, havia sido uma missão executada com tanta precisão quanto possível, um golpe de misericórdia que havia durado exatos dez minutos, com quase nenhuma baixa.

Quase.

— Onde está Roussel? — perguntou Coelho quando estávamos de volta na carroça e indo embora, as aventuras da noite quase o cegando com relação à ausência do parceiro.

Balancei a cabeça.

— Eles o pegaram.

— Não é possível. — disse ele, sem rir. — Não Roussel.

— Qualquer um pode ter esse fim, Coelho. Você está nessa há tempo suficiente para saber disso.

— Onde está o corpo? — perguntou Hroudland.

— Eu tive de limpar o quarto. — Dei um tapinha nos espaços vazios em minha bandoleira. — Não restou nada para trazer para fora.

— Você deveria estar dando cobertura para ele.

— Que merda você quer de mim? Roussel era um guerreiro. Uma vez tendo sentido o cheiro de sangue, ele queria cada vez mais. Não consegui acompanhá-lo.

— Filho da puta! — As mãos de Coelho começaram a tremer, apertadas, mas hesitando. — Filho da puta! — Ele virou os ombros e deu um murro na lateral da carroça. Mesmo com um homem a menos, o local estava apertado, e o veterano sentado ao lado dele teve de se espremer para não ser atingido.

— Fique calmo — disse o vaalão gigante que havia derrubado a porta. Ele estava sentado de frente para Coelho, apertando a mão ao redor do cabo de sua espada. — Roussel sabia dos riscos; enlouquecer não vai ajudar a trazê-lo de volta.

O restante dos veteranos concordou. Tive a sensação de que, mesmo entre um grupo de assassinos, Roussel não era muito amado. E não havia motivo nenhum para achar que as coisas haviam acontecido de maneira diferente do que eu relatara.

Coelho estava irado, suando como um porco. Hroudland estava me olhando de uma maneira que eu não gostava, mas pelo menos era esperto o bastante para ver que aquela não era hora para mais violência. Depois de um momento, ele se inclinou e sussurrou alguma coisa no ouvido do subordinado, e seja o que for, pareceu funcionar. A loucura foi sumindo dos olhos de Coelho gradualmente, sendo substituída por um sorriso largo. Não a idiotia amigável costumeira, mas algo sujo e mortal como um prego enferrujado.

— De qualquer maneira, fizemos com que eles pagassem pelo que fizeram. Pelo Cicatrizado, fizemos com que pagassem. — Ele pegou algo de um bolso em suas costas e jogou no chão da carroça.

A meus pés estava um cacho dos cabelos de Artur, agora manchado de vermelho e com um pouquinho de couro cabeludo preso a ele.

— Um ato de classe, Coelho — falei, virando-me. — Jamais deixe que alguém lhe diga o contrário.

# 42

De volta ao Conde, passei direto pelo barril de cerveja e peguei uma garrafa de bebida debaixo do balcão, então encontrei um lugar no canto do bar e sentei. Eu sabia no que estava me metendo quando comecei a armar minhas jogadas, disse a mim mesmo depois da primeira dose. Cerca de três doses depois, até comecei a acreditar nisso. Em determinado ponto, descobri que a ampola de Sopro em meu bolso estava vazia, embora não me lembrasse de tê-la usado.

Quando Adolphus e Garrincha chegaram, animados com os progressos da noite, eu estava bêbado como nenhum homem deve ficar. Do tipo de bêbado que não percebe seus erros, que começa a gostar de cometê-los.

— Ora, se não é o herói de Aunis e seu fiel escudeiro.

Eles não haviam me visto no escuro e já haviam cruzado o bar. Adolphus parou de sorrir, mas o sorriso de Garrincha permaneceu estampado em seu rosto, as bochechas vermelhas. Adolphus provavelmente havia dado um trago ou dois a ele no ápice da excitação, Adolphus ou algum de nossos ex-camaradas.

Levantei de minha cadeira, devagar o bastante para manter as pernas firmes, então caminhei para encontrá-los.

— Foi uma noite e tanto, pelo que posso ver.

Adolphus grunhiu alguma coisa, baixinho.

— A minha também, ao que parece. Prestamos um serviço nobre às forças, nós dois, embora eu ache que o meu teve um caráter diferente.

— Adolphus foi um sucesso. Ele deixou todo mundo em lágrimas. — Intrometeu-se Garrincha, alegremente bêbado ou conscientemente tentando me irritar.

— Assim como os drens! — As palavras se juntaram de maneira incompreensível.

— É melhor você ir para a cama agora — respondeu Adolphus, seu olho ruim evitando encontrar os meus, assim como o bom.

— Reserve alguns momentos para beber com um velho veterano que está sem sorte. — Estendi o braço atrás do balcão e coloquei bebida em copos limpos. — Você não iria deixar um homem para trás.

Adolphus não gostava do rumo que as coisas estavam tomando, mas foi deixando rolar mesmo assim. Depois de alguns instantes, Garrincha seguiu seu exemplo, as mãos pequenas e rígidas ao redor da caneca.

— A que devemos beber?

— O espetáculo é seu. — Grunhiu o gigante.

— De fato. — Ergui meu copo acima da cabeça. — Aos homens da Primeira Infantaria da Capital, o bando de filhos da puta mais escorregadios que já cravaram uma faca nas costas de um homem. — Bebi o conteúdo da caneca.

Garrincha também bebeu o seu, então ergueu uma mão brincalhona na testa, como uma continência desajeitada.

Eu bati nas mãos dele, desfazendo a continência.

— Jamais bata continência para mim — falei. — Jamais bata uma porra de continência para ninguém.

— Garoto, cama — ordenou Adolphus, e, dessa vez, eu não o contrariei. Garrincha foi embora pela porta dos fundos, então grudou o ouvido à porta, se eu bem o conhecia.

— Você precisa tomar mais cuidado com suas palavras; só é possível atribuí-las à bebida até certo ponto.

Coloquei uísque em minha caneca e bebi.

— Eu as mantenho.

— Você está bêbado.

— Mas estou certo mesmo assim.

— Não vou ficar escutando você falar mal dos homens com os quais morremos. Sinto orgulho de ter feito parte da Primeira Infantaria.

— Você tem dito isso a Garrincha?

— Existem coisas piores do que ser um soldado.

— Prefiro ver aquele menino morto e enterrado a vê-lo usando um uniforme. — Tomei um longo gole direto da garrafa, deixando o copo de lado. — Eu mesmo o enterrarei lá.

— Por que sua profissão atual é tão nobre?

— Pode ter certeza. Se agora eu mato um homem, pelo menos sei que é por meu próprio interesse, e não porque ele está vestindo uma roupa de couro de cor diferente da minha.

— Por que você insiste em mijar em cima de tudo o que fomos?

— Porque eu me lembro muito bem de tudo; não estou querendo me enaltecer para impressionar uma criança.

Adolphus não estava procurando encrenca, mas também não era do tipo de correr dela. Finalmente ele bebeu seu drinque, tomando tudo em um só gole. Então, pousou a caneca no bar e se virou para mim, as mãos claramente desocupadas.

— Tome cuidado.

Percebi o brilho do metal sob sua jaqueta e senti a bile me subir pela garganta.

— Eles disseram que essa medalha era feita de quê? Platina? Ouro? Bosta de cavalo?

— Já lhe dei um aviso.

— Herói de Aunis: um título e tanto. O que você fez para merecer um título como esse?

O olhar em seu rosto teria feito um homem mais inteligente sair correndo. Até mesmo os mais idiotas.

— O engraçado é que — continuei — eu estava em Aunis e não me lembro de nenhum herói. Apenas um covarde que deixou seu melhor amigo para trás, para morrer.

Não vou colocar a culpa na bebida, embora eu estivesse bêbado o bastante para não perceber o que estava a caminho. Se eu estivesse sóbrio como um clérigo, ainda assim não teria feito diferença nenhuma. Adolphus era o melhor homem que eu já havia conhecido com seus punhos, realmente hábil, não apenas grandão. Pelo lado positivo, a bebida significou que eu mal senti a porrada. Estava de pé e, no momento seguinte, estava no chão, mas o que aconteceu nesse ínterim foi abrupto como um trovão.

Permaneci no chão por um momento, sem pressa de levantar. Teria ficado ali a noite inteira na verdade, se meu decoro tivesse permitido. Meu nariz estava quebrado, mais um machucado no meio de muitos. Não achava que aquilo fosse me deixar ainda mais feio.

— Grandalhão — falei, finalmente me levantando. — Valente como um touro contra um velho bêbado.

Ele havia descarregado toda a sua raiva em meu rosto e parecia mais baqueado pelo soco do que eu.

— Eu... — gaguejou ele por um momento, a boca ensaiando uma desculpa.

— Pelo murro? Ou por que eu estava certo pelo motivo que fez você me dar o murro?

Ele não respondeu.

— Fique longe da marcha de amanhã, a não ser que queira se juntar a Roland e ser um mártir.

Tive a presença de espírito de pegar a garrafa quando saí. Deixei-a numa vala da rua Pritt e continuei caminhando, e, levando-se em consideração que eu estava completamente embriagado, chegar a Offbend demonstrava uma enorme resistência. Entretanto, não suponho que eu fosse ganhar uma medalha por isso.

# 43

Estava chovendo. Estivera chovendo desde o começo dos tempos, por isso não havia motivo para esperar que parasse de chover agora.

A água subia até os tornozelos, num bom dia, mas a maioria dos dias não era assim, e a água chegava até os joelhos. É claro que deixava as roupas encharcadas. Encharcava o casaco, a camisa. Também a mochila e qualquer coisa que estivesse lá dentro. Molhava as calças e a cueca. Você achava que, em algum momento, iria se acostumar a usar cuecas molhadas, mas estava errado, você jamais consegue se acostumar com isso.

Chovia o dia inteiro, seja o que for que você estivesse fazendo. Chovia quando você estava de vigia, quando você tentava enrolar um cigarro, quando tentava fumá-lo. Quando você dormia, cagava ou mijava. Chovia durante as refeições, uma guarnição para qualquer coisa que você comesse. Bife com água de chuva. Grãos velhos com água de chuva. Nossa ração de bebida alcoólica era praticamente água, mas bebíamos isso também com água de chuva.

A chuva era ruim. A lama, muito pior. Chamar de lama não descreve realmente. As mulheres dormiam sobre poças de lama nas ruas, as crianças faziam bolas de lama e jogavam umas nas outras. A lama não engole um homem vivo, homens adultos carregando trinta e dois quilos de equipamento. Entretanto, a nossa lama engolia. Um membro de nosso batalhão jurou que certa vez escavou uma carroça de suprimentos, um grupo de mulas e um motorista. Eu não estava lá para ver, mas não duvidaria.

Em terceiro lugar, depois da chuva e da lama, estavam os drens. É claro, de vez em quando eles matavam alguns de nós, mas nós fazíamos o mesmo com eles, e os eventuais ataques deles ao menos quebravam a monotonia de nossa luta contra os elementos. Você podia rasgar a garganta de um dren e ao menos sentir que havia feito alguma coisa — boa sorte tentando mirar contra uma nuvem.

Era o quarto ano da guerra. De Beneharnum, havíamos nos movido centenas de quilômetros em direção ao interior, devagar e vacilantes, marchando sobre os corpos de seus camaradas, cada centímetro de terreno ganho à custa de sangue. Quando havíamos nos encontrado em território dren pela primeira vez, nove meses antes, parecia que as coisas estavam chegando ao fim. Infelizmente, descobrimos que a única coisa mais feroz do que um dren lutando para tomar outro país era um dren lutando para preservar o seu próprio, e o ritmo de nosso progresso havia, desde então, sido substituído por um engatinhar.

Pouco podia ser dito com qualquer certeza sobre nossa situação. Informações precisas eram mais ou menos impossíveis de se conseguir. Você podia ler os informes, mas continham apenas mentiras, censuradas a nada além das canetas ansiosas dos comandantes. A manchete de cada edição falava sobre a vitória, e as letras pequenas falavam sobre o tal sucesso num futuro próximo. Vitória quando avançávamos, quando nos mantínhamos em posição, quando recuávamos. Vitória em cada ponto do mapa.

Se isso era vitória, pode ficar com ela. Estávamos perdendo velocidade, e os drens estavam se preparando para responder. Houvera sinais durante o mês inteiro. Nossos soldados haviam capturado homens de companhias das quais jamais havíamos ouvido falar, e a inteligência relatava diversos produtos sendo estocados em trincheiras à nossa frente, bombas e flechas, espadas e bandagens.

Eu era o líder de uma companhia de 150 homens. Cento e cinquenta no papel, talvez metade disso na realidade, e o restante eram homens doentes, desaparecidos ou desertores. A maioria era os dois primeiros. É claro que todo mundo queria fugir, ou pelo menos eu queria. Mas não havia para onde ir — estávamos a centenas de quilômetros da costa, e, mesmo se do alguma maneira você conseguisse chegar até lá, com certeza não poderia nadar até Rigus. Deserção era uma atitude restrita aos loucos e desesperados, praticamente não tendo diferença alguma do suicídio. Eles enforcavam os absentistas, corpos apodrecidos pendurados por cordas podres, o terror por trás das linhas inspirando espírito guerreiro nos vivos.

Foi pouco antes do amanhecer, embora a densa camada de neblina deixasse a manhã e a tarde indistinguíveis e a noite apenas um pouco diferente do dia. Eu estava enrolado em meu sobretudo na trincheira de apoio a quarenta e cinco metros da linha de frente, escorado em dois engradados, mantendo as pernas elevadas sobre a correnteza. De vez em quando eu caía no sono e acordava um momento depois enterrado na lama. Finalmente me levantei e fui checar meu segundo homem, que estava de guarda.

Adolphus estava tão abatido quanto o restante de nós, o que equivalia a dizer que ele era apenas a sombra do que antes fora.

Não conseguia me lembrar da última vez que o havia visto sorrir. Não que houvesse muito sobre o que dar risada — o desânimo era bastante apropriado à situação. Ele havia enrolado o corpo ao redor de uma lança e um cobertor de lã ao redor do corpo, e todos os três estavam cobertos de lama. Ele não se mexeu com minha aproximação, o que não inspirava muita confiança em suas habilidades como sentinela.

— E aí, sargento?

Ele não respondeu.

— Adolphus.

Ele ergueu a cabeça devagar, mas os olhos não olhavam para mim, frios como o tempo.

— Oi.

Deixei passar sua falta de etiqueta militar.

— Uma noite quieta, acho.

— Acho que sim.

— Nada a reportar?

— Nada a reportar.

Faltava meia hora para a troca de sentinela.

— Por que você não vai lá para trás e tenta descolar algum grude?

Ele assentiu, mas demorou um bom tempo para levantar.

— Acho que vão nos atacar hoje — disse ele, passando-me a lança.

— Nunca se sabe. Talvez todos eles tenham virado pacifistas.

Ele não riu, mas na verdade não era engraçado. Trinta minutos mais tarde, dei a lança a um soldado bastante surpreso e fui tomar meu café da manhã.

Não havia café da manhã. Nossa carroça de suprimentos havia sido atingida pela artilharia dos drens, ou se perdera tentando nos encontrar, ou o comandante a havia vendido no mercado negro para fazer um trocado. Eu tinha pensado em guardar alguma coisa do jantar da noite anterior, um biscoito quebrado ou alguns bocados de carne salgada. Mas não o havia feito. Uma fila de homens bastante carrancudos estava sentada na parte mais nua de uma inclinação, tentando acender cigarros sob casacos molhados e dividindo entre si o que havia sobrado da ração de bebida alcoólica. A estrela prateada em minha lapela me impedia de me juntar a eles, por isso fui para trás para conferir a linha.

Quatro anos sendo esmagada por uma pedra de moinho significava que quase a companhia inteira consistia em soldados da reserva — exceto por mim e Adolphus, havia praticamente outros seis homens restantes que se lembravam de nossa derrota em Beneharnum e dos dias terríveis que se seguiram. Ainda assim, em nossas circunstâncias, não bastava muito para transformar um recruta num veterano — qualquer um ainda de pé depois de um mês era duro como aço. Passeei pela trincheira principal, acenando para homens transformados em cartilagens e dentes, observando-os afiando facas e enrolando cigarros. Em sua maioria eles sabiam suas funções, mas fiz alguns ajustes aqui e ali, reposicionando guardas e enviando aqueles de pior aparência para trás das linhas — embora todos nós parecêssemos fracos pra caramba, e as trincheiras de suporte não fossem durar muito se nossas defesas estivessem desfalcadas. Alguns deles pediam flechas e granadas extras, e eu prometia dar a eles assim que pudesse. Alguns deles queriam apenas reclamar, e eu os ouvia por alguns instantes, então dava um tapinha em seu ombro e continuava caminhando.

Éramos o mais sólido que podíamos, sem suprimentos, sem reforços, sem motivo algum para estar ali. Imaginava que fôssemos fazer um ataque diversivo, algo mais sério do que isso, e explodiríamos como um cadáver inchado. Não havia nada a fazer a respeito disso. Eu estava mandando corredores para as linhas de trás havia dois dias, perto de implorar por apoio e recebendo respostas cada vez mais curtas. Estávamos sozinhos. Se Maletus estava conosco, o peso do ataque dos drens cairia em outro lugar. Mas o Cicatrizado tem seus próprios planos, e eu não imaginava que a vida de um punhado de homens de infantaria importasse muito para eles.

Havíamos feito da trincheira principal um morrinho, e, se você se posicionasse direito, havia uma projeção que mantinha a chuva mais ou menos longe. Era o melhor que podíamos conseguir. Sob ela, encontrei um balde de madeira enterrado na lama, então o virei e sentei sobre ele.

Existir sem ser percebido, era isso que todos almejavam. As memórias passaram para a irrelevância, o futuro igualmente sem substância. Obedeça às ordens e não pense além delas. Não pense em sua namorada em casa, sozinha, não pense na meia-calça rosa dela ou no quão solitária ela deve estar se sentindo. Nem em frutas frescas, um belo pedaço de carne de porco bem temperada ou uma cerveja escura. Não pense no céu azul ou no sol.

Não pense nos homens nas trincheiras à sua frente, a pele como couro, os olhos negros como carvão. Nem no amigo que você enterrou ontem — talvez não um amigo, mas um conhecido e com certeza enterrado. Não pense se hoje foi ou não o seu dia, nem em quantas vezes você teve sorte ou até quando essa sorte vai durar.

O estourar de um canhão me despertou de meus devaneios. O pior da artilharia é que não há nada que você possa fazer contra ela — o assobio do tiro lhe dá alguns segundos de vantagem, mas, se você se mover, pode tanto fugir dela como ir direto para onde vai explodir. É melhor abaixar e ficar onde está. Se a bala tinha o seu nome escrito nela, então você estava fodido. É melhor encontrar Aquela que Espera por Trás de Todas as Coisas pelo menos com sua dignidade intacta, já que seu corpo não estará.

Inicialmente, imaginei que fossem apenas alguns tiros para nos inquietar. Os drens adoravam esse tipo de coisa — atirar algumas balas para assegurar que você não estivesse ficando confortável demais. Mas o fogo de barragem inicial foi seguido por outro, depois outro. Passei duas horas inteiras abaixado sob a saliência da trincheira, onda após onda de munição passando sobre mim. Distantes estavam os dias quando a artilharia era uma preocupação passageira — os drens haviam aprimorado suas técnicas. Podiam lançar uma bomba num alpendre de quinze centímetros de diâmetro e a 800 metros de distância. Entretanto, eles trabalhavam contra as intempéries, assim como nós. O lado positivo do terreno era que qualquer coisa que não atingisse seu alvo não fazia nada além de jogar lama para cima. Às vezes, a artilharia parava por um minuto, ou dois, ou cinco — os drens tentando nos enganar, então nos transformar em cadáveres quando reiniciassem a artilharia.

Tinha parado havia um certo tempo quando fui perceber que era verdade, que logo eles estariam vindo para cima da gente. Eu agachei para fora do esconderijo e dei o alarme da melhor maneira possível, sinalizando para os dois extremos da linha para entrarem em formação. Chegou até o nosso corneteiro, que soou sua corneta, embora, devido às duas últimas horas, eu duvidasse que alguém pudesse ouvir.

A maioria da companhia já estava na frente, e aqueles que haviam sobrevivido aos tiros de canhão se prepararam para o que estava por vir. Os demais se juntaram a nós logo depois, chegando da trincheira de apoio. Vi Adolphus jogado de maneira estranha na lama e acenei para ele. Mesmo o mais faminto filho da puta recebe um choque de energia nos momentos que antecedem uma luta, mas ainda assim ele parecia perdido, abatido. Eu não tinha tempo para me preocupar com isso, imaginei que ele fosse acordar quando sentisse o cheiro de sangue. Uma olhadela por sobre o precipício mostrava linhas de homens cinza emergindo da névoa cinza. Voltei para minha posição e dei o sinal para abrir fogo, e nossos arqueiros, agachados dentro de estreitas barricadas posicionadas acima das linhas, começaram a mandar suas flechas na neblina. Gritos chegaram em nossa direção, gratificantes — nossos arqueiros não seriam o bastante, não mesmo, nem se eles tivessem flechas o suficiente. Isso não era distração — os drens estavam lutando para valer.

O primeiro deles chegou, um filho da puta alto e fortão com lama até os quadris, pulando pelo beiral. Ele arremessou sua espada contra a minha, mas não parou de se mover, caminhando em direção à linha, tentando chegar à trincheira. Eu esperava que um de nossos garotos enfiasse um cutelo no meio de sua cabeça, passei tempo demais esperando e perdi o que aconteceu depois — houve um movimento no canto do meu campo de visão, e então eu estava deitado de costas na lama, sem fôlego e esperando para morrer.

Ele era grande, estava nu da cintura para cima e era completamente insano. Diziam que os drens davam Sopro de Fada para seus soldados, um tipo de droga produzida em larga escala. Para nós, era motivo de dúvida como eles conseguiam colocar as mãos em narcóticos, já que nosso comissário normalmente não conseguia nos dar nem pão. O homem sobre mim provavelmente tinha economizado sua ração. As veias em seu pescoço pulsavam, e o branco de seus olhos havia engolido a íris. Ele tinha clavas feitas por ele mesmo em ambas as mãos, uma lança com cabo de madeira trabalhada e meia dúzia de pregos compridos grudados.

A cabeça de uma lança subitamente apareceu no meio do seu peito, um pedaço de carne na ponta — um de meus garotos cuidando de seu comandante. O dren não percebeu que havia acabado de ser assassinado, girando com tal força que arrancou a lança das mãos de seu manejador, a parte de trás passando sobre mim. Ele não gritou, me lembro bem — devia estar completamente chapado. Levantei da lama e enfiei minha espada em sua cabeça, e, depois da quarta ou quinta vez, ele finalmente se deu conta da realidade da situação e caiu no chão.

Eu ia dizer alguma coisa ao homem que me salvou, mas ele já havia seguido em frente, e decidi que seria melhor retribuir o ato de coragem. Vi Adolphus de canto de olho, ao meu lado, numa situação difícil, o que não era comum. Eu tinha uma faca curvada quase do tamanho de minha espada pendendo em meu quadril, então a desembainhei e arremessei contra seu atacante, passando pelo esterno e atingindo o coração.

Nos livros de história, as pessoas sempre se reconhecem umas às outras no campo de batalha, encontram tempo até mesmo para falar algumas palavras, desafiando. Mas, em minha experiência, uma luta corpo a corpo consiste em pequenos emaranhados de soldados apunhalando uns aos outros pelas costas, em busca de uma oportunidade de surpreender um soldado oponente. Os melhores homens da companhia eram pobres coitados magrelos com olhos vagos, cães selvagens à espreita por uma presa fácil. Numa trincheira, o tamanho de Adolphus era quase uma virtude, na melhor das hipóteses, grande demais para ser sutil e um alvo fácil para qualquer homem com um arco e flechas — ele era melhor acima do chão, onde tinha espaço para manobrar. Mesmo assim, ele parecia devagar, como se estivesse demorando para acordar para a gravidade da situação.

— Coloque a porra da sua cabeça no lugar! — gritei, o limite de meu conselho mais sábio, os eventos tornando impossível uma discussão mais aprofundada. Havia muitos alvos disponíveis, todos querendo nosso pedacinho do céu. Um deles parecia ter torcido o tornozelo na queda e estava lutando para se colocar em pé. Eu estava atrás dele e me certifiquei de que ele não se levantasse. Nem viu o que o atingiu, o sacana sortudo.

Tomar uma trincheira é uma tarefa complicada — envie muitos homens de uma só vez e eles vão atolar pelo peso dos números. Mande poucos e você corre o risco de o inimigo derrotá-los em segundos. Você precisa sincronizar as ondas de ataque muito bem, investidas como um pulsar de movimento, quebrando a linha e então derrotando nossa resistência. Os drens tinham isso como uma ciência — quando você começava a pensar que as coisas estavam ficando boas para o seu lado, outro grupo de guerreiros de argila invadia sua casa. Em teoria, os feiticeiros deveriam fazer chover fogo sobre quem quer que se aproximasse de nossas linhas, mas eu sinceramente duvidava que eles estivessem agindo contra a artilharia. De qualquer maneira, eles não pareciam estar impedindo de fato o avanço do inimigo.

Em determinado momento, peguei uma machadinha e a enfiei nas defesas de um oficial que parecia durão, de nariz curvado e olhos sérios. Em outra vida, ele pode ter sido um padre, pregando para um púlpito até ficar sem voz. Nesta vida, ele caiu numa cilada, e eu enterrei a machadinha em seu peito. Percebi que havia ficado presa quando tentei puxá-la, e um jato de sangue me atingiu os olhos e a boca, por isso a deixei onde estava.

As trincheiras consistiam em largos retângulos atravessados por ruas estreitas, a organização nos dispersando de maneira que uma bomba certeira não varresse metade do pelotão. Também tornava quase impossível perceber em detalhes o fluxo e refluxo da batalha. Ainda assim, eu tinha certeza quase absoluta de que não estávamos vencendo. Cadáveres jaziam duros no chão, mais deles do que nossos, mas ainda assim muitos nossos. Havia pressão pela nossa direita — eles haviam derrotado uma seção da linha e estavam nos cercando. Eu podia sentir os sobreviventes ficando ansiosos, perdendo o ímpeto.

— Mantenham-se firmes, rapazes! — gritei. — Teremos reforços aqui dentro de alguns minutos! — Uma mentira como muitas outras que eu havia contado, mas não havia nada mais em que acreditar.

A onda seguinte nos atingiu, nos atingiu com força, e pude sentir a linha estremecendo. Tentando seguir o arco da batalha, cheguei bem perto de perder meu lugar nela, trocando socos com um jovem dren cujas habilidades superavam sua idade antes que o caos nos separasse. Quando a coisa terminou, éramos um bando de esqueletos, e eu sabia que nem no inferno conseguiríamos resistir a outro ataque.

Calloway era um cara decente, estava conosco havia dezoito meses mais ou menos. Não havia nada de particularmente especial a respeito dele — quero dizer, pelo menos não para mim, embora eu tenha certeza de que a mãe dele pensava diferente. Ele era um surrupiador dos bons, podia desenterrar uma garrafa de vinho que havia sido utilizada por homens e ratos e não tinha problemas em dividir. Acho que poderia dizer que gostava dele, embora, verdade seja dita, após quatro anos como oficial eu não pensasse nesses termos. De qualquer maneira, ele carregava seu fardo desde que pedíssemos a ele, e, enquanto passei os olhos sobre os homens que restaram, não passei nenhum tempo específico procurando-o. Ele estava curvado sobre sua arma, exausto e quase acabado, como o restante de nós, então sua lança caiu na lama e ele sucumbiu.

Nenhum homem vivo quer ser o elo mais fraco, mas, curiosamente, ninguém se importa muito em ser o segundo. O que significa dizer que, uma vez que alguém desiste, a temporada está aberta e não há muito a fazer a respeito. Os homens da companhia A, veteranos de dezenas de grandes batalhas e centenas de confrontos menores, usaram o que lhes restava de energia para correr. Fiz o que pude para reagrupá-los, gritando ameaças e exortações, mas nunca fui um bom orador, e ninguém estava mesmo a fim de escutar. Em determinado momento, eu estava puxando um fugitivo de cima de uma escada e depois não fiz absolutamente mais nada.

Mais tarde, à medida que os eventos frenéticos do dia se congelaram em algo que lembrava uma narrativa, eu reconheceria a falha como produto de uma granada que detonou a alguns metros de distância. Mas isso foi apenas depois. Naquele momento eu fui, apaguei como uma vela.

O tempo passou.

Meus olhos ofereciam duas visões separadas da realidade, e eu levei um tempo para conciliá-las. Eu estava deitado de barriga para cima, e a lama era voraz. Quando consegui me refazer, nosso colapso já era completo. Dois drens, os primeiros observadores da onda seguinte de ataque, aterrissaram em nossa trincheira e não pareciam a fim de explorar.

Não era a primeira vez que eu me via perdido no campo de batalha, minhas chances passando de ruins a inexistentes. Das outras vezes, uma presença imutável estivera me dando cobertura, os ombros como os de um urso e a espada fria como o inverno.

Ele está morto, pensei, e o pensamento cortou a neblina da batalha, o cadáver dele enterrado entre os montes de corpos ao meu redor, os olhos sem vida olhando para o céu, virando comida para os ratos. Quando o percebi pelo canto do olho, apesar de tudo, eu quase ri de alegria. Levei um momento para entender por que ele estava de costas, subindo as escadas da trincheira.

— Adolphus! — gritei.

Ele já estava quase fora da trincheira, mas se virou para me olhar, olhou nos meus olhos e me viu olhando para ele.

Então, ele se foi, saiu da trincheira, e eu estava sozinho.

Quando recuperei meu foco, já era quase tarde demais. Apenas uma esquiva desesperada me salvou da força do ataque, e, mesmo assim, a arma furou minha armadura e comeu um bom pedaço de minha carne. O mundo girava ao meu redor, tombando como o deque de um navio. Lancei-me contra o que havia me ferido. Às vezes, você dá sorte com esse tipo de atitude — o cara pensa rápido demais que já derrotou você. Entretanto, esse não — ele deu um passo para trás, sabendo que o tempo estava a seu favor. Seu camarada aproximou-se silenciosamente pelo meu lado, coberto de lama do pescoço para baixo, mas de olhos límpidos e pronto. Eles sabiam o que estavam fazendo, e eu estava cansado e ferido. Eu havia encenado essa peça do outro lado incontáveis vezes, e já sabia como iria terminar.

Foi o acaso que me salvou, uma sorte aleatória e cega. Um deles tentou cortar minha cabeça, e travamos nossas espadas, mas a dele se quebrou no meio. O aço dos drens era forte como os homens que o empunhavam, mas produza meio milhão de qualquer coisa, e acho que vai falhar algumas vezes.

Por um segundo, ambos recuamos, surpresos com o desenrolar, então enfiei minha espada em seu pescoço, atingindo a coluna. Enfiei demais a espada, um erro de principiante. Ele caiu e levou minha espada consigo, e eu tive que enfiar meu pé contra seu peito e puxá-la com ambas as mãos para conseguir recuperá-la. Se o seu camarada tivesse reagido rápido o bastante, teria tido sua vingança naquele momento, mas a mudança súbita no equilíbrio foi demais, e ele hesitou até eu poder dedicar toda a minha atenção a ele. Ele não era um mau guerreiro, mas também não era bom, e consegui acabar com ele depois de mais trinta segundos.

Todos estavam mortos, morrendo ou fugindo, a excentricidade do combate se alinhando para assegurar um momento de tranquilidade surreal. Quer dizer, isso se você conseguisse ignorar os gritos dos feridos, mas eu tinha uma extensa prática nisso. Nossas defesas haviam caído completamente — a próxima onda de drens conseguiria ocupar a posição sem sequer ter de erguer as espadas, e, pelo pouco que eu podia ver, as coisas estavam ainda piores à nossa direita. O andaime era bastante utilizado e era robusto. Ele havia aguentado o restante do pelotão. Iria me aguentar também.

Não sei por que permaneci ali. Não foi por nenhum senso de dever, Sakra bem sabe. Eu era uma formiga, e nenhuma formiga tem qualquer ilusão sobre a sua importância. A batalha estava perdida, o fato de eu permanecer ali não iria mudar nada. Não foi por orgulho também — eu havia corrido antes, quando fizera sentido, e faria o mesmo novamente sem qualquer arrependimento.

Acho que posso dizer que estava apenas cansado. Cansado daquilo tudo — do clima e dos ratos, do sangue e da bosta, das mortes o tempo inteiro, por todos os cantos. Talvez aqueles que correram tenham sido mais corajosos do que eu. Eu estava fazendo isso havia quatro anos. Dá para imaginar? Quatro anos fodidos.

A pausa durou apenas um momento. Então, um esquadrão deles apareceu da passagem à direita, e a janela se fechou, então me preparei para o fim.

A trincheira de transporte era apertada demais para permitir que eles se amontoassem ao meu redor, e me joguei dentro do andaime. O cabo da minha espada estava escorregadio de lama, ou talvez pedaços de cérebro, não tinha certeza. A última de minhas granadas estava na outra mão — se o pior acontecesse, imaginei que poderia detoná-la e levar alguns deles comigo. Acho que eles estavam pensando a mesma coisa, pois se movimentavam com lentidão.

Mas não lentos demais. Um veio para cima de mim, apressado, tropeçando na mão de um cadáver, caindo sobre mim de cabeça. Um golpe rápido cortou seu crânio, mas não conseguiu conter seu impulso, e tive de me equilibrar para trás para não cair. Um segundo dren veio logo depois dele, e lutamos com dificuldade no espaço estreito, então ele morreu aos meus pés. Depois disso, eles começaram a hesitar. Trocaram algumas palavras em dren que eu não consegui entender e começaram a se afastar. Pegar uma granada, acredito. Não fazia sentido perder mais ninguém.

Percebi que eles estavam demorando mais do que deveriam; se estivessem sem granadas, poderiam simplesmente pegar uma de algum dos muitos cadáveres no chão. Em circunstâncias diferentes, eu provavelmente teria pensado a respeito. Mas, naquela situação, a observação em si representava o ápice do que eu era capaz — tirar conclusões estava tão distante de mim quanto o céu de um peixe.

Um soldado entrou no meu campo de visão, o uniforme azul sob uma camada de lama. Pisquei afastando a poeira dos olhos e olhei novamente. Ele ainda estava de traje azul. Meu primeiro pensamento foi que eu havia enlouquecido — não era possível ter restado algum de nós. Percebi tardiamente que ele estava dizendo algo para mim, gritando, na verdade, e eu tive dificuldade em entender o que era.

— Bess! — gritei, finalmente, arrancando a palavra secreta de algum lugar no fundo de minha memória.

Ele assentiu para mim, a lama mal cobrindo seu polimento digno de parada.

— Pensávamos que eles haviam tomado este setor. — Sua lapela tinha uma estrela prateada, mas ele era jovem. Por Prachetas, ele era jovem demais e excitado demais para estar nesta guerra há muito tempo.

— O que você... — gaguejei. — Como você...

— Consegui passar pela lama? Um truque novo dos feiticeiros — disse ele —, um verdadeiro segredo. Eles não contaram a ninguém o que estavam tramando. O feitiço transforma o terreno em algo firme sobre o qual você pode caminhar. Marchei duas companhias ao redor do flanco deles. Quebramos as fileiras laterais enquanto vocês os retardavam. — O resto da unidade dele começou a se espalhar por nossa trincheira. Seus uniformes eram de um azul límpido, e eles faziam seu trabalho com propósito. — Coragem, soldado! — disse o oficial, dando-me um tapinha nas costas. — Você irá ganhar a estrela de Maletus por sua bravura; colocarei em você eu mesmo. Qual é o seu nome?

Ele estava em pé próximo a uma pilha de cadáveres que lhe chegava quase até o joelho. Atrás dele, um dren sangrava pela barriga, vermelho borbulhando em sua boca. Ele implorou por água enquanto a chuva lhe caía no rosto, até que alguém de nossos reforços acabou com ele.

— Adolphus — respondi. — Sargento Adolphus Gustav.

— Gustav, heim? Foi uma luta e tanto, soldado. Uma luta e tanto. Por que não segue para a fileira dos fundos? Vamos cuidar da limpeza. Descanse um pouco; o Primogênito sabe que você bem merece.

Seja o que for que me manteve de pé durante aquele dia se foi, mesmo a memória de tudo o que aconteceu, e eu estava tão cansado que teria caído ali mesmo, usando o cadáver mais próximo como travesseiro. Mas o jovem oficial me ajudou a levantar, e consegui chegar até a trincheira de apoio e dali percorri os 800 metros até o quartel-general.

Foi uma vitória e tanto. A nata da companhia A jazia morta no chão. Os sobreviventes mal podiam ser caracterizados como tal — duvidava que dois a cada três jamais fossem servir novamente, tamanha a rapidez com que seus corpos se extenuaram e suas mentes enlouqueceram em Aunis. Então, mudei minha leitura. O império precisava de homens. Os que sobraram seriam remendados e jogados no serviço assim que possível.

Encontrei meu melhor amigo amontoado entre os sobreviventes de seis pelotões — refugiados da loucura do campo de batalha, um pedaço de terra arruinada como qualquer outro. Seus olhos tomavam a maior parte de sua cabeça. Eles estavam bebendo rum quente, mas as mãos dele tremiam terrivelmente, e ele não conseguia levar o copo até a boca. Ele olhou para mim sem demonstrar o mínimo de reconhecimento, mudo e desnorteado. Confisquei um casaco do cadáver mais próximo e o cobri com ele.

Nenhum homem é inteiramente uma coisa ou outra, um poço de bravura ou um covarde. Não sei o que é um herói, mas conheci um bando de covardes, e Adolphus não é um deles. Em nove a cada dez dias, ele era o mais distante disso possível, frio como aço e valente como um touro. Mas naquele dia...

Naquele dia ele não foi.

Pensei que quem quer que recebesse deles a Estrela de Maletus teria uma passagem de volta a Rigus garantida, e eu tinha certeza de que Adolphus precisava mais dela do que eu. Essa foi parte do motivo de eu ter dado o seu nome. Mas, em sua maioria, o fiz porque não queria ganhar a porra de uma medalha, não queria fazer parte de legitimar o que eles haviam feito. O que eu havia feito. Cadáveres, cadáveres e mais cadáveres, e eles colocam algo brilhante em sua lapela, e você estufa o peito e diz a eles que foi uma honra. Mesmo agora, quando penso a respeito, meus punhos se contraem e meus dentes rangem.

É claro, a estrela acabou não importando nada. Isso foi duas semanas antes do anúncio de que Adolphus receberia a estrela. Uma semana antes, ele havia recebido uma flecha no olho durante uma patrulha de rotina, e isso foi o final de sua carreira militar, enviado para casa, inválido.

Não havíamos conversado a respeito desde então. Nunca houve motivo para falar nada. Também não havia motivo para falar a respeito daquela noite, além do instinto comum de atear fogo naquelas coisas que decidimos que amamos.

# 44

Passei aquela noite no apartamento em Offbend, como tinha feito na noite anterior. Tenho como regra não fazer isso, e quando a luz da manhã mal havia entrado pelas janelas, fui lembrado do porquê.

Pegadas escada acima me despertaram, altas e ritmadas, quatro ou cinco homens caminhando com um objetivo. Imaginei que quem estivesse chegando poderia muito bem me matar tanto na cama quanto fora dela, por isso cobri as orelhas com as cobertas.

Pouco tempo depois eu estava no chão, machucado. Os três homens sobre mim vieram daquele ramo da lei que gosta de dar uma surra. Acredito que eles tenham tomado minhas tentativas de me levantar como um grande insulto e foram rápidos em demonstrar seu desagrado. O líder deles aguardava na porta, fora do meu campo de visão, embora eu tivesse certeza de que reconhecia o perfil.

Eles deixaram que eu pegasse minhas calças antes de ele entrar na luz, o que foi bondoso da parte deles. Eu não imaginava que havia sobrado o suficiente de mim para ser espalhado, mas parece que minhas reservas eram maiores do que eu imaginava.

Crowley era um homem feio, sempre havia sido. Ele era achatado e duro e caminhava como se tivesse sido talhado em madeira. Seus olhos eram conchas que filtravam o mundo. Como objeto de orgulho, os gélidos mantêm seus uniformes impecáveis, camadas imaculadas de tecido cinza, mas o uniforme de Crowley estava amassado e desgastado. A pedra mística que cada agente carregava, o Olho da Coroa, era uma pequena bolha cinza engolida pela gordura de seu pescoço.

Mas você não olhava para isso — olhava para a cicatriz que lhe descia pelo rosto, que partia sua boca em duas partes deformadas, enrolando seus lábios como uma bola de papel jogada no fogo. Era uma cicatriz antiga, mas jamais iria curar. Ela havia se tornado a característica que o distinguia, a qualidade gravada por qualquer observador, acima de sua cegueira natural. Nesse sentido, eu achava que havia lhe feito um favor, naquela noite, havia três anos, em que eu havia cravado a linha em seu rosto — embora eu não achasse que ele pensasse dessa maneira.

Como alguém pode esquecer o homem que quer matá-lo, especialmente um que já tentou? Resumindo, quantidade — havia um bando de gente que não gostava muito de mim, como Crowley. Talvez não tanto quanto ele — meu ex-colega tinha uma paixão forte pelo ódio. Mas, ainda assim, se eu ficasse me preocupando com todo mundo que desejava me ver morto, jamais conseguiria tempo para adicionar alguém novo à lista.

— Olá, Crowley.

Ele não respondeu.

— Vejo que você é só sorrisos hoje.

Novamente, nenhuma resposta. Crowley parecia não me ver.

— Tenho que levá-lo à Casa Negra — disse ele, sem emoção, como se apenas repetisse algo que não compreendia completamente.

Se havia algo a ser dito sobre Crowley, e talvez não houvesse, era que ele era previsível. Previsível em sua raiva, previsível em seu rápido recurso à selvageria. O homem que eu conhecia não teria sido capaz de manter um sorriso sarcástico longe do rosto, ou as mãos longe do meu. Acho que eu o havia machucado mais profundamente do que havia intencionado — pelo menos mais profundamente do que havia percebido na época.

Eles nem se incomodaram em me algemar, o que parecia ser bom no tocante aos prospectos de minha sobrevivência imediata. Mantendo-se fiéis ao seu modo de ser, nenhum dos meus vizinhos reagiu à comoção. O eventual aparecimento de gélidos, seguido do desaparecimento permanente de quem quer que eles tenham visitado, era infrequente, mas não uma ocorrência digna de ser notada.

Nuvens se ajuntavam no céu. Ainda estava quente como o inferno, mas uma persiana havia sido puxada sobre o sol, e uma tempestade se formava à distância. Não era possível senti-la ainda, mas, sim, era possível ouvi-la.

A caminhada pareceu mais longa do que a distância prometia. Meu amigo na recepção fez questão de não dizer nada, e subimos sem qualquer impedimento por uma escadaria branca, seguindo posteriormente por um corredor sem enfeites. A Casa Negra era igualitária no quesito estética e conforto. O homem no cargo mais alto trabalhava num escritório igual ao de um escriturário e morava num modesto apartamento de dois quartos. Dinheiro não queria dizer nada para ele, e reconhecimento menos ainda, um obstáculo ao controle que ele trabalhava para exercer sobre cada centímetro do império e quanto mais fosse possível.

Ele tinha altura mediana e usava um bigode sobre uma boca indistinguível. Não era gordo nem magro. Um tipo sem características marcantes, um rosto que você achava que já havia visto anteriormente, mas não tinha certeza. Tinha dedos longos e mãos macias, e seus olhos eram azuis como o cobertor de um recém-nascido. Tente se lembrar dele e não vai conseguir, um buraco na imagem deixando a vaga impressão de bom humor e envelhecimento, ambos absolutamente falsos.

Nem era preciso dizer que o calor não o afetava.

— Bem-vindo de volta — começou ele. — Já faz tempo demais.

Mesmo antes de minha queda, quando o Velho era meu patrono e não meu inimigo, ele ainda fazia minha pele arrepiar. Havia algo de vazio nele, óbvio o suficiente se você olhasse, embora a maioria das pessoas não o fizesse. Naquele tempo, eu estava disposto a ignorar isso, disposto até a fingir que não havia percebido.

Mas eu era jovem naquela época, jovem e idiota. Agora sou apenas idiota. Imaginei que, se ele fosse jogar duro comigo, eu estaria amarrado numa cadeira no porão, e não pela primeira vez. Ainda assim, calculei a distância entre nós, tentando imaginar se conseguiria colocar as mãos ao redor do pescoço do Velho antes de Crowley se jogar sobre mim e se minha força seria suficiente para terminar uma vida que já se estendia por muito tempo. Olhei ao redor de maneira casual, em busca de alguma ferramenta mais eficiente para ajudar em minha tarefa, mas, como sempre, o único objeto sobre sua mesa extremamente limpa era um prato de balas, de cereja, a julgar pela cor.

Ele afastou meus pensamentos assassinos com um aceno amigável em direção à minha escolta.

— Obrigado, Crowley. Isso é tudo. E por favor, faça a gentileza de pedir uma xícara de chá quando estiver saindo. Bom rapaz.

Tenho certeza de que isso teria provocado uma resposta em meu antigo colega, dada a precariedade de seu temperamento e a satisfação com a qual ele se ofendia. Mas Crowley obedeceu sem fazer comentários, e, de fato, um momento mais tarde um funcionário uniformizado entrou trazendo um jogo de chá lascado. O Velho colocou uma colher de açúcar em sua xícara, depois mais algumas.

— Suponho que você saiba por que o chamei aqui.

— Me esclareça.

— Decidimos que é chegada a hora de a Associação dos Veteranos experimentar uma mudança de liderança. — Seu sorriso ficou malicioso. — Como eles dizem, quanto mais as coisas mudam...

— E eu aqui pensando que Joachim e você eram unha e carne.

— Os tempos mudam, meu rapaz. Pretories... passou dos limites. — Ele balançou a cabeça, triste. — Eu não o teria tomado por um idealista, não depois de todo o dinheiro que fluiu para os seus bolsos. Mas, novamente, os anos podem fazer coisas estranhas. Um homem começa a perceber cabelos brancos e começa a pensar em deixar um legado. Todo esse trabalho e confusão a respeito das pensões, incitando ressentimento contra o Trono e a Coroa; e então essa confusão com os Giroies acima de tudo. — Ele estalou a língua. — Temo que Pretories não vá ficar vivo por muito mais tempo. Guiscard disse que você o tem ajudado nesses últimos dias, e eu não iria querer que você estivesse no meio do fogo cruzado.

— Não pensava que você se importasse.

— Você pensa que a continuidade de sua existência é um descuido? Se eu quisesse você morto, os ratos comeriam seus mamilos antes do anoitecer. — A ameaça foi oferecida no mesmo tom que você usaria para cumprimentar um conhecido.

— Suas boas graças não impediram Crowley de tentar acabar comigo da última vez.

— Imaginei que você fosse capaz de lidar com aquilo sem a minha interferência. Na verdade, fiquei surpreso de ver meu agente vivo depois da conclusão dos eventos.

— Desculpe tê-lo desapontado.

— De forma alguma — disse ele —, eu teria feito o mesmo. Você sabe que ele jamais foi o mesmo depois daquela noite; aquele último punhado de selvageria que o tornava tão hábil para a sua função desapareceu quando você o marcou. Sério, eu tenho de aplaudi-lo. Qualquer um pode matar, mas destruir um homem dessa maneira? Alcançar o fundo de sua alma e transformá-lo em outra coisa? Isso requer talento.

Não agradeci. Mas eu havia sido muito malcriado.

O Velho nunca parecia estar com pressa — ele podia passear depois de incendiar um prédio. Houve um longo período de tempo durante o qual nenhum de nós dois falou, durante o qual um observador poderia nos tomar como amigos, ou pelo menos camaradas. Quando decidiu que o silêncio já durava demais, ele começou novamente.

— Não é estranho que Joachim começasse a fazer bobagem depois de tanto tempo em minhas mãos?

— A vida é mesmo estranha às vezes.

Era o tipo de banalidade que apetecia a ele.

— Sim, é mesmo. — Ele empurrou o prato de balas em minha direção. Eu o empurrei de volta. — Inadequado, até, pode-se dizer.

— Você acha que conhece um homem...

— E o que teria inspirado o Giroie mais fraco a investir numa ofensiva?

— Quem sabe por que alguém faz alguma coisa?

Ele assentiu com ímpeto, como se eu tivesse dividido com ele um ensinamento profundo.

— De fato. Tenho quebrado a cabeça para descobrir em particular o que exatamente determinou sua vontade de virar um tagarela.

— Não tive escolha.

— Nosso pequeno Guiscard o assustou tanto, foi?

— Me aterrorizou.

— Tenho certeza que sim. — Ele bebericou seu chá e fez uma careta, depois adicionou mais uma colher de açúcar. — Então, nada disso tem a ver com a desagradável morte da mais jovem Montgomery?

Se eu já não estivesse suando, teria começado agora.

— Quem?

— Aja como quiser.

Outra longa pausa. Ele levou a xícara aos lábios, o dedo mindinho erguido elaboradamente, mas seus olhos jamais abandonaram os meus.

— Você sabe qual é a característica mais exigida pelo meu cargo?

— Um sorriso avassalador?

— Facilidade com números. — Ele pousou a xícara na mesa. — As pessoas não gostam de números; gostam de pessoas e se confundem quando pessoas se transformam em números. Mas eu não me confundo. Por algum tempo, pensei que você fosse do tipo que também não se confundia. Mas, é claro, isso não era verdade; você é tão ruim de soma quanto qualquer pessoa que eu já conheci. — Ele ergueu um dedão, começando a enumerar.

"Havia Iomhair; não foi uma grande perda, acho que concordamos, mas deve ser contado mesmo assim. Os cinco rapazes Giroies guardando o carregamento de erva do dragão. A retaliação de Artur custou a vida de mais quatro homens: veteranos como você. Ainda estão recolhendo corpos do Galinha e Harpia, portanto é cedo para chegarmos a um denominador exato, mas digamos que são, com certeza, uns doze. — Ele estivera contando-os nos dedos, mas essa última adição inchou a conta, e ele girou as mãos como que para reconhecer isso. — Isso dá um total de vinte e duas almas, e ainda não vimos o final da história. Vinte e dois homens. Não imagino que eles tenham brotado do chão, mas nascidos da maneira tradicional. Através de mães e pais. Talvez tivessem irmãos. Talvez esposas e filhos. Um débito estranho, não acha, que precisa ser pago vinte e quatro vezes?"

Cocei minha nuca.

— Esse foi um monólogo extremamente longo.

Ele riu em silêncio e cruzou as mãos, limpando a contagem.

— Não importa agora, não mesmo. A linha já foi cruzada. Sejam quais forem suas motivações, a utilidade de Pretories acabou. É claro, se isso tudo foi apenas vingança em nome de Rhaine Montgomery, me surpreende que você tenha deixado um conspirador permanecer impune; conhecendo você, digamos que seja um senso de justiça deveras selvagem.

Não era uma boa admitir ignorância na frente do Velho, mas escapou antes que eu pudesse me conter.

— Sobre o que você está falando? Pretories não queria que Rhaine jogasse lama em seu nome, enfraquecendo sua posição diante de sua marcha. Ele definiu alguns homens para matá-la.

Ele olhou para mim de maneira estranha.

— Há um motivo pelo qual Joachim Pretories não pôde chegar ao seu cargo de forma honesta. Ele é fraco demais para fazer o que deve ser feito, não faz nada sem antes consultar alguém. Foi o mesmo quando ele deu cabo de Roland; você não imagina por quanto tempo ele arrastou os pés antes de acatar nossas ordens. Não tenho certeza de que ele teria ido até o fim se eu não o tivesse persuadido.

Um buraco se abria debaixo da minha cadeira, um senso de horror frente à minha extraordinária idiotia.

Algo deve ter transparecido em meu rosto.

— Você nunca juntou as peças, não foi? A identidade de nosso parceiro silencioso? — Eu já havia ouvido o Velho rir anteriormente, mas sempre como parte de sua fachada, uma tática para enganar os desavisados, fazendo-os pensar que ele era humano. Mas não tenho certeza se, antes daquele momento, eu havia ouvido uma risada honesta sair de seus lábios. Senti um arrepio subindo pelo meu braço.

— Você está mentindo. — Mesmo sabendo que aquilo não era verdade, o Velho não mentia. Ele também nunca falava a verdade, mas nunca mentia. Você blefa com uma mão fraca, e o cabeça da Casa Negra mantinha duas cartas extras escondidas sob a manga.

— Eu te asseguro, não estou mesmo. — Na época da morte de Roland, o pai dele estava a um fio de se tornar o alto chanceler. Nem mesmo eu poderia matar o filho de uma tão estimada família sem temer grandes repercussões. Felizmente, o general entendia a necessidade de frear o mau comportamento do filho. Ele foi o meu canal até Pretories, ele e aquele vaalão que trabalha para ele.

As peças começavam a se encaixar, peças às quais eu não havia prestado atenção, ou havia ignorado. A briga que eu ouvira na noite da festa de aniversário de Roland. A miséria palpável da segunda vez que eu havia visitado o general, como se ele já soubesse que Rhaine estava morta.

O Velho começou a rir novamente, riu até seus olhos azuis ficarem cheios de lágrimas.

— Oh, meu querido rapaz. — Começou ele, rindo. — Meu querido rapaz, tão tolo. Você colocou tudo isso em operação e nunca soube da verdade? Para não arriscar que alguém soubesse do seu filicídio, Montgomery enviou a filha para se juntar a Roland. — Ele colocou uma palma sobre a mesa para se ajeitar e levou a outra sobre a sobrancelha. — Você não é o arquiteto desse estratagema; é o alvo.

# 45

Comecei a me deparar com as multidões na rua Broad, a cerca de 800 metros do epicentro. Eu não sabia a quantidade de gente que Pretories esperava juntar quando planejou isso, mas seja qual for o número, ele havia se superado. Havia contingentes de veteranos vindos de todo o império, de cada canto dos Três Reinos: tarasaighns de Kinterre em trajes coloridos, completamente bêbados apesar do horário; linhas de ashers com cabelos e olhos negros, eternamente solenes, sem tomar parte nas festividades; ilhéus marchando em trajes navais, casacos vermelhos com fios dourados, rindo sob o calor. Os grupos estiveram se juntando na cidade durante toda a semana, armando abrigos no local da marcha. Eles andavam alegremente sem destino, contando mentiras sobre a guerra, comprando comida de vendedores ambulantes, atualizando-se das fofocas regimentais.

As habilidades logísticas de Joachim não haviam se perdido — aquilo era uma obra-prima de planejamento, executada com extraordinária precisão. Eu diria com precisão militar, mas, tendo servido, sei que isso é um oximoro. Até agora, tudo estava dentro da legalidade. O Trono não podia recusar o direito à marcha aos homens que haviam garantido a sua sobrevivência. O que podiam fazer, e de fato haviam feito, era cercar os protestantes com um cordão de homens carrancudos em uniformes escuros, carregando cassetetes grossos da mesma cor. Não eram rapazes da cidade, eles eram espertos demais para se deixar envolver nessa confusão. Eram recrutas das províncias, se eu tivesse de adivinhar, matutos arrancados dos campos e trazidos para o sul. Quinze anos antes, eles teriam sido recrutados para lutar contra os drens. Eram os sobrinhos e filhos dos homens que logo iriam atacar, embora fosse demais pedir a eles que percebessem isso.

Era uma multidão enorme, um pedaço grande demais da humanidade para engolir confortavelmente. Eu não via tamanha multidão desde a própria guerra. Lembrava-me a guerra em muitas maneiras olhar os rostos de homens que eu sabia que logo iriam morrer e não havia nada a ser feito para impedir isso. Pelo menos, durante a guerra, todos estavam cientes da iminência da morte. Mas a atmosfera na marcha não tinha nada de tensa, a certeza pretensiosa fortalecida pela tolice da multidão. Eles teriam me chamado de louco se eu tentasse dizer o que sabia, ou teriam me rotulado de provocador e me linchado no poste mais próximo. Ninguém gosta que digam que se está caminhando na direção errada, mesmo se a trilha termina num despenhadeiro.

Abri caminho com dificuldade entre a multidão, ciente do passar dos minutos. À medida que me aproximava da frente, meu progresso parou e comecei a dar cotoveladas e recebê-las em retribuição. A tempestade rugia a alguns quarteirões de distância, mas, de onde eu estava, o sol era brilhante como havia sido na semana passada. Brilhante demais, fazendo com que você piscasse ao olhar para ele. Às vezes, a linha entre os dois é bastante tênue.

Havia uma barreira separando os organizadores da multidão. Vi Adolphus do outro lado dela, não pela primeira vez grato pelo fato de ele ocupar praticamente o lugar de dois homens em vez de um só. Pulei sobre a obstrução, ignorando os olhares de condenação. O amontoado de pessoas diminuiu o suficiente para que eu pudesse reconhecer o rosto da pessoa que estava ao lado de Adolphus. Eles sorriam um para o outro e conversavam, mas pararam com aquela merda quando me aproximei.

Por um momento, os laços que me ligavam ao gigante, laços que eram fortes o suficiente para me induzirem a arriscar a minha vida para colocá-lo em segurança, estremeceram. Olhei para Garrincha, então olhei de volta para seu guardião com um olhar selvagem.

— Você perdeu a porra do seu juízo?

Adolphus deve ter percebido que passou dos limites, ou talvez nossa última interação ainda o incomodasse, pois ele não respondeu.

— Não é o suficiente arriscar sua própria vida, precisa arrastar o garoto também?

— Eu posso tomar conta de mim mesmo. — Intrometeu-se Garrincha, fazendo sua melhor imitação de adulto. — Sou homem o bastante.

Acertei-o no lado da cabeça, com força o suficiente para fazê-lo cair de joelhos.

— Não, você não é. Nem um pouco. Vá para casa agora.

Ele olhou para mim, depois para Adolphus, que parecia estranhamente apático, paralisado pela minha chegada. Depois de um momento ele se levantou e sumiu no meio da multidão, pálido e tremendo.

Eu me sentia ótimo a respeito de mim mesmo. Adolphus ainda se recusava a me olhar diretamente, seu único olho bom desviando o foco.

— É melhor seguirmos o exemplo dele. Imediatamente.

Ele deixou escapar uma gota de cuspe por sua mandíbula quadrada.

— Não vou conversar sobre isso com você novamente. Já tomei a minha decisão. Está decidido. — Um pingo de chuva caiu em seu nariz.

— O dia de hoje vai acabar mal.

— Nunca acreditei em você como profeta.

— Tenho a informação de dentro.

— De quem?

— Do chefe da Casa Negra.

Adolphus deu um olhar rápido ao redor, temendo que meu anúncio intemperado tivesse chegado aos ouvidos dos homens que nos cercavam.

— Fale baixo.

— Não há tempo para sutilezas; o Velho vai agir, e será logo. E quando ele agir, o sangue vai molhar a terra.

Ele me respeitava o suficiente para não chamar aquilo de blefe, o que me deixou grato. Mas, ainda assim, ele levou um tempo para processar a informação, tempo que nós não tínhamos, meu coração batendo forte no peito. Adolphus não era idiota, mas era lento — súbitas mudanças de rumo não eram o seu forte. Finalmente, ele tomou uma decisão.

— Mesmo se esse for o caso, não vou a parte alguma. Esta é minha gente. Ficarei e lutarei com eles.

— Garrincha é sua gente. Adeline é sua gente. — Coloquei minha palma contra seu peito e o empurrei, bancando o desvairado, embora não fosse nada difícil fingir. Seu corpo mal se mexeu, mas pelo menos consegui a atenção dele. — Eu sou a porra de sua gente.

Ele não tinha nada a dizer quanto a isso, mas não precisava. Um empate mataria nós dois — eu precisava chocá-lo para que entrasse em movimento.

— Pretories é um fantoche da Casa Negra — falei, alto o bastante para que nossos vizinhos ouvissem.

Um trovão ecoou a distância, mas não muito distante. Adolphus olhou ao redor rapidamente, observando o público em busca de sinais de ameaça, então sussurrou:

— Não comece a espalhar essa merda.

— Ele trabalha para o Trono desde que deixou Roland Montgomery ser assassinado.

— Isso é bobagem. Você não tem o direito de falar assim. — Mas a voz dele estava estremecida.

— Pretories aceitou o ouro do Velho e não quis seguir suas ordens.

— Como você sabe sobre isso? — perguntou Adolphus, embora eu apostasse que ele tivesse uma ideia.

— Porque fui eu quem estava por trás disso, foi a minha porta de entrada para as Operações Especiais. Eu achava que Roland era maluco, ou talvez não achasse; não importa agora. Eu fiz isso, e Joachim estava envolvido e não melhorou nada nos últimos doze anos. Isso... — gesticulei em direção à multidão, que começava a mostrar sinais de movimento — é apenas um espetáculo, uma maneira de os veteranos liberarem a raiva sem mirar nenhum alvo específico. Mas acontece que não é exatamente isso. O Velho acha que Pretories ficou poderoso demais e tem planos de matá-lo, e, quando fizer isso, as coisas ficarão feias, feias de verdade, para todo mundo aqui, você entende? É tarde demais para essa gente, mas não é tarde demais para nós.

A boca dele se abriu, em condenação ou dúvida, jamais descobri. Houve uma explosão em algum lugar na parte de trás, e começou meia hora de gritos incessantes.

Eu estava esperando por isso. O Velho não havia divulgado detalhes específicos do que havia armado, mas a maneira mais fácil de fazer qualquer coisa é começando por trás. Quem poderia dizer que não havia um contingente de extremistas da Associação descontentes com a política de não violência de Joachim? Quem poderia dizer que eles não haviam trazido explosivos e lançado-os na borda da aglomeração como um exercício de radicalismo niilista? Ninguém, não depois de hoje.

A multidão estava tão despreparada quanto um virgem e, no desenrolar imediato, reagiu em confusão — mas o estampido estava no ar tão certo quanto a tempestade. Os guardas que andavam em semicírculos à nossa frente, entretanto, não estavam surpresos. Nem um pouco, na verdade. Se você tivesse a mente resoluta, poderia mesmo dizer que eles sabiam com antecedência o que iria acontecer. Eles marcharam para a frente como uma onda, investindo contra a linha de frente e girando seus enormes cassetetes.

Pretories havia enchido as filas da frente com heróis de guerra, homens como Adolphus, pensando que o *status* deles seria uma prova certa contra a violência. Ele havia pensado sem levar em conta a selvageria do Velho — um erro curioso, considerando-se a história deles. Dois homens segurando uma faixa foram os primeiros a morrer, a mensagem deles manchada de sangue. Um amputado caiu para trás em cima de suas muletas tentando escapar, uma fileira de medalhas presa em seu peito. Tendo perdido uma perna pelo seu país, talvez tenha pensado que havia ganhado o direito de não ser surrado até a morte por homens que trabalhavam para ele. Subestimar a ingratidão nunca dá bons resultados.

A verdade é que mesmo os brutamontes da Associação, Coelho e Hroudland, os homens que haviam dado cabo de Giroie, não estavam preparados para a luta. O interruptor entre a civilização e o barbarismo não é algo que se muda num estalar de dedos. Mesmo o mais selvagem dos filhos da puta precisa de alguns minutos para conseguir. A linha de soldados que participava da marcha se estendia para além do horizonte. A maioria deles não conseguia ver o que estava acontecendo, mas aqueles que conseguiam começaram a caminhar para trás.

Pretories fez o que pôde para agrupá-los, pegando um estandarte e fazendo-o tremular na brisa. Heroísmos de última hora não eram muito a dele, mas ele se saiu bem. Mais do que isso, se eu for honesto. Ele caminhou com coragem e certeza. O próprio Roland não poderia ter feito melhor.

Um de seus rapazes, um que eu jamais havia pensado em prestar atenção, que se parecia bastante com o restante, levou a mão ao pescoço do comandante. Uma fina linha vermelha ficou no lugar. A cor pingou no chão. Pretories seguiu.

Foi bastante rápido, fácil de não ser percebido. Eu duvidava que muitos tivessem visto. Era por isso que o Velho havia conseguido ficar tão velho — ele sempre tinha alguém atrás de você. Eu imaginava quem iria me pegar quando chegasse a minha hora. Mas tinha certeza de que não conseguiria prever.

Considerando tudo o que eu havia feito para ver aquilo acontecer, a morte de Joachim Pretories me deu pouco prazer. Observando seu corpo sendo pisoteado no chão pelos homens que tentavam escapar, era difícil odiá-lo. Considerando todas as coisas, eu já havia conhecido homens piores do que ele. Mas também já havia matado outros melhores, portanto não havia sentido em ficar sentimental.

Com a perda do líder, qualquer semelhança com ordem ruiu completamente. Estávamos entre a vida e a morte, e todos perceberam isso. A barreira que nos separava da maior parte da multidão não servia mais para isso, não provendo nenhum impedimento ao movimento de 50 mil homens nervosos e assustados. A marcha havia se transformado numa fuga desordenada — eu era apenas uma gota num mar de carne e não podia fazer nada além de nadar com a corrente.

Estava mais fácil para Adolphus — mesmo o mais desesperado dos homens vai evitar correr para cima de uma parede de tijolos se puder. Mas não sou muito maior do que a média, e a multidão foi me levando junto. Assim como qualquer massa de gente, ela se movia sem direção ou propósito, homens amontoados não eram mais inteligentes juntos do que individualmente. A explosão havia mandado os homens que estavam atrás para frente, e a brutalidade dos guardas havia mandado os que estavam na frente para trás. Adolphus e eu conseguimos chegar ao flanco, mas era como navegar por um rio na maré alta. Um rio que grita na sua cara e enfia o dedo em seus olhos.

Um golpe perdido de um dos transeuntes me deixou de joelhos, minha cabeça rodando, o aglomerado de pessoas quase me esmagando. Uma morte feia, mas consegui me recolocar de pé depois de alguns puxões. Quando consegui erguer a cabeça, Adolphus já se fora, levado adiante pela correnteza de gente. Ou, então, ele simplesmente não se importou em me esperar — tive a sensação de que o meu bem-estar não era sua principal preocupação.

Num caos como aquele, não há nada que distinga um homem de outro — a sobrevivência se resume à pura sorte, acaso. Eu estava na frente quando tudo começou e sabia que algo estava prestes a acontecer, por isso tive uma chance um pouco melhor do que a maioria, mas não muito.

Um esquadrão de guardas abria caminho em nossa direção, e a multidão recuava como um animal ferido. Eu avancei, pensando que era melhor arriscar minhas chances contra um idiota armado do que contra 10 mil desarmados. Um dos guardas tentou me acertar, mas agachei e puxei as pernas dele. Queria ficar e dar umas porradas nele, mas não havia tempo. Dei o fora correndo assim que consegui reunir forças.

Fora da avenida principal, pude respirar profundamente pela primeira vez, meus pulmões expandindo dentro dos ossos doloridos e da carne machucada. Não podia saber quanto tempo havia durado aquele aperto. Não havia durado tanto quanto parecia, disso eu tinha certeza. O vento estava espalhando faíscas para dentro da cidade e as coisas estavam ficando feias bem depressa. Acho que deveria dizer que as coisas estavam ficando piores. Ainda assim, virei para observar, subi alguns centímetros acima do muro do beco, encontrando degraus na hera. Eu havia acendido o pavio — parecia correto permanecer até o final.

Pela primeira vez, o Velho havia ido longe demais. A maioria das pessoas naquela multidão não via violência havia quinze anos, mas isso não é o mesmo que nunca. O suficiente estava voltando à memória deles para deixar o pequeno número de guardas completamente insuficiente. Os ashers, sempre preparados para o combate, haviam formado um quadrado apertado e estavam abrindo caminho para um lugar seguro, fáceis de ser distinguidos por seus trajes e pela disciplina. Em sua maioria, os guardas eram espertos e mantinham distância deles, mas eventualmente algum deles se aproximava demais e era pego, executado de maneira eficiente, porém indolor, por homens que haviam feito da violência sua religião.

Eles eram o único exemplo de organização a ser visto, mas, aqui e ali, homens que um dia já foram perigosos recobravam seus poderes. Os guardas estavam armados e transformados em selvagens devido à sua juventude, mas seus oponentes haviam ganhado diplomas de brutalidade no instituto definitivo da história. Um vaalão do tamanho de um touro colocou um guarda em seus joelhos e quebrou-lhe a coluna como se fosse um galho podre. Mais adiante da fila, dois ilhéus haviam cercado um guarda azarado e o jogaram no chão, espancando-o até a morte com algo parecido com alegria estampado em seus rostos. Joachim havia estipulado que ninguém deveria estar armado, tentando evitar este exato cenário — mas, entre as dezenas de milhares, alguns haviam trazido espadas e soqueiras. O que havia começado como uma briga cega estava rapidamente se transformando numa batalha, e senti um momento impróprio de entusiasmo por meus companheiros de armas.

Mas o resultado era algo previamente definido. Outra explosão ricocheteou através da multidão, depois outra e mais outra, explosões como fogos de artifício, cada uma significando morte, e o que fortalecia o espírito da multidão foi levado embora pelo medo.

A chuva havia se transformado em tempestade, mas ela não estava fazendo nada para conter as chamas. A segunda onda de explosões havia deixado o ar sujo, tornando impossíveis maiores observações dos eventos. A cidade estava extremamente inflamável, o solo tão seco que um cigarro caído poderia queimar pedra. Houve uma explosão de calor quando as janelas de uma casa um quarteirão adiante explodiram, então desci de onde estava e comecei a ir embora.

A fumaça estava em meus olhos, garganta e pulmões, e tossi o caminho inteiro pelos becos, tentando fugir dela. Eu não era o único tentando conseguir escapar — passei por um bando de veteranos correndo em todas as direções, contanto que fosse para longe, bem longe. Eu estava com o mesmo espírito de desespero, portanto foi uma surpresa e tanto fazer a volta em um *cul-de-sac* e dar de cara com dois velhos amigos.

— Ora, ora, se não é o tenente — disse Hroudland, e pela primeira vez Coelho não sorriu.

— Graças ao Primogênito vocês dois sobreviveram! Onde está o comandante?

— O comandante está morto — disse Hroudland.

— Céus! — exclamei. Naquele momento, percebi que conversar não iria resolver as coisas entre nós.

— O que aconteceu com Roussel, tenente? — perguntou Hroudland.

— Acho que eu o matei. — admiti, matando a charada. — E acho que gostei.

Coelho assentiu, sem surpresa.

— Assim como eu vou gostar disto.

Minha conversa com o Velho havia me deixado desarmado, e não tive tempo de me munir novamente. Coelho segurava uma navalha fina em sua mão esquerda, mas deixou que ela caísse no chão e fez sinal para que eu fosse até ele. Nunca tive muita vontade de enfrentar o homem com meus punhos, mas não adiantava nada demonstrar isso para ele. Fui com a maior força que pude, fingindo um golpe de corpo e tentando acertar o olho dele — mas ele apenas sorriu aquele sorriso que eu vim a detestar e abaixou a cabeça. Quebrei dois dedos em seu crânio.

Foi uma luta breve, e o restante dela aconteceu mais ou menos da mesma maneira. Os poucos golpes que acertei não serviram de nada, e cada um dos murros de Coelho abriu caminho pela minha carne. Logo eu estava no chão, e ele começou a chutar minhas costelas, a porrada de certa forma supérflua, considerando tudo o que eu já havia sofrido. Outro momento de alegria, e ele se jogou em cima de mim, enfiando os joelhos em meus ombros e apertando os dedos ao redor de minha garganta.

A fumaça estava espessa como geleia e começou a entrar em meu cérebro. Minha visão ficou limitada, concentrando-se num sorriso extremamente largo, dentes grandes como peças de xadrez.

Uma palma apareceu por dentro da fumaça e agarrou a cabeça de Coelho, puxando-a em direção ao muro e levando o restante de seu corpo com ela. O muro já estava detonado, mas ainda assim a cabeça de Coelho deixou uma marca considerável ali. Ele caiu lentamente no chão, deixando para trás um rastro de sangue.

A mão se juntou a um braço, depois a um corpo, e era Adolphus. Eu estava salvo.

Existem homens que não teriam hesitado neste momento, mas não muitos, e Hroudland não era um deles. Sua mandíbula tremia, e ele segurava uma faca sem firmeza. Adolphus deu um tapa na faca e a lançou na terra. Um segundo golpe tirou o equilíbrio de Hroudland, deixando-o insensível e pronto para o *grand finale*. Embora eu saiba que não é possível que um soco literalmente arranque a cabeça de um homem, de alguma forma essa é a única descrição que se encaixa no que aconteceu.

Eu permaneci deitado sem me mexer enquanto meu melhor amigo se aproximou, imaginando se talvez ele fosse enfiar a bota contra o meu peito e acabar com todo mundo que o havia sacaneado. Em vez disso, ele agachou e me colocou de pé como se eu fosse uma criança.

— Vamos para casa — disse ele, e foi o que fizemos.

# 46

Roland levou apenas um momento para perceber que iria morrer. Estávamos numa pequena casa que eu havia arranjado na Cidade Baixa. Quanto a isso, eu tinha dito a verdade. Mas os homens que estavam sentados à mesa comigo não eram o tipo de pessoa que estaria apoiando um *Coup d'État*, mesmo se houvesse tal facção dentro da Casa Negra. Eles eram o tipo de homens que o Velho mantinha à disposição para fazer o trabalho sujo, e isso era perceptível só de olhar. Acredito que o Velho me mantivesse ao lado dele pelo mesmo motivo, mas para serviços mais sutis.

Você conhece tudo o que precisa a respeito de uma pessoa pela maneira como ela reage à sua morte, embora, é claro, você não possa fazer nada com essa informação depois. Não que eu tivesse dúvidas quanto à coragem de Roland. Ele parou imediatamente, logo depois da soleira da porta. Por um segundo, foi possível perceber que ele estava pensando em sair correndo, era possível ver pela maneira como suas mãos ficaram tensas. Mas eu havia colocado dois homens na entrada pela qual ele acabara de passar, e deve ter percebido que de nada adiantaria correr.

Ele olhou para mim, então fechou os olhos por um longo momento. Quando os abriu novamente, estava sorrindo e caminhou em nossa direção com passos rápidos e sem nenhum sinal evidente de preocupação. Ele ocupou o assento que eu havia reservado para ele. Era na cabeceira da mesa, o que era óbvio.

— Então, isso é tudo? — perguntou ele.

Assenti.

— Acho que eu deveria ter desconfiado.

Dei de ombros.

— Mas a sua história era bastante plausível. E com o apoio da Casa Negra, eu poderia ter adiantado meu cronograma em um ano, talvez dois. Era um risco que valia a pena ser corrido.

A falta de precaução sempre havia sido o erro de Roland. Eu percebera isso no dia em que nos conhecemos, tinha certeza de que ele cairia na armadilha.

— Ninguém que tem alguma coisa a perder quer que você ganhe. Você superestima sua base de suporte.

— Claramente — disse ele, inexpressivo.

Impedi uma risada. Esse não era realmente o momento para ser leviano, embora não fosse possível perceber isso pelo comportamento de Roland. Em cima da mesa havia uma garrafa de uísque. Ela estava cheia quando a pousei sobre a mesa, meia hora antes. Não estava mais. Servi alguns dedos da bebida e passei para Roland.

Ele assentiu, agradecendo, e tomou tudo de um gole só.

— Se você me matar — disse ele, depois de ter tido um momento para saborear a trapaça —, o país vai pegar fogo; meus homens não irão se conformar com isso.

— Se você viver, o país vai pegar fogo de qualquer maneira. E sinto muito em dizer, mas você está errado. A Associação irá sentir a sua morte, mas o fará sem violência. Tomamos as medidas necessárias para assegurar isso.

— Joachim? — Talvez fosse a primeira vez na vida que Roland perdeu a compostura. Certamente foi a primeira vez que presenciei isso. Ele colocou as mãos sobre a mesa e olhou para elas por alguns instantes sem dizer nada. Senti uma pontada súbita e vívida de arrependimento por ter revelado a traição de seu melhor amigo, de certa forma parecia uma traição pior do que a minha. — Eu jamais teria pensado isso dele — disse Roland.

Eu também jamais teria pensado, ainda tinha dificuldades em acreditar que fosse verdade. Mas o Velho havia confirmado.

— Foi por dinheiro? — perguntou Roland, para si mesmo. — A ideia de assumir a liderança?

Ambos, provavelmente. Pretories provinha daquele tipo de nobreza sem nada no banco. E ninguém gosta de ser o segundo homem para sempre. Embora pudesse ter sido simplesmente autopreservação — Joachim não era tolo. Talvez ele simplesmente tenha olhado para o caminho que Roland estava trilhando e tenha visto a mesma coisa que eu, sangue e fracasso.

— Não tenho certeza — falei. — Não tomei conta dessa parte.

— Por que você fez isso?

— Tentei dissuadi-lo.

— Isso não é realmente uma desculpa.

— Não era para ser. Eu lhe dei os meus motivos da última vez que nos falamos. Todas as mortes que vimos, todos os cadáveres, cinco longos anos disso tudo; e você queria que mergulhássemos nisso tudo de novo? Comprometer seus veteranos contra a Coroa, mergulhar o império numa guerra civil?

— É melhor morrer livre do que viver como um escravo.

— Posso ver que você nunca foi um escravo. É algo engraçado a respeito dos oprimidos, eles não querem incendiar a cidade, querem comandá-la.

— Então, suas ações estão no meio-termo ideal entre moralidade e interesse pessoal?

— Não estou me desculpando mais pelas minhas ambições do que você mesmo pelas suas.

— Mas as minhas ambições eram bastante grandiosas — disse ele. — E as suas são pequenas e insignificantes.

— É possível identificar um grande homem pelos corpos que ele deixa para trás em seu rastro.

— Nada importante jamais foi conseguido sem sacrifício.

Deixei a discussão morrer por aí. Tinha sido tolice iniciar uma discussão com ele, você jamais convenceria alguém da necessidade de seu assassinato.

— Você gostaria que eu fizesse alguma coisa? — perguntei. — Pela sua família, pelo seu pessoal?

Ele considerou a pergunta por um momento, então balançou a cabeça.

— Não tenho arrependimentos.

— Santos e tolos dizem isso. E você não é nenhum santo.

Ele riu e se serviu de outra dose de uísque.

— Meu nome vai continuar ecoando — disse ele, bebendo. — Não há nada mais que um homem possa pedir.

Você podia pedir uma vida longa vivida confortavelmente, uma esposa para segurar a sua mão em seu leito de morte, filhos para continuar o que você construiu. Mas Roland não teria nenhuma dessas coisas, e não fazia sentido esfregar isso no nariz dele.

Um dos agentes que eu havia posicionado do lado de fora entrou, fechando a porta atrás dele e se aproximando da gente em silêncio. Eu o conhecia um pouco, melhor do que os outros dois brutamontes que o Velho tinha me dado e que eu tinha certeza de que tinham ordens para fazer comigo o que eu estava prestes a fazer com Roland se eu demonstrasse qualquer sinal de dúvida.

Servi mais uma dose a Roland. Quando ele estendeu a mão para pegar a bebida, acenei para o homem atrás dele.

Foi muito rápido — isso era o mínimo que eu poderia fazer. O agente levou uma espada à garganta dele, um movimento rápido, rasgando-a. O sangue jorrou sobre a mesa, mas eu estava longe o bastante para evitar respingos. Os olhos de Roland pareciam fixos nos meus. Depois de alguns segundos, a luz neles se apagou.

— Enrolem o corpo — falei, levantando-me da mesa. — Desovem onde mostrei a vocês. E, pelo amor do Primogênito, não deixem que ninguém os veja.

A investigação seria breve e superficial. O cadáver de Roland foi encontrado do lado de fora de um prostíbulo numa parte da Cidade Baixa que até eu evitava, uma parte onde um homem podia morrer facilmente e sem motivos. Os detalhes sórdidos de sua morte pouco fizeram para manchar sua reputação. A Associação fez um funeral enorme, batendo no peito e rasgando as roupas, pedindo a investigação do assassinato de Roland, exigindo um aumento no fundo de pensão. O que eles não pediram foi violência gratuita. Joachim Pretories havia mantido sua parte do acordo.

E o Velho manteve a dele. Em troca de meu ato de traição, fui promovido a membro das Operações Especiais, o caminho mais rápido em direção aos corredores do poder. Em um ano, eu era o segundo homem de comando do Velho, praticamente um dos cinco ou dez homens mais poderosos do império. Em três, eu estava de volta à Cidade Baixa, traficando Sopro de Fada para pagar as contas.

Você cresce lendo histórias e começa a pensar que sua vida é uma história. Cada piada tem uma armadilha, cada ação, um motivo. Mas isso é besteira — estão todos caminhando às cegas. Você faz uma coisa e depois decide por que fez aquilo. Roland era louco — lindo e nobre, mas também louco, louco como apenas um homem com um sonho pode ser. Mas eu não era um sonhador. A vida de Roland havia ensinado a ele que tudo era possível. A minha havia me ensinado que devemos segurar aquilo que temos com as duas mãos.

Pelo menos é isso o que digo a mim mesmo, quando penso a respeito tarde da noite e de manhã cedo. Entretanto, nunca consigo acreditar.

# 47

A porta de Edwin Montgomery estava destrancada. Não era bom sinal — significava que eles sabiam que eu estava vindo e, além disso, não estavam preocupados.

Eu havia me armado quando chegara ao Conde de Sinuosa, tinha cheirado Sopro até não sentir meus dentes e depois saído. A cidade era uma completa confusão — eu não havia visto nada parecido em trinta anos, desde os piores dias da Praga. Os efeitos do que seria conhecido como a Revolta dos Veteranos foram sentidos muito além de onde a luta havia acontecido. Quem tinha a sorte de ter uma porta reforçada com barras ficou a salvo atrás dela. Nuvens cinzas de tempestade, engolidas pela fumaça, pairavam fora de alcance, gotas pingando em mim a cada passo.

Eu não estava em condições de conseguir ver qualquer coisa que se aproximasse. O Sopro me impelia para a frente como papel ao sabor do vento, mas isso não iria durar. Quando o efeito passasse, eu não teria forças para continuar de pé. Mas adiar era uma forma de não fazer nada. Isso se arrastava havia doze anos — e terminaria hoje, de um jeito ou de outro.

Botha estava na sala de estar. Ele vestia apenas uma camiseta e estava empurrando o piano para o canto com os ombros. Ele havia feito o mesmo com o restante dos móveis, a mesa de centro encostada contra a parede, um tapete Kiren enrolado sobre ela. Ele me viu, mas não interrompeu o que estava fazendo até que a sala estivesse livre de obstruções. Então, ele pegou um embrulho que estava na bagunça, colocou-o sobre o ombro e aguardou que eu começasse.

Obedeci.

— Esperando companhia?

— Pelos três últimos dias. Imaginava que o veríamos depois do que fiz a Gilchrist.

— O que ele iria me dizer?

— Imagino que ele fosse lhe dizer que fiz uma visita a ele na noite anterior à morte de Rhaine, pedi a ele que nos colocasse em contato. Não pense mal dele; ele não fazia a menor ideia do que eu pretendia.

— Acredito que ele tenha pagado por isso, de qualquer forma.

— De fato, ele pagou.

— Você errou aquela flecha? — perguntei. — Ou simplesmente queria calar seu comparsa?

Ele deu de ombros, a cabeça balançando sobre os ombros largos.

— Acho que não fui tão cuidadoso quanto poderia ter sido.

— Quem era ele?

— Um dos homens de Pretories. Fui conversar com o comandante sobre Rhaine, ter certeza de que ele sabia o que precisava ser feito. O comandante insistiu em destacar um de seus brutamontes para seguir comigo.

— O comandante está morto, você sabe.

— Pretories nunca significou nada para mim. Sigo apenas um comandante — disse ele, orgulhoso. — Sempre foi assim.

— Você está disposto a morrer por ele?

— Estou disposto a matar.

— Tem certeza de que é assim que as coisas vão terminar?

— É a maneira como sempre terminou.

— Para mim também.

Ele sorriu e tirou a arma do embrulho, uma espada flamberge antiga de punho duplo, a lâmina ondulada, o metal tratado reluzindo.

— Você mesmo a matou, não foi, Botha? — perguntei, observando-o envolver o punho da espada com os dedos.

— Pretories disse que mandaria um de seus homens, mas eu disse a ele que não era necessário; a patroa era uma puta idiota — disse o vaalão, sem rodeios. — Ela recebeu o que merecia.

— Assim como o irmão dela?

— Roland era pior. — Botha cuspiu no chão. Era um comportamento completamente impróprio para um mordomo, mas acho que já havíamos passado da fase de educação. — Nunca agradeceu pelo que tinha, passou a vida inteira tentando ferrar o homem que havia dado tudo a ele.

— Eu temia que você se tornasse uma daquelas pessoas que eu teria de matar por estar no meu caminho; e eu, às vezes, me sinto mal a respeito disso. É bondade sua fazer disso algo pessoal.

— Minha arma tem meio milênio de idade — disse Botha, segurando-a de maneira que a luz cintilasse na lâmina. — Ela tomou banho no sangue de homens muito melhores do que você.

— Vai me render quatro ocres numa casa de penhores da rua Pritt — falei, desembainhando minha espada do cinto. — E vou gastar o dinheiro em drogas.

Botha não era muito chegado a conversas, nem era de se acovardar com conversas maldosas. Ele aumentou um pouco a distância, então fez sinal para que eu me aproximasse.

Deixei o punhal escorregar pelo punho da minha camisa até a palma da minha mão, então ergui a mão casualmente — mas ou ele viu o que eu estava fazendo ou era frio como uma pedra, porque o peso de seu corpo se abaixou e o punhal passou por cima dele.

Não era a primeira vez que eu desejava ser tão durão quanto as minhas palavras.

Mas era tarde demais para pensar duas vezes, e eu avancei rapidamente, pois o alcance dele era algo que eu sabia que só poderia compensar com velocidade. Ele sabia disso também e se esquivou para trás, vencendo meu avanço com um movimento de sua arma, do qual eu mal me esquivei.

Botha era mais forte do que eu, e seus serviços anteriores deram a ele um vasto campo para se aprimorar. O desequilíbrio entre nossas armas significava que eu não podia arriscar golpes diretos, teria de agachar e me mover para fora do seu alcance. Mas o lado ruim de movimentar uma arma com mais de um metro de comprimento é que você precisa continuar movimentando-a, e isso requer muito de um homem. Por outro lado, ele não havia passado os dois últimos dias levando porrada e por isso tinha mais reserva de energia.

Mesmo assim, não demorou muito para que nós dois nos sentíssemos exaustos, o tango ritmado diminuindo para passos sem ritmo, pontuado por momentos de pausa.

— Está ficando cansado? — perguntei. — Ficando sem fôlego? Não é tão fácil quanto estrangular uma garota até a morte, não é?

Ele me olhou com desprezo e fez uma pequena encenação, fingindo se esquivar, depois impelindo para frente. Eu caí parcialmente em sua jogada, não tanto a ponto de me transformar num cadáver, mas o suficiente para ter um pedaço de carne retirado da minha barriga.

Eu fingi como se não tivesse doído, como se nem tivesse notado que parte do meu corpo não estava mais lá.

— Foi por dinheiro, Botha? Você achou que, com os filhos mortos, o general faria de você seu único herdeiro?

— Nunca dei a mínima para dinheiro — disse Botha, o peito subindo e descendo, a ponta de sua espada me seguindo enquanto eu circulava ao redor dele.

Puxei meu segundo punhal do cinto.

— Claro que não, você apenas queria um tapinha nas costas. Qual o problema? Papai não te amava o suficiente? Você pensou que o general seria um bom substituto?

Consegui sobreviver à próxima investida sem perder mais nenhum pedaço de carne, mas foi por pouco. Botha segurou sua flamberge do lado do corpo, pronto para o golpe final.

— Não importa quantos filhos dele você assassine — falei, esperando que ele caísse —, jamais será de sua família.

Ele gritou de ódio e ergueu a espada para me acertar. Ajoelhei, senti a força do seu golpe passar por cima da minha cabeça, enfiei a faca que estava na minha mão esquerda em seu pé. Ele gritou novamente, dessa vez de dor, e eu rolei para longe do seu alcance.

Estava acabado, e ele demorou em perceber isso. Eu joguei com cautela, circulando-o lentamente, olhando o buraco que eu havia feito verter sangue no assoalho. Depois de um momento, seus olhos começaram a adquirir aquele olhar que chega quando o cérebro não está recebendo quantidades suficientes de sangue. Eu investi para frente, e ele veio com força total — mas seus movimentos estavam lentos, e foi fácil me esquivar. Ele estava sem forças suficientes para deter o ímpeto de seu próprio golpe, e eu o golpeei, cortando seu braço fora na altura do cotovelo. O toco me deixou encharcado de sangue. Seu punho cortado ainda segurava o punho da espada, assim como o gêmeo que ainda funcionava. Botha olhou para mim como se não pudesse acreditar no que estava acontecendo, boquiaberto, a vida se esvaindo por seu membro cortado.

Não é certo brincar com um homem que está à beira da morte, não importa quem ele seja. O fim de Botha não estava longe, e não seria mais doloroso do que precisava ser.

Puxei minha espada de sua cabeça, limpei-a no tapete kiren e a coloquei de volta em meu cinto. Então me deixei cair sobre o piano, sua cacofonia ecoando ao meu redor. O machucado que Botha havia feito era feio, mas não fatal. Entretanto, em adição a tudo o mais que eu havia sofrido, descobri que estava doendo bastante. Pressionei um punho firme contra o machucado e me forcei a ir para a próxima sala.

O general parecia perto demais do fim para fazer esse trabalho todo parecer tremendamente supérfluo. Ele se mantivera em sua mesa, apesar da luta, e não estava olhando para mim.

Bati continência para ele com a mão que não estava segurando meus intestinos. Foi um pouco melodramático, mas coloco a culpa no sangue que perdi.

Ele tremia em sua cadeira.

— Me perdoe vir sem aviso, general, e com trajes tão impróprios.

Ele levou um bom tempo para responder.

— Suponho que Botha esteja morto na sala de estar.

— Eu não esperaria ter sua cama arrumada.

— Você veio até aqui para me matar também?

— Algo do tipo.

— Isso lhe dá prazer, matar um velho?

Minhas pernas começavam a fraquejar. Coloquei minha mão na mesa para me equilibrar.

— Depois dos últimos dias? Mais algumas gotas de sangue derramadas não farão a menor diferença.

Finalmente, ele me olhou nos olhos, e, em circunstâncias diferentes, eu teria admirado sua frieza.

— Melhor fazer logo o trabalho, então.

— Temos tempo — falei, embora não fosse verdade. Meu machucado precisava de cuidados, e o general... bem, o general também não iria durar muito.

— Quando você me chamou pela primeira vez, sabia de minha participação no assassinato de Roland?

— Você fez o que tinha de fazer. — Ele virou a cabeça de volta para a mesa. — Meu filho estava louco; a guerra o deixou louco. Ele teria incendiado o país inteiro.

— Isso nos exime da culpa direitinho, não é? Era realmente para eu ter trazido Rhaine de volta para casa? Ou você apenas precisava de um otário para descobrir onde ela estava?

— Eu esperava que não fosse necessário. Esperava que ela desse ouvidos à razão.

— Acho que não. Acho que esperava que eu desse um jeito em Rhaine por você; esperava que eu ficasse com medo de ela descobrir a verdade e bolasse um acidente para ela. Quando não fiz isso, você mandou Botha ir falar com Pretories, para ter certeza de que o comandante visse as coisas da mesma maneira que você.

— Não foi nada disso — disse ele. — Não planejei que fosse assim, as coisas apenas aconteceram. — Eu não tinha certeza se acreditava no que ele dizia. Era difícil dizer, velho e fraco como ele estava, difícil interpretar qualquer coisa num rosto que se assemelhava tanto com o de um cadáver. — Joachim a teria matado de qualquer maneira, depois que descobriu que ela estava farejando por aí. Depois que ela fugiu para a Cidade Baixa, não havia nada que eu pudesse fazer.

— Você poderia ter dito a verdade. Contado para ela o que aconteceu. Ela o teria odiado, mas ainda estaria viva.

Ele deu um sorriso lento, se é que se pode chamar algo tão amargo de sorriso.

— Você poderia ter feito o mesmo.

A chuva batia contra as janelas — um ritmo agradável, e minha pulsação desacelerou para segui-lo. Minhas pernas estavam sugerindo que eu parasse de me apoiar sobre elas e me enrolasse no tapete como um cachorrinho. Apenas um cochilo rápido, ou quem sabe um demorado, ou o último cochilo.

— Me fale sobre Roland.

— Eu teria sido um ótimo alto chanceler — respondeu Montgomery depois de um momento, embora não estivesse falando particularmente para mim. — Eu poderia ter ajudado nossos rapazes. Poderia ter feito com que eles recebessem o que mereciam. Poderia ter realizado grandes coisas.

Por mais estranho que parecesse, eu não duvidava de nada daquilo.

— Se seu filho tivesse morrido na guerra...

— Tudo não passava de um jogo para ele — silvou Montgomery, ainda furioso com o comportamento de Roland depois de doze anos e de uma vingança definitiva. — Ele fazia essas coisas para me magoar.

— Então, um dia, o Velho foi até você e sussurrou coisas em seu ouvido; coisas que faziam sentido, coisas que você queria ouvir.

— Ele disse que ainda havia uma chance de consertar a situação para que eu pudesse me tornar chanceler, para o império evitar o horror que meu filho parecia destinado a infligir a ele. Ele pediu que eu entrasse em contato com Joachim, ver se ele conseguia tirar Roland do caminho antes que fosse tarde demais. Ele disse que talvez ainda fosse possível salvar Roland de sua própria loucura.

— E você acreditou nele?

— Não sei — respondeu Montgomery e parecia estar sendo sincero.

— Não sou de me surpreender com as coisas que os homens fazem. E acho que consigo entender Roland; pelo menos não estou em posição de julgar. Mas eu achava que, por causa de onde você está agora, a próxima geração fosse tudo o que importasse.

— Vamos logo com isso.

— Ela valia tão pouco que você mataria sua própria semente por alguns poucos meses de paz?

É fácil transformar um homem num vilão dentro de sua cabeça, uma criatura desprovida de decência, um alienígena para você assim como a noite é para o dia. Eu havia feito exatamente isso quando estava a caminho, vinha fazendo isso desde que o Velho havia insinuado a participação do general. Era mais difícil odiá-lo agora — quase um cadáver, precedido no outro mundo que ele já havia amado. E eu sabia um pouco sobre como as coisas podiam começar a assumir seu próprio peso, afundando-o mais do que você havia imaginado, mais do que você jamais havia desejado.

— Você não tem nenhum arrependimento? — perguntou ele, finalmente.

— Alguns aqui e ali. Mas se arrepender não é o suficiente, você precisa pagar pelo que fez.

Isso pareceu acender algo dentro dele, uma chama antes de morrer. Seu murmúrio se transformou num grito, ou o mais perto disso que ele conseguiu.

— Você pagou pelo que fez, tenente? Pagou? Não conseguiu salvar Rhaine, por isso lavou a cidade com sangue. Posso ver a fumaça da minha janela! Quantos homens você matou por uma garota que mal conhecia? Você vem aqui me dar uma lição sobre moralidade como se suas mãos não estivessem sujas de sangue até os cotovelos! Como se não tivesse participado do assassinato de Roland!

— Eu não era o pai dele. — Puxei do meu bolso traseiro o medalhão que ele havia me dado naquele primeiro dia e o joguei sobre a mesa. — Nem dela.

Isso foi o suficiente. Ele abriu o medalhão com as mãos trêmulas e ficou bastante tempo olhando o rosto de Rhaine.

Peguei uma faca que estava em meu cinto e a espetei na madeira.

— Faça.

Ele ergueu os olhos para encontrar os meus.

— Eles irão encobrir tudo, não?

Assenti.

— Vão encobrir tudo.

E o fizeram. O general Edwin Montgomery morreu de um ataque cardíaco, impossibilitado de aguentar a perda de sua filha. Alguns dias depois, eles o enterraram no túmulo da família, para passar a eternidade ao lado de seus dois filhos assassinados.

# 48

— É um negócio garantido, Guardião. Você sabe que eu não iria te enrolar.

Era final de tarde, mais ou menos uma semana depois da marcha. Eu estava sentado a uma mesa do lado de fora de nossa porta de entrada, tentando me movimentar o mínimo possível, o que demanda mais esforço do que você poderia pensar. A chuva caía agora mais ou menos constantemente desde que começara. Caminhar deixava um homem encharcado em trinta segundos, e as ruas haviam se transformado de poeirentas a pantanosas. Era quase possível sentir saudades do calor. Quase. A tempestade finalmente dava sinais de estar passando, mas ainda não havia passado, e eu me sentia grato pelo toldo que me protegia do seu alcance. Estava bebendo uísque misturado com água desde o início da tarde e havia começado a deixar a água de lado não muito tempo depois.

— No início, dez ocres lhe renderão cem em um mês, um mês e meio. Uma beleza de lucro, heim?

Tully, o Gancho, era um cabeça de bagre. Se ele tinha outras características, não me lembro delas. Ele havia aparecido alguns minutos antes, a tempestade não era nada comparada à chance de encher seus pulmões de erva do dragão à minha custa.

— É claro, eu poderia entrar na parada sozinho, mas então pensei "por que não envolver o Guardião no lance? Ele é um cara", eu disse, "ele é um cara que sabe dos seus negócios. É um cara que sabe reconhecer uma oportunidade quando a vê, e, se isso não é uma oportunidade, eu comerei o meu chapéu"!

Ele teria comido bosta enrolada em vidro se pensasse que isso lhe renderia alguma erva. Eu poderia tê-lo machucado simplesmente por princípio — claramente a minha reputação não valia de nada se um babaca como Tully pensava que podia me fazer perder tempo sem arriscar levar porrada. Mas cada parte do meu corpo ainda doía — descer as escadas havia me deixado cansado e amargo. Eu tinha uma ampola de Sopro em meu bolso, a mesma que estava lá havia quatro dias, mas por algum motivo idiota eu não me permitia usá-la.

— A cidade inteira está em desequilíbrio; agora é a hora de agir. Esses ilhéus, tudo o que eles precisam é de um empurrãozinho. Eles farão toda a força, sacou?

Bebi mais um gole de uísque e pousei a cabeça na mesa. Não era nada macia.

— Tully, se você disser mais uma palavra, vou te matar e deixar seu corpo no beco. Você sabe que eu farei isso.

Ele murmurou alguma coisa, discordando, mas não deixou aquilo se desenvolver num discurso. Talvez meu nome ainda valesse alguma coisa, afinal de contas. O tempo passou. Parcialmente bêbado e de olhos fechados, eu não tinha certeza de quanto tempo.

Os sons abafados de passos me alertaram para o retorno de Tully. O burro filho da puta não entendia quando era hora de dar o fora. Puxei uma faca de dentro da bota e a espetei na mesa, erguendo o rosto e tentando pensar em algo ameaçador para dizer a ele.

Garrincha olhou para mim, pouco impressionado.

— É uma bela faca.

— Eu... pensei que você fosse...

— Tully saiu pelos fundos.

Assenti, desconfortável, então fiz sinal para que ele se sentasse no banco em frente ao meu. Garrincha sentou, mas não disse nada. A faca retornou para dentro de minha bota.

Ficamos nos observando por um bom tempo. Não era exatamente um entretenimento excitante. O céu era uma colcha de retalhos de raios de sol passando através das nuvens. Meu uísque estava quase no fim. Um último gole longo direto da garrafa, e lá se foi meu motivo de permanecer ali.

— A chuva está passando — falei.

— É o que parece.

— Preciso entregar um negócio para um cara. Está a fim de dar uma caminhada?

Depois de alguns instantes, ele assentiu, e consegui me colocar de pé com esforço, então começamos a andar.

Caminhar repuxava a parte de minha barriga que eu não tinha mais e fazia com que me lembrasse das outras dezenas de machucados que eu havia ganhado na semana anterior. Eu já estava velho demais para sobreviver a mais ferimentos. Na verdade, estava surpreso de ter sobrevivido a estes. Garrincha caminhava mais lentamente para acompanhar o meu ritmo. Levou um tempo até que eu juntasse coragem para dizer alguma coisa.

— Como estão indo as lições?

— Tudo bem.

— Mazzie está te tratando bem?

— Ela não me cortou e fez um cozido de mim, se é isso o que você está perguntando.

— Sim — falei. — Ela não fez um cozido de você, ainda.

Ele não riu. O hematoma em seu rosto havia diminuído, mas ainda era visível. Eu não gostava de olhar para ele, mas não conseguia desviar o olhar.

— Você já aprendeu alguma coisa além de brincar com as cores?

— Estou aprendendo a fazer as coisas se moverem sem tocar nelas.

— Imagino que isso seja bastante útil.

A lama grudava em minhas botas — eu tinha de puxá-las a cada passo. Apesar da trégua na chuva, éramos os únicos andando nas ruas, caminhando com dificuldade por avenidas em que dezenas de homens fortes poderiam caminhar lado a lado. À medida que nos aproximávamos de Offbend, começamos a passar pelos primeiros sinais da revolta, carcaças de casas queimadas, escadas queimadas que não levavam a lugar algum. Havia levado quinze anos, mas a guerra chegara a Rigus. Eu esperava que esse fosse o último incidente e não a introdução de algo pior.

— Eu precisava que você fosse embora — falei, finalmente. — As coisas estavam começando a ficar ruins; não havia tempo para conversar. Se você tivesse continuado lá por mais tempo, não estaria aqui agora.

— Eu sei — respondeu ele.

— E quanto ao resto... poderia ter sido tratado de forma melhor.

Paramos em frente a um bar. Entrei, depois saí. Minha sacola estava com algumas coisas a menos, enquanto minha bolsa de moedas estava mais pesada. Começamos a caminhar de volta pelas docas.

— Adolphus disse que Pretories era um traidor, disse que ele estava trabalhando para a Casa Negra — começou Garrincha.

— É mesmo?

— Disse que Roland foi morto para que ele pudesse assumir a Associação dos Veteranos.

— Pelo menos ele concordou com a jogada.

— Por que ele fez isso?

Eu estava remoendo aquela pergunta já fazia algum tempo, na verdade desde o momento em que o vi morrer. Queria que tivéssemos tido a chance de conversar a respeito, por mais idiota que isso possa parecer. Teria sido o desejo por poder e dinheiro? Estaria ele cansado de simplesmente acatar ordens de um mestre? Ou será que ele percebeu que Roland estava louco, que alguém precisava fazer alguma coisa? Não havia pecado algum em seguir um homem penhasco abaixo, mas é um pecado empurrá-lo.

— Nem sempre sabemos por que fazemos algumas coisas — falei.

— E o que vai acontecer com a Associação agora?

— O mesmo de sempre. As coisas não mudam muito. — Mas eu não estava muito certo de que acreditava nisso. A revolta havia sido um raro soco na boca do Velho. Pode colocar a culpa pela violência em algum radical da Associação, mas, no final das contas, uma boa porção da cidade havia virado cinzas, e isso não é algo que o chefe da segurança nacional deve deixar acontecer. Eu duvidava que ele tivesse a intenção de que as coisas acontecessem como aconteceram. Talvez ele estivesse perdendo o jeito. Era um pensamento bastante perturbador, o Velho envelhecendo. Como uma maré vazando, o vento parando de soprar.

— E quanto a você e Adolphus?

Ainda não havíamos trocado mais de meia dúzia de cumprimentos quando nos cruzávamos nas escadas. Eu estava tendo dificuldade de olhá-lo nos olhos, ou ele estava tendo dificuldade de olhar nos meus.

— Não tenho uma resposta para tudo.

O sol aproveitou a breve trégua para refletir em cada pedaço de vidro e metal, mas aquilo não fez nada para facilitar nossa passagem por trinta centímetros de lama. Em frente à porta de uma cabana de um quarto, uma criança brincava pelada numa poça, balbuciando, alegre. A tenra idade e a sujeira não deixavam que soubéssemos o sexo. A mãe surgiu da porta e gritou palavras ininteligíveis, arrastando sua criança para fora da lama e dando-lhe uma surra. Desviei os olhos — havia aprendido minha lição com relação a problemas familiares.

— Quanto do que aconteceu foi armação sua? — perguntou Garrincha.

— Menos do que eu pensava na época.

— E valeu a pena?

Pensei por um momento antes de responder.

— Provavelmente não.

Viramos à direita na rua da Luz e caminhamos por um beco estreito, calçado por pedras, graças ao Primogênito. O caminho passava por uma fileira de casas, levando-nos para longe das ruas principais.

— Esse não é o caminho de volta ao Conde — disse Garrincha.

— Você tem algum compromisso?

Depois de alguns metros, a rua se estreitava até que tivemos de andar em fila, Garrincha caminhando na frente e eu me esforçando para segui-lo. O caminho terminava num pequeno platô que se erguia acima de um canto do porto, alguns metros quadrados de areia e sujeira que olhavam para a baía. A água estava escura e agitada, misturando-se no horizonte com as nuvens acima dela. No píer abaixo, restos de alguns barcos jaziam sobre as rochas, vítimas da tempestade.

— Eles pelo menos receberam o que mereciam? — perguntou Garrincha.

— Quem?

— Os culpados.

Ele pareceu tão pequeno naquele momento, tão jovem. Havia uma pequena árvore crescendo entre as rochas, e eu me encostei nela e enrolei um cigarro. Ele se transformou em cinzas antes que eu respondesse.

— Não todos eles.

Isso não pareceu satisfazer a ele. Também não me satisfazia, mas era tudo o que eu tinha a oferecer. Ficamos mais alguns minutos olhando o oceano e voltamos para casa.

No primeiro livro, tive bastante tempo para perder com elogios e piadas internas, mas está ficando tarde, por isso ninguém tem direito a mais do que uma menção. Desculpem-me, estou correndo contra o tempo.

Ligados aos negócios: Chris e Oliver.

Família: Mãe e pai. Teddy e Jeanette, Ben, Rachel e Jason. Minha avó. Os Mottolas, com atenção especial ao tio John e sua turma. Todos eles, na verdade e me desculpem por eu sempre faltar ao dia de Ação de Graças. Vou aparecer no próximo, com certeza!

Amigos: Bobby, Mike, Pete, Elliot, Sam. Rusty, pela consultoria em assuntos militares. Lisa. Will e John. Alex, desculpe-me por não ter representado você melhor da primeira vez. Você tem três metros e meio de altura e mija como uma mangueira, tá legal? Tommy/Bosley. Os Eleftherious e os Roots. Aos desconhecidos, agora amigos, que me deixaram dormir em seus sofás/chão/camas.

Tenho certeza de que estou esquecendo alguém, minhas desculpas a essa/essas pessoa/pessoas.

LEIA TAMBÉM

O PRIMEIRO LIVRO DA SÉRIE

Impressão e acabamento:

Orgrafic
Gráfica e Editora

tel.: 25226368